A mia madre e a mio padre,
che non sempre hanno condiviso le mie strade,
ma che hanno provveduto in ogni caso a renderle sicure.

Progetto grafico: Lorenzo Pacini
Redazione e impaginazione: Il Paragrafo, Udine

www.giunti.it

Via Bolognese, 165 - 50139 Firenze - Italia
Via Dante, 4 - 20121 Milano - Italia

Prima edizione: marzo 2008

Ristampa	Anno
6 5 4 3 2	2012 2011 2010 2009

Stampato presso Giunti Industrie Grafiche S.p.A. – Stabilimento di Prato

Guido Sgardoli

ELIGIO S.

I GIORNI DELLA RUOTA

GIUNTI

Fulmina il Signor Iddio maleditioni, e scomvniche
contro qvelli i qvali mandano, o permettano
syno mandati li loro figlioli, e figliole si
legittimi, come natvrali in qvesto Hospedale della
Pietà havendo il modo, e facvltà di poterli allevare,
esseendo obligati al resarcimento di ogni danno, e
spesa fatta per qvelli, ne possono esser assolti
se non sodisfano, come chiaramente appare nella
bolla di Nostro Signor Papa Paolo Terzo
Data adi. 12 Novenbre l'anno 1548.

Nota introduttiva

Un tempo non troppo lontano, nella città di Venezia la carità era praticata attraverso quattro grandi centri di assistenza o Spedali, come venivano chiamati. Essi erano: lo Spedale dei Mendicanti, lo Spedale degli Incurabili, lo Spedale dei Derelitti e lo Spedale della Pietà.

È in quest'ultimo che si svolge la storia che state per leggere, e sebbene i nomi e le vicende siano opera di fantasia, l'ambiente nel quale essi si collocano è reale.

Lo Spedale della Pietà accoglieva i bambini abbandonati di Venezia, li curava, li allevava, cercava di insegnare loro un mestiere o di trovare una nuova casa e una nuova famiglia che li ospitasse. Non sempre ciò era possibile, ma quando accadeva lo si poteva considerare, a ragione, un autentico miracolo.

Ho una grande esperienza di ragazzi
e so che sono una brutta razza.

Charles Dickens

Aver cura de' putti
non è mestier da tutti.

Detto popolare

Eligio S.

I giorni della ruota

30 maggio 1807

AVVISO

NEL GIORNO 8 DEL VENTURO MESE DI GIUGNO SARÀ POSTA IN ESERCIZIO LA COMANDATA RUOTA PER IL RICEVIMENTO DEGLI ESPOSTI IN QUESTO OSPITALE DI SANTA MARIA DELLA PIETÀ, SITUATA IN VICINANZA DELL'ANTICA SCAFETTA, E SARÀ MARCATA ESTERNAMENTE CON L'ISCRIZIONE: *RICEVIMENTO DEGLI ESPOSTI*. BASTERÀ CHE LI PORTATORI DEGLI ESPOSTI SUONINO LA CAMPANELLA CHE SI TROVA ATTACCATA PRESSO LA RUOTA E LE DONNE A CIÒ DESTINATE SI PRESTERANNO AL PRONTO ACCOGLIMENTO DEGLI ESPOSTI STESSI.

1836, dal Regolamento della Casa degli Esposti di Venezia

GLI ARTICOLI 1 E 2 STABILISCONO CHE:

L'Istituto degli Esposti di Venezia è destinato al ricovero, alla cura e al nutrimento, fino all'età normale, dei bambini non procreati da legittimo matrimonio di questa città e provincia.
Del pari si accolgono i figli legittimi di genitori poveri e di madre resa incapace di allattare la sua prole per fisica indisposizione, pel solo anno però dell'allattamento e le spese devono essere compensate all'Istituto dal Comune nel quale i detti genitori hanno legale domicilio.

PARTE PRIMA

L’Esposizione

Capitolo primo

1951. Androne dell'Istituto della Pietà, Venezia

L'angusto ingresso dell'Istituto è ingombro di pacchi, fagotti e imballaggi, alcuni impilati tra loro, altri disseminati in ordine sparso sul pavimento, altri ancora addossati alle pareti. In cima a una stretta panca siede un'anziana donna interamente vestita di nero. Porta i capelli grigi molto corti e sulla fronte le scende una frangetta spettinata. Sembra fissare qualcosa davanti a sé ed è così piccola di statura che i suoi piedi rimangono sollevati da terra. Li fa dondolare come una bambina annoiata. Non dice nulla. Non fa nulla. Solamente dondola i piedi.

Due corpulenti facchini scendono le scale trasportando una pesante cassa di legno. Le loro ombre si allungano sugli archi a volta del soffitto, simili alle zampe di un esile ragno. Sbuffano, sudano e imprecano per la fatica.

«Ocio che ti caschi!» mette in guardia quello che sta più in alto.

«Non casco» risponde il suo collega esplorando il pavimento con il piede prima di poggiarlo.

La cassa struscia contro la parete lasciando una riga a forma di arco e per poco non cade di mano ai due uomini.

«Attento!»

Con un ultimo sforzo la depositano in un angolo dell'androne rimasto libero. Le pareti sono annerite dal tempo e dalla muffa e solcate da crepe irregolari. Sospesa la fornitura elettrica, l'unica fonte di luce in quella giornata grigia proviene dalle ampie vetrate che si affacciano sul cortile interno.

«Finito!» dice uno.

«Finito» ripete l'altro. «Non ci resta che *'spetare quell'òstrega de un Marieto*» aggiunge. Poi incrocia le braccia e si appoggia alla parete, stanco. L'altro annuisce e sospira.

Portano maglie scurite dal sudore sul petto e sulla schiena. L'aria è umida e odora di chiuso.

«*No se respira qua dentro*» si lamenta uno dei due e spalanca una finestra.

Fuori scende una sottile e insistente pioggerella: ticchetta sui tetti simile a un orologio inceppato e scivola giù, lungo le vetrate, come lacrime. La donna guarda per un attimo i due uomini, inspira e schiude le labbra. Sta per dire qualcosa, forse di chiudere che l'aria fuori è fredda, ma poi ci ripensa. Non ce la fa a parlare e così si rimette a dondolare i piedi e a fissare quel qualcosa d'invisibile davanti a sé.

«*Co' l'aria a xe mòea, pìe soto a tòea!*» dice Nane, quello alla finestra. «Quando l'aria è pesante, piedi sotto la tavola» torna a ripetere. È un buon consiglio, ma Nane e il suo collega Olindo, anche se ora non sembra, stanno lavorando. Sono operai della Sansone Sgomberi, società specializzata in traslochi a Venezia. Marieto è il loro collega, quello che porta la barca.

Tra le mani di Olindo si materializza all'improvviso una bottiglia di vino rosso. L'uomo ne butta giù un paio di sorsi.

«Volete favorire?» chiede rivolto alla donna.

Lei smette di far dondolare i piedi, lo guarda e stirando le labbra nell'imitazione di un sorriso fa segno di no con il capo. Non sembra più una bambina annoiata adesso, ma un'anziana con un peso sul cuore.

«*E a mi?*» interviene Nane accennando alla bottiglia. «Non mi fai favorire a me?»

Olindo gli passa la bottiglia; poi si siede in cima a una delle casse mettendosi a cincischiare con l'orlo delle proprie unghie. Nane beve e quando lo stomaco gli spedisce verso la gola il suo gassoso appagamento, lui se lo fa scappare di sotto come una suola lisa su una chiazza d'olio.

«Domando scusa» mormora imbarazzato.

Per un po' non c'è altro che il rumore della pioggia che entra dalla finestra spalancata e i respiri dei due uomini. L'attesa sta diventando imbarazzante.

Finalmente si odono dei passi affrettati al di là del portone e lo sciacquettio delle pozzanghere sotto le scarpe.

«Ecco Marieto!» salta in piedi Olindo.

La campanella tintinna e la donna ha un lieve sussulto.

«Siamo qua!» dice l'uomo spalancando il portone. «Tutto pronto! Dove *òstrega* ti eri cacciato?...» Poi si ferma e cambia espressione. «Ma tu non sei mica Marieto!»

«Un pacco per la signorina Rosapineta» annuncia una voce maschile da dietro il portone.

«E Marieto?»

«Marieto? E chi è 'sto Marieto?» chiede la voce.

«Rosapineta sono io» dice l'anziana alzandosi faticosamente dalla panca.

«Allora questo è per voi». Il fattorino le allunga un involucro legato con dello spago. La donna lo afferra con entrambe le mani, ringrazia e torna a sedersi al suo posto.

«Non è che hai visto un tipo con un gran barbone e un *ocio* di vetro, vetro *de Muràn*?» chiede Olindo con fare agitato prima che il fattorino se ne vada.

«Chi, io?»

«Sì, tu, tu! Lo hai visto, sì o no?»

Il fattorino scuote la testa. Allora Olindo esce nella calle e, incurante dell'acqua che lo bagna, guarda in direzione del canale di San Marco, aspettandosi di vedere Marieto approdare alla riva con la sua caorlina. Ma non vede altro che il pallido grigiore della pioggia che si unisce a quello della laguna in un grigiore più grande, senza inizio né fine. A malapena s'intravede l'isola di San Giorgio, mentre la Giudecca è sparita, quasi fosse stata inghiottita dalle acque come una seconda Atlantide. Olindo sbuffa. È tutto sudato e l'umido lo fa rabbrividire, così rientra.

Il fattorino viene congedato e il portone richiuso.

Rosapineta ricomincia a far dondolare i piedi. In grembo tiene il pacchetto legato con lo spago. Lo tiene appoggiato sulla veste nera senza guardarlo, come se se ne fosse già scordata.

«Non lo aprite?» domanda Nane.

«Fatti gli *afari* tuoi, tu» lo rimprovera Olindo.

«Dicevo per dire...»

L'anziana donna sembra destarsi da un sogno. Guarda il pacco ed è come se si rendesse conto solo in quell'istante di averlo tra le mani. Smette di far andare su e giù i piedi e dice: «Forse dovrei».

«Non fate caso a Nane, signora» interviene Olindo. «È che è molto *'gnorante, poaréto*!»

«No, ha ragione invece» dice la donna. «Ecco, ora lo apro».

I due uomini si scambiano un'occhiata d'intesa. La signora deve avere qualche rotella fuori posto, pensano. È così che capita ai vecchi. E quello sciagurato di Marieto chissà dove si è andato a cacciare. In qualche osteria, probabilmente, a scaldarsi le ossa col vino. Accidenti a lui!

Capitolo secondo

1951. Androne dell'Istituto della Pietà, Venezia

Venezia, 3 marzo 1951

Mia cara Rosi,

è con grande dolore che apprendo della chiusura dello Spedale, casa, rifugio e vera famiglia per tutti i fantolini perduti della nostra città. Mi chiedo che ne sarà di coloro i quali avranno la sventura di essere abbandonati, ora che meschini interessi economici ci privano di una tale meritoria istituzione.

La sorte ha concesso a qualcuno di noi di ritrovare i propri cari. Qualcun altro non è stato altrettanto fortunato, ma non per questo è rimasto un bimbo perduto. Il calore donatoci dallo Spedale è stato pari a quello di un'autentica famiglia.

Per quanto mi riguarda, ho avuto più di quel che probabilmente meritavo e credo sia giunto il momento di restituire qualcosa. Ho intenzione di acquistare un casale in terraferma e farne un ricovero per fantolini senza casa.

Cara Rosapineta, vorrei averti al mio fianco come una sorella maggiore, come la sorella che sei stata durante il mio soggiorno allo Spedale. Un tuo sì sarà per me motivo di grande gioia e sprone a intraprendere con coraggio e fiducia questa nuova impresa.

Unita alla lettera troverai metà di una medaglietta che tu conosci bene. Se accetterai il mio invito riuniremo le due metà e la medaglietta tornerà ad essere ancora una volta un tutt'uno.

Il mio indirizzo è riportato all'esterno del pacco.

In attesa di tue notizie, ti abbraccio con affetto.

Eligio S.

Rosapineta piega la lettera con cura e introduce la mano all'interno dell'involucro. Ne fa scivolare fuori un nastro azzurro all'estremità del quale c'è la metà di una medaglietta d'oro. Da un lato è rappresentata la Madonna di Loreto e dall'altro il Leone di San Marco, simbolo di Venezia.

La donna se la gira tra le dita osservandola con attenzione. I suoi piccoli occhi scuri si soffermano su ogni particolare, su ogni riflesso, su ciascuna delle due mezze superfici. Poi la solleva, facendola penzolare davanti a sé, con mano tremante. Nella penombra dell'androne essa rifulge di una luce innaturale, che sembra propria.

«Che cos'è che è?» chiede Nane.

«Sembra un gioiello...» dice Olindo avvicinandosi.

«Un ricordo?»

«Un regalo?»

«Ne manca mezzo!»

«Che regalo è un regalo tagliato a metà?»

«Quello di un gran spilorcio!» ride Nane.

Gli occhi della donna si riempiono improvvisamente di lacrime, diventando due minuscoli pozzi neri. Chiude la medaglietta nel pugno e la porta al petto.

«Che cosa fate? Piangete?» domanda Nane.

«Era per burla! Non dovete prendervela!» dice Olindo.

«Guarda cosa hai combinato!» lo riprende Nane. «*Sèmpio!*»

«*Mi?* Sei stato tu a chiamarlo spilorcio!»

Rosapineta si asciuga le guance usando il palmo della mano, come farebbe una bambina sorpresa a piangere.

«Non è per causa vostra» spiega.

Gli uomini paiono sollevati.

«È per via della lettera?» vuole sapere Nane.

«Male notizie?» chiede Olindo.

La donna scuote la testa, il suo viso è acceso di trepidazione.

Nane continua:

«'e lagreme 'e bagna par gioia o par magagna...»

Le lacrime scendono per gioia o per dolore.

«E taci, *òstrega*!» Olindo afferra la bottiglia di rosso e la passa a Nane. «Bevi, *che almanco ti te riempi 'a boca*!»

Rosapineta apre il pugno e osserva la mezza medaglietta con grande intensità, come se vi cercasse qualcosa, come se custodisse un segreto.

«Vi andrebbe di sentire una storia?» propone inaspettatamente.

I due uomini scoppiano a ridere. A Nane il vino va di traverso: sputacchia schizzi rossastri sulla propria canottiera, sulla cassa sopra la quale siede e sul pavimento di marmo.

«Siamo grandi per le favole!» dice Olindo dopo aver indirizzato un'occhiataccia al collega.

«Non è una favola,» precisa Rosapineta «anche se, a pensarci, potrebbe sembrare. È una storia vera».

«Una storia vera?»

I due si guardano.

«Tanto Marieto non arriva!» dice Nane facendo spallucce.

«E fuori seguita a piovere!» conclude Olindo. «Sentiamo 'sta storia!»

Capitolo terzo

1951. Androne dell'Istituto della Pietà, Venezia

«Nel 1891, giusto sessant'anni fa, avevo undici anni» inizia a raccontare Rosapineta. «E vivevo qui, allo Spedale». Tiene gli occhi fissi sulle proprie scarpe e la sua voce è appena udibile al di sopra del gocciare della pioggia. Olindo si alza e chiude la finestra.

«Questa è sempre stata la mia casa» dice Rosapineta. «Avevo soltanto una settimana quando fui lasciata sulla ruota...»

«Quale ruota?» la interrompe Nane.

Rosapineta indica un punto nel muro scrostato. «C'era una feritoia lì, tanti anni fa. E una ruota. Una finestrella di legno chiudeva la feritoia durante il giorno, mentre la notte la rotàra, l'addetta alla ruota, la toglieva, così la ruota era libera di girare».

«E a cosa che serviva 'na ruota?»

«Sei proprio *'gnorante, òstrega*!» lo riprende Olindo. «Per metterci i fantolini, no?»

Rosapineta annuisce. «Bambini abbandonati. Lo Spedale si prendeva cura di tutti, senza fare domande. A questo serviva la ruota, così che i genitori restassero anonimi».

I due facchini guardano il punto nel muro indicato da Rosapineta e annuiscono assorti.

«Ma pensa un po'!» esclama Nane.

«Era una notte di novembre del 1891» continua Rosapineta. «Una notte di nebbia fitta come stoffa, di quelle nebbie di laguna che si tagliano a fette. Il bacino era tutto un soffiare di sirene di caponere, e gli alberi del chiostro e gli archi dall'altra parte del cortile non si vedevano più, inghiottiti dalla nebbia».

Ricordando quella notte, lo sguardo della donna corre al di là delle vetrate, tra la pioggia e tra i castagni del cortile, i cui rami, appesantiti dall'acqua, sembrano braccia stanche. Gli occhi dei due uomini lo seguono, rapiti.

«Ed ecco che d'un tratto la campanella si mette a suonare» riprende improvvisamente Rosapineta.

Nane sussulta e per poco non scivola giù dalla cassa sulla quale si è messo comodo. «Non sarà *par caso* una storia di paura?» chiede sgranando gli occhi. «Perché a me le storie di paura non mi piacciono mica!»

«Lasciala parlare!» lo zittisce Olindo.

«Ero seduta qui,» continua Rosapineta «su questa panca, proprio come adesso». Sorride. «Anche allora i miei piedi non arrivavano al pavimento!»

La frase strappa un sorriso ai due uomini, ma contenuto: temono di offenderla a ridere di lei.

«Tenevo compagnia alla rotàra di turno, la mia amica Speranza. Era severamente proibito per quelle come me stare alla ruota, quelle piccole d'età intendo. Solo le ragazze più mature, o le più timorate, diventavano rotàre. A quell'ora della notte avrei dovuto trovarmi al secondo piano, nel mio letto, che a quel tempo non aveva ancora la rete metallica, ma un semplice e scomodo paglericcio, e non quaggiù a chiacchierare. Se mi avesse pescata la madre superiora mi avrebbe punita a dovere e probabilmente avrebbe punito anche Speranza. Perciò, per non farci scoprire, bisbigliavamo e ci guardavamo di continuo le spalle come due ladre! Speranza era molto ligia alle regole e devota alla madre superiora, ma quella sera, forse perché si sentiva sola in mezzo a tanta nebbia, o forse perché per tutto il giorno io ero stata esageratamente insistente nel chiederle di accompagnarla alla ruota, alla fine aveva acconsentito.

A quei tempi avevamo un gran da fare qui allo Spedale e la ruota girava, girava ogni notte. Speranza era molto paziente con me e m'insegnava tutto quello che c'era da sapere sui bambini, in verità ben poco di scientifico. Prendevamo per buone le tradizioni dei vecchi, che a volte si rivelavano infondate e a volte straordinariamente efficaci. Si diceva, ad esempio, che i bambini che presto fanno i denti presto muoiono e che se per primi fanno i denti di sopra non avranno una vita semplice; che se sono troppo buoni allora muoiono presto perché Dio li vuole con sé, così come accade se guardano troppo verso l'alto, dove stanno gli angeli. Si diceva che se nascono sul crescere della luna vengono su belli e alti, mentre in luna calante stentano e restano per sempre deboli. Il sonno li nutre, le fasce li proteggono, lavarli con acqua salata li fortifica, il singhiozzo fa bene al cuore e piangere *fa begli occhi e belle spalle, purga il cervello e fa bona digestione*. Mai vicino ai gatti altrimenti gli viene l'asma. Mai tagliargli i capelli fino al primo anno di età, poi tagliarli spesso per fortificare la pianta. Quando hanno la bava alla bocca hanno i pidocchi e il primo pidocchio si deve ucciderlo con l'unghia del pollice dentro un secchio di rame. Quando hanno gli occhi incassati significa riscaldo, quando prude il naso e fanno la pipì che a terra diventa bianca allora hanno i vermi; quando mangiano e non ingrassano, gli si notano le costole e l'osso sacro, hanno *el mal del simioto*; quando hanno i polsi, le ginocchia, le caviglie e la testa grande allora sono rachitici. Se i capelli stanno ritti per aria, gli occhi *son sbatuti* e le unghie si fanno più rosee del solito, vuol dire che uno sta poco bene. Per sapere se un bambino nasconde un male lo si mette a contatto con una vera d'oro: se *lascia il nero* il bambino è ammalato. Se la pipì di un bambino ammalato fa morire una pianta di ortica, allora è grave... Potrei andare avanti ore e ore! C'erano detti e rimedi per ogni problema».

I due uomini la guardano stupiti.

«A sentire certe cose al giorno d'oggi c'è da mettersi le mani nei capelli» ammette Rosapineta. «Ma allora... be', allora era tutto molto diverso...» Fa una pausa. Si passa una mano sulla fronte come a scacciare un pensiero e riprende la storia.

«Dunque, a un certo punto, sarà stata quasi la mezza, la mia amica Speranza e io sentimmo la campanella suonare, la ruota che girava e i singhiozzi di una donna nella calle. Io avevo una gran voglia di spiare per vedere che faccia avesse la madre del bambino che ci veniva affidato, ma Speranza mi trattenne afferrandomi per un braccio. Mi disse che era proibito, che bisognava rispettare l'anonimato e il dolore. Mi disse che si trattava di persone disperate, e io ancora non capivo che aveva ragione. Non appena dalla feritoia apparve il bambino udimmo i passi della donna allontanarsi, via via sempre più rapidi finché sparirono, sommersi come ogni cosa dalla nebbia...»

Nane scuote la testa. «*Voltà el cantòn, passà el dolor*» commenta.

Rosapineta vorrebbe replicare che il giudizio non è degli uomini, ma preferisce tacere. Pensa a sua madre, che non ha mai conosciuto, e alle madri di tutti i bambini passati per lo Spedale. Ogni cuore ha il suo dolore, sente dire spesso. A volte ci vuole un amore molto grande per abbandonare qualcuno.

«E il bambino?» chiede Olindo.

«Era un bel bambino! Un po' patito, ma buono. Ci guardava con i suoi occhioni azzurri che spuntavano da una logora coperta grigia e muoveva le dita, come se cercasse di afferrare qualcosa. Tra le pieghe della coperta trovammo la mezza medaglietta che ho tra le mani e un biglietto».

«Cosa è che c'era scritto sul biglietto?» incalza Nane curioso.

«*Abi pasiensa! Ostrega!*»

«Oh, lo ricordo perfettamente» dice Rosapineta. «Come fosse appena ieri. Era un bel biglietto. C'era scritto…»

Capitolo quarto

1891. Androne dello Spedale della Pietà, Venezia

Per fatali condizioni mi vedo costretta ad affidare il mio innocente fanciullo alla cura di questo Spedale per trovatelli. Il suo nome è Eligio S.

In nome di Dio, della Santissima Vergine e di tutti i Santi, permetta il Cielo che io possa riaverlo un giorno tra le mie braccia.

Una madre affranta

Speranza piegò il foglio in quattro e lo mise insieme alla mezza medaglietta in un catino di zinco poggiato sopra una mensola. Lì venivano riposti i segnali e, se ce n'erano, i messaggi che li accompagnavano. Il segnale era un oggetto diviso a metà. Delle due, una restava al genitore, l'altra accompagnava il bambino all'Istituto: se un giorno la madre o il padre fossero tornati a riprendersi il proprio figlio, avrebbero dovuto esibire la loro metà del segnale.

Speranza sollevò il bambino dalla ruota e lo tenne tra le braccia sotto la luce di una lampada ad olio.

Rosapineta le saltellava intorno tutta agitata. «Posso vederlo? Posso vederlo?» ripeteva.

«Ssttt. Vuoi che ci scoprano?»

«Fammelo vedere» disse a bassa voce.

«Ecco, guarda».

«Che carino! Ha due begli occhioni azzurri! Azzurri come la laguna dopo un acquazzone!»

«Sì,» rispose Speranza facendo una smorfia «è carino, ma i bambini piccoli lo sono tutti».

«Questo lo è di più!» affermò Rosapineta convinta. «Sono sicura che è il più bel bambino mai portato allo Spedale!»

«Non ti sembra di esagerare?»

Rosapineta scrollò il capo corrugando la fronte. «È il bambino più bello» ripeté.

Era la prima volta che assisteva alla deposizione di un esposto. Si sentiva eccitata e al tempo stesso investita di una nuova, importante responsabilità. Decise all'istante che ne avrebbe avuto cura come una sorella maggiore, così come Speranza si era presa cura di lei in tutti quegli anni. Era una cosa comune, soprattutto tra le ragazze, quasi un mutuo soccorso. In un luogo dove *famiglia* era una parola priva di significato concreto e lontana dalla realtà, capitava che si creassero spesso dei legami indecifrabili e talvolta improbabili che sopperivano alla mancanza di consanguinei affetti. Vi era sempre qualcuno, all'Istituto, che si prendeva a cuore la sorte di un nuovo arrivato, e allo stesso modo quel nuovo arrivato finiva un giorno per accudire un altro nuovo esposto, anno dopo anno, generazione dopo generazione.

«Credi che un giorno potrò essere anch'io una rotàra?» chiese Rosapineta toccando con un dito le manine protese del piccolo. «Mi piacerebbe accogliere i bambini. Penso che sarei una bravissima rotàra!»

«Sarà la priora a deciderlo. Non certo tu».

Quando Rosapineta sentiva parlare della madre superiora le si rizzavano i peli come a una gatta.

«Grrr...»

«Che ti piglia?»

«Bocca mia taci che è meglio!»

«Ancora con questa storia? Si può sapere perché ce l'hai tanto con suor Deodata?»

«Io niente. È lei ad avercela con me!»

«Vergogna! Dovresti lavarti la lingua con la cenere! Non son cose nemmeno da pensare, queste».

«Be', io le penso! È forse vietato pensare?»

«Qui dentro siamo tutte uguali, soprattutto agli occhi della madre superiora».

Uguali come fiocchi di neve, pensò Rosapineta. A suo modo di vedere non erano un abito o una carica a far di un cristiano un buon cristiano. In quanto agli occhi di suor Deodata... le venne da ridere. Scrollò le spalle e canticchiando prese il bambino in braccio.

«*Ara bàra cotìro cotàra, bin bón cotìro sabión, fighi séchi lèva la bòta compare balòta!*»

«La vuoi smettere? Finisce che arriva qualcuno! Giuro che è l'ultima volta che...»

«Piccola canaglia!» esclamò d'un tratto Rosapineta arricciando il naso. «L'hai mollata! *Gigio Buraca fa la caca, lo go visto coi me oci, Gigio Buraca ga i peoci!*»

Speranza sorrise. Il suo viso candido esprimeva pensieri chiari e per bene. Aveva un corpo goffo, una testa di capelli color carota portati *alla vergine* e una straordinaria tendenza ad arrossire. Erano passati ventidue anni da quando la sua testa fulva aveva fatto capolino dalla ruota in un'afosa notte d'estate. Non avendo mai ricevuto offerte di matrimonio, essa si stava avviando a divenire una giubilata, nel linguaggio dell'Istituto una ragazza fuori età per trovar marito. Ripagava lo Spedale che la manteneva occupandosi di quel che capitava, dai servizi di cucina alla lavanderia, dalla ruota all'infermeria. Era una ragazza dal cuore grande e buono, che conservava intatti l'entusiasmo e l'ingenuità della prima infanzia.

«Lo trovi ancora tanto carino, ora?» disse maliziosa. «Lo sai come dicono? Colombi e bambini sporcano le case».

Scherzava, naturalmente. Speranza adorava i bambini. E anche i colombi, quando non sporcavano la biancheria appena stesa ad asciugare.

«Lo trovo più che carino!» rispose Rosapineta sostenuta. «Lo trovo a-do-ra-bi-le!»

«Allora accomodati. È tutto tuo. Deve esser cambiato!»

«La rotàra sei tu. È compito tuo».

«Ah sì? E io con me non ti ci porto più!»

«Ma non sono buona a cambiarlo...»

«T'insegno io».

Rosapineta sbuffò. Il suo corpo, esile e minuto, si muoveva nervoso, a scatti, come i suoi occhi, piccoli e vicini tra loro. Consegnò il piccolo a Speranza, che lo depositò sul grande tavolo rotondo situato a lato della scalinata.

«Portami la lampada» chiese.

In una nicchia scavata nella parete c'erano panni puliti e camiciotti pronti all'uso.

«Cominciamo col togliere questa copertina» disse. «E questi calzettoni, e... oh!»

«Che c'è?»

Speranza fece un passo indietro scostandosi dal bambino. Sembrava disgustata.

«Che c'è?» ripeté Rosapineta poggiando la lampada sul tavolo. «Ne ha fatta così tanta? *Gigio Buraca fa la caca, lo go visto coi me oci, Gigio Buraca ga...*»

«Piantala!» sbottò Speranza. «Poverino» mormorò quindi portandosi una mano sulla bocca.

Rosapineta si avvicinò. La luce impietosa della lampada mostrò la gamba destra di Eligio. Era deforme.

«Ecco perché l'hanno abbandonato» disse colpita. «Pensi che potrà guarire?»

«Non lo so… Il dottore verrà domani mattina» rispose Speranza. «Sarà lui a dirlo».

Eligio le guardò curioso entrambe. Poi si corrucciò, come se stesse intensamente riflettendo e divenne tutto rosso. Infine, soddisfatto il bisogno, emise un rilassato gorgoglio di approvazione.

Capitolo quinto

1891. Baliatico dello Spedale della Pietà, Venezia

Terminato ch'ebbero di cambiarlo, Speranza e Rosapineta portarono il bambino al piano superiore, al baliatico, dove sapevano di trovare la balia Beppa, che tutti chiamavano Beppona per via della stazza. La Beppona faceva la spola tra casa e l'Istituto, allattando per tutto il tempo. Aveva undici figli e quando non dava il latte ai propri bambini si prestava a donarlo ai trovatelli dello Spedale. Per la sua opera l'amministrazione le passava un piccolo sussidio, pari a sedici lire mensili più tre lire extra nei mesi estivi, quelli di maggior affollamento, e benché non si potesse negare che la Beppona avesse necessità di quel denaro, tuttavia essa possedeva un animo così nobile che avrebbe prestato ugualmente i propri favori anche in cambio di una semplice preghiera.

«Tu fila» disse Speranza sottovoce. «Se sanno che sei stata con me alla ruota sono guai, per tutt'e due».

«Ti aspetto qui nel corridoio».

«Va bene, ma non un fiato!»

Speranza attraversò la prima delle sale, lo spogliatoio per la pulizia dei bambini. C'erano grandi tavolati in legno disseminati di recipienti e vaschette in ferro smaltato, bracieri e lampade ad alcool per scaldare il latte e l'acqua, e moderni fornelli a gas. Le pareti, bianche, avevano gli spigoli arrotondati ed erano stuccate ad olio fino a un'altezza di due metri.

C'erano ampie finestre che davano sul Canale dei Greci e fori a folletti per aumentarne la ventilazione. Sulla parete più lontana dello spogliatoio una porta consentiva l'accesso alla stanza delle culle, isolata dal resto dell'edificio in un'ala tranquilla e luminosa.

«Che hai lì?» sussurrò la Beppona non appena vide la ragazza. Grossa com'era, con la veste bianca delle balie e la cuffia sulla testa, sembrava un enorme e grottesco bambolotto di pezza. Sedeva avvolta dalla penombra. Alle sue spalle si muoveva silenziosa tra le culle suor Elpidia, che da tempo immemorabile si occupava del baliatico.

La stanza era una camera ampia, di forma allungata, che sapeva di latte e di bambini, un misto di vaniglia e fenolo. Rosapineta a volte ci entrava di nascosto, solo per deliziarsi di quell'odore. Era una cosa che le piaceva molto. Non tanto quanto cantare nel coro, la sua grande passione, ma abbastanza per rischiare le ire della madre superiora.

«Si chiama Eligio» rispose Speranza. «Credo abbia due, forse tre settimane... non so. Voi che dite?»

«Fa' vedere». La Beppona depose la piccola che aveva in grembo in una delle culle. «Tu da domani mangi solo pane e minestra...» le disse. «Sei troppo cresciuta per starmi ancora attaccata al seno».

Speranza le porse il bambino. «Ecco, tenete».

Dalle culle si levavano colpetti di tosse e gemiti sommessi.

«Sttt» faceva suor Elpidia sottovoce. «Dormite, piccolini». Di tanto in tanto ne carezzava qualcuno oppure faceva brevemente dondolare una delle culle.

«È un bel fantolino» disse la Beppona circondandolo con le sue poderose braccia. «Ha solo bisogno di mangiare».

«Non solo» disse Speranza. «Guardate la gamba destra...» E arrossì, come se la colpa di quella malformazione fosse in qualche modo imputabile a lei.

La Beppona guardò. Quindi, senza tradire alcuna emozione, baciò due volte la testa del piccolo, con dolcezza. «Ha solo bisogno di mangiare» ripeté sottovoce. E se lo portò al petto.

Rosapineta non aveva resistito alla curiosità. Attraversato silenziosamente lo spogliatoio, seguiva la scena attraverso la fessura della porta socchiusa. I suoi occhi piccoli e vivaci sorridevano. Che il seno delle balie potesse contenere tutto ciò che era sufficiente a far crescere sano e robusto un bambino le era sempre parso una sorta di miracolo. Istintivamente guardò giù, il proprio torace, provando a immaginarselo gonfio di latte e morbido come quello della Beppona, e le venne da ridere. Come facevano certe donne a portare a spasso con noncuranza un tale...

«Che ci fai tu qui e a quest'ora?» chiese una voce gelida alle sue spalle.

Rosapineta trasalì ruzzolando goffamente all'interno della stanza. Finì contro un tavolo e tutte le bacinelle che vi si trovavano sopra caddero a terra in un fragore assordante. Dalle culle assonnate si levò un coro di pianti e strepiti. Un braciere acceso finì anch'esso a terra e una tenda prese fuoco.

La Beppona per poco non si fece scivolare Eligio dalla braccia. «Ma che...?»

Con un riflesso fulmineo, suor Elpidia afferrò una delle vaschette piene d'acqua e la gettò contro le fiamme. Si udì un sibilo e un sottile filo di fumo si levò verso il soffitto.

Rosapineta era a terra, seduta a gambe larghe. Un camiciotto sporco le ricopriva la testa. Sollevò un lembo di tessuto e si guardò intorno sorpresa.

Suor Deodata stava ritta sulla porta, la cuffia calcata sulla testa, le mani infilate nelle maniche, come usava fare. La fioca luce delle lampade la colpiva dal basso verso l'alto dandole un aspetto terrifico.

«Torna immediatamente nella tua camerata» disse brusca.

Il suo sguardo era sfuggente, nel senso letterale del termine: fin dalla nascita era apparsa evidente quella sua bizzarra malformazione, quell'arcano strabismo congenito per cui i suoi occhi guardavano in direzioni diverse, come quelli di un camaleonte. Un fatto curioso e buffo per un estraneo, ma non per i ragazzi dell'Istituto. Chi conosceva suor Deodata sapeva perfettamente che dietro quello sguardo si celavano fermezza e rigore. E un carattere temprato.

Rosapineta prese fiato per replicare.

«Non una parola!» la precedette suor Deodata. «Domani faremo i conti».

La stanza era satura dell'acre odore di tessuto bruciato.

«Elpidia,» ordinò la superiora «spalanca le finestre e trasferisci le culle nello spogliatoio. Speranza, tu aiutala!»

Rosapineta guardò l'amica con aria mortificata, ma la ragazza, accesa in viso e offesa, non ricambiò lo sguardo.

Per uscire, Rosapineta fu costretta ad appiattirsi tra lo stipite della porta e la madre superiora, che non le cedette il passo di mezza spanna.

Quando fu oltre la soglia, Rosapineta liberò tutta la sua collera ringhiando.

«Grrr!» fece. E nel buio della sala a suor Deodata parve davvero il ringhio ostile di un piccolo cane rabbioso.

Capitolo sesto

1891. Spedale della Pietà, Venezia

Nei giorni che seguirono, Eligio restò confinato nei locali del baliatico come si conveniva ai lattanti. Essi potevano essere messi a balia in Istituto o presso famiglie esterne, generalmente in terraferma o in collina, dove l'aria veniva considerata più salubre. Ma la mancanza di balie era cronica quanto l'abbandono stesso dei bambini e i magri compensi corrisposti per i servizi prestati non contribuivano certo a favorire il loro offrirsi.

La mattina del secondo giorno Eligio fu visitato dal Sanitario, un medico che operava presso l'Ospedale dei Santi Giovanni e Paolo alle Fondamenta Nuove, tale Augusto Furlanetto. Quando il dottor Furlanetto vide la gamba deforme di Eligio disse:

«Ah...»

Poi aggiunse che si trattava di una forma congenita, forse causata da un parto difficoltoso, non risolvibile se non a fronte di spese mediche ingenti. Disse anche che non sarebbe stata di ostacolo all'autonomia del bambino né alle sue aspettative di vita. Una volta completato lo sviluppo fisico, la muscolatura avrebbe provveduto a compensare l'inadeguatezza di quell'arto.

Il futuro, poi, era nelle mani pietose della Provvidenza. La mortalità era elevatissima e sopravvivere per più di un mese all'Istituto era considerato per un nuovo esposto un inizio assai incoraggiante.

Le malattie infettive, così come quelle di costituzione, erano frequenti e numerose quanto le esposizioni alla ruota, e la percentuale dei decessi drammatica. Vaiolo, risipola, febbre miliare, tosse convulsa, gastroenterite, moccio, sifilide, scrofola, pellagra, rachitismo, osteomalacia, marasmo, tubercolosi, erano solo alcune delle terribili malattie con cui medici come Augusto Furlanetto dovevano misurarsi quotidianamente. Con un briciolo di cinismo, che gli derivava dai numerosi anni di esperienza, egli definiva la morte *provvida dispensiera*. Era grazie ad essa, per così dire, che le stanze dell'Istituto non traboccavano di bambini ricoverati. Si trattava, sempre secondo la sua opinione, di una naturale selezione alla vita.

«Soltanto i più forti sopravvivono» era solito dire.

Operata la prima visita, il dottor Augusto Furlanetto divideva i bambini in Sani, Malati e Sospetti. I Sospetti erano tenuti per quarantacinque giorni in un reparto speciale dell'Istituto, l'Osservazione, in attesa di verificare l'evolversi o meno della malattia di cui sembravano avere i sintomi. I Sospetti che diventavano ammalati e i Malati propriamente detti venivano poi trasferiti, a seconda della gravità del loro male, all'infermeria dell'Istituto o all'ospedale della città e lì curati. I Sani invece erano iniziati normalmente alla vita dell'Istituto.

Malgrado la disfunzione dalla quale era affetto, tale fu altresì il destino di Eligio che il dottor Furlanetto dopo attenta visita attestò:

«Malforme, ma sano».

L'identificazione del neonato avveniva attraverso la sigillatura di un piccolo piombo posto alle estremità di un cordoncino di seta che il trovatello portava stabilmente intorno al collo. Sul piombino erano incisi l'anno dell'abbandono e il numero assegnato all'atto dell'accoglimento.

La mattina del 6 novembre 1891, il segretario generale prese dal cassetto della sua scrivania una nuova cartellina di cartoncino chiaro e vi scrisse sopra il numero *1304*. Poi, più in basso, verso il centro, vi aggiunse *Eligio S.* Quindi aprì la cartellina, vi inserì il messaggio, il segnale, la nota redatta dalla rotàra di turno al ricevimento del bambino, e la richiuse. Infine spalancò il grande armadio che fungeva da archivio e depose la cartellina sopra uno scaffale, in attesa che Speranza registrasse il nuovo arrivato nell'apposito registro, il Libro Scafetta.

Poiché i neonati, come detto, non sopravvivevano che pochi giorni, era consuetudine attendere qualche settimana prima di effettuare la registrazione vera e propria. Ciò che invece, per il medesimo motivo, si preferiva compiere con una certa urgenza era il battesimo, operato solitamente dal reverendo parroco della vicina chiesa di San Giovanni Battista in Bragora. La celebrazione del battesimo veniva officiata in tempi brevi, dimodoché, se il bambino non fosse sopravvissuto a lungo, la sua anima, almeno, si sarebbe potuta ricongiungere all'Altissimo.

In occasione del battesimo di Eligio, fu la Beppona a fare da madrina.

«Rosapineta avrebbe desiderato far lei da comare» confidò Speranza quella sera stessa alla balia.

«Diamine, non si è mai sentito di una comare bambina!»

«Dico solo che le sarebbe piaciuto. Si è presa particolarmente a cuore il futuro di quel fantolino...»

«Ed è una cosa buona. Però ascolta quello che ti dico, Speranza. Se Dio vorrà concedere a questo piccoletto di vivere, Rosapineta avrà le sue occasioni per prendersene cura, te lo garantisco. E qualcosa mi dice che così sarà».

«Credete davvero?»

«Quei due si assomigliano, ragazza. Più di quanto sia dato da vedere».

E la Beppona aveva ragione. Eligio avrebbe avuto scarse probabilità di andare in affidamento presso una famiglia: le tare fisiche rappresentavano il più delle volte ostacoli insormontabili. Così come i problemi caratteriali, palesatisi in Rosapineta fin dalla più tenera età. Lei ed Eligio si assomigliavano davvero: erano due svantaggiati e lo sarebbero stati per gran parte della loro vita.

Quella sera la Beppona non lo disse, ma pensava che anche Speranza fosse del loro stesso stampo, una svantaggiata. La sua timidezza le arrecava gran danno e senza personalità la vita poteva risultare assai più difficile di quel che già era.

Speranza, Rosapineta, Eligio: creature destinate a rincorrere, a scavalcare ostacoli, legate dal filo invisibile della cattiva fortuna. Nondimeno quel legame, se saldo, avrebbe potuto rappresentare la loro salvezza.

Capitolo settimo

1891. Cucina dello Spedale della Pietà, Venezia

La peggior punizione che suor Deodata potesse assegnare a Rosapineta era, a suo modo di vedere, la proibizione di cantare nel coro.

Il coro delle ragazze della Pietà possedeva un illustre passato dovuto alla fama e alle grandi capacità del suo creatore, Antonio Vivaldi, il Prete Rosso. Delle scuole di canto e musica della città, l'Istituto della Pietà era senza ombra di dubbio il più celebrato. Il suo prestigio richiamava appassionati da ogni parte di Venezia e dalla terraferma. I suoi concerti, le *accademie*, tradizionalmente tenuti a Natale e il giorno di san Marco, erano gremiti di pubblico che si distingueva per competenza e raffinatezza.

Il canto rappresentava per Rosapineta una liberazione. Non era una cantante particolarmente dotata (avesse avuto anche solo la metà del talento di Speranza sarebbe potuta diventare una eccellente contralto), ma potente, e quando gonfiava il petto e spalancava la bocca tutta la rabbia che aveva dentro se ne usciva fuori.

«Hai una voce che è come un cavallo imbizzarrito!» le diceva spesso Ambrogio Corsini, il maestro di Cappella, un uomo comprensivo e attento, di grande esperienza, già maestro del Conservatorio di Padova e della Scuola delle Arti Musicali di Asolo. «Devi imbrigliarla, domarla e poi servirtene».

Ambrogio Corsini, che qualcuno in altri tempi avrebbe definito un fine psicologo, ma che allora era soltanto uno capace di leggere le persone, sapeva perfettamente che Rosapineta aveva necessità di rimanere nel coro, che quel suo dar sfogo alla rabbia era in qualche modo terapeutico e che impedirle di farlo avrebbe causato di certo più danni che benefici. Rosapineta era come una caponera sotto pressione che il canto, di tanto in tanto, sfiatava evitandole di scoppiare.

La seconda peggior punizione per Rosapineta era costituita dal servizio in cucina. Oltre al fatto che era costretta a dormire e a mangiare isolata dalle altre ragazze, in uno stanzino tra la dispensa e la lavanderia poco più grande del giaciglio che serviva da letto, c'era sempre un'infinità di faccende da sbrigare. E una volta finito era già tempo di ricominciare daccapo. C'erano piatti da lavare e pavimenti da lustrare, verdure da affettare, zuppe da bollire, pane da infornare, carne da frollare, paioli da scrostare e via dicendo, in una spirale di lavoro che sembrava non avere mai termine.

Durante il mese trascorso in cucina (tanto durò la punizione quella volta), l'unico contatto con il resto del mondo fu, per Rosapineta, l'amica Speranza, che non appena poteva si precipitava a prestarle conforto e tenerle compagnia. Le raccontava di Eligio. Le diceva che era d'indole buona, che era un gran mangione e che le balie avevano il loro da fare a stare dietro ai suoi appetiti. Rosapineta ascoltava trasognata, dimentica per un po' dei suoi doveri, cercando di immaginare il suo protetto mentre succhiava il latte o rideva, o mentre giaceva addormentato in una delle culle.

Ma quando Speranza se ne andava e Rosapineta restava sola con le sue faccende, le si mettevano in moto i pensieri cattivi che la angustiavano e le rodevano l'animo. Il timore che ella nutriva era che la madre di Eligio venisse a riprenderselo. E per quanto Rosapineta sapesse in cuor suo che una circostanza del genere era a dir poco improbabile, sia perché le restituzioni erano eventi straordinari sia perché Eligio era menomato, a quel pensiero non riusciva a darsi pace. La sua coscienza le diceva che la cosa più naturale e più giusta per un bambino era stare con la propria madre, tuttavia Rosapineta non poteva fare a meno di augurarsi che quella donna non lo volesse più. Si vergognava di quei pensieri non consoni a una ragazza timorata di Dio, eppure non riusciva a scacciarli dalla propria mente, arrivando a rallegrarsi del fatto che Eligio fosse nato con quella gamba deforme, poiché se Eligio a causa di quella gamba aveva scarse possibilità di ritornare con sua madre, Rosapineta ne aveva, al contrario, maggiori di tenerlo con sé all'Istituto.

Si diceva che se il bimbo esposto non veniva reclamato entro un mese, non sarebbe stato reclamato mai più. Ma una madre, si diceva anche, è madre per sempre.

«Devo pregare tanto per te» affermava sospirando Speranza al termine delle sue brevi visite. «Devo pregare anche per tutto quello che tu non preghi».

«Passi così tanto tempo a pregare, tu, che dovresti farti suora!»

Speranza allora rispondeva che non bastava pregare per essere scelta come sposa di Gesù, ma si doveva ricevere la *chiamata*.

«Suor Elpidia» le raccontò un giorno «mi ha detto della sua *chiamata*. È accaduto durante una messa, saranno cinquant'anni ormai... era Natale. Qualcosa nel suo cuore ha fatto *toc*...»

Rosapineta sorrise. «Magari era qualcosa che aveva mangiato la sera prima!» disse.

«Non essere sciocca! Era alla funzione con la sua famiglia. L'hanno vista sbiancare in viso e poi accasciarsi quasi svenuta...»

«Sarà stato il caldo!»

«A dicembre?»

«Allora sarà stato il freddo!»

«E smettila! Lo fai apposta per farmi arrabbiare!»

Rosapineta stava passando uno straccio umido sul pavimento della cucina. Speranza non vedeva il suo viso, rivolto a terra, ma dal sobbalzare delle spalle intuì che rideva di lei.

«Sei impossibile! Comunque non importa...»

«Allora» riassunse Rosapineta «suor Elpidia, che ancora non è suor Elpidia ma solamente Elpidia, diventa tutta bianca e casca a terra con le convulsioni...»

«Non ho detto che aveva le convulsioni».

«Be', le saranno venute, no?»

«E invece no. Quando l'hanno accompagnata all'esterno sorrideva e aveva un viso angelico. Diceva di aver sentito la voce di Gesù che le parlava dalla croce!»

«Come san Francesco!»

«Proprio!»

«E cosa le diceva?»

«Di smettere le cose materiali e di occuparsi dello spirito».

«Lo spirito di chi?» chiese Rosapineta.

«Di tutti! Il suo e quello del prossimo e... Oh, ma tu continui a burlarti di me!»

Non era di Speranza che Rosapineta si prendeva gioco. Questo fatto della *chiamata* la turbava. Tutte le suore dell'Istituto parlavano della *chiamata* e anche molte tra le ragazze che suore non erano. Giungeva un momento, dicevano, in cui Gesù puntava il dito e diceva: *Tocca a te, Elpidia* (o Speranza, o Deodata, o Rosapineta)*, sarai la mia sposa.* Essere la sposa di Gesù rappresentava un onore e non era certo questo a turbare Rosapineta. Ciò che realmente le faceva paura era la possibilità di non esserne degna, di non essere abbastanza meritevole da ricevere la vocazione. I continui rimproveri di suor Deodata e le punizioni di cui era oggetto la facevano dubitare della sua virtù.

«Chi si burla di te?» chiese la madre superiora piombando come un falco nella stanza. La sua veste nera era così scura e tetra che pareva ritagliata da un drappo funebre.

«Madre!» esclamò Speranza trasalendo. Il suo viso si confuse in un istante con il tono acceso dei capelli.

Suor Deodata le piantò addosso i suoi famigerati occhi divergenti: era come avere due dita conficcate nella carne. «Che ci fai qui?» sibilò.

«Niente...» balbettò Speranza.

«Allora vai a fare qualcosa. E vallo a fare da qualche altra parte. Mi sono spiegata?»

«Sì, madre superiora». Speranza fece un mezzo inchino e filò veloce verso le scale.

«Per quanto riguarda te, Rosapineta, conviene che entro mezz'ora questo pavimento brilli come i cristalli del Vaticano o potrai dire definitivamente addio al tuo coro».

Rosapineta rimase in silenzio. Non fiatò. Non alzò nemmeno la testa. E nemmeno ringhiò, com'era solita fare. Continuò semplicemente a passare lo straccio e a mordersi la lingua per non rispondere.

Si domandava spesso se la madre superiora ce l'avesse con le altre ragazze dello Spedale tanto quanto mostrava di avercela con lei, ma non le pareva. Forse, si diceva, la causa di tutto quell'impuntarsi era il suo esser difficile di carattere. Rosapineta possedeva un'abilità particolare nel cacciarsi nei guai e una lingua lunga dalla Pietà al ponte degli Scalzi. Non era infrequente vederla azzuffarsi in cortile con gli altri bambini. La sua specialità consisteva nello strofinare il naso del malcapitato di turno sui sassi. Il *gratta-gratta* lo chiamava. Era il suo spirito, ribelle, irrequieto. O forse non era nemmeno per quello. Magari a suor Deodata non andava il fatto che

Rosapineta fosse così piccola di statura. Ma non le sembrava neppure che fosse una gran colpa l'essere minuta, di ridotte dimensioni. *Donne e sardine son buone piccoline*, si diceva a Venezia. O, ancora, poteva esser colpa dei suoi occhi, così ravvicinati. Poteva darsi che la madre superiora fosse ingelosita di quegli occhi piccoli e vicini, così diversi dai suoi, grandi e divergenti, che guardavano sempre un po' di qua e un po' di là. I ragazzi, all'Istituto, riprendendo una diceria tramandata dagli anziani, raccontavano che la piccola Deodata, da bambina, si fosse guardata allo specchio e, spaventandosi, fosse diventata strabica all'improvviso.

Rosapineta non temeva suor Deodata, ma ne era turbata. Quel che la impressionava era la sua incrollabile fermezza in ogni circostanza, e l'assenza di profondità in quegli occhi strabici. A volte, guardandola, le pareva di immergere il proprio sguardo nel nulla, in un nero piatto e vagamente angosciante.

Quella sera stessa Speranza fece pervenire a Rosapineta un bigliettino.

Non posso più venire a trovarti in cucina, diceva il biglietto. *La Madre mi ha detto che non mi sto comportando bene, che il Signore mi vede e che Gesù non mi chiamerà mai se continuo a disobbedire. Perdonami. Ci vedremo quando avrai scontato la tua punizione. Pregherò per te. Tua Speranza.*

Una mattina, mentre curava le verze e pelava le patate per la zuppa, Rosapineta sentì il campanello del portone tintinnare. C'era una finestrella di aerazione, piccola e tonda, all'altezza dei fornelli, che si affacciava sul cortile interno e permetteva di vedere, oltre le vetrate opposte, l'androne dell'Istituto. Rosapineta mollò le verdure e si precipitò alla finestrella. V'infilò gli occhi e il naso e guardò. Vide una donna giovane con il capo coperto da uno scialle scuro. La donna parlottò per qualche secondo con la suora che le aveva aperto, quindi la seguì al piano superiore, nei locali dell'amministrazione.

Rosapineta tornò alle proprie faccende con il cuore in tumulto e le mani tremanti. Qualcosa le diceva che quella donna era la madre di Eligio e che sotto quello scialle scuro stringeva la mezza medaglietta di riconoscimento. Se lo sentiva. Speranza le aveva detto che a volte capitava. Non spesso, anzi di rado, ma capitava. La madre si pentiva, i sensi di colpa diventavano insopportabili, oppure le succedeva di ricevere una rendita improvvisa, o l'aiuto della famiglia, una cosa così e in un attimo il bambino se ne tornava a casa sua. Le gote le andarono in fiamme e cominciò a ringhiare.

Non avrebbe saputo spiegare come, ma si sentiva intimamente legata a Eligio. Forse a causa di quella gamba mal fatta o perché si trattava del primo bambino che aveva veduto sulla ruota, o forse per via di qualcosa di così sottile che ancora la sua giovane età e l'inesperienza non le permettevano di comprendere.

Strappò le foglie scure dalle verze quasi fossero piccoli e terribili mostri da estirpare e calò il coltello sulle patate come una ghigliottina.

Dopo qualche minuto tornò ad affacciarsi. L'androne era vuoto. In sottofondo giungevano le voci del coro che provava il *Dixit Dominus*. Ecco un altro buon motivo di risentimento: il coro nel quale le era fatto divieto di cantare. Afferrò il coltello e con un colpo secco aprì in due una grossa verza provando un piccolo brivido di piacere nel vedere le due metà rotolare a terra. Tolse dal cesto un'altra verza, più grossa della precedente, e si accingeva a sistemarla sul tagliere per una seconda esecuzione quando uno scalpiccio proveniente dall'androne la interruppe. Corse alla finestrella e guardò. Suor Deodata scendeva impettita la scala a torciglione, le spalle diritte e lo sguardo rivolto in avanti come se sapesse esattamente quanti e quali gradini si trovavano sotto i suoi piedi. Era questo senso di sicurezza ostentata che in lei inquietava. Dietro la madre superiora c'era la donna col capo coperto dallo scialle. In braccio teneva un fagotto avvolto in una coperta bianca. Suor Ondina, assistente del segretario generale, chiudeva quel piccolo e silenzioso corteo.

Rosapineta serrò le dita, e le sue unghie si conficcarono nella verza che teneva ancora tra le mani. Era rabbiosa. Di più, era furente. Eligio se ne andava e a lei non era nemmeno concesso di salutarlo. Una buona madre, pensava, non abbandonava il proprio figlio. Una buona madre, pensava, non veniva a riprenderselo quando più le comodava. Buona o non buona, la sua non era mai tornata, condannandola di fatto a un destino non voluto, fatto di suore e di madri superiori, di punizioni e di anni duri come granito, conditi dall'amara consapevolezza che oltre quelle mura c'era, o c'era stata, una madre anche per lei e che le proprie gambe, a differenza di quelle di Eligio, erano dritte e i suoi piedi, anche se piccoli, regolari. Ma tutto ciò che a Rosapineta non era bastato per rivedere sua madre ora sembrava bastare a Eligio. Il mondo era sporco e ce l'aveva con lei.

Lanciò la verza contro il muro con tutte le sue forze e si mise a urlare.

Capitolo ottavo

1891. Le Corderie, Venezia

Maria si svegliò di soprassalto, in preda ai brividi. Aveva sognato che Eligio le era stato portato via. Allungò una mano sul pagliericcio e lo cercò, nel buio, ma percepì soltanto le ruvide protuberanze della canapa.

Non si trattava solo di un brutto sogno, purtroppo. Eligio non c'era più. E la sua mancanza era reale, come reali erano il freddo e il buio intorno a lei. E la fame, che viveva stabilmente nel suo stomaco.

Era stata lei stessa ad abbandonarlo. La consapevolezza del suo disperato gesto la colpì, nel torpore del risveglio, con la violenza di una porta sbattuta sulla faccia. Non era stata una disgrazia o un uomo cattivo o qualcosa di inesplicabile a sottrarle suo figlio. Niente di tutto ciò. Lei l'aveva deposto su quella ruota, lei aveva lasciato che lo portassero all'interno dello Spedale, lei aveva voltato le spalle ed era corsa via. La colpa di quanto accaduto era solamente sua.

Maria si coprì il volto con le mani e scoppiò a piangere, pur sapendo che piangere non le sarebbe servito a nulla.

Non era ancora l'alba. Un'ombra si mosse furtiva lungo la parete. Poi si fermò squittendo.

Le notti di Maria erano fredde e insonni, assomigliavano a lunghe ed estenuanti battaglie. Era la coscienza a tenerla sveglia. Questo, almeno, era ciò che pensava. Sapeva di essersi macchiata di un peccato grave, così come sapeva che, malgrado le apparenze, non aveva attenuanti: abbandonare il frutto del proprio sangue era un delitto orribile, un crimine senza giustificazioni.

Erano passate tre settimane da quella triste notte di nebbia in cui la sua mano tremante aveva fatto girare la ruota. Tre settimane d'inferno. Le colpe non si espiavano tutte dopo la morte: alcune si scontavano anche in vita.

Aveva cercato, con scarsi risultati, di persuadere se stessa che Eligio avesse più possibilità di sopravvivere all'Istituto piuttosto che insieme a lei, tra calli e ponti e umidi edifici smessi, in balia del freddo e della fame. Desiderava convincersi che la sua fosse stata una scelta buona, l'unica possibile. A dispetto del proprio senso morale, aveva provato a trovare una giustificazione per quel gesto. Ma, naturalmente, giustificazione non vi era, e ogni suo ulteriore tentativo in tal senso si era rivelato inutile.

Benedetto chi ti porta, maledetto chi ti manda, dicevano a proposito dei "gettatelli".

Maria non voleva essere maledetta, né voleva che Eligio, una volta cresciuto, pensasse una cosa tanto orribile di sua madre.

Si asciugò le lacrime servendosi dell'orlo consunto della sopragonna e respirò a fondo.

Davanti ai suoi occhi arrossati dal pianto, gli ampi colonnati delle Corderie, l'antica officina ora in disuso per la produzione delle funi, sembravano giganteschi soldati di guardia a un tesoro abbandonato.

Il tetto, altissimo come quello di una chiesa ma non altrettanto indulgente e benevolo, mostrava l'usura del tempo nelle travi marcite e guastate dai tarli e dai nidi di uccelli. Gli spifferi non si contavano (c'erano squarci nei muri talmente grandi che ci sarebbe potuto passare un uomo senza nemmeno essere costretto ad abbassare la testa), così come i topi, gli scarafaggi e i cani randagi.

Maria non era l'unica ad essersi appropriata di un giaciglio nelle vecchie e malandate Corderie. Altri come lei non avevano un posto dove andare di notte e di giorno vivevano di espedienti, rimediando lavoretti occasionali o più spesso arrabattandosi con piccoli furti. Maria non aveva mai rubato, né aveva mai compiuto azioni contro la legge o contro Dio. Lei vendeva gli stracci. Li raccoglieva dove capitava e poi li lavava in laguna. Quand'erano asciutti ne faceva dei pacchi e se era fortunata ci rimediava qualche centesimo. Un modo come un altro per sbarcare il lunario quando non si avevano né una casa né un mestiere.

Le doleva la schiena. Si massaggiò la nuca e risalì con le dita le strette e fredde maglie della catenina che portava al collo fino alla mezza medaglietta che vi era infilata, come una cieca avrebbe fatto con il mobilio della propria casa. La strinse con forza e chinò il capo per baciarla. Quindi si avvolse la coperta intorno al corpo e si levò in piedi. L'umido le serrò i lombi con i suoi gelidi artigli.

Attraverso una finestra dai vetri a pezzi, scorse i primi raggi di sole levarsi alle spalle della chiesa di San Pietro di Castello e rincorrere le sagome dei tetti e dei campanili, illuminandole. Un altro giorno cominciava. Un'altra quotidiana battaglia per giungere a un nuovo tramonto.

In alto, in cima alle travi del tetto, dei passeri affamati invocavano insistentemente la madre. Il loro pigolio rimbombava nello spazio vuoto in un modo che a Maria parve esagerato e addirittura insopportabile. Si tappò le orecchie e chiuse gli occhi.

Quando li riaprì serrava ancora tra le dita la mezza medaglietta con la Madonna di Loreto da un lato e il Leone di San Marco dall'altro, mentre il suo cuore coltivava d'un tratto una nuova convinzione: una madre non poteva abbandonare il proprio sangue. In nessun caso.

Sarebbe andata a riprendersi Eligio. Quella mattina stessa. Questo era quanto. E se la Provvidenza aveva occhi per vedere, allora avrebbe provveduto.

Gettò la coperta sul giaciglio, indossò la redingote e sopra ad essa lo scialle, quindi uscì dall'edificio affrontando il freddo con passo deciso.

Capitolo nono

1891. Cucina dello Spedale della Pietà, Venezia

Pare che essere rosi dall'invidia capiti ai troppo furbi e ai babbei, e poiché Rosapineta non si considerava lei per prima un capolavoro di furbizia, giunse alla dolorosa conclusione che doveva essere necessariamente una babbea assoluta.

La restituzione di un bambino era un fatto così poco frequente che Rosapineta non riusciva a sopportarlo. Le sembrava un'autentica ingiustizia. E l'ingiustizia più grande era che toccasse proprio a Eligio, che lei considerava come un fratello, il suo protetto.

Quella mattina, mentre curava le verze, sentì montare da qualche parte dentro di sé una furia sconosciuta e all'improvviso prese a rovesciare tutto quello che le capitò sotto mano, piatti, bicchieri e vassoi, cavoli, patate e pomodori. E mentre sfasciava e lanciava, urlava e imprecava come una che ha perso il senno.

«Per l'amor di Dio!» esclamò una sorella facendo irruzione nella cucina.

«Che c'è? Che c'è da strillare a questo modo?» le fece eco una seconda alle sue spalle.

Ma subito l'aspetto di Rosapineta le fece arrestare sulla soglia, atterrite. I capelli arruffati, le mani e il volto imbrattati di polpa di pomodoro e farina, gli occhi pronti a schizzare dalle orbite, parve alle due donne l'incarnazione stessa del male.

«Oh, Misericordia!» dissero in coro segnandosi ripetutamente. «È posseduta! È posseduta dal demonio! Non può esser che così! È posseduta! È posseduta!»

Rosapineta colse l'occasione al balzo. Seguitando a urlare come una selvaggia s'infilò tra le due attonite sorelle guadagnando l'uscita. Corse lungo il corridoio e raggiunse l'androne. La donna con lo scialle non era ancora uscita. Questa si voltò, lentamente, e come in un sogno vide la ragazzina puntare verso di lei urlando frasi incomprensibili. Non ebbe modo di avere paura, né di capire cosa stesse accadendo. Rimase immobile a guardarla fino a quando, nel suo campo visivo, s'intromise una nera figura.

Suor Deodata si parò all'improvviso di fronte alla donna, afferrando con entrambe le mani le spalline della veste di Rosapineta. Si udì nettamente lo strappo del tessuto e il contraccolpo fece dondolare la testa di Rosapineta avanti e indietro come quella di un pupazzo. Suor Deodata era dotata di una forza fuori del comune.

«Andate, andate!» disse suor Ondina rivolta alla donna. «Non badateci, andate via!»

La donna rimboccò la coperta al bambino e voltò le spalle sparendo oltre il portone.

«No!» gridò Rosapineta con le gambe che scalciavano sospese da terra. «Non lasciatela andare! Non è giusto!»

Suor Deodata la mise giù, ma non mollò la presa.

«Si può sapere che ti prende, piccola disgraziata?»

In quello stesso istante sopraggiunsero le due suore che avevano fatto irruzione in cucina mentre Rosapineta dava in escandescenze.

«Madre superiora! Madre superiora!» balbettarono trafelate. «Ha sfasciato tutto!...»

«In cucina!...»

«Tutto rotto!...»

«Tutto per terra!...»

«Un disastro!»

Gli occhi di suor Deodata si abbassarono nuovamente su Rosapineta, senza fretta. Guardavano uno da un lato uno dall'altro. La sua voce risuonò nell'androne cupa come quella di un giudice che decreta una condanna a morte e con il medesimo distacco affermò:

«Non mi lasci altra scelta, bambina mia. Nessun'altra scelta...»

Capitolo decimo

1891. Uffici dell'amministrazione dello Spedale della Pietà, Venezia

I locali dell'amministrazione erano ospitati nell'ala sud dell'Istituto, al primo piano. Vi si accedeva tramite una stretta scala in marmo i cui gradini, nella parte centrale, erano deformati da secoli e secoli di via vai. In un ampio corridoio, nel quale erano disposti a mo' di sala d'attesa due divani in velluto rosso e un antico cassettone male in arnese, si apriva una mezza dozzina di alte porte a doppio battente in legno scuro. Una di queste recava una targhetta in ottone sulla quale, a grandi caratteri, si leggeva: SEGRETARIO GENERALE.

Rosapineta sedeva su uno dei divani rossi inseguendo con l'indice la cucitura di un bracciolo. Dalla parete di fronte a lei, un santo rinchiuso in un quadro fosco la osservava severo. Teneva le mani giunte e due putti gli svolazzavano sulla testa portando fiori, ma lui sembrava non curarsene: ce l'aveva con Rosapineta, naturalmente, e si vedeva lontano un chilometro che disapprovava il suo comportamento.

La porta si aprì e passetti minuti risuonarono nel corridoio.

«Vieni pure» disse suor Ondina. Aveva un tono cordiale, quasi comprensivo. Non sembrava quello di un boia che accompagna il condannato al patibolo.

L'ufficio del segretario generale era largo e lungo, più lungo che largo, e con il soffitto altissimo, a cassettoni. Come nella galleria di un museo, sulle pareti erano allineati quadri raffiguranti variamente tutta la cristianità: santi, madonne con e senza bambino, martiri e cristi. Tutti ugualmente scuri, tutti ugualmente tetri. Verso il fondo dell'enorme sala era collocata la scrivania, immensa.

Al di là della scrivania, molto ordinata e quasi interamente sgombra, sedeva il segretario generale, un uomo di mezza età con dei bellissimi baffi a manubrio e dei favoriti che si univano sotto la gola. Portava un cravattino a righe, la giacca e un panciotto dal cui taschino spuntava la catena d'oro di un orologio.

«Siediti, Rosapineta» la invitò il segretario generale. Teneva le mani unite sotto il mento e i gomiti sulla scrivania, gli occhi socchiusi e l'aria salomonica di chi ha un grande dovere da compiere e la consapevolezza di una grande competenza per portarlo a termine.

Rosapineta avanzò titubante. Raggiunse una delle due poltrone poste di fronte alla scrivania e si sedette.

Il segretario generale, un funzionario provinciale con molta esperienza, era la massima autorità dell'Istituto. Presiedeva il Gran Consiglio e a lui spettavano le decisioni più importanti. Il potere di suor Deodata, che si occupava degli aspetti pratici dello Spedale, era ben poca cosa se paragonato a quello del segretario generale. Il suo nome era Ignazio Trevisan e si diceva che tra i suoi antenati ci fosse nientemeno che un doge.

«La madre superiora è molto delusa dal tuo comportamento» iniziò il segretario generale. «Sembra che, per quanti sforzi faccia, da te non ottenga altro che guai».

Rosapineta stava a testa bassa: i suoi occhi fissavano assorti la punta delle proprie scarpe.

«È così, Rosapineta?» volle sapere il segretario generale. «Dunque non si cava sangue da una rapa?»

Rosapineta non sapeva se da una rapa si poteva cavare del sangue o no. Però sapeva che il mondo era ingiusto verso di lei e questa non le sembrava una colpa. Preferì non rispondere.

«Non troverai mai una famiglia che ti voglia con sé se non deciderai di mettere giudizio. Si può sapere che ti è saltato in mente? Aggredire quella povera donna!»

«Non l'ho aggredita!»

«Certo che no! Ma solo perché suor Deodata è stata pronta a impedirtelo!»

«E poi non è una povera donna!»

«E tu cosa ne sai?»

Rosapineta sbuffò. Il segretario generale sospirò paziente, o almeno questa era l'impressione che in quel momento voleva dare di sé; dopodiché si versò un bicchiere d'acqua da una caraffa in vetro posta sopra la scrivania.

«Tu non conosci la parola gratitudine» proseguì dopo aver bevuto. «Ecco come stanno le cose! Ma dico, anziché esser grata che ci si prenda cura di te, fai di tutto per complicare la vita a chi ti mantiene! Ti pare una cosa giusta?»

Rosapineta pensò che forse non era una cosa giusta, come diceva il segretario generale, ma quante cose ingiuste c'erano nella vita?

«Hai undici anni e l'epoca dei capricci è finita, che tu lo voglia o no! Devi cominciare a dimostrare responsabilità e coscienza, altrimenti la vita nei tuoi riguardi sarà sempre avara di soddisfazioni. Responsabilità e coscienza, ci vogliono. Lo capisci questo?»

Rosapineta alzò gli occhi al cielo: quanto la stava facendo lunga!

«Piccola insolente!» esclamò il segretario generale battendo un pugno sulla scrivania. Rosapineta sobbalzò sulla sedia, quindi si rimise a fissare le proprie scarpe. Avevano la punta tutta consumata e un pezzo di filo della cucitura pendeva da un lato.

«Sei una ragazzina sfrontata e arrogante!»

«Se lo dite voi...»

«Ci puoi scommettere che lo dico! E smettila di rispondere! Capito?»

«Come volete».

«Ti ho detto che non devi rispondere!» gridò il segretario generale facendosi paonazzo in volto.

«Va bene» mormorò Rosapineta mentre dentro di sé se la rideva.

«Zitta! Ho detto zitta!»

Rosapineta stavolta si cucì la bocca.

«La madre superiora mi ha chiesto di prendere drastici provvedimenti» riprese l'uomo ricomponendosi: l'orologio a cipolla se n'era saltato fuori dal taschino e uno dei baffi a manubrio si era stropicciato e ora puntava verso il basso. «Ho intenzione di parlare con il direttore dell'Istituto di Correzione. Se quello è il posto nel quale desideri stare, vedremo di accontentarti!»

Rosapineta sgranò gli occhi. «L'Istituto di Correzione? Ma è un posto da delinquenti!...»

«È il posto che ti compete!» urlò il segretario generale. «Siamo tutti stanchi delle tue insolenze! Hai mai pensato che per la Provincia sei un costo?»

Rosapineta non aveva mai pensato a se stessa come a un costo, ma supponeva che le parole del segretario generale avessero un fondo di verità. Alla fine stava con il naso in mezzo ai conti tutto il santo giorno e quindi doveva saperne qualcosa più di lei. E poi difficilmente parlava a vanvera. Era già capitato che qualche trovatello fosse stato dirottato all'Istituto di Correzione. Buon costume, religione e pubblica tranquillità imponevano che nessun esposto venisse espulso dalla

Pietà, per nessuna ragione, anche la più grave e motivata, e spesso l'unica soluzione che rimaneva al segretario generale e al Gran Consiglio era quella di affidare temporaneamente il malcapitato al riformatorio, così che potesse essere oggetto delle particolari attenzioni di cui abbisognava.

«A quanto pare sei un caso disperato!» disse il segretario generale Trevisan.

«Non sono un caso disperato!» protestò Rosapineta. «È la madre superiora che...» Si morse le labbra per non continuare.

Il segretario generale socchiuse gli occhi inquadrandola meglio, come se fosse stato colpito all'istante da un attacco di miopia iperacuta. «È la madre superiora che *cosa*?»

«Niente».

«Ti do un consiglio, ragazzina. Attenta alla lingua!»

Rosapineta ringhiò.

«Ed è anche ora che tu la smetta di sentirti una vittima del sistema. È chiaro?»

No, non le era affatto chiaro. Cosa significava, stava pensando, essere vittima del sistema? Quale sistema?

«Qui dentro non vi sono differenze, se non tra chi sa comportarsi e chi no! Tra chi dimostra di avere responsabilità e coscienza e chi invece pensa che la vita sia fatta solo di divertimenti e zuffe!»

Siamo tutti uguali, pensò Rosapineta. Uguali come fiocchi di neve.

Il segretario generale si concesse una pausa: arricciò con movimenti sapienti delle dita i due manubri, guardò l'ora, sospirò, quindi si accese un sigaro.

«Questo scherzo ti costerà un biasimo ufficiale» disse dopo aver tirato tre boccate. «Oggi stesso informerò il Gran Consiglio della tua pessima condotta. Mi limiterò a non andare oltre, ma sappi che non ci sarà una prossima volta. O metti la testa a posto o io mi disfo di te. Sono stato abbastanza esplicito?»

«Non lo so, signore. Non conosco quella parola».

«Esplicito vuol dire chiaro, piccola ignorantella!»

«Ah, e io che credevo fosse una parolaccia...»

«La tua sfrontatezza non ha limiti!» tuonò il segretario generale. «Ha ragione suor Deodata!»

«Suor Deodata ce l'ha con me!» ribadì Rosapineta con voce tremante.

«Ti ho già detto di tenere a freno la lingua, signorina!»

«Grrr!» ringhiò Rosapineta e scalciò con violenza colpendo la scrivania. La caraffa di vetro si rovesciò e l'acqua finì sulle braghe del segretario generale. Questi, scattando in piedi, si lasciò cadere il sigaro di bocca, che finì a sua volta sui pantaloni sprizzando scintille.

«Razza di...!» gridò l'uomo battendosi le mani sulle cosce per spegnere il fuoco. «Guarda che hai combinato!»

Rosapineta trattenne a stento una risata. Mentre lei trovava la situazione incredibilmente buffa e divertente, i santi e i martiri, dalle loro cornici appese alle pareti, la osservavano muti scuotendo il capo contrariati.

«I tuoi sono modi da animale! Altro che Istituto di Correzione, staresti bene allo zoo! Ecco dove!»

Nell'ufficio si diffuse un lezzo di stoffa e pelo bruciacchiati.

«Devo cambiarmi» disse Ignazio Trevisan andando alla porta. «Ma con te non ho ancora finito. Non ti muovere di lì, per nessuna ragione! Sono stato espli... ehm, chiaro?»

«Sì, signore» rispose Rosapineta. «È stato *esplichiaro*».

Capitolo undicesimo

1891. Ufficio del segretario generale dello Spedale della Pietà, Venezia

Non appena il segretario si fu chiuso la porta alle spalle, Rosapineta scattò in piedi catapultandosi verso l'archivio. Nella sua ingenua semplicità pensava che se la Provvidenza l'aveva fatta restare sola in quell'ufficio ci doveva pur essere un motivo. E chi era lei per andare contro i voleri della Provvidenza?

Tra i ragazzi dell'Istituto si favoleggiava che l'archivio contenesse misteri e vicende segrete, e Speranza stessa, che con Rosapineta si scioglieva più del burro in teglia, sull'argomento manteneva un certo riserbo facendosi d'un tratto riservata e scostante quando l'amica soltanto osava accennarvi.

Nell'archivio vi era la storia di ogni ragazzo transitato per la Pietà, in qualche caso i nomi dei genitori o il luogo di nascita. A volte il vero nome. E soprattutto c'erano i segnali.

Rosapineta era intenzionata a scoprire qualcosa di più sul proprio conto. Sapeva di essere stata raccolta alla ruota da suor Deodata dopo che vi era stata depositata da una levatrice anonima. Le sue domande in tal senso, però, erano rimaste sempre prive di risposta. Era consuetudine, infatti, non dare informazioni ai trovatelli, nemmeno quando, in qualche raro caso, le informazioni esistevano.

Prese ad armeggiare intorno alla serratura, ma non le ci volle molto per scoprire, con sua grande sorpresa, che l'armadio non era chiuso a chiave. Pensò ancora una volta che la Provvidenza guidava i suoi passi e, senza preoccuparsi delle conseguenze, spalancò una delle ante con lo stesso stupore che avrebbe potuto provare apprestandosi a varcare la soglia di un regno fatato.

L'archivio era diviso in scaffalature distanziate le une dalle altre sempre meno via via che procedevano verso l'alto. In basso si trasformavano in una sorta di vani nei quali erano alloggiate scatole di legno e di metallo di varie forme e colori. Ovunque regnava la confusione. C'erano fascicoli legati con del nastro azzurro e giallo, carte accatastate alla rinfusa, schedari e registri e un odore di polvere secca e di muffa come quello del solaio dell'Istituto, dove ogni tanto Rosapineta andava a curiosare e a meditare.

Si guardò intorno. Scovare qualcosa in un armadio così grande senza avere la minima idea di come fosse catalogato non era un'impresa da poco. Avrebbe richiesto molto tempo e se c'era una cosa di cui Rosapineta difettava in quel momento era proprio il tempo. Provò a rovistare a casaccio confidando che la Provvidenza, che l'aveva portata fino a quel punto, le desse una mano ancora una volta. E la Provvidenza l'aiutò, ma non come Rosapineta avrebbe pensato.

Sopra una pila di incartamenti dall'aspetto provvisorio trovò, infatti, non la scheda che la riguardava, ma una cartella sulla quale campeggiava il nome di Eligio, tracciato da una rotonda e precisa calligrafia.

Rosapineta sentì un rimescolamento nella pancia. Aprì il fascicolo. Al suo interno trovò il messaggio che accompagnava Eligio ma non il segnale, la mezza medaglietta, e il suo cervello alterato dalla rabbia trasse frettolosamente le proprie conclusioni: il segnale non c'era per l'ovvia ragione che la madre del bambino era venuta a riprenderselo! Sarebbe bastato controllare attentamente il fascicolo per non trovare nulla che indicasse una restituzione, ma Rosapineta non lo fece, prendendo per buona la sua semplicistica deduzione.

Mandò invece un urlo, mettendosi a ringhiare come una tigre in gabbia. Avrebbe voluto sfasciare tutto, afferrare l'armadio e tirarlo giù, farlo cadere a terra e mandarlo in mille pezzi con tutti gli odiosi segreti che conteneva. E forse l'avrebbe fatto, aggravando la sua posizione, se non avesse sentito la maniglia della porta che ruotava e la voce del segretario generale che borbottava qualcosa. Agguantò il messaggio scritto dalla madre di Eligio e se lo ficcò nel vestito, poi richiuse la scheda ed entrò nell'armadio acquattandosi sul fondo.

I passi dell'uomo si fermarono di botto, così come le sue parole. Si voltò intorno meravigliato, quindi sbirciò sotto la scrivania e dietro il grande divano in pelle in fondo alla stanza.

«Rosapineta!» chiamò a quel punto. «Dove sei finita?»

Non ottenendo risposta, il segretario generale tornò alla porta.

«Sorella!» disse rivolto al corridoio. «Avete visto passare la bambina che era qui dentro?»

«Rosapineta?»

«Certo, Rosapineta! L'avete veduta?»

«No, signor segretario generale. Da quella porta siete passato solo voi»

«Impossibile! Non eravate attenta!»

«Mi dispiace contraddirvi, signor segretario generale, ma ero attentissima. Vi ripeto che da quella porta non è passato nessuno eccetto voi»

«E io vi ripeto che non è possibile! Venite a vedere voi stessa. La bambina è sparita!»

Rosapineta udì gli spicci passetti di suor Ondina che entravano nell'ufficio, calpestavano il pavimento in marmo, si aggiravano qui e là e alla fine tornavano nel corridoio.

«Avverto subito la madre superiora!» disse la suora.

«Oh!» sbuffò il segretario generale. «Questa poi!...»

Capitolo dodicesimo

1891. Ufficio del segretario generale dello Spedale della Pietà, Venezia

ISTITUTO degli ESPOSTI DI VENEZIA

Scheda d'accoglimento N. 1304

Esposto accolto nel giorno 5 Novembre 1891 *ad ore pomer.* 11.30

Eligio S., nato presunto 19 Ottobre 1891

Marche visibili nel corpo dell'esposto
Non ce ne sono.

Descrizione degl'indumenti
Un grembiulino di botana, un panicello di tela rigata, stivalini di lana celeste, una coperta logora di lana grigia.

Descrizione dei segnali e documenti
Mezza medaglietta con l'effigie della Beata Vergine e del Leone di San Marco.

Speranza rilesse quanto aveva scritto. Poi guardò la mezza medaglietta che aveva rinvenuto sul fondo dell'armadio. La ricordava perfettamente: da un lato la Madonna di Loreto, dall'altro il Leone di San Marco, simbolo di Venezia. Doveva essere scivolata fuori dalla cartellina quando il segretario generale l'aveva riposta. Firmò in calce al documento, vi allegò il segnale fissandone il nastro con una spilla e richiuse il registro.

Quando anni addietro aveva schedato il suo primo trovatello nel Libro Scafetta, Speranza non aveva resistito alla tentazione di cercare nell'archivio la scheda d'accoglimento che la riguardava. Ed era stata una delusione. La scheda riportava soltanto la sua data di nascita, 11 agosto 1869, e nient'altro. Nessun indumento a parte un panno lacero intorno all'inguine. Nessun segnale, nessun messaggio da parte dei genitori. Neppure il nome era veramente il suo: era stato scelto da suor Angiolina, la suora più anziana dell'Istituto, di turno alla ruota quella notte. *Speranza*, come la speranza che il futuro potesse essere benevolo con lei.

Ma nessuno era mai venuto a reclamarla. E pur dimostrandosi negli anni una ragazza di buon carattere, nessuno l'aveva mai voluta in affidamento nemmeno in seguito. A parte quella famiglia di Feltre, che si era ripresentata soltanto poche settimane dopo per renderla indietro, come un arnese mal funzionante. Lamentavano di lei che era delicata, che aveva la carnagione troppo chiara per il sole e il vento delle colline. Che non era capace di mungere e di inforcare l'erba tagliata e di raccogliere la legna e di badare alle capre. E dicevano anche che era troppo sensibile di carattere. Che piangeva e rimaneva male per cose di poco conto. Che, insomma, non si adattava e perciò *non andava bene*.

Compiuti i diciotto anni, il segretario generale, la madre superiora e tutte le suore e le volontarie dello Spedale si erano augurate che prendesse marito o i voti. Ma gli anni erano trascorsi senza che accadesse l'una o l'altra cosa. Il marito non era arrivato, così come non era arrivata la chiamata spirituale.

E Speranza era sempre di più una *figlia in casa*, una dimorante, una presenza stabile dello Spedale. La sua unica passione, così come quella di Rosapineta e di molte altre ragazze dell'Istituto, era il canto.

Speranza era vissuta e cresciuta nell'Istituto così come era cresciuta e vissuta nel coro. E ne andava fiera. Quando cantava prendeva forza e coraggio; quando cantava *andava bene*. Era brava e ci metteva il cuore, ma difettava in temperamento: era la sua natura. Corsini pensava di lei che sarebbe potuta essere un soprano solista e come tale riuscire in una buona carriera professionale anziché accontentarsi di rimanere per sempre vincolata al coro dell'Istituto, ma che disgraziatamente le mancava del tutto la personalità per esserlo davvero. E così era per quanto riguardava la sua chiamata spirituale: suor Deodata sosteneva che dipendesse soltanto dalla sua volontà. Diceva che Speranza non desiderava abbastanza che Gesù la chiamasse a sé. *Monaca di san Pasquale, due capi sopra il guanciale*, motteggiavano di quelle come lei che dicevano di voler prendere i voti ma mai lo facevano.

Quella speranza che aveva nel nome forse altro non era che il destino della sua vita, restare per sempre una promessa irrealizzata. Né moglie, né monaca, né interprete canora.

Nel corso degli anni Speranza aveva registrato nei Libri Scafetta trecentosei "gettatelli", era stata madrina in diciannove battesimi e, per conto del medico, aveva stilato centoquarantuno certificati di morte. A ventidue anni non aveva vissuto che pochi giorni al di fuori dell'Istituto, ma sapeva un sacco di cose sulla vita. Molte delle quali, per sua sfortuna, tristi.

Capitolo tredicesimo

1891. Fuori dalle Corderie, Venezia

Maria si disse che la prima cosa da fare era mettersi in ordine. Doveva trovare degli abiti decenti. Non avrebbe potuto presentarsi allo Spedale nelle condizioni in cui si trovava, non ne avrebbe avuto il coraggio. La vecchia redingote che indossava veniva indifferentemente usata come soprabito durante il giorno e come coperta per ripararsi dal freddo la notte. Il tessuto era sdrucito e frusto come la pelle di un vecchio marinaio. La sopragonna aveva l'orlo scucito e le suole delle scarpe si erano assottigliate al punto da renderle doloroso anche il semplice calpestare un sassolino.

Non era sempre stata così la sua vita. C'era stato un tempo non troppo lontano in cui abitava in una casa sul Canal Grande, con la tavola da pranzo sempre imbandita e grandi armadi colmi di vestiti alla moda e scarpe e cappotti e guanti e sciarpe per l'inverno. Un tempo in cui intorno a lei ruotava una famiglia. Un tempo in cui c'erano un padre e una madre.

Ora quel tempo non esisteva più, spazzato da un turbine di ignoranza e di disgrazie. O forse non era mai esistito se non nella mente di Maria, alla disperata ricerca di qualcosa di bello a cui pensare, di un pensiero felice al quale aggrapparsi.

Trovare abiti decenti non era facile. L'aria fredda e pungente e il cielo opaco promettevano neve. Maria rabbrividì stringendosi nello scialle e s'incamminò. Sarebbe andata da

Menashé, l'ebreo, che aveva un banco di pegni a Cannaregio. Impegnando la catenina d'oro avrebbe avuto i soldi per acquistare un abito al mercatino dell'usato in campo Santa Maria Formosa, non molto distante da San Marco.

La città era sonnecchiante, pigra e svogliata come una ragazza che non ne vuole sapere di levarsi dal letto caldo. La maggior parte delle botteghe aveva ancora gli scuri sull'entrata. Nei canali, poche imbarcazioni, perlopiù vuote; nelle calli e sui ponti, rari passanti infreddoliti. Qualcuno si affacciava da una finestra per guardare il cielo e poi rientrava lesto rabbrividendo.

Maria giunse in campo San Bartolomio e infilò salizada San Giovanni Grisostomo, passando davanti all'omonima chiesa. Alla sua sinistra il ponte di Rialto, pallido e sontuoso, scavalcava con un balzo Canal Grande. Superato rio San Giovanni fece per piegare a sinistra, verso campo dei Santi Apostoli, ma d'un tratto si fermò. Girò invece a destra, per San Canciano, e di lì raggiunse la chiesa di Santa Maria dei Miracoli. Respirò a fondo, si coprì il capo con lo scialle ed entrò.

Il piccolo altare sulla destra, dedicato alla Vergine, era ricoperto di voti e di grazie ricevute. Maria non aveva mai chiesto miracoli: nella vita aveva sempre cercato di arrangiarsi da sola, come meglio aveva potuto. Ma per tutto c'era una prima volta. Si inginocchiò di fronte all'altare illuminato da pochi piccoli ceri, chiuse gli occhi e si mise a pregare. Tra le mani infreddolite stringeva la mezza medaglietta di Eligio.

«Madre Santissima,» sussurrò «porto il tuo stesso nome, ma questo non fa di me una donna degna. Ho mancato gravemente e sono pronta a pagare quello che il Signore Nostro Padre vorrà che io paghi. Ma per quanto mi è possibile desidero rimediare. Sto andando a riprendere il mio bambino e lo terrò con me nel bene e nel male, finché mi sarà concesso di vivere. Mi appello a te, Vergine Maria, al tuo essere madre, dammi la forza di lottare, fa' che il mio piccolo sia ancora vivo e che io possa stringerlo tra le mie braccia e baciarlo. Per questo io ti prego».

Il sagrestano le passò accanto diretto all'altare maggiore. La sua veste frusciava leggera come le ali di una colomba. Maria aprì gli occhi. Recitò tre Ave Maria e promise alla Madonna due grossi ceri e un'offerta adeguata alle proprie possibilità se le cose fossero andate come lei sperava che andassero. Poi fece il segno della croce e uscì rituffandosi nel mondo.

Arrivò a Cannaregio che Menashé aveva appena aperto la propria bottega. Aveva i piedi intirizziti e le dita delle mani arrossate e gonfie. Si precipitò all'interno alla ricerca di un po' di calore.

«Quanta fretta» la apostrofò Menashé.

«Buongiorno» rispose Maria sfregandosi le spalle con le mani per riattivare la circolazione.

Menashé la guardò attentamente attraverso le piccole lenti del *pince-nez* che teneva in equilibrio sulla punta del naso.

«Dicono che oggi nevicherà» osservò.

Maria non rispose. Batté i piedi per terra un paio di volte, quindi slacciò la catenina dal collo. Indugiò alcuni lunghi secondi con la mano stretta al petto prima di dire:

«Desidero impegnare questo oggetto». Sentì un lieve rossore invaderle il volto. Non era il tepore della bottega, ma l'imbarazzo di chi non è ancora avvezzo alla povertà. «È d'oro» aggiunse quando finalmente si decise a poggiare la catenina sul banco.

L'esile corpo di Menashé fu scosso da un accesso di tosse che fece trasalire Maria. Quando si fu ripreso mostrò i denti in un sorriso malandato e prese la catenina. Alzò gli occhialini e studiò l'oggetto attraverso il vetro di un piccolo monocolo da orologiaio.

«Per essere oro è oro» convenne. «Ma è rovinato e la lavorazione è di bassa qualità...»

«Che dite?» protestò Maria. «Quest'oggetto appartiene alla mia famiglia da generazioni...»

«Ciò non toglie che possa darvi... *cough*... *cough*...» tossì Menashé «... possa darvi al massimo... dodici lire».

«Voi non parlate sul serio! Dodici lire?»

«Dimenticate che il prezzo lo fa chi acquista».

«Ma dodici lire!...»

«E quel pendaglio?» Menashé indicava con un dito ossuto la mezza medaglietta. «Se è d'oro anche quello potrei arrivare a venti...»

Maria scosse la testa, risoluta. «Vendo solo la catenina». La mezza medaglietta era l'unica prova per poter riavere Eligio con sé. «Datemi ugualmente venti lire» lo pregò.

«Se è carità quella che cercate, buona donna, avete sbagliato portone. Lo Spedale dei Mendicanti si trova altrove». Menashé si sentiva il fiato corto e gli doleva il petto. Doveva esser colpa di quella maledetta tosse.

«Non è carità che cerco, signore, ma giustizia. E un briciolo di umanità».

«Umanità, dite? Sono tempi nuovi, questi. Non c'è spazio... *cough*... non c'è spazio per l'umanità. In quanto alla giustizia, è ora che sappiate una cosa: la giustizia, mia cara, non esiste».

Maria allungò la mano e riprese la catenina tra le dita. Gli occhi le si gonfiarono di lacrime, però non voleva piangere, non di fronte a quell'uomo.

«Ma gli uomini,» continuò Menashé «quelli, ahimè, esistono. E spesso sbagliano... *cough*...»

«Non ditelo a me» disse Maria avviandosi verso la porta. «Non basterà una vita intera per espiare lo sbaglio mio...»

Menashé, che da bambino era stato povero, mise una mano sul cuore e una al portafogli.

«Così, in quanto uomo, è mio diritto sbagliare» dichiarò. «So già che avrò di che pentirmene, ma voglio darvi ugualmente diciotto lire». Il braccio sinistro aveva preso a formicolare, come se mille insetti vi stessero passeggiando sopra. «Non un centesimo di più».

Maria lo guardò sorpresa. «Per la sola catenina?»

Menashé annuì.

«Dio sia lodato! Diciotto lire andranno benissimo!» esclamò. «Grazie! E tornerò a disimpegnarla!»

«Certo, certo. Fatene buon uso, piuttosto» si raccomandò Menashé. Ma chissà perché aveva la sensazione che così sarebbe stato.

Maria si avvolse lo scialle intorno al capo.

«Se nevicherà verrò a tirarvi una palla di neve!» disse uscendo.

Menashé sorrise. «*Mazal tov!*» le rispose con un filo di voce. «Buona fortuna…»

Poi avvertì una fitta penetrante al centro del petto e si accasciò, privo di forze, mentre la porta si richiudeva con un tintinnio di campanelle.

Capitolo quattordicesimo

1891. Ufficio del segretario generale dello Spedale della Pietà, Venezia

«Siete sicura che non sia uscita da quella porta?» continuava a ripetere il segretario generale.

«Sono sicura!» asseriva suor Ondina ormai prossima a una crisi di nervi.

Suor Deodata passeggiava silenziosa con le mani infilate nelle maniche come sempre, la cuffia calcata sulla testa, gli occhi indagatori sguinzagliati per l'ampio ufficio. D'un tratto si fermò di fronte all'armadio. Si chinò e raccolse da terra un pezzetto di carta.

«A-ah!» esclamò raddrizzandosi. «E questo cos'è?»

Il segretario generale e suor Ondina si avvicinarono incuriositi.

«*Etciù!*» si sentì da dentro l'armadio.

La madre superiora afferrò i pomelli delle ante con un gesto teatrale.

«State indietro!» ordinò. Quindi aprì.

«Come va?» la salutò Rosapineta cercando di abbozzare un sorriso.

«Che… che ci fai lì dentro?» Il segretario generale aveva i manubri scompagnati e il viso di un colore a metà tra il viola e il verde.

«Ci sono entrata per sbaglio…» farfugliò Rosapineta «… e poi non mi riusciva più di venir fuori!»

Gli occhi divergenti di suor Deodata mandavano bagliori d'ira.

«La misura è colma» disse. «Decisamente colma!»

«Sono d'accordo!» strillò il segretario generale. «È colma!»

«Propongo di toglierla in maniera definitiva dal coro!» propose suor Deodata.

«Concordo!» disse il segretario generale.

«No!» gridò Rosapineta balzando fuori dall'armadio. Subito la madre superiora la ghermì per un polso.

«E poi» proseguì «servizio in cucina! In pianta stabile!»

«La cucina va bene, ma per favore fatemi cantare nel coro!» implorò Rosapineta.

Suor Deodata aveva l'aspetto di una leonessa che assapora la preda poco prima di sbranarla.

«Niente coro, ho detto! Mai più!»

«Approvo!» ribadì alle sue spalle il segretario generale battendo le mani. «Approvo e concordo!»

«Vi prego» supplicava Rosapineta. «Mi comporterò bene...»

«La decisione è presa» sancì la madre superiora e fece per trascinarla via.

«L'avete voluto voi!» gridò Rosapineta divincolandosi con uno strattone. Corse alla scrivania e prese a lanciare tutto quello che vi si trovava sopra. Un fermacarte in vetro di Murano si fracassò contro la parete, una lampada ad olio finì sul divano in pelle e sulla tappezzeria dei cuscini, mentre il calamaio terminò dritto sul lindo panciotto del segretario generale, colando nero e indelebile inchiostro nel taschino dal quale spuntava la catena d'oro dell'orologio. E quando la madre superiora si avvicinò per cercare di farla smettere, non contenta Rosapineta le azzannò la mano.

«Aaahhh!» gridò suor Deodata. «Bestia!»

Suor Ondina che era rimasta sulla porta svenne e il segretario generale, spaventato, corse a chiedere rinforzi.

Quando, qualche minuto dopo, tornò nell'ufficio accompagnato da una squadra di volontarie, la situazione era tornata sotto controllo. Suor Deodata aveva la mano destra fasciata da un fazzoletto, ma con la sinistra reggeva saldamente per la collottola Rosapineta, le cui guance mostravano i segni inconfondibili delle cinque dita aperte di un ceffone.

Capitolo quindicesimo

1891. Campo Santa Maria Formosa, Venezia

Maria pensò come prima cosa che non avrebbe potuto mantenere la promessa fatta davanti all'altare degli ex voto. E se ne dispiacque.

La stavano arrestando per qualcosa che non aveva commesso. Com'era bislacca la vita.

Uscita dalla bottega di Menashé si era diretta immediatamente e con rinnovato entusiasmo al mercatino dell'usato, considerando se acquistare un abito vivace, colorato, magari a fiori, o qualcosa di più sobrio, grigio o nero, con un bel collo alto che la riparasse dall'umido e che la facesse sembrare coscienziosa e affidabile. Però non voleva nemmeno dare di sé l'idea di una madre troppo vecchia, che non sapesse o non potesse prendersi cura di un neonato. Un vestito colorato le avrebbe dato sicuramente un'aria più giovanile, ma col rischio di apparire frivola e irresponsabile.

S'era detta che avrebbe deciso al momento, a seconda di quel che avrebbe trovato e del prezzo. Voleva serbare qualcosa di quelle diciotto lire, giusto per affrontare i primi giorni con Eligio. Poi si sarebbe presentata alla sua famiglia, con il capo cosparso di cenere, a chiedere l'aiuto e il perdono del padre e avrebbe trovato un lavoro, uno qualsiasi purché le desse da vivere. E pazienza per i compromessi che avrebbe dovuto accettare. C'era di peggio nella vita, pensava. Vivere senza il proprio bambino, ad esempio, era una condanna ben peggiore.

Aveva raggiunto campo Santa Maria Formosa a mattina inoltrata. C'era un gran trambusto e un via vai di gente, come sempre del resto. Bancarelle di ogni genere vendevano di tutto, e tutto era rigorosamente di seconda mano.

«Cappelli, guanti, sciarpe, ombrelliii!» gridava un uomo dietro un carretto.

«Tegami, paioli, mestoliii!» strillava un altro.

«Oggi regalo la roba! La regalo!» berciava un terzo accanto a una pila di cianfrusaglie. «Se non ci credete, venite a vedere!»

C'erano banchi di candele e olii per le lampade, banchi di vasi, tazze e porcellane. C'era chi vendeva cornici, stampe e libri e chi offriva guanciali e coperte. C'erano tavoli, tavolini, comò, cassettiere, scendiletto, scaldaletto, sgabelli, poltrone e perfino divani. C'erano tende, tendine e tappezzerie da parete, materassi, monocicli e pattini da ghiaccio, pale, badili, forconi e zappe, rostri, argani, ganci e aratri. E quel che non c'era si poteva sempre procurare per la volta successiva.

«*Vien martedì che te lo trovi!*» dicevano i venditori più esperti così da accalappiare il cliente.

E il tutto si mischiava all'odore delle castagne sul fuoco, dei funghi raccolti in terraferma e del salso della laguna. Le facce erano rosse per il freddo o per il vino bevuto, e qualcuno aveva acceso dei piccoli fuochi attorno ai quali si radunavano capannelli di persone alla ricerca di un po' di tepore.

Maria passava da un banco all'altro e da un carro all'altro.

«*Cosa è che ti cerchi, tosa?*» le domandavano. Ma lei tra tanti vestiti non sapeva decidersi. Uno era troppo corto, uno troppo serioso, uno troppo costoso, uno troppo rammendato.

Finalmente aveva scorto qualcosa che le si addiceva. Si trattava di un giacchetto a maniche lunghe di velluto bordeaux, uno *spencer*, un capo non più alla moda tra le donne della borghesia veneziana, ma tuttavia decoroso e sufficientemente giovanile. Aveva il collo e i bordi delle maniche foderati di pelliccia.

«Cinque lire, *bela tosa*!» le aveva detto la donna del banco, una grassona con una benda sull'occhio destro. Un piccolo cane nero e marrone dormiva pacifico ai suoi piedi. «Cinque lire e te lo porti a casa! *Ti gà* cinque lire?»

Maria aveva sorriso. La giacca le piaceva, ma sperava di trovare qualcosa di più economico. Aveva scosso la testa e si era allontanata.

Tuttavia, dopo qualche infruttuoso tentativo, si era decisa a tornare dalla donna con la benda sull'occhio.

Era stato a quel punto che era accaduto. Ed era capitato tutto alla svelta.

Dapprima un grido, e tutti si erano voltati a guardare. Poi un uomo, forse l'autore del grido, era caduto a terra e la gente aveva cominciato a spingere. Maria si era sentita urtare ed era finita a terra anch'essa.

Quando si era guardata intorno per raccapezzarsi, si era accorta di quell'uomo steso sul selciato, a pochi passi da lei, che si reggeva la testa e perdeva sangue. L'uomo aveva alzato gli occhi su Maria e per un attimo era sembrato assente. Poi, invece, aveva preso fiato, come un trombettista prima di un assolo, e si era messo a gridare:

«Fermatela! È stata lei! È una ladra! Prendetela!»

Maria si era voltata per guardare chi fosse quella ladra alle sue spalle di cui parlava l'uomo. Ma non c'era nessuno, alle sue spalle. Solo il banchetto dei vestiti usati. E il piccolo cane nero e marrone che le ringhiava contro mostrando i denti, una bianca e ordinata fila di denti.

«State dicendo a me?» aveva chiesto sbalordita portandosi una mano al petto come quando in chiesa recitava il *mea culpa*. Tra le dita stringeva le diciotto lire datele da Menashé.

«Ha i miei soldi!» aveva strillato l'uomo di rimando. «Prendetela! O mio Dio! Mi sento mancare!»

Due braccia robuste avevano afferrato Maria per le spalle.

«Ferma là!» avevano ordinato le braccia. «Dove credi di andare?»

Altre due braccia erano improvvisamente comparse dal nulla a dare man forte alle prime due.

«Chiamate le guardie!» aveva detto qualcuno.

«Chiamate la Pubblica Sicurezza!» aveva detto qualcun altro, mentre il piccolo cane ringhiava e abbaiava come un forsennato.

Nel frattempo l'uomo sanguinante era svenuto.

«Chiamate anche un dottore!» aveva gridato una terza voce.

Pochi minuti dopo era giunto un gendarme seguito a ruota da un medico. Il primo aveva preso in consegna Maria, l'altro lo sfortunato a terra.

Capitolo sedicesimo

1891. Campo Santa Maria Formosa, Venezia

«Dunque asserite di essere stato spinto alle spalle e quindi derubato» stava dicendo la guardia.

L'uomo a terra, che ora non era più a terra ma seduto sui gradini della chiesa, annuiva, cautamente perché la testa gli faceva un gran male. Aveva del sangue secco sui capelli, sul viso e sul colletto del cappotto.

«E» continuò l'agente «riconoscete in questa donna la ladra?» Teneva Maria per un braccio.

«Ma io non ho fatto niente!» protestò lei.

«Voi fate silenzio!» ingiunse il poliziotto. «Parlerete quando sarà il vostro turno!»

«Sì, la riconosco» disse l'uomo gravemente. «È stata lei, quello scialle… E fate piano, che diavolo!» Ce l'aveva con il medico che cercava di medicargli la ferita.

«E voi dite che voleva uno dei vostri vestiti?»

La donna grassa con la benda sull'occhio disse di sì.

«Ma non aveva i soldi» continuò il poliziotto.

«Ha fatto segno di no con la testa e se n'è andata» affermò la donna. Il suo piccolo cane aveva smesso di avercela con Maria e ora se ne stava beato in un cantuccio a leccarsi le zampe.

«L'avete vista aggredire quest'uomo?»

La donna sembrò esitare.

«Mi pare di sì». Guardava l'accusata dritta negli occhi.

«Vi pare o siete sicura?» insisté la guardia.

«Lei era a terra, capisce? E lui anche...»

«Quindi? È stata lei? È così?»

«Credo... credo di sì». Le tornava alla mente Pitusso, il suo cagnolino, e come si era scagliato immediatamente contro quella donna. Aveva imparato a fidarsi ciecamente di Pitusso da quella volta in cui avevano tentato di derubarla. «Sì. Ne sono certa, è stata lei!» assicurò. *Senza spie non se ciapa i ladri*, si usava dire.

L'agente sospirò.

«Oh, alla buon'ora! Adesso» disse rivolgendosi finalmente a Maria «che avete da dire?»

«Sono innocente...»

«Naturale! Avessi trovato un ladro che si dichiari colpevole!» rise il poliziotto. «Avete altro da aggiungere?»

«Sì, che non ho fatto niente di male... Volevo solo comprarmi un vestito...»

«Certo! Con i soldi di qualcun altro!»

«I soldi sono miei!» ribadì Maria.

«Venti lire?»

«Diciotto!»

«Venti o diciotto non fa differenza! Come giustificate una tale somma, signora? Siete coperta di stracci e le vostre mani non sembrano avvezze a maneggiar denaro!»

«E quanto la fate lunga!» intervenne l'uomo con la ferita sulla testa. «La volete arrestare sì o no?»

«Calma, buon uomo. Calma».

«Calma un fico secco! Quella ha cercato di uccidermi per rubarmi il denaro e voi state qui a cincischiare! Ma che razza di pubblico ufficiale siete? E poi le lire erano trenta e non venti!»

«Diciotto!» disse Maria.

L'agente sbuffò. «Avanti, andiamo tutti in ufficio. Dobbiamo verbalizzare la denuncia».

«Anch'io?» protestò la donna grassa con la benda sull'occhio.

«Certamente! Siete la testimone!»

«E chi bada al mio banchetto?»

«Oh! Non sono affari che mi riguardano! Metteteci di guardia quel vostro ridicolo cane!» rise il poliziotto.

Nascosti dietro l'angolo di calle delle Bande un uomo e una donna osservavano la scena.

«Ci è andata bene» sussurrò la donna. Aveva sulle spalle uno scialle identico a quello di Maria.

«Puoi ben dirlo» replicò l'uomo. Gli mancava il braccio destro. «Avresti potuto esserci tu al posto di quella poveraccia»

«Già, ma intanto c'è lei!» La donna ridacchiò.

«C'è poco da ridere. Devi essere più accorta. A momenti ti facevi beccare! E poi era proprio necessario stenderlo?»

«Quello non mollava il borsello! Che dovevo fare?»

«Potevi rompergli la testa!»

«Peggio per lui».

«Quanto abbiamo raggranellato?»

«Trenta lire!» esclamò la donna raggiante. «Più questa».

«Cos'è?»

La donna mostrò una mezza medaglietta d'oro. Da un lato era raffigurato il Leone di San Marco, dall'altro la Madonna di Loreto.

«Era per terra».

«Fa' vedere». L'uomo se la mise tra i denti e ne saggiò la consistenza. «Sembra buona» disse.

«Ci puoi scommettere che è buona!»

«Andiamocene ora. Sia mai che qualcuno ci riconosca...» I suoi occhi scivolarono sul piccolo cane nero e marrone che sedeva impettito di fronte al banchetto dei vestiti usati. L'uomo toccò con la mano sinistra il moncherino del braccio che aveva perduto e fece una smorfia.

Poi, lui e la donna sparirono furtivi nel labirinto di calli della città.

Capitolo diciassettesimo

1891. Tribunale, Venezia

«Dieci anni, da scontare ai lavori forzati nel bagno penale della Giudecca!» sentenziò il giudice. Batté un colpo con il suo martelletto e si riaggiustò la parrucca che gli era scesa sugli occhi.

«Non ho fatto niente!» gridò Maria in piedi sul banco degli imputati. Due gendarmi le stavano ai fianchi e uno dei due reggeva la catena che le serrava i polsi.

«Come osate?» gridò il giudice. «Altri due anni aggiuntivi per oltraggio alla Corte!» E così dicendo batté una mezza dozzina di volte il martelletto.

«Non è giusto!» continuava a protestare Maria mentre gli agenti la trascinavano fuori dall'aula. «Non sono stata io!»

«Altri due anni!» strillava il giudice reggendosi con una mano la parrucca. «Che fanno quattordici! Anzi, facciamo quindici, così imparerete a tenere a freno la lingua, delinquente!»

«Non siete affatto furba» le disse uno degli agenti quando furono in cella. «Vi siete beccata altri cinque anni per niente».

«Ma io sono innocente! Vi ho detto che i soldi li ho avuti da Menashé, l'ebreo!»

«Il giudice ha mandato una guardia a controllare. Menashé è morto».

«Non è possibile! Gli ho parlato stamattina!»

«I bottegai della zona dicono che si è sentito male e che è morto subito dopo. Il negozio è chiuso».

Maria aprì la bocca, incredula, ma non riuscì a dire una sola parola.

«A quanto pare l'unico testimone a favore non può testimoniare» disse l'agente. Quindi ridacchiò tra sé.

«Si tratta della mia vita!» urlò Maria ritrovando il fiato perduto. «Non posso finire in prigione! Non adesso...»

«Per come la vedo io, siete stata fortunata» disse la guardia grattandosi il collo. «Ho visto gente mandata a morte per molto meno. In fin dei conti avete quasi ammazzato quel tale al mercato...»

«Come ve lo devo ripetere? Io non c'entro!»

«Continuate pure a professarvi innocente,» concluse il poliziotto «tanto non serve a nulla. E ora statevene buona qui. Fra poco sarete portata alla Giudecca».

L'uomo uscì richiudendosi la pesante porta di ferro dietro le spalle. Si udì lo scatto secco del chiavistello e infine i passi rimbombanti nel corridoio che senza fretta si allontanavano. Chi diceva che la giustizia era roba da ricchi aveva ragione da vendere.

Dopo quasi un'ora la porta venne riaperta.

«In piedi!» ordinò un'altra guardia.

Maria obbedì. La catena che aveva intorno ai polsi venne assicurata a una più lunga, la cui estremità era fissata saldamente al cinturone dell'agente.

«Non fate scherzi» minacciò quest'ultimo. «O vi pentirete di essere nata!»

Fuori dal tribunale un barchino attendeva legato a una briccola.

«Andiamo!» disse il gendarme salendo a bordo. Il marinaio fece un cenno con il capo e si mise ai remi. «E voi seduta qui» ordinò l'agente a Maria.

Intanto si era fatto pomeriggio e Canal Grande era affollato come il corso principale di una qualsiasi città in terraferma. Topi, caorline, caponere, gondole, peate trasportavano incessantemente passeggeri, turisti e merci. Il barchino percorse il canale per un lungo tratto, ad andatura lenta, permettendo che gli occhi di quanti si trovavano a incrociarlo indugiassero curiosi su Maria e sulle catene che la legavano alla guardia. Dalle rive qualcuno osservava e commentava. Un bambino sul ponte dell'Accademia indicò Maria alla madre:

«Mamma guarda! Quella donna ha le catene!»

«Vergogna!» gridò qualcuno.

«In prigione!» gridò qualcun altro. «*Xe queo che ti meriti!*»

Maria abbassò gli occhi. Le avevano insegnato che per ogni cosa su questa terra c'era una ragione. Pregando la Madonna si era detta pronta a ricevere il castigo che Dio le avrebbe riservato per aver abbandonato Eligio, e il castigo era arrivato, puntuale come il ghiaccio a gennaio. Non era prevista una seconda possibilità. Non per lei.

Il barchino si fermò dopo San Marco, all'altezza della chiesa di Santa Maria della Pietà. Maria ebbe un sussulto. Lì, in quella calle, c'era l'ingresso dello Spedale. Lì, a pochi metri da lei, c'era Eligio. Si sentì mancare.

«Calma» le disse l'agente vedendola turbata. «Non pensate di scappare o quant'è vero Dio vi faccio finire in canale con le catene ancora addosso!»

Sul molo c'erano tre persone. Una suora, un uomo vestito di scuro e, in mezzo a loro, una ragazzina dall'aspetto trasandato, con i capelli corti e arruffati. Il barchino accostò permettendo all'uomo vestito di scuro e alla ragazzina di salire a bordo.

Capitolo diciottesimo

1891. Bacino di San Marco, Venezia

Rosapineta era sul molo. Non riusciva a credere che quanto stava accadendo fosse vero. Un barchino giungeva dall'isola della Giudecca per condurla in prigione. Certo, si trattava di una prigione per ragazzini, l'Istituto di Correzione, ma sempre prigione era. E tutto perché un po' d'inchiostro era finito sul panciotto del segretario generale. C'era gente ben permalosa in giro, pensava Rosapineta.

Guardò il bacino di San Marco. Le parve enorme. Oltre la laguna si apriva nel mare. Il mare significava libertà.

Prima ancora di essere rinchiusa, Rosapineta pensava già a una possibile fuga. Un tizio dell'amministrazione, sicuramente un amico fidato di quel pidocchio del segretario generale, si era scomodato apposta per accompagnarla in prigione. Insieme a lui c'era suor Elpidia, una che scherzava poco o niente. Come due gendarmi, la reggevano per le braccia, uno a destra, l'altra a sinistra. Forse avrebbe potuto divincolarsi, come aveva fatto con suor Deodata, e magari azzannare anche le loro mani, ma le sembrava che i due fossero particolarmente attenti a non farsi sorprendere. L'acqua del bacino lambiva i margini della banchina in un ritmico ripetersi. A volte il passaggio di una chiatta o di una caponera provocava un'onda più grande delle altre e gli schizzi arrivavano fino alle loro scarpe, lì in piedi sul molo ad aspettare il barchino.

Rosapineta pensò che se si fosse tuffata in acqua, a peso morto, probabilmente avrebbe trascinato con sé anche i suoi due piantoni. Una volta a mollo, ognuno per sé e Dio per tutti. Forse se la sarebbe cavata. O forse no. L'acqua doveva essere ghiacciata, e poi non era nemmeno sicura di saper nuotare. A dire il vero non c'aveva mai provato, però questo non significava nulla: c'era un sacco di cose che si potevano fare senza averle mai provate prima.

Mentre era lì che rimuginava su questo e su molto altro, giunse il barchino e con esso i primi fiocchi di neve.

A bordo, oltre il marinaio ai remi, c'era già qualcuno. Un gendarme in divisa nera e sguardo torvo reggeva i capi di una catena in ferro all'estremità della quale era legata una donna.

Rosapineta fu invitata, senza troppi complimenti, da suor Elpidia a prendere posto. Dietro di lei salì anche l'uomo dell'amministrazione. Rosapineta si sedette di fronte alla donna con la catena di ferro ai polsi. Notò che indossava una redingote sporca e scucita sul collo e sulle maniche e uno scialle stretto intorno al capo.

«Salute» disse la ragazzina.

La donna alzò gli occhi, ma non verso di lei. Guardò invece la chiesa della Pietà e l'entrata della calle omonima. Mentre il barchino riguadagnava il largo, istintivamente la donna si toccò il collo alla ricerca di qualcosa che non possedeva più. E, silenziosamente quanto la neve che le cadeva sul viso, pianse.

Capitolo diciannovesimo

1891. Isola della Giudecca, Venezia

Giunsero al carcere che era quasi il tramonto. Smaltita la rabbia, Rosapineta provava ora un senso di frustrazione. E di vergogna. Si sentiva un criminale, anzi, il peggiore dei criminali.

La guardia fece scendere dal barchino le due donne con un paio di spintoni.

«State buone!» disse con aria annoiata. «Adesso vi portano dentro».

Si presentò un uomo anziano vestito con una livrea consunta e un tricorno sulla testa.

«Tu!» ordinò a Rosapineta. «Con me!»

Maria rimase sul molo in attesa della sorvegliante che l'avrebbe condotta alla sezione destinata agli adulti. Riservò una sola rapida occhiata alla bambina che veniva trascinata via per un braccio dall'uomo in divisa. Il suo cuore non provava pena. Il suo cuore sembrava ora non provare più nulla. Solo indifferenza.

Passata la cancellata in ferro e il massiccio portone di legno chiuso da numerose mandate, l'uomo e la ragazza attraversarono, in un silenzio opprimente, una lunga serie di corridoi, finché non arrivarono di fronte alla porta di una cella. Questa era un buco largo appena due metri e lungo poco di più, completamente spoglio, a parte una sedia sulla quale sedeva un uomo austero e rigido, il direttore. Quando il sorvegliante scaraventò in malo modo Rosapineta all'interno della cella, il direttore non si volse neppure. Rimase impassibile a fissare il muro scrostato davanti a sé. Teneva un bastone da passeggio appoggiato sulle ginocchia, di quei bastoni sottili di canna.

Prese un gran respiro, come chi si prepara a un compito ingrato, e disse:

«Ti accorgerai presto che qui non sei all'Istituto per orfanelli».

«Me ne sono già accorta» rispose Rosapineta vestendo, com'era solita fare, la paura di spavalderia.

Non fece in tempo a terminare la frase che il direttore, con un guizzo, le abbatté il bastone sulle gambe. Rosapineta cadde a terra con i polpacci in fiamme.

«Come stavo dicendo,» riprese l'uomo con calma «questo non è l'Istituto per orfanelli, ma il carcere minorile, e se qualcuno là fuori si diverte a chiamarlo Istituto di Correzione faccia pure. Per me chi entra qui dentro è feccia. E tu sei feccia».

Il sorvegliante era in piedi, lo sguardo assente, le mani che lisciavano la divisa.

«La mia politica si basa sulla repressione e sulla prevenzione» spiegò il direttore. «Ed è una politica che funziona. Sai cosa significa?»

Rosapineta stavolta preferì non rispondere. Ma neppure questa si rivelò una scelta particolarmente azzeccata. In un volger di mano le arrivò una seconda sferzata sulle gambe, ancora più forte e schioccante della precedente. Rosapineta strillò.

«Imparerai che se qualcuno qui dentro ti fa una domanda tu devi rispondere immediatamente, chiaro?»

Rosapineta annuì reggendosi i polpacci doloranti. Il bruciore le si irradiava su, fino alle cosce.

«Repressione e prevenzione. Io reprimo fermamente ogni tentativo di insubordinazione, anche il più piccolo. Se si concede un dito, finisce che si viene derubati del braccio. Inoltre prevengo. Prevengo anche solo l'idea dell'insubordinazione. Anche solo l'idea dell'idea dell'insubordinazione. E per prevenire, ammonisco. Sai cosa significa ammonire?»

Rosapineta, le guance rigate di lacrime silenziose, rispose velocemente che lo sapeva. A quel punto il direttore si alzò in piedi. Ai suoi occhi apparve gigantesco. Forse era davvero molto alto o forse era il soffitto della cella ad essere molto basso. Il vecchio afferrò Rosapineta per le braccia e la tirò su. Poi la fece voltare in modo che desse le spalle al direttore. Un sibilo riecheggiò tra le pareti della cella e la bacchetta calò una terza volta, questa volta sulla schiena.

«Questo significa ammonire» disse il direttore.

Ci fu un altro sibilo e un'altra sferzata e poi un'altra ancora. Solo le braccia del vecchio che la reggevano impedirono a Rosapineta di cadere a terra.

Infine i due uomini se ne andarono, senza aggiungere una parola, lasciandola stesa sul pavimento umido della cella, aggrappata al suo dolore e alla rabbia.

Il mattino seguente il sorvegliante tornò.

«Il direttore si augura che tu tenga bene a mente la piccola lezione di ieri sera» disse. «Se lo augura per il tuo bene».

Rosapineta si rese conto molto presto che i metodi del direttore sortivano il loro effetto. La rigida disciplina, l'autorità dei sorveglianti, la repressione di qualsiasi volontà individuale trasudavano dalle spente pareti dei corridoi, delle camerate, del refettorio, ammorbando l'aria e avvelenando le anime dei ragazzi, e permeandone le azioni e le coscienze. Ella stessa si comportò durante le sei settimane di permanenza come mai le era capitato in undici anni allo

Spedale, finendo per rimpiangere le bonarie punizioni di suor Deodata.

Dopo qualche giorno dal suo arrivo le giunse una lettera di Speranza.

Mia carissima Rosapineta,

mi duole il cuore saperti rinchiusa in un posto così triste e cupo, circondata da persone poco raccomandabili.

Qui allo Spedale siamo tutte in pena per te e preghiamo giorno e notte che l'espiazione della tua colpa avvenga in fretta e senza ulteriore sofferenza.

La madre superiora ci ha detto che il Padre Nostro, nella Sua immensa indulgenza, saprà rimetterti sulla retta via, ma che lei, come essere umano, ha terminato le scorte della sua tolleranza. Perché hai sfasciato tutto senza un motivo?

Io penso che non sei così cattiva come dicono. Con me, ad esempio, sei sempre stata buona e affettuosa. Forse a volte ti lasci un po' andare, ma non credo che questo sia indice di un animo cattivo.

Eligio sta bene. Vedessi che carino è diventato! Avevi ragione tu: è davvero uno dei fantolini più belli che ho veduto! E poi è tanto simpatico e ride sempre!

Mi manchi tanto. Torna presto. Io ti aspetto,

la tua amica Speranza

Rosapineta si poggiò la lettera in grembo e pianse.

Pianse per due motivi. Di dolore, perché le mancavano Speranza e la misurata tranquillità che le dava l'Istituto, e di gioia, perché ora sapeva che Eligio non era stato portato via e che al suo ritorno lo avrebbe trovato ad attenderla. Aveva creduto che quella donna fosse venuta per Eligio semplicemente perché era ciò che lei si aspettava.

La mattina di Natale, attraverso le inferriate dell'Istituto di Correzione, Rosapineta osservò, al di là del bacino, la facciata della chiesa della Pietà. E restando in silenzio, le parve quasi di poter udire le voci del coro che intonavano il concerto del 25 dicembre.

Capitolo ventesimo

1892. Camera ad uso di scrittorio della madre superiora, Spedale della Pietà, Venezia

«Ora va' e vedi di non darmi altri motivi per metterti in punizione» disse suor Deodata congedando Rosapineta dallo scrittorio. La osservò mentre usciva, impassibile come una delle colonne del porticato di Palazzo Ducale.

A quanto pareva, la lezione era servita, pensava suor Deodata. *Val più la pratica che la grammatica*, recitava il motto. La superiora non approvava i metodi del direttore del riformatorio, però alle volte le sembrava non ci fosse altro da fare, soprattutto quando si trattava di soggetti incorreggibili come Rosapineta. Quella ragazzina era una spina nel fianco, senza ombra di dubbio, e più la madre superiora ripensava a quante speranze aveva riposto in lei, più si crucciava di non essere riuscita a ottenerne nulla di buono. Ci voleva una pazienza infinita e dove la pazienza si dimostrava inutile, che venisse pure qualche settimana di riformatorio, con tutto quello che la opinabile e poco ortodossa politica del direttore comportava.

Suor Deodata si rimise al lavoro. Le scartoffie la disgustavano e purtroppo per lei ve n'erano sempre in abbondanza. In quanto al segretario generale, non gli pareva vero di poter passare alla madre superiora quelle che riteneva più noiose o seccanti. Afferrò un documento da una pila, infilò il pennino nel calamaio e prese a scrivere. Si doveva far richiesta presso l'Economato di un nuovo armadio ghiacciaia, dal momento che quello in dotazione non riusciva più a mantenere il ghiaccio in temperatura troppo a lungo. Il baliatico aveva bisogno di essere tinteggiato e stuccato. C'era da organizzare il turno settimanale delle balie e da accontentare le loro pretese economiche. Il loro numero, infatti, diminuiva costantemente e sfamare i lattanti era divenuto il problema più urgente. Per incentivare l'offerta di nutrici, suor Deodata aveva proposto all'amministrazione di innalzare il mensile da sedici a venti lire e di promuovere una campagna informativa per reclutarne di esterne, destinando ad esse ulteriori otto lire e sessantacinque al mese, più le spese di viaggio per recarsi all'Istituto a prendere il bambino.

La frequente mancanza di balie, inoltre, imponeva di ricorrere sempre più spesso al latte artificiale, composto da latte di vacca e farina lattea. Ma l'assenza di rigidi controlli e la scarsa igiene generale facevano sì che con la somministrazione del latte artificiale aumentassero in modo esponenziale i casi di gastroenteriti, marasmi e mughetto. Malgrado gli anni passassero e le tecniche migliorassero, la mortalità infantile all'Istituto non solo era una ferita ancora aperta ma una piaga in piena suppurazione.

Suor Deodata scrisse:

> *Esimio Signor Segretario Generale,*
>
> *eccellentissimo Gran Consiglio di codesto benemerito Istituto,*
>
> *stimabile uffizio di Economato,*
>
> *si fa necessità d'introdurre nella voce spese di manutenzione ordinaria la richiesta di acquisto di numero uno armadio ghiacciaia in sostituzione al preesistente in quanto danneggiato dall'uso.*

Poi, d'un tratto, s'interruppe: qualcuno, nel corridoio, strillava.

Capitolo ventunesimo

1892. Spedale della Pietà, Venezia

Uscita dallo scrittorio della madre superiora, Rosapineta andò di filato nella sua camerata.

L'asino non sa di avere la coda finché non la perde. Come le sembravano belli e luminosi ora i grigi corridoi dell'Istituto. Com'erano soavi e lieti i rumori sulle scale, gli strepiti dei bambini, i richiami delle sorelle. Com'erano inebrianti gli odori che provenivano dalla cucina e dal baliatico. Dopo essere stata sei settimane al riformatorio, ogni cosa, ogni persona, compresa la madre superiora, le apparivano amabili e confortanti.

Non appena entrò, vide Speranza che sedeva in cima a un letto, sorridendo.

«Qualche *toc* nel tuo cuore?» le chiese Rosapineta.

Si sentiva imbarazzata. Forse a causa delle umiliazioni subite al riformatorio.

«Come dici?»

«Ti è arrivata la convocazione?»

«Convocazione per cosa?»

Rosapineta si segnò rivolgendo lo sguardo al soffitto.

Speranza arrossì.

«Non scherzare su queste cose, sciocca! E poi si dice vocazione, non convocazione!»

Dopodiché si alzò dal letto e corse ad abbracciare l'amica.

Rosapineta rimase ferma dove stava, come il fusto di un castagno, incapace di ricambiare l'abbraccio, confusa e felice allo stesso momento. Non era abituata alle smancerie e certe cose la mettevano a disagio. Tuttavia la sensazione di quel corpo caldo che la stringeva trasmettendole tutto il suo affetto ebbe il potere di farla sentire bene.

«Vieni!» disse Speranza staccandosi dall'abbraccio e prendendola per mano. «C'è una sorpresa per te!»

«Dove andiamo?» chiese Rosapineta sapendo già quale sarebbe stata la risposta.

«Da Eligio!»

Percorsero alcuni lunghi corridoi di raccordo fino al primo piano dell'ala ovest del palazzo. Speranza si mise un dito davanti alle labbra richiamando l'amica al silenzio. Quindi aprì la porta della stanza delle culle e indicò un lettino nell'angolo. Al suo interno, coperto fino al mento da una coltre marrone, Eligio dormiva beato come il putto di un affresco.

Rosapineta lo tirò a sé con la massima attenzione, due braci ardenti al posto degli occhi. Lo annusò e lo cullò finché il piccolo, sollevando le palpebre, anziché piangere emise un verso di soddisfazione. Rosapineta scoppiò a ridere e mentre rideva piangeva e baciava sulla testa il suo fratellino, ma non sulla fronte, perché si diceva che quello era il bacio di Giuda, pensando che in tutta la sua breve e difficile vita non era mai stata più felice di quel momento.

«Che ci fate voi due qui dentro senza autorizzazione?» tuonò una delle balie, la Bianchetti. Fissava le due ragazze con gli occhi strizzati a fessura, come quelli di una cinese, e le labbra così strette e sottili per la rabbia che non ci sarebbe passato attraverso nemmeno un capello.

«Io?» rispose Rosapineta con la testa leggera come mai. «Bacio il mio fratellino! Ecco cosa faccio!»

«Piccola impertinente! Ti faccio finire dal segretario generale! E tu,» disse rivolta a Speranza, che era diventata rossa come una fragola maturata al sole «mi meraviglio di te!»

«Ma Teresa...»

Nel mentre, come se l'intera faccenda non la riguardasse, Rosapineta prese a piroettare per la stanza con in braccio Eligio intonando:

«*Ara bàra cotìro cotàra, bin bón cotìro sabión, fighi séchi lèva la bòta compare balòta...*»

Capitolo ventiduesimo

1892. Spedale della Pietà, Venezia

Suor Deodata uscì nel corridoio e cercò di capire da dove provenisse quel gran clamore.

«Mettilo giù!» strepitava la voce. «Mettilo giù, ti dico!»

Sembrava giungere dal baliatico.

«Che succede ora?» sbuffò dirigendosi ad ampie falcate in quella direzione. Spalancò la porta della stanza pronta a dare sfogo a tutta la sua famigerata ira, ma quello che vide la fermò bloccandole le parole in gola.

Rosapineta teneva in braccio un bambino al centro della stanza. Anzi non lo teneva solo in braccio, ci danzava. E a volerla dire tutta, non si limitava neppure a danzarci: lo baciava, e lo faceva con una tenerezza e una dolcezza che la superiora pensava sconosciuta a un tipaccio mascolino come Rosapineta. Non avesse avuto una salda fiducia nei propri occhi divergenti, avrebbe stentato a credere che quel che vedeva stava davvero accadendo. Teresa stava rigida sulla porta, con i grossi seni frementi di rabbia, indecisa sul da farsi, e Speranza, come al solito, aveva preso fuoco e se avesse potuto sarebbe sprofondata al piano di sotto.

Il primo impulso di suor Deodata fu quello di far tremare le pareti della stanza con una sfuriata delle sue. Ma fortunatamente si trattenne. Il suo cervello, infatti, pur non sapendosene dare spiegazione, intuì quale straordinario prodigio si fosse verificato in quella stanza: l'indole ribelle di Rosapineta si era per un istante spogliata della sua scorza ruvida e mostrava quel che si celava in profondità. L'affetto per un bambino sconosciuto era riuscito laddove le parole e le punizioni avevano fallito.

Era un buon punto di partenza, pensò suor Deodata, un ottimo punto di partenza.

«Che stai a fare lì impalata come un lampione?» sbottò d'improvviso contro la balia Teresa. «Ci sono bambini da allattare e camiciotti da cambiare e acqua da bollire! Su, su, datti da fare!»

Poi guardando Speranza:

«Tu resta. Quando Rosapineta avrà terminato di sbaciucchiare quel povero bambino, assicurati che tutto sia in ordine e poi fai ritorno alle tue faccende».

Teresa e Speranza si guardarono l'un l'altra a dir poco stupite. In ogni caso non si sognarono di mettersi a discutere gli ordini della madre superiora. Teresa Bianchetti ingoiò amaro e sparì infilando il corridoio, mentre Speranza indietreggiò di qualche passo disponendosi ad attendere che Rosapineta posasse il bambino.

Suor Deodata rimase dov'era, a osservare per qualche secondo ancora Rosapineta. Quindi, senza dire nulla, si voltò e andò verso la porta.

Quando fu solo un passo oltre la soglia, però, si arrestò.

«Ah, Rosapineta?» disse distrattamente senza voltarsi.

«Sì?»

«C'è la possibilità che io riveda la mia posizione a proposito del coro».

«Dite davvero, madre?»

«Tornare a cantare dipenderà da te, Rosapineta. Solo da te».

«Allora» esclamò la ragazza «farò di tutto perché la rivediate!»

Non sempre sottrarre è un buon metodo, pensava suor Deodata tornando sui propri passi. A volte, come insegnava Gesù, si doveva dare. Soprattutto quando si rischiava di non avere nulla in cambio.

PARTE SECONDA

La Restituzione

Capitolo primo

1901. Isola della Giudecca, Venezia

Dei quindici anni di detenzione comminati dal giudice, Maria ne aveva scontati dieci. I cinque restanti le erano stati condonati in virtù della sua condotta irreprensibile, della sua disponibilità nei confronti delle altre recluse, ma soprattutto della sua totale sottomissione alle autorità carcerarie.

Il giorno in cui le porte di ferro della Giudecca le si erano richiuse dietro le spalle privandola della libertà, Maria si era data una missione: uscire più presto possibile per tornare da Eligio, sempre che la Provvidenza le avesse fatto la grazia di conservarlo in vita. L'unico modo per raggiungere quanto si era prefissa era pazientare e comportarsi al meglio delle proprie possibilità.

C'erano stati momenti duri, e altri di terribile disperazione, e Maria aveva dovuto dar fondo a tutto il proprio autocontrollo per non rischiare di lasciarsi andare a un gesto irreparabile o semplicemente d'impazzire, com'era capitato a qualcuno.

Due volte al giorno, nel tragitto che compiva dalla cella al cortile dove si svolgeva il lavoro, Maria transitava di fronte a un'inferriata affacciata sul bacino. Da lì scorgeva la chiesa della Pietà, poco più che una macchia bianca incastonata tra gli adiacenti palazzi dalle tinte accese, e, un po' oltre, la stretta calle che conduceva all'Istituto. In quelle occasioni le piaceva pensare che al di là del canale Eligio stesse osservando da una finestra quell'isola lontana, avvolta dalla nebbia chiedendosi cosa fosse e ignorando che vi si trovasse sua madre. Ma subito dopo, a quel pensiero, la prendeva una sensazione insostenibile d'impotenza e una smania convulsa di fuggire. La sua fede scricchiolava sotto il peso di quella grande sofferenza e il timore che le si celava tra le lacrime era quello di essere stata ingannata. Si poteva amare un dio che sembrava divertirsi a giocare con il destino dei propri figli? Si poteva credere che quella fosse l'ennesima prova alla quale quello stesso dio la sottoponeva? Poteva ancora confidare che un giorno ci sarebbe stata giustizia? Erano quelli i momenti in cui Maria si rivolgeva alla Vergine con maggior convinzione, pregandola affinché le desse la forza di affrontare un altro giorno, uno soltanto. Un passo alla volta, si diceva, come un paralitico che riacquista l'uso delle gambe.

Aveva cercato spesso di immaginare il volto di Eligio. I suoi capelli erano color del grano o negli anni i caratteri mediterranei del padre avevano finito per prevalere? Ricordava gli occhi, azzurri alla nascita, proprio come i suoi; spesso però gli occhi dei bambini, crescendo, cambiavano colore. E le labbra e il naso, come avrebbero potuto essere? Maria si era fatta un'idea del viso di suo figlio che probabilmente non corrispondeva alla realtà, ma tutto ciò aveva poca importanza. Ella era sicura che, se mai fosse riuscita a rivederlo, l'avrebbe riconosciuto all'istante. Una madre è madre per sempre.

Maria era uscita dal carcere un piovoso mattino di settembre del 1901, all'alba.

«Come raggiungo Venezia?» aveva chiesto alla guardia che l'aveva scortata al portone.

«C'è la caponera» le aveva risposto l'uomo bruscamente.

«Ma io non ho denaro».

«Il carcere ti manda a prendere. Come te ne vai è affar tuo!» Dopodiché aveva chiuso i battenti senza attendere che la donna si allontanasse.

«Posso salire?» aveva domandato più tardi Maria al marinaio della caponera che stava accostando.

«Certo che potete. Sono cinque centesimi».

«Non ho denaro».

«In tal caso non potete».

«Siate buono, sono uscita ora dalla prigione...»

«E allora?»

«Si tratta di un braccio di mare...»

«La legge vale per tutti: il biglietto si paga».

«Vi prego...»

L'insistenza di Maria a nulla era valsa se non a far adirare il marinaio, che prima di riprendere il mare l'aveva insultata dandole della pezzente. In fin dei conti quella non era che la verità, per quanto scomoda. Maria ricominciava così come aveva finito: nella miseria più nera e con niente tra le dita se non la propria disperazione.

Alle otto era bagnata fradicia, infreddolita e sfiduciata. Da che la caponera si era allontanata, nessun'altra imbarcazione aveva attraccato al molo. I pochi passanti l'avevano evitata con disgusto, non mancando di notare i suoi vestiti laceri e sbiaditi e scivolando spesso in qualche inappropriato commento. Maria vide riflessa sull'acqua nera del bacino la propria immagine tremolante. Le sembrò che la Maria del canale la chiamasse a sé. La chiamava verso il fondo della laguna dove non c'era sofferenza, dove i problemi svanivano in un soffio, un soffio breve come un ultimo respiro. Laggiù, dove si poteva dormire per l'eternità.

«Ehi!» chiamò qualcuno. «*Ocio* a non cascare! L'acqua *a xe freda*». Un operaio che trasportava una carriola le passò accanto. «Aspetti la caponera?»

Maria annuì senza riuscire a distogliere lo sguardo dalla superficie dell'acqua.

«Non passa più fino alle nove».

Maria non disse nulla. L'uomo la guardò meglio.

«Vieni dal carcere?» disse accennando con un movimento del capo al portone della prigione.

Maria arrossì. «Sì» rispose con un filo di voce.

«*E ti vol 'ndar a Venessia?*»

«Sì, ma non ho denaro...»

«Devi *rivare* a Fusina. Da là sarà più facile *ragiungere Canal Grando*». L'uomo si riferiva alla punta occidentale dell'isola della Giudecca, separata dalla città dal Canale di Fusina, un tratto di bacino molto trafficato grazie alla presenza di numerosi complessi industriali.

Maria guardò l'acqua. L'altra Maria, quella del canale, era scomparsa e la laguna sembrava meno scura di pochi istanti prima. Ringraziò l'uomo e si incamminò incurante della pioggia.

Camminò a testa bassa per un quarto d'ora, in modo da evitare lo sguardo dei passanti che incrociava. Man mano che si avvicinava al canale, notava che la gente intorno a lei andava aumentando di numero, così come gli edifici, perlopiù di nuova costruzione. Perfino il bacino sembrava più affollato del solito di imbarcazioni e bastimenti. A volte era costretta a scansarsi per il passaggio di un carretto o di una squadra di operai che parevano soldati intenti a un'esercitazione. C'era un vociare continuo e uno sferragliare incessante di macchinari.

D'un tratto si trovò di fronte a un'enorme inferriata sorretta da colonne quadrate di marmo bianco. Maria alzò la testa e rimase a bocca spalancata. Al di là della cancellata sorgeva un edificio monumentale, di mattoni rossi, un edificio che era certa di non aver mai veduto prima. Aveva cinque serie di finestre, strette e lunghe, guglie sulla sommità e la scritta *G. STUCKY* incisa sopra una gigantesca lastra di marmo. In cima al tetto completava l'opera un orologio rotondo sorvegliato da due statue femminili, una a destra e una a sinistra.

Maria si arrestò di fronte al cancello, impressionata da quello spettacolo.

«Scusate, signore,» disse intercettando un giovanotto che passava di là con un sacco sulle spalle «che cos'è quello?»

L'uomo la guardò come se Maria volesse prenderlo in giro.

«Scherzate?» le domandò sorridendo.

Maria scosse la testa. «No».

«È il nuovo mulino» spiegò il giovanotto, stupito che Maria non ne fosse a conoscenza. «Il mulino più bello d'Italia!»

Maria pensò che per essere bello era bello. Pensò anche che in dieci anni cambiavano tante cose, non solo i mulini.

L'Italia aveva un nuovo re: Umberto I era stato assassinato a Monza dall'anarchico Bresci l'anno precedente e a lui era succeduto il figlio, Vittorio Emanuele III. La guerra d'Africa si era conclusa con il massacro di Adua, dove avevano trovato la morte più di tremila soldati italiani, e a Milano il generale Bava Beccaris aveva fatto fuoco con i cannoni sulla folla inferocita per quello che tutti chiamavano il *caropane*. Le notizie più importanti arrivavano in carcere attraverso il passaparola, ma quelle marginali, relegate al di là delle sbarre di ferro, giungevano, quando si tornava alla vita normale, tutte insieme, come un carico di missive arretrate.

«E la chiesa?» domandò riferendosi alla pieve dei Santi Biagio e Cataldo. Era sicura che sorgesse da quelle parti.

Il giovane sorrise. «È lì sotto» disse. «Sotto le fondamenta del mulino!»

Maria si sentì assalire da un timore fino ad allora rimasto sconosciuto. Dieci anni erano un tempo che in prigione poteva apparire lento nel ripetersi delle consuete attività quotidiane. Ma gli stessi dieci anni, lì in città, tra fabbriche e botteghe, canali e palazzi, sfrecciavano come fulmini, mutando l'aspetto delle cose, come un viso che invecchia. Quale realtà avrebbe trovato ad attenderla dall'altra parte del canale? Si sarebbe adattata al nuovo secolo? Qualcuno diceva che presto ci sarebbe stata una rivoluzione nei mestieri e nelle industrie, e forse anche nella politica. Che futuro poteva offrire lei a Eligio? Perché era così sicura che fosse ancora allo Spedale? E soprattutto, chi le assicurava che fosse ancora vivo?

«Sto cercando un modo per arrivare a Venezia» disse arrestando il giovanotto prima che questi se ne andasse. Le era presa una strana frenesia, di fare, di occuparsi, di arrivare. Forse era solo un modo per non costringersi a pensare. «Ma non ho denaro...»

«Vedete quella peata?» Era un'imbarcazione a fondo piatto adibita al trasporto delle merci. «Appartiene a Orio, un amico. Ditegli che vi manda Tonio. Capito?»

Maria lo ringraziò e corse verso la barca che stava mollando gli ormeggi.

«Posso salire?» chiese. «Mi manda Tonio...»

Uno dei due uomini che si trovavano a bordo, forse Orio, guardò verso il mulino. Tonio poggiò il sacco che aveva sulle spalle e alzò un braccio in segno di saluto.

«Va bene. Sali» disse Orio. Quindi sputò e con un remo spinse l'imbarcazione lontano dal molo.

«*Dove xe che ti smonti?*» chiese a Maria quando ebbero attraversato il Canale di Fusina.

«Voi dove andate?»

«Ca' Foscari».

«Ca' Foscari andrà benissimo, grazie».

I due uomini non fecero domande e quando fu il momento la lasciarono sulla sponda nord del rio di Ca' Foscari.

«Grazie» disse semplicemente Maria.

«Tieni» le disse il compare di Orio allungandole un cartoccio con un pezzo di pane.

Maria fece un cenno di ringraziamento con la testa e si voltò per evitare di piangere. Quando guardò nuovamente verso il canale, la barca si era già allontanata e i due uomini le davano le spalle.

Capitolo secondo

1901. Canal Grande, Venezia

Il destino aveva davvero il senso dell'umorismo, pensò Maria quando si ritrovò davanti al palazzo nel quale viveva la sua famiglia. La peata di Orio l'aveva lasciata esattamente sotto casa dei suoi genitori.

Maria guardò in alto le ampie finestre del salone e più su ancora quelle che un tempo erano state le finestre della sua camera da letto. Vide le tende di pizzo bianche e i fiori sul davanzale. Tutto come allora, tutto come quando quella era casa sua. Che sarebbe accaduto se suo padre o sua madre si fossero affacciati proprio in quel momento? Avrebbero visto una povera donna coperta di stracci, invecchiata precocemente dalle privazioni e con un tozzo di pane secco in una mano. E probabilmente avrebbero richiuso la finestra infastiditi.

Il portone si aprì e Maria si ritrasse istintivamente. Ne uscì una donna molto giovane, probabilmente una serva, che si allontanò portando un paniere sotto il braccio.

La storia di Maria non era diversa, in fondo, da tante altre storie sfortunate di quei tempi. Figlia di un facoltoso commerciante di Venezia, Settimo Salieri, e di una donna di nobili origini, Ada De' Castri, Maria viveva in un grande palazzo affacciato su Canal Grande con una domestica personale, un gatto rosso e nero, i fratelli Marco e Matteo e un guardaroba pressoché infinito. Si dedicava alla musica e alla pittura, frequentava i teatri e i concerti, e una volta terminati gli studi sarebbe convolata a giuste e prestigiose nozze con un promettente giovane dell'alta borghesia veneziana. Insieme avrebbero generato due o più gai marmocchi destinati a un florido avvenire, e in vecchiaia, svezzati i numerosi e devoti nipoti, avrebbe fatto parte di enti benefici, associazioni culturali, comitati di accoglienza, confederazioni femminili, circoli letterari, cenacoli delle orchidee, delle amiche di Vivaldi, del bridge, del ricamo. Si sarebbe spenta attorniata dal calore della sua grande famiglia, lasciando indelebili ricordi e donazioni in quantità.

Questo il probabile futuro di Maria, almeno fino al momento in cui all'orizzonte tranquillo della sua vita non era apparso il tenebroso Alfonso. Maria non sapeva altro, solamente il nome. E il nome era anche tutto ciò che di lui le era rimasto. A parte Eligio, naturalmente, frutto di una passione travolgente e dell'avventata speranza che l'amore potesse bastare a se stesso. Alfonso aveva lasciato Maria non appena lei gli aveva rivelato di aspettare un bambino e l'abbandono era stato dei più crudeli: del tutto privo di rimpianti e di apparente coscienza, senza biglietti e senza abbracci. Non sopportando l'onta di una gravidanza illegittima, Settimo Salieri aveva deciso di cacciare la figlia di casa lasciandola in balia del suo destino. Il potere decisionale di Settimo Salieri in seno alla famiglia era tale che né la madre né i figli avevano potuto nulla in favore di Maria. La gravidanza si era trasformata ben presto in un calvario fatto di umiliazioni e di stenti, dove lo sfamarsi era divenuta l'urgenza assoluta e quotidianamente improrogabile. Malgrado tutto, alla fine e come sempre, la natura aveva seguito il suo corso e Eligio aveva visto la luce, o meglio le umide tenebre delle Corderie, sopra un giaciglio di stracci e di canapa che rappresentava l'intero avere di sua madre. Era nato con grandi difficoltà all'alba di un sabato di ottobre. *Quei che stenta de nasser i stenta anca de morir*, dicevano le levatrici. Inoltre sabato era il giorno dedicato alla Madonna, il miglior giorno in cui un bambino potesse venire al mondo. Tuttavia, a dispetto di quei favorevoli auspici, la malformazione di Eligio era parsa a Maria il segno di un destino avverso, il marchio indelebile del suo peccato e l'espiazione di una colpa che, al pari della madre, il figlio si sarebbe portato addosso per tutta la vita.

Così, non senza patimenti, aveva considerato la possibilità di ricorrere alla ruota, nella flebile speranza che la sua creatura avesse un'opportunità in più. Anche una soltanto, si diceva, sarebbe bastata.

«Ehi, tu! Che vuoi?»

Maria alzò gli occhi. Da una delle finestre un uomo la stava chiamando.

«Vattene, prima che chiami una guardia!»

Era Marco, uno dei suoi fratelli. Maria si tirò lo scialle sulla testa e si allontanò in fretta.

Al tramonto di quel suo primo giorno di libertà, Maria si ritrovò affamata, affranta e con i piedi doloranti. Il cuoio delle scarpe, seccatosi negli anni, le aveva provocato piaghe sulle piante e sui talloni. Il suo girovagare per botteghe e cantieri era stato vano. Nessuno sembrava disposto a dare lavoro a una ex detenuta e quando, per furbizia, aveva taciuto il suo recente passato, il lavoro le era stato negato per via del suo aspetto da mendicante, essendo opinione comune che dei mendicanti non ci si potesse fidare. *Mejo un morto sul groppon che un pitocco sul porton*, dicevano.

Decise di trascorrere la notte alle Corderie, come era solita fare prima di finire in carcere.

Arrivò nei pressi del vecchio edificio dismesso che era già buio. Qualcuno lo chiamava la cattedrale dei miserabili. Quella che per mesi, molti anni prima, era stata la sua postazione ora era occupata da un uomo che puzzava di vino e di escrementi. Maria andò a sistemarsi più in là, sotto una delle tante vetrate infrante. Fece un mucchietto della terra e della paglia che c'erano sul pavimento e si sedette esausta. Dopo pochi minuti dormiva profondamente, ignorando i gemiti del suo stomaco affamato.

Durante la notte, però, si svegliò di soprassalto. Qualcuno cercava di strapparle di dosso lo scialle e le scarpe. Era l'uomo che puzzava di vino. La guardava con occhi spenti esibendo un sorriso assente, un sorriso che mostrava denti scuri e malandati incorniciati da labbra gonfie e screpolate.

Maria balzò in piedi afferrando con una mano lo scialle e con l'altra una delle scarpe finite a terra.

«Lasciatemi in pace!» gridò. Ma l'uomo non mollava la presa.

«Ne ho bisogno» biascicava lui. «*Fredo... tanto fredo*».

Dal buio alle spalle dell'uomo sbucò una stampella di legno che con un sibilo calò violentemente sulla sua testa. L'uomo cadde a terra privo di sensi.

Maria restò a bocca aperta. Dalla penombra emerse una figura di donna esageratamente grassa che prese ad avanzare verso Maria zoppicando.

«Non temere» disse la voce collegata a quel corpo. «Non voglio il tuo scialle io. Potrei farmici al massimo un fazzoletto! In quanto alle tue scarpe credo che non potrebbero contenere più di un paio delle mie grosse dita!» Quindi scoppiò in una risata. Maria notò che portava una benda sull'occhio destro e i capelli corti e grigi alla moda degli uomini.

«Benvenuta nell'albergo dei senzatetto!» disse la donna.

Qualcuno dai giacigli presso la parete di fondo urlò:

«Fate silenzio, *òstrega*!»

La donna appoggiò un dito grosso come una salsiccia sulle labbra. «Sssttt» fece. Poi con un cenno della testa invitò Maria a seguirla.

«Questi sono i miei appartamenti» sussurrò dopo che ebbero raggiunto un ampio spazio delimitato da due colonne. Un piccolo, vecchio cane spelacchiato russava pacificamente acciambellato sopra una coperta logora. «Lui è il mio amico Pitusso. È piccolo come un uccellino, ma mangia come un maiale all'ingrasso!»

Puntellandosi alla stampella la donna si chinò sopra il cane, lo sollevò delicatamente e senza svegliarlo lo depositò poco più in là. Quindi prese la coperta e la porse a Maria.

«Puoi coprirti con questa e dormire qui con noi, se ti va».

Maria si voltò e cercò con lo sguardo l'uomo che l'aveva assalita. Vide solo oscurità e corpi brontolanti che si agitavano nel sonno.

«Non preoccuparti di Magoga» le disse la donna. «Non è cattivo. Ha solo bisogno di una raddrizzata di quando in quando». Guardò annuendo la stampella con la quale aveva menato il fendente e sorrise. «Non ho voluto fargli troppo male, altrimenti avresti visto!»

Maria accettò la coperta. «È solo per questa notte...» mormorò.

«Certo, certo» rispose sarcastica la donna. «Domani tornerai nel tuo palazzo su Canal Grande, giusto? Be', che hai da guardare? Ti sei offesa?»

Maria fece segno di no con la testa.

«Buon per te. Non conviene aver la coda di paglia da queste parti».

Pitusso, il cane, mugolò. Cambiò posizione e si rimise a dormire.

«Se hai fame,» continuò la donna «dentro quella gamella c'è del pane avanzato. Sarà un po' duro ma ti calmerà i crampi».

«Grazie, sto bene così».

«Come vuoi».

Maria stese a terra la coperta e ci si raggomitolò sopra. Sapeva di muffa e di cane bagnato, ma non ci fece caso: dieci anni di prigione l'avevano abituata a ben altro.

«Per quello che vale,» disse «io sono Maria».

«E io Berta, detta Straocio... per via dello sguardo che ammalia, naturalmente!»

Maria si sforzò di sorridere, cosa che le risultò assai difficile.

«Guarda» disse Straocio dopo qualche minuto di silenzio. Maria guardò. Stava indicando uno squarcio nel tetto sopra le loro teste. «Non è da tutti avere una vista simile. Non trovi?»

Le grandi nuvole che per tutto il giorno avevano foderato la città di un opprimente grigiore si erano allontanate liberando il cielo sopra di esse. Ora, dalle assi marcite del tetto, sbucava un brandello di notte ricamato di stelle. Maria si girò su un fianco e osservando quelle stelle lontane si augurò di addormentarsi al più presto e di non svegliarsi mai più.

Capitolo terzo

1901. Le Corderie, Venezia

Il mattino seguente Maria si destò con la sensazione che qualcuno le stesse lavando la faccia con uno straccio ruvido.

Era Pitusso, il piccolo cane nero e marrone, che la leccava tutto allegro. La sua coda sembrava il pendolo di un orologio impazzito.

«Pitusso non dà mai confidenze. Vuol dire che sei una brava persona. Ben svegliata!» le disse la donna con la benda sull'occhio. Maria notò che stava rimestando qualcosa in una tazza. «Il caffè è pronto!» esclamò la donna.

Le fiamme di un fuoco acceso all'interno di un circolo di pietre illuminavano le nude pareti delle Corderie. Fuori il sole stava sorgendo. Sul fuoco una cuccuma gigante borbottava spandendo tutt'intorno aroma di caffè bruciacchiato. Composti in una fila ordinata e silenziosa, una dozzina di mendicanti, barboni e disperati attendevano pazienti, ciascuno con la propria tazza stretta tra le dita.

Maria ripensò al refettorio della prigione ed ebbe un moto di disgusto. In mezzo alla fila scorse Magoga, l'uomo che aveva tentato di strapparle lo scialle e le scarpe la sera precedente. Portava una fascia grigiastra avvolta intorno alla testa. Non appena gli occhi di lei lo incrociarono, quelli dell'uomo, lucidi come monete sul fondo di un canale, svicolarono fissandosi colpevolmente a terra.

Quando fu il turno di Magoga di ricevere il caffè dalle mani di Berta, Maria la sentì dire:

«Credo che tu debba delle scuse alla signora».

Magoga allora andò incontro a Maria facendosi scudo con la tazza fumante e farfugliò:

«Domando scusa per ieri sera... Forse ero un poco *imbriago...*»

«Forse?» intervenne Berta.

«Ero *imbriago...*» rettificò Magoga. «*Imbriago spolpo!*»

La gente in fila scoppiò a ridere.

«Non importa» disse Maria a disagio.

«La prossima volta te la spacco davvero quella testa matta!» minacciò Straocio.

Magoga annuì massaggiandosi la fasciatura.

Maria mandò giù un sorso di caffè. Era forte, denso e amaro.

«Dormito bene?» chiese Straocio da dietro la sua benda nera. Si sedette accanto a Maria e quel semplice gesto le causò una smorfia di dolore.

«State male?» volle sapere Maria.

Straocio annuì. «Ho male alle ossa... È per via del peso, capisci?»

Maria fece segno di no.

«Il grasso che mi porto dietro le ha indebolite e così mi tocca camminare con questi affari qua» disse indicando le stampelle che giacevano al suo fianco. «Che se non servono a tenermi bene in piedi, almeno tornano utili per difendersi!»

Lo sguardo di Maria indugiò per qualche istante su Magoga, assorto ad osservare il fumo che fuoriusciva dalla sua tazza. Se ne stava seduto in disparte, come a voler ultimare l'espiazione della propria colpa.

«Avevo un lavoro, sai» riprese Straocio. «Un lavoro vero, capisci? Tenevo un banco al mercato di Santa Maria Formosa...»

«Cos'è accaduto?»

«Non andava bene… I prezzi, sai, il mercato, la crisi… E poi sono cambiate tante cose negli ultimi anni. Adesso ci sono le fabbriche…»

Maria la guardò attentamente. Le sembrava un volto familiare, o quantomeno le ricordava qualcuno o qualcosa, ma non riusciva a mettere a fuoco con precisione chi o cosa.

«E così mi ritrovo per strada» concluse la donna. «Non si sta poi così malaccio, in fondo. Qui, ad esempio, siamo come una grande famiglia…»

Si interruppe d'improvviso.

Pitusso ringhiava e qualcosa, in mezzo gli stracci che costituivano gli effetti personali della donna, si stava muovendo. Straocio ruotò faticosamente il collo verso destra, allungò la mano verso una delle stampelle e la scagliò con violenza nella direzione del rumore. Un ragazzino sporco di fuliggine e terra schizzò da sotto gli stracci guaendo come un cagnolino bastonato.

«La prossima volta ti aizzo contro Pitusso!» gridò la donna ricomponendosi. «Lo sai di cosa è capace, vero?»

Pitusso emise un abbaio roco, come a sottolineare le parole della sua padrona, e il ragazzino saltò giù da una finestra ridacchiando.

«Ma… ma era un bambino…» disse Maria.

«È Lestamano. Un bambino sì, ladro però. Te lo ritrovi nella roba a *rumare* un giorno sì e l'altro pure. Ce l'ha davvero nel sangue… Tu credi alla predestinazione?»

«Cosa?»

«Devono avergli tagliato le unghie dei piedi molto presto!»

Maria sorrise. «Le unghie?»

«Non lo sai? Mai tagliare le unghie a un bambino prima di un anno se no diventa un ladro!»

«Un ladro?»

«Lascia perdere, vedo che sei ancora un po' confusa... Di cosa stavamo parlando? Ah, già. Qui siamo come una grande famiglia, capisci? Ci si aiuta. Magoga, ad esempio, e quella là in fondo, la vecchia con le mani tutte a gnocchi per l'artrosi, si chiama Ottavia... E poi ci sono Straccaganasse, Nàparo, Livia, Fiordarancio... e Patroclo, che è sordo e forse anche muto, non abbiamo mai capito se è lui che non vuole parlarci o se proprio non può, mentre che sia sordo lo sappiamo per certo, perché a volte battiamo all'improvviso due coperchi alle sue spalle, ma lui niente... Anche Lestamano in fondo fa parte del gruppo... A proposito, ti spiacerebbe recuperarmi la stampella, cara? Te ne sarei grata».

Maria si alzò e affondò le mani nel mucchio maleodorante di stracci della donna per recuperarle l'attrezzo.

«Insomma, anche se non sembra, ci vogliamo bene e quando uno ha qualcosa in più cerca di dividerlo con gli altri. Non per giustificare quell'ubriacone di Magoga, ma il problema è che abbiamo sempre qualcosa in meno e così cerchiamo di *sottrarlo* agli altri, capisci?»

Maria capiva. Capiva che stava tornando a fare la vita di un tempo, che quella stessa mattina sarebbe finita a recuperare stracci al mercato o fuori dalle case dei ricchi e poi li avrebbe lavati giù in laguna con le mani rosse dal freddo e screpolate come i muri delle vecchie case. Capiva che avrebbe percorso i mille ponti e tutte le calli di Venezia per racimolare qualche pulcioso centesimo e che la sera sarebbe tornata lì, alle Corderie, come un inevitabile destino, e che prima o poi qualcuno di quella bella e grande famiglia le avrebbe fatto la pelle soltanto per soffiarle un paio di scarpe o un pezzo di carne secca. Oppure se ne sarebbe andata presto, a causa delle malattie, del freddo, della fame e di tutte le privazioni che il suo corpo ancora giovane avrebbe dovuto sopportare. E capiva anche che Eligio, in una vita come quella, non avrebbe avuto alcun futuro. Chi gli avrebbe fornito l'istruzione necessaria? Straocio? Quel tipo grasso e dall'aria idiota chiamato Straccaganasse? La vecchia con l'artrosi? Magoga avrebbe potuto forse introdurlo ai piaceri del vino e dei liquori, mentre Lestamano, uno che la sapeva lunga su come fregare il prossimo, sarebbe diventato il suo miglior compagno di giochi. Un futuro luminoso per l'erede della famiglia Salieri!

La sua reazione fu immediata. Le bastò pensare a Eligio per desiderare più di ogni altra cosa di non vederlo un giorno *rumare* tra gli stracci puzzolenti di qualcuno.

«Ho bisogno di trovare un lavoro» disse.

«Be', se è solo per questo, basta che tu vada alla Giudecca. Son venute su fabbriche come funghi dopo un acquazzone. La chiamano la Mencéster della laguna, e anche se non so dove sta questa Mencéster, so che è una città con più stabilimenti che abitanti! Alla Giudecca c'è il mulino Stucky, c'è la fabbrica di scope del *todesco*, quella di ombrelli, quella di olii lubrificanti. E poi i magazzini del cotone e i capannoni per la distillazione del catrame, il biscottificio... Lì sono sempre alla ricerca di manodopera a buon mercato. Non hai che da chiedere!»

«Mi sono consumata le scarpe ieri a forza di domandare... Ho girato la città in lungo e in largo...»

«Tu non mi stai ad ascoltare, piccola. Devi chiedere alle fabbriche. C'è gente di tutte le nazionalità. Lì non fanno domande, non vogliono sapere da dove vieni, se sei stata in prigione o no. Per loro è sufficiente che tu abbia voglia di lavorare».

Maria la guardò allibita.

«Prigione? Chi vi ha detto che...»

«Che esci fresca fresca dalla prigione? Ma guardati! Hai sotto le unghie la terra grigia del campo di lavoro e lo sguardo spento e spaesato di un cucciolo senza la mamma. Non hai un bagaglio, nemmeno quell'ammasso cencioso che ciascuno di noi si porta sempre appresso. Non serve essere una cima per capirlo».

Maria terminò il caffè che frattanto si era raffreddato. Le lasciò in bocca un gusto amaro e sgradevole. Le girava la testa. Fece per alzarsi e barcollò.

«Ehi, non sarai mica in dolce attesa, tesoro?» la imbeccò Straocio.

«No, non vi preoccupate. Sono solo un po' debole».

«Tanto meglio. Non è posto per mettere al mondo una creatura, questo» sancì. «C'è sempre quel pane secco nella gamella. Ti conviene approfittare».

Maria addentò la crosta indurita di pane avanzato masticandolo lentamente.

Pensava a dieci anni prima, a quando aveva davvero messo al mondo una creatura in un posto come quello. Esattamente lo stesso posto, a dire il vero. E pensò che Berta Straocio forse sapeva molte cose, sicuramente come sopravvivere per strada, come tenere a bada a stampellate ladruncoli e vecchi ubriachi, come resistere al freddo delle notti all'addiaccio. Ma di mamme e di bambini, di amore e di pietà, sfortunatamente per lei ne capiva davvero poco.

Capitolo quarto

1901. Fabbrica di scope Krull, Canale di Fusina, Venezia

«Cerchiamo gente che parli poco e che lavori sodo. Il resto non c'interessa» disse l'uomo squadrando Maria dalla testa ai piedi, simile a un generale che ispeziona la divisa di un soldato male in arnese. Le tastò le braccia saggiandone la muscolatura.

«Non avrai mica intenzione di metterti a fare figli il secondo giorno di lavoro, vero?» si accertò sospettoso. «Perché le mamme qui le facciamo correre a pedate sul sedere».

L'uomo, alto e massiccio, indossava un camicione lungo fin sotto le ginocchia che un tempo doveva essere stato bianco. Era caporeparto della fabbrica di scope Krull all'isola della Giudecca da soli due mesi, ma si sentiva perfettamente a suo agio in quel ruolo. Gli sembrava di essere sempre stato un caporeparto. Teneva la testa alta, il mento in fuori e le mani unite dietro la schiena.

«Non sono sposata» rispose Maria con un certo imbarazzo.

«Già, chi se lo piglia un avanzo di galera?» ridacchiò l'uomo sputacchiando saliva. Possedeva un volto rozzo e sgraziato che raramente doveva aver mostrato dolcezza.

«Posso avere il lavoro sì o no?»

«Va bene. Ma se mi combini guai ti sbatto in mezzo alla strada. Capito?» Quella era la parte che gli piaceva di più: ostentare il proprio potere.

Maria annuì, arrendevole. «Quando comincio?»

L'uomo controllò l'orologio che portava nel taschino e che, nonostante gli fosse stato dato in uso dalla dirigenza dello stabilimento, egli considerava e sfoggiava come proprio. «Hai cominciato già da ventisei secondi. Muoviti!»

Maria indossò il grembiule nero che ogni operaio portava e si mise al lavoro. Le dissero di sedere su uno sgabello in giunco che trovò incredibilmente scomodo.

«Poggia i *pìe*» le disse la donna che lavorava al suo fianco. Di fronte ad ogni sgabello c'era infatti un rialzo in legno. Maria obbedì e puntò i piedi contro il rialzo.

«Prendi quel *maso de sagina*» le disse la donna. E Maria prese il fascio di saggina.

«Adesso rotola i listelli usando le cosce come che fossero una *tola*» ordinò la donna.

Maria ci provò, ma i fusti di saggina finirono perlopiù a terra.

«Piano! Con gentilezza, come quando che fai i gnocchi!»

Maria non aveva mai fatto gli gnocchi, mai in tutta la sua vita. Però imparò a far le fascine di saggina, che si chiamavano mannelli.

Una volta formati, i mannelli passavano in un'altra ala del grande stabilimento che contava quasi cento operai, tra uomini, donne e bambini. In questa zona avveniva la spuntatura dei fusti eccedenti o spedanatura. Nella terza sezione della fabbrica, operai specializzati provvedevano a legare i mannelli tra loro con listelli di rafia e a unirli infine ai manici di legno. La fabbrica di scope Krull produceva circa mille pezzi al giorno, la metà dei quali veniva esportata in Germania.

Al termine di quel primo giorno di lavoro, durato quasi tredici ore, Maria si sentiva esausta.

«Non credo di potercela fare, domani» disse alla donna che per tutta la giornata aveva lavorato accanto a lei.

«Ce la fai, ce la fai» le rispose quella.

Quando Maria giunse finalmente alle Corderie si gettò sulla vecchia coperta che era stata di Pitusso e chiuse gli occhi. Berta avanzò offrendole una tazza di zuppa calda.

«È solo acqua con odore di patate,» disse «però è bella calda».

«Credevo che in prigione il lavoro fosse duro,» mormorò Maria con la faccia premuta contro il tessuto ruvido «ma oggi mi sono ricreduta».

«Il lavoro è sempre duro» sottolineò Berta. «Sicura che non vuoi un po' di zuppa?»

Maria scrollò la testa. Pitusso le gironzolò un paio di volte intorno e infine si sdraiò al suo fianco.

«Vigliacco di un cane» disse Berta.

Maria udì i gorgoglii della donna mentre sorseggiava la zuppa, gli sbadigli di Pitusso e qualcuno dei senzatetto che brontolava qualcosa. Poi più nulla.

Capitolo quinto

1901. Calle Civran, Venezia

L'uomo con un braccio solo, che si chiamava Maso, disse: «Divento vecchio. Presto non riuscirò più a borseggiare la gente e a svignarmela per tempo».

«A me lo dici?» gli rispose Aristea, la sua compagna. «Ho le dita dei piedi deformate dall'artrosi, la sciatalgia e le vene varicose! Sono messa peggio di te!»

Erano seduti al tavolo da pranzo della loro misera casa, al numero 2871 di calle Civran. L'arredamento era vecchio e logoro e la tappezzeria frusta e tarmata. Sopra il tavolo, un lume ad olio e una cena piuttosto magra: polenta, patate lesse e riso.

«Potremmo sempre trovarci un lavoro» azzardò l'uomo.

«E che lavoro pensi di poter fare con un braccio solo? Me lo spieghi?»

Maso sperò che gli venisse un'idea fulminante. Ma non gli venne nessuna idea, né fulminante né altro. Si versò l'ultimo goccio di vino scadente da una bottiglia impolverata e bevve.

«Ti dico come stanno le cose, Maso. Non voglio crepare in una lercia galera, tanto meno mi va di morire di fame in qualche sudicia calle!»

«Cosa proponi, allora?»

«Ci vuole una pensata, un'invenzione! E alla svelta! La dispensa è vuota».

E non solo la dispensa, pensò Maso. Faceva freddo, ma non c'era legna per animare il camino.

«Forse è ora di cominciare a vendere» disse dopo aver riflettuto a lungo.

«Intendi le nostre riserve? La pensione?»

Maso annuì. «Solo qualche pezzo. In attesa che ci capiti una buona occasione...»

La *pensione*, come la chiamava Aristea, era un piccolo forziere custodito sotto un'asse del pavimento della camera da letto. All'interno vi era nascosta la refurtiva che i due non avevano ancora provveduto a rivendere, una specie di fondo per le emergenze o per i giorni magri. Esattamente come quelli che si prospettavano.

Aristea ci pensò un po' su.

«Uhm...» disse infine. «E quale sarebbe questa buona occasione che ci dovrebbe capitare?»

«Ho parlato con Alvise, giù al mercato. Mi ha detto che ha per le mani una vecchia con due case e un orto a Marghera. Dice che è molto malata e fra poco schiatta. Non ha nessuno e lui se la sta lavorando da mesi perché gli lasci le sue proprietà. Si è spacciato per un missionario».

Aristea lo guardò con diffidenza. «E tu vorresti spacciarti per missionario, con quella faccia? Io allora cosa potrei essere, la badessa di Sant'Eustachio?»

«Era un'idea come un'altra».

«Allora trovane un'altra, babbeo!»

Aristea sospirò. Quindi andò in camera, sollevò la quinta asse del pavimento dalla parete di destra e prese lo scrigno. «Va bene» acconsentì. «Solo qualche pezzo. Giusto per tirare avanti. Nel frattempo vedi di farti venire un'idea seria!»

Maso annuì tenendo gli occhi bassi.

«Missionario!» lo apostrofò Aristea scrollando la testa. «Pfui!»

Il mattino seguente, di buon'ora, Maso fece il suo ingresso al monte dei pegni di Menashé, a Cannaregio.

Menashé era morto da parecchi anni, ma il negozio portava ancora il suo nome. Dietro il banco si trovava Gioele, suo nipote, un tipo scaltro e senza scrupoli che aveva trasformato il monte dei pegni in un ricettacolo di refurtiva e di denaro sporco. Il vecchio Menashé si stava probabilmente rivoltando nella tomba, ma a quanto pareva al suo giovane e ambizioso nipote importava ben poco.

«Maso!» disse Gioele «Qual buon vento?»

«Nessun buon vento» rispose l'uomo con un braccio solo. «Vento cattivo. Vento di miseria. Sono vecchio e ormai buono solo a soffiare mele e carrube al banco della frutta!»

Gioele rise. «Una vecchia volpe come te trova sempre il modo di sopravvivere!» disse.

Maso scosse il capo. «Ti porto un po' di roba. Aristea la chiama la nostra *pensione*...»

«Saggia politica quella di fare scorta, Maso».

«Le scorte prima o poi finiscono, ruffiano di un ebreo».

«Fa' un po' vedere...»

Maso riversò sul bancone il contenuto di un involucro di carta: un anello, un orologio da taschino in argento, una spilla e un pendaglio. Gioele infilò il monocolo e controllò nei dettagli ogni singolo pezzo.

«Qualcuno aspetterà invano» disse quando ebbe tra le mani il pendaglio.

«Che vuoi dire?»

Era una medaglietta tagliata a metà: da un lato vi era rappresentata la Madonna di Loreto e dall'altro il Leone di San Marco, simbolo di Venezia.

«Questo è un segnale».

«Un segnale? Di cosa?»

«Conosci lo Spedale della Pietà?»

Maso cominciò a spazientirsi. «Che diavolo c'entra lo Spedale della Pietà adesso? Falla corta. Quanto mi dai per questa roba?»

«O il bambino è morto oppure, senza segnale, sua madre non potrà riaverlo» continuò Gioele meditabondo.

«Ma di che bambino stai cianciando, si può sapere? Che ti è preso, diavolo di un ebreo?»

«Questa mezza medaglietta riscatta un bambino. È probabile che una madre si stia dannando per averla perduta...»

Maso smise di inveire contro Gioele e finalmente sembrò stare ad ascoltarlo.

«... o per essersela fatta soffiare. Vero, Maso?»

«Che dicevi del fatto di riscattare un bambino?»

«Quando una madre affida all'orfanotrofio il suo piccolo, gli lascia sempre la metà di un oggetto, per poterlo riprendere con sé qualora ve ne sia la possibilità in futuro».

«E questo secondo te sarebbe un segnale?»

«Che altro potrebbe essere? Vedi qui? Non si è rotto: è stato tagliato».

Maso non ricordava dove aveva rubato quella mezza medaglietta, né quanto tempo era trascorso da quel furto. Però il cervello gli funzionava ancora bene e intravide immediatamente le possibilità che quel ritrovamento gli offriva. L'idea fulminante che avrebbe voluto presentare ad Aristea era arrivata proprio quando meno se l'aspettava.

«Prenditi tutto il resto» disse d'un tratto a Gioele. «Ma la mezza medaglietta torna a casa con me!»

«Conosco quella luce nei tuoi occhi, vecchio furfante di laguna».

Maso sorrise storcendo il volto in un'espressione bieca. Quindi si ficcò in tasca la medaglietta e prese i soldi che l'uomo del monte dei pegni gli offrì.

«Donna!» disse quando fu a casa. «Tira fuori il mio vestito migliore!»

«Se vuoi qualcosa te lo prendi da solo» rispose Aristea intenta a limarsi le unghie. «E poi, non ce l'hai nemmeno un vestito migliore. Ne hai solo di peggiori, uno peggio dell'altro, e la maggior parte rubati a qualcuno».

Dopo che Maso le ebbe confidato il suo nuovo progetto esclamò:

«E questa sarebbe la grande idea?»

«È un'idea brillante!»

«E chi lo dice che è brillante?»

«Lo dico io!»

«Allora siamo a posto».

«Ho compiuto una piccola indagine» dichiarò Maso compiaciuto.

«Ti sei messo a far comunella con la polizia, adesso?»

«Sei impazzita? Un'indagine personale...»

«Vai avanti».

«Sono stato alla Giudecca. Alla fabbrica di scope. E anche al mulino Stucky. Lì non fanno domande. A loro basta che uno lavori sodo. Ed è pieno di ragazzini. Ti dico che pagano fino a ottanta lire al mese...»

«Ottanta al mese?»

«Per l'appunto! E noi cosa dovremo fare, oltre a dargli un po' di pane e cipolle?»

Aristea rifletté. «E chi ci dice che questo bambino, o bambina, non sia bello che morto?»

«Non ce lo dice proprio nessuno. Dobbiamo solo andare a vedere».

«E se la madre se lo fosse già portato via?»

«I lasciti sono anonimi. Non puoi avere un bambino se non mostri la metà del tuo segnale e si dà il caso che la metà di quel segnale sia al sicuro nella tasca della mia giubba!»

«Ma non sappiamo nemmeno quanti anni ha! Potrebbe essere già un adulto!»

«E allora? Mi farò passare per suo padre e lo metterò a lavorare ugualmente. Per un uomo fatto pagano ancora meglio!»

Il viso abbondante di Aristea si distese in un ghigno malevolo. «Già... potrei sempre disfarmi di te e prendere lui come nuovo socio...»

«Non scherzare, vecchia mia». Maso rabbrividì. Conosceva Aristea a sufficienza per sapere che la sua mente era perfettamente in grado di partorire idee criminose di tale fatta.

«Non scherzo affatto!» replicò la donna avvalorando i cupi pensieri dell'uomo. «In ogni caso, da come la rigiri, si direbbe una passeggiata...»

«Lo è» assicurò Maso convinto. «Fidati. Domani andrò allo Spedale e se quel bambino è ancora lì te lo porto a casa».

«Comunque l'unica giacca decente che hai è quella grigia a righe bianche. Quella che hai soffiato al direttore del circo russo quando l'hai fatto sbronzare».

«Userò quella. E poi mi ci appunterò sopra qualche patacca!»

«Patacche? Che blateri, vecchio babbeo?»

«Diventerò un eroe di guerra!»

«Tu un eroe di guerra?» Aristea scoppiò in una risata sgangherata come la sua bocca.

«Devo averlo pur perso da qualche parte questo dannato braccio!»

«Sembrerai soltanto un direttore di circo fallito con una patacca sul bavero!» sentenziò la donna. Poi stette ad osservarlo mentre con una piccola spatola da cucina tentava di spalmarsi sui capelli del lucido da scarpe color testa di moro. Aristea scosse il capo, infine riprese a limarsi le unghie ridacchiando tra sé e sé.

Capitolo sesto

1901. Chiesa dello Spedale della Pietà, Venezia

«Oggi, 11 dicembre dell'anno di Grazia 1901, ci accingiamo a prestare l'ultimo saluto terreno alle spoglie mortali della nostra amata sorella Angiolina. Il Signore, nella Sua infinita Misericordia, l'ha voluta a Sé nel Regno dei Cieli per affidarle compiti ben più importanti. Sia gloria al Padre, al Figlio e allo Spirito Santo».

«Gloria» risposero i presenti.

Don Giacomo fece un segno al maestro di Cappella, il signor Ambrogio Corsini, il quale alzò le mani. Le sue labbra mute contarono un, due, tre, quindi il coro attaccò il *Gloria* di Vivaldi. Le voci, in un'altalena di toni e mezzi toni, crome, biscrome e note varie, si levarono fino alla sommità della cupola sovrastante l'altare. Fluttuarono e ondeggiarono e infine tornarono giù, imbrigliate dall'ultimo gesto del maestro. Ci fu un colpetto di tosse e poi il silenzio.

Nella piccola chiesa adiacente lo Spedale, l'energia prodotta dal coro aveva la capacità di animare le volte e gli affreschi, di far vibrare uno spazio che viceversa, per sua natura, appariva statico come un polveroso museo abbandonato.

Al termine del canto, don Giacomo riprese la parola. Si dilungò sulle doti umane e spirituali di sorella Angiolina e sul suo lodevole nonché longevo operato all'interno dell'Istituto.

Suor Angiolina si era spenta all'invidiabile età di novantasei anni, senza dolore e senza apparente malattia. Si era ritirata per la notte e il mattino seguente non si era risvegliata. Molto semplicemente. Suor Angiolina era stata per anni la suora più anziana dello Spedale della Pietà e ora, venendo essa a mancare, il testimone passava idealmente a suor Elpidia, di un paio di lustri più giovane.

Dal loggione riservato agli ospiti dell'Istituto, Rosapineta guardava la cassa di legno al centro della navata e dentro ad essa il corpo minuto e composto di suor Angiolina. Ripensava con disagio al particolare che le era capitato di notare quella stessa mattina mentre insieme a suor Elpidia procedeva alla vestizione della sorella defunta.

«Che c'è da guardare?» le aveva chiesto suor Elpidia.

Rosapineta fissava, senza riuscire a distoglierne lo sguardo, il tallone sinistro di suor Angiolina, bianco come quello di un bambino, ma solcato da pieghe raccapriccianti.

«Mi stai a sentire o no?»

Non era la pelle ritorta che aveva turbato Rosapineta, bensì quella P marchiata giusto nel mezzo del tallone. O forse un tempo era stata una P, perché negli anni si era deformata assumendo un aspetto più simile a una S allungata e inclinata.

«C'è qualcosa sotto il piede di suor Angiolina» aveva balbettato Rosapineta.

«Che stai dicendo?» Suor Elpidia si era avvicinata. «Ah, quello! È solo un marchio. Datti da fare, su!»

«Un marchio? Perché un marchio?»

Suor Elpidia aveva guardato Rosapineta dritta negli occhi. «Davvero non lo sai?»

«Vi sembra che se lo sapessi starei qui a chiedervelo?» aveva sbuffato la ragazza.

A ventidue anni Rosapineta era una donna fatta. Il suo carattere con il tempo si era ammorbidito, tanto da evitarle le indigeste punizioni del passato, ma non ancora abbastanza da impedirle di dire quello che pensava. Per il resto era tale e quale ad allora: piccola e scattante, i capelli sempre corti e costantemente in disordine, l'animo in ebollizione. Come già era accaduto per Speranza, anche nei confronti di Rosapineta non vi era stata negli anni alcuna richiesta di affidamento, così come nessun giovanotto tra quelli che occasionalmente frequentavano l'Istituto l'aveva mai chiesta in moglie. Dicevano che era difficile e che aveva un carattere che mal si addiceva a stare con qualcuno. In quanto alla famosa *chiamata*, ce n'erano altre nella lista il cui nome veniva prima del suo, Speranza su tutte.

«Non dovrei nemmeno risponderti per la tua impertinenza» aveva replicato suor Elpidia. «Ma è meglio che tu sappia, così da apprezzare appieno i vantaggi di cui godete oggigiorno voi ragazze».

Rosapineta si era morsa la lingua per evitare di ribattere. Non le sembrava che la sua vita avesse particolari vantaggi. Le era vietato uscire dallo Spedale, le era vietato incontrare gente che non fosse legata in qualche modo all'Istituto, ogni decisione doveva essere vagliata e autorizzata dalla madre superiora, lavorava come una serva dalla mattina alla sera e il suo futuro, a giudicare dalle richieste di affidamento e di matrimonio ricevute, sarebbe stato rivestito di una tonaca nera per tutti i giorni a venire. Una gran fortuna, aveva pensato Rosapineta, essere una trovatella dello Spedale, oggigiorno.

«Fino a non molto tempo fa» aveva ripreso suor Elpidia «era consuetudine marchiare gli esposti».

«Marchiarli?»

Suor Elpidia aveva annuito. Detta a quel modo la cosa sembrava una barbarie, ma ai tempi delle suore più anziane nessuno si stupiva di tale pratica. Fasciare strettamente i piedi delle bambine cosicché rimanessero minuti costituiva, per fare un esempio, un'altra consuetudine ben consolidata. Così come ancora resisteva la fasciatura della testa o quella dell'intero corpo, per modellarne le membra e rendere più maneggevole il neonato, nonché impedire che cadesse accidentalmente dal letto.

«Una P sotto il tallone sinistro» aveva spiegato suor Elpidia. «La pelle si raggrinziva e a volte ne scaturiva una piaga che non guariva che negli anni. Le cicatrici parlanti, le chiamavano».

Rosapineta aveva rabbrividito.

«Dunque suor Angiolina è... era un'orfana? Una di noi?»

«Di che ti stupisci? Molte di noi... voglio dire, molte ragazze cresciute nell'Istituto finiscono per prendere i voti accostandosi al Signore. È sempre accaduto, grazie a Dio...»

«Sì, ma perché marchiare i piedi di bambini innocenti?»

«Per riconoscerli una volta che fossero tornati dall'allattamento o da un affido non riuscito. Aveva lo stesso valore del piombino che anche tu porti al collo».

«Portare un piombino non è come farsi marchiare a fuoco le carni!» era sbottata Rosapineta.

«Si usava così...» aveva risposto in un sussurro suor Elpidia. La sua espressione rassegnata la diceva lunga su come fosse stata abituata fin da piccola ad adeguarsi a qualunque precetto l'istituzione imponesse.

«Anche voi?» Istintivamente Rosapineta aveva abbassato gli occhi sui piccoli piedi della suora impacchettati in un paio di scarpe nere con i lacci. «Anche voi avete... la P sotto il tallone?»

«Non sono faccende che ti riguardano, queste» le aveva risposto asciutta suor Elpidia. Poi si era affrettata a infilare una calza sulla nuda estremità di suor Angiolina, ricoprendo per sempre l'oltraggio di quel segno indelebile.

Ora, nel loggione della chiesa, Rosapineta ripensava a quell'episodio avvertendo un brivido di raccapriccio. Non riusciva a distogliere gli occhi dalla bara della vecchia Angiolina e a smettere di rivedere il suo tallone marchiato e deforme. Accanto a Rosapineta c'era Speranza, con le gote accese e la schiena un po' ricurva per la timidezza, come sempre accadeva quando si trovava al cospetto di un numero consistente di persone.

Don Giacomo concluse la messa e il maestro Corsini diede il via al coro per il *Confitebor tibi*.

Speranza attaccò l'assolo e il suo viso prese fuoco. Rosapineta la osservò con affetto. La sua amica non era cambiata negli anni e questo era ciò che la rendeva straordinaria ai suoi occhi. Speranza era una pura, era probabilmente la coscienza di Rosapineta, immutabile e fedele, o qualcosa che vi si avvicinava e che Rosapineta non avrebbe saputo definire o interpretare. Notò che due grosse lacrime scendevano lungo le guance vermiglie di Speranza mentre cantava.

La scomparsa di suor Angiolina significava per certo la scomparsa di un pezzo dello Spedale, ma non solo. Se ne andava colei che, fatalmente o per divina volontà, per prima si era presa cura di Speranza. Sebbene non fosse stata la sua unica precettrice, avendo condiviso con le altre consorelle e con tutte le volontarie la crescita e la formazione della giovane, tuttavia era innegabile che il legame tra le due donne fosse più saldo e profondo rispetto al vincolo che ciascuna di esse nutriva nei confronti delle altre ospiti dell'Istituto.

Allo stesso modo Rosapineta si sentiva legata a Eligio e Eligio a Rosapineta, secondo una consuetudine che univa tra loro le persone in un vincolo talvolta più saldo di quello familiare.

Una delle poche eccezioni a questa regola non scritta, era rappresentata dal rapporto tra suor Deodata e Rosapineta.

Erano state infatti le robuste braccia della madre superiora a sollevare dalla ruota la ribelle ragazzina una sera d'estate di ventidue anni prima, eppure mai si erano instaurate quella confidenza e quella complicità che caratterizzavano invece la maggior parte delle coppie di rotàre e di esposti allo Spedale. La disciplina esagerata e la ferma intransigenza con le quali la madre superiora aveva sempre trattato Rosapineta erano figlie delle aspettative che l'anziana sorella nutriva per la sua protetta. Tuttavia, con il passare del tempo, tali attenzioni avevano finito per farle ottenere l'effetto contrario: i sentimenti di Rosapineta nei confronti di suor Deodata erano inevitabilmente mutati, confondendosi via via in un turbato miscuglio di ingenua insofferenza e ostilità manifesta.

Capitolo settimo

1901. Spedale della Pietà, Venezia

Il passaggio sospeso che univa lo Spedale alla chiesa adiacente transitava giusto sopra calle della Pietà. Poiché era fatto divieto alle ragazze dell'Istituto di uscire, esso rappresentava l'unico loro collegamento con il mondo esterno. Dal loggione della chiesa esse potevano vedere le persone che frequentavano la messa e talvolta udirne i discorsi o i sussurri e sentirsi in tal modo parte di quella vita che si svolgeva appena al di là delle mura della Pietà.

Dalle vetrate del passaggio, Rosapineta osservava quell'uomo che con fare, a dir suo, sospetto andava su e giù per la calle. Portava una giacca grigia a righe bianche e un cilindro sulla testa, e pareva indeciso se suonare o meno la campanella. A Rosapineta sembrò che avesse un braccio solo.

Giunse il gruppetto dei piccoli, rumorosi e turbolenti come sempre, sfilando alle spalle di Rosapineta ferma a guardare in basso. Una suora li inseguiva zittendoli.

«Che fai lì?» chiese la suora. «Non sta bene guardare in strada!»

«Arrivo subito» rispose Rosapineta. «Un attimo soltanto...»

Il rumoreggiare dei bambini si perse lungo le scale e i passetti della sorella svanirono appresso a loro.

L'uomo nella calle trovò finalmente il coraggio e afferrò il batacchio della campanella.

Il trillo risuonò nella testa di Rosapineta come lo scampanìo di San Marco a mezzogiorno. Provava una sgradevole sensazione, come se quella persona, l'uomo con un braccio solo, potesse rappresentare in qualche modo una minaccia per lei e per la sua vita.

Fu in quell'istante che alle sue spalle comparve Eligio. Le pizzicò i fianchi facendola trasalire.

«Demonio!» gli gridò la ragazza.

Eligio aveva ora dieci anni compiuti e si era fatto un bellissimo bambino. Portava un caschetto di capelli chiari come quelli di un cherubino e aveva l'aria sbarazzina di chi si sente sempre a proprio agio. L'andatura sbilenca per via di quella gamba sifolina gli impediva di correre come avrebbe voluto e il suo gracile corpo dava di lui l'idea di un lavoro in corso d'opera. Tuttavia un buon carattere e uno spirito di adattamento non comune facevano sì che egli esprimesse - come ebbe modo di sostenere in più di un'occasione il dottor Furlanetto - *una sana sopportazione alla vita*, virtù questa che non doveva mai difettare in chi partiva svantaggiato.

«Demonio insopportabile!» ripeté Rosapineta.

Eligio se la rideva battendosi le mani sulle cosce.

«Nessuno verrà mai a riprenderti! E nessuno ti vorrà mai in affidamento!»

«Perché,» volle sapere Eligio «perché sono un demonio insopportabile?»

«No! Perché sei storpio!»

«Nemmeno a te ti prenderà mai nessuno e sai perché?»

«Sentiamo!»

«Perché sei debole di mente! Sei tarda! Tarda! Tarda!»

Presero ad azzuffarsi l'un con l'altra come facevano sempre. Per gioco. La mancanza di abitudine ad esprimere i propri sentimenti portava Rosapineta ad attaccare quando in realtà avrebbe desiderato essere dolce. In questo gli anni non l'avevano cambiata. Ed Eligio, dimostrando una grande intelligenza per la sua piccola età, sapeva adeguarsi comportandosi di conseguenza. Era in fondo un modo per parlare lo stesso linguaggio e comprendersi.

«Sta' a vedere se prima o poi non me ne vado» disse Eligio quando infine si calmarono. «Me lo sento!»

Capitolo ottavo

1901. Camera ad uso di scrittorio di suor Deodata, Spedale della Pietà, Venezia

«Il mio nome è Marco, badessa. Marco Caco. Per servirvi» si presentò Maso.

Si levò dalla testa il *gibus* cilindrico che indossava e lo richiuse assestandogli un colpo secco contro la gamba. Dopo averlo appoggiato sulla sedia, allungò verso suor Deodata il braccio sano, chinando il busto in una goffa e militaresca riverenza. Aveva i capelli unti, schiacciati sulla fronte ed evidentemente tinti, dal momento che lungo la riga che li separava si notava una crescita biancastra.

«Come posso aiutarvi, signor Caco?»

«Vengo subito al dunque». Estrasse dal taschino della giacca che un tempo era stata sulle spalle di un direttore di circo russo la mezza medaglietta con il Leone di Venezia. «Ecco, badessa. Il mio segnale. Voglia la Misericordia Divina far sì che il mio… ehm, la mia creatura» Maso non era certo che si trattasse di un maschio «sia ancora presso di voi e che goda di buona salute».

La madre superiora lo squadrò con scetticismo, prese la mezza medaglietta e la osservò in silenzio.

«Sento di dover giustificare la mia mancanza» proseguì Maso con fare enfatico. «Ho trascorso molti anni in guerra, Africa, battaglia di Adua… È laggiù che ho perso il mio povero braccio, come potete ben vedere da voi stessa, durante un atto eroico che mi è valso questa onorificenza...» Indicò un medaglione appuntato al bavero della giacca tramite una coccarda tricolore. «La Croce del Milite Sacrificale» disse.

Suor Deodata non aveva mai sentito nominare la Croce del Milite Sacrificale, ma in fondo le cose militari non le competevano per nulla. Quel poveraccio aveva perso un braccio e trascorso parecchi di quegli ultimi anni a combattere per il proprio Paese. Quel che sentiva di dovergli era quantomeno del rispetto. In quanto alla mezza medaglietta, non le ricordava nulla di particolare. Avrebbe chiesto a Speranza di controllare nell'archivio.

Suor Deodata prese carta e penna.

«Dunque, il vostro nome è Marco Caco, giusto?»

«Giusto» disse Maso.

«E abitate...»

«A Venezia».

«Dove?»

Maso inventò. «Calle... Galiana».

«Calle Galiana» scrisse suor Deodata. «Al civico numero?»

«... 1842» rispose Maso. Era l'anno della sua nascita.

«Bene. E in che anno avete esposto vostro... È un bambino o una bambina?»

Maso sentì la fronte farsi gelata.

«La mia creatura» rispose asciugandosi una lacrima immaginaria. «La mia povera creaturina indifesa... Se ripenso a tutto il dolore...»

«Certo, posso capire. Ma è maschio o femmina?»

«Vede... in realtà io...»

«Voi cosa? Vi ho domandato se è maschio o femmina».

«La madre di questo mio figlio...»

«Allora è maschio».

«No, aspettate».

«Allora è femmina!»

«Vi sto dicendo che la madre del neonato fece appena in tempo a consegnarlo alla ruota del vostro pio e benemerito Istituto che, benedetta sia l'anima sua, spirò».

Suor Deodata fece tanto d'occhi. «La poverina morì subito dopo aver consegnato il bambino?»

Maso assunse l'aria più afflitta che poté. «È così che avvenne. Io ero lontano, in guerra naturalmente, e appresi della nascita della creatura, così come della morte della mia amata, in una volta sola. Oh, fu un dolore, un dolore, un dolore... un grandissimo dolore!»

«Insomma volete spiegarvi?»

«Il messaggio, assai stringato, non precisava il sesso della piccola e innocente creatura. Capite?»

«Capisco. Ma allora come siete entrato in possesso del segnale?»

«Come sono entrato in possesso del segnale?» ripeté Maso. Proprio quando gli pareva di essersela egregiamente cavata ecco che quell'arpia gli metteva ancora una volta i bastoni tra le ruote.

«La mezza medaglietta intendo» incalzò la madre superiora.

«Sì, dunque... mi fu consegnata da un cugino di mia moglie al mio rientro in patria».

«Capisco. E quand'è che la sua sfortunata moglie lasciò il... la creatura sulla ruota?»

«Intendete in che anno?»

«Certo, in che anno. Che altro?» Suor Deodata cominciava ad averne abbastanza di tutti quei misteri.

Maso scosse la testa, quindi si diede un colpetto sulla fronte, come a voler bussare. «Sono tutte le cannonate, sapete... Dovete aver pazienza con un reduce come me... È che a volte non ricordo le cose...»

Suor Deodata attese, paziente, le dita delle mani intrecciate sopra la scrivania. «Ebbene?» chiese quando le parve di aver pazientato a sufficienza.

«Sono mortificato ma... ma proprio non ricordo...»

L'uomo sembrava realmente dispiaciuto.

«Non ha importanza» tagliò corto suor Deodata. «Farò controllare. Tornate tra due giorni e avrete una risposta. Se la vostra discendenza è vivente e risiede presso di noi, il segretario generale firmerà la documentazione necessaria e potrete riunirvi a lei. Per il momento è tutto».

«Naturalmente. È tutto». Maso scattò sull'attenti battendo i tacchi e porse l'unica mano disponibile alla suora. «Vi ringrazio fin d'ora, badessa. È stato un onore conoscervi». Dopodiché fece scattare il suo *gibus* a molle e uscì calcandoselo sulla testa.

Suor Deodata lo guardò stranita. Doveva essere terribile la guerra, pensò. Davvero terribile.

Pochi minuti dopo la madre superiora fece chiamare Speranza.

«Suor Deodata ti vuole» disse suor Ondina affacciandosi sulla porta della camera della ragazza.

Speranza era raccolta in preghiera. Durante la funzione funebre per suor Angiolina, conclusasi da circa un'ora, le era accaduta una cosa che l'aveva profondamente turbata. Mentre cantava, la chiesa, il coro, il maestro Corsini, don Giacomo e tutti i presenti erano stati lentamente avvolti dall'ombra. Tutto aveva perso luminosità, al punto che Speranza era stata quasi sul punto di interrompere il suo assolo. Tutto ad eccezione di un cero sottile che ardeva sotto il crocifisso dell'altare. Poi, dal buio, era spuntato un bambino. Il bambino si era accostato al cero, l'aveva afferrato delicatamente e con esso aveva acceso una seconda candela, poi una terza e una quarta, e pian piano la chiesa aveva ripreso luce e colore, e le cose e le persone erano magicamente ricomparse dall'ombra. Nessuno accompagnava quel bambino. Nessuno si era alzato per andare a riprenderlo. Terminato il canto, con lo spegnersi delle voci anche l'intensità delle fiamme era tornata quella consueta e il bambino tutto a un tratto non c'era più.

Ora, chiusa nel silenzio della propria camera, Speranza non sapeva come interpretare quanto le era successo. La preghiera, pensava, l'avrebbe aiutata. La preghiera, le avevano insegnato, era un rifugio le cui porte non si serravano mai.

«Ditele che arrivo subito» rispose.

«So che eri molto legata a suor Angiolina» le disse suor Deodata non appena Speranza entrò nel suo scrittorio.

«Lo ero» disse Speranza. «Sento già che mi manca...»

«È naturale, tutte noi le eravamo affezionate e a tutte mancherà. Ma non dobbiamo essere egoisti e pensare esclusivamente al bene nostro. Sorella Angiolina ora è con Nostro Padre, felice di esserlo».

Speranza annuì.

«E poi la cosa migliore da fare in questi casi è concentrare le nostre energie nel lavoro e nella preghiera».

«Sì, madre». Suor Deodata si dimostrava pragmatica in qualsiasi situazione. Se non avesse preso i voti sarebbe diventata sicuramente un'abile donna d'affari.

«È per questo motivo che ti ho fatta chiamare, Speranza. Prendi questa mezza medaglietta. Ti dice nulla?»

Speranza la osservò con attenzione. Ne aveva vedute centinaia simili a quella, tutte uguali nella loro diversità. «No» disse.

«Già» convenne la madre superiora. «A me nemmeno. Purtroppo non abbiamo alcun dato. L'uomo che è venuto a reclamare suo figlio sembra che soffra di amnesia...»

Speranza la guardò allarmata.

«È una perdita di memoria...»

«Ah!» La giovane si rasserenò: per un istante aveva creduto che l'amnesia fosse una specie di malattia contagiosa.

«Dice di essere stato in guerra e di non aver avuto alcuna notizia di questo bambino fino al suo ritorno in patria» seguitò suor Deodata. «Non sa neppure se si tratta di un maschio o di una femmina!»

Il viso acceso di Speranza si distese in un sorriso.

«Dunque» riassunse la madre superiora «non sappiamo un granché. Non abbiamo l'anno di esposizione, né il sesso dell'esposto, né un cognome certo: potrebbe essere Caco ma anche no. Dovremo arrangiarci con quel poco che c'è. Controlla l'archivio finché non trovi qualcosa. Poi fammi sapere».

Speranza disse che avrebbe fatto del suo meglio e, salutata con deferenza la superiora, si diresse immediatamente nell'ufficio del segretario generale dove aveva sede l'archivio.

Mentre le sue agili dita sfogliavano documenti e schiudevano cartelle, la sua mente continuava a pensare a quanto le era accaduto in chiesa. Quello strano episodio senza apparente spiegazione poteva rappresentare la *chiamata*, quella *chiamata* attesa da tutta la vita? Gesù aveva modi differenti di manifestarsi e di chiamare a sé. Le vie del Signore sono oscure e misteriose, si diceva. A volte le Sue intenzioni erano davvero difficili da interpretare. D'altro canto, non tutti potevano essere fortunati come sorella Elpidia, alla quale Gesù si era rivolto direttamente dalla croce!

Come si faceva, si domandava Speranza, a riconoscere con certezza la *chiamata*?

Capitolo nono

1901. Spedale della Pietà, Venezia

Lasciato l'archivio, Speranza si accingeva a ritornare da suor Deodata per ragguagliarla sulle sue ricerche quando, scendendo le scale, incontrò Rosapineta ed Eligio che le risalivano. I due, come sempre, si schernivano l'un l'altra, un po' per gioco un po' no, allungandosi buffetti e spinte.

«Buongiorno sorella!» l'apostrofò Eligio.

«Non è ancora sorella» disse Rosapineta solleticandole la vita. «Ma il suo fervore presto la premierà!»

Speranza fece per divincolarsi e la cartellina che reggeva sotto il braccio cadde scivolando sui gradini. Rosapineta la raccolse, ma non appena ebbe letto il nome sul frontespizio, il sorriso che incurvava le sue labbra svanì e il volto le si rabbuiò. Cercò, trovandoli, gli occhi di Speranza, la quale, torcendosi in modo che Eligio non se ne avvedesse, le fece segno di tacere.

Durante tutto il resto di quella lunga giornata Rosapineta, rimescolata come polenta nel paiolo, cercò senza riuscirci di intercettare Speranza, la quale riuscì a evitarla abilmente.

Quando però fu il momento di ritirarsi, dividendo le due ragazze la stessa stanza, si trovarono inevitabilmente faccia a faccia.

«Che significa quella cartella?» proruppe Rosapineta.

«Nulla» rispose l'altra con il viso che andava a fuoco.

«Nulla?»

«Nulla, ti dico. Una commissione per conto di suor Deodata».

«Che genere di commissione?»

«Non sono autorizzata a parlarne...»

«Non sei cosa? Ti ho chiesto che diavolo significa quella cartella!» ripeté avanzando minacciosa e con i pugni stretti.

«Non usare quelle espressioni con me!»

«E tu non mentirmi!»

«Non ti sto affatto mentendo. Ma non posso dirti di più».

«Cosa sono questi segreti?»

«Non insistere, Rosapineta».

«E invece insisto! Eccome se lo faccio! È di Eligio che stiamo parlando, non di un trovatello qualsiasi!»

«Le portavo la sua cartella. Tutto qui...»

«Speranza, se sai qualcosa che lo riguarda, che riguarda il suo futuro, lo voglio sapere!»

«Non so nulla...» mormorò, e intanto si scostava dall'amica volgendo il viso dal lato opposto.

«Sei una bugiarda!»

«Rosapineta!»

«Menti due volte! Quando dici che non menti e quando dici che non ne sai nulla!»

«Ma...»

«Io ho il diritto di sapere! Eligio è mio fratello!»

«Eligio non è tuo fratello».

«È come se lo fosse! Da quella notte alla ruota. Mi ci portasti tu e tu mi dicesti di cambiarlo!»

«Però...»

«E quando tornai dal riformatorio fosti tu a portarmi al baliatico per vederlo! E mentre io lo chiamavo fratellino tu ridevi e piangevi!»

«Sì, ma...»

«Non hai fatto nulla per impedire che io mi legassi a lui e ora me lo devi, Speranza. Tu me lo devi!»

«Io... io non...»

«Oh, sì! Tu sì! Avanti, dimmi tutto quello che sai!»

Speranza trattenne il fiato per qualche secondo, guardò negli occhi l'amica avvertendone l'indomabile determinazione e infine capitolò.

«E va bene!» disse sbuffando. «Sei una persona impossibile!»

«Lo so. Ora parla!»

Speranza si lasciò cadere sul letto e, supina, lo sguardo alle macchie d'umido del soffitto, vuotò il sacco. Raccontò dell'uomo con un braccio solo, quel tale Caco, reduce di guerra, che sosteneva di volere indietro suo figlio, o figlia, dal momento che non era nemmeno sicuro di che sesso fosse. Disse che aveva con sé il segnale e che la madre superiora si era presa due giorni di tempo per controllare e poi proporre la restituzione al Gran Consiglio e al segretario generale.

Rosapineta ascoltò attentamente ogni singola parola, avvertendo la sensazione, sempre più vivida e reale man mano che il racconto procedeva, di trovarsi all'interno di un incubo dal quale presto o tardi si augurava di uscire.

Quel che le sue orecchie percepivano non poteva essere vero. Doveva trattarsi necessariamente di allucinazione, di suggestione, di un maleficio ordito ai suoi danni, tutto fuorché la realtà, perché se quella fosse stata la realtà, la nuova realtà, la sua vita d'ora in avanti sarebbe cambiata. E per sempre.

Dopo tutti quegli anni, un fantasma con un braccio solo si faceva vivo dal passato a reclamare ciò che non era più suo, e che anzi non lo era mai stato. E tra tante ingiustizie questa era di certo una delle più ingiuste. Quel malvagio fantasma era intenzionato a privarla dell'unica persona che lei avesse davvero amato in tutta la vita, l'unico motivo per il quale si levava dal letto ogni mattina, il motivo per il quale aveva accettato di addolcire il proprio carattere ribelle. Eligio era entrato in un posto del suo cuore che era vuoto e che si era richiuso dietro di lui. E ora tutto ciò era destinato a svanire, a non lasciare traccia di sé.

«Ora che ti ho detto tutto, promettimi che non ne farai parola con nessuno».

Rosapineta non rispose. Il suo sguardo, carico d'odio e rabbia, fissava un punto sulla parete di fronte.

«Prometti, Rosapineta».

Dallo stomaco prese a salire un gorgoglio.

«Rosapineta?»

Era un suono un tempo familiare, ma che gli anni avevano sopito. Il gorgoglio salì su lungo il collo e finalmente arrivò in gola, dove si trasformò nel consueto ringhio di guerra di Rosapineta, la turbolenta.

E dopo aver ringhiato, senza proferire parola scattò verso la porta lasciando sola l'attonita Speranza.

Capitolo decimo

1901. Ufficio del segretario generale dello Spedale della Pietà, Venezia

Il segretario generale Ignazio Trevisan era un po' invecchiato durante quei dieci anni. Aveva aggiunto pancia alla pancia e doppiomento al mento, i capelli si erano fatti bianchi e una mano aveva preso a tremolare da qualche tempo in qua. Però aveva sempre i suoi bellissimi baffi a manubrio e i favoriti che si univano sotto la gola, portava sempre il cravattino a righe, la giacca inamidata e il panciotto dal cui taschino spuntava la catena d'oro dell'orologio.

«Dunque, signor Caco» disse con enfasi il segretario generale.

Maso, l'uomo con un braccio solo, sedeva dall'altra parte della scrivania battendo nervosamente un piede sul tappeto. Aveva la fronte imperlata di sudore, ma nessuno ci faceva caso perché la stufa nell'angolo mandava un calore soffocante. Accanto a lui, in piedi, come la madrina di un sacramento o il gendarme che ha in affidamento il detenuto, suor Deodata ascoltava silenziosa, cercando di non dare retta ai dubbi che le volteggiavano per la testa riguardo quella restituzione.

«Il sacrificio che voi avete compiuto per il bene del nostro Paese è stato grande. E non parlo solo del braccio perduto, ma degli anni durante i quali la guerra vi ha condotto in terre lontane e ostili facendo sì che il vostro povero figliolo, venendo a mancare la madre naturale, fosse affidato a vostra insaputa alle cure di questo nobile e pio istituto».

Maso si asciugò il sudore dalla fronte e sorrise. Poi vide che sulle dita gli erano rimasti i segni del lucido da scarpe che usava per tingersi i capelli: tutto quel calore doveva averlo fatto sciogliere, e così perse anche il sorriso. Ma quanto la faceva lunga quel tipo? Perché non facevano entrare il ragazzino e tanti saluti a tutti?

«Tuttavia, anche se talvolta si è portati a credere il contrario, in questo mondo esiste una giustizia superiore e alfine, gentile signor Caco, pare che il destino abbia voluto metter riparo ai torti da voi subiti, restituendovi sano e salvo vostro figlio Eligio!» Si vedeva anche attraverso i muri che il segretario si beava del proprio eloquio.

Maso scattò in piedi. «Grazie, signor segretario generale!» esclamò come una liberazione. «Voi fate di me l'uomo più felice sulla Terra!»

Suor Deodata fece una smorfia. Notò che l'uomo indossava ancora quella giacca a righe un po' sdrucita che puzzava vagamente di bestiame. La manica corrispondente al braccio mancante era ripiegata in due e fissata alla spalla con una spilla da balia. In quanto alla medaglia, pareva più che altro una vecchia patacca di latta ricordo di qualche fiera agricola. Notò con disgusto alcune gocce di sudore color nocciola che gli colavano dalla fronte.

«Una cosa però non mi è chiara» disse il segretario generale infilando i pollici nel panciotto.

«Ah, no?» Maso riprese a sudare copiosamente.

«Nella scheda di accoglimento leggo che l'iniziale del cognome del ragazzo è S. Come lo spiegate voi?»

«Come spiego cosa?»

«Voi siete Marco Caco. Vostro figlio si chiamerà dunque Eligio Caco!»

«È naturale!»

«Allora che significa questa S?»

Maso si guardò intorno ma non trovò aiuto. «Non ne ho idea» rispose.

«Forse la vostra sfortunata moglie desiderava che ricevesse il di lei cognome?» ipotizzò Ignazio Trevisan.

«Forse...»

«Che dunque era?»

«Era cosa?»

«Il cognome di vostra moglie!» sbottò suor Deodata.

«Ah, certo! Il cognome di mia... ehm, della mia amata... moglie». Maso era in preda al panico. Notò, alle spalle del segretario generale, un quadro raffigurante un beato martire. «Santo!» esclamò rianimandosi. «Santo, pace all'anima sua... ehm».

Il segretario Trevisan sorrise soddisfatto. «Vedete? Tutto ha un suo perché! Eligio Santo! Un nome che è tutto un programma!» Incrociò lo sguardo gelido della madre superiora che gli spense all'istante il sorriso.

«Già... Dunque possiamo procedere».

Maso tirò un sospiro di sollievo. A Dio piacendo, quella pagliacciata stava per avere termine.

«Vi prego di apporre la vostra firma in calce a questo atto di restituzione» disse il segretario porgendo all'uomo un foglio che lui stesso aveva precedentemente firmato.

N. 890

ISTITUTO degli ESPOSTI DI VENEZIA

Nell'Ufficio di Direzione lì 12 Dicembre 1901

Comparso in questo giorno MARCO CACO
domiciliato in VENEZIA *nella parrocchia di* SAN SALVATORE
calle GALIANA *all'anagrafico* N. 1842

dichiara ch'era sua volontà di ritirare il minore
ELIGIO
introdotto nel torno della Pia Casa il giorno
NON RICORDA IN QUANTO REDUCE DI GUERRA
alle ore / con il contrassegno di:
MEZZA MEDAGLIETTA CON L'EFFIGIE DELLA BEATA VERGINE E DEL LEONE DI SAN MARCO
del quale ne presenta per l'identificazione la parte da esso custodito. Dichiara inoltre d'esser padre di questo minore e di volere che assuma il proprio cognome.
Il Direttore dell'Istituto esamina il registro del torno dell'anno 1891 *e riscontra che nel mese di* NOVEMBRE *nel giorno* 5 *alle ore* 11.30 POM. *avveniva l'esposizione di un fanciullo con il seguente contrassegno:*
MEZZA MEDAGLIETTA CON L'EFFIGIE DELLA BEATA VERGINE E DEL LEONE DI SAN MARCO.
Il contrassegno perfettamente corrisponde alla parte prodotta dal padre; per cui viene riconosciuto e stabilito che il ricercato minore è quello descritto al numero dello stesso registro.

Identificato in tal modo il minore, il Direttore dichiara di consegnarlo al padre, ritenuto che da quel momento l'Istituto resterà sollevato dall'obbligo del mantenimento, educazione e ricovero.

Il Direttore *Il Genitore*

Ignazio Trevisan

Maso, che sapeva a malapena leggere e meno ancora scrivere, fece uno schiribizzo svolazzante.
«Sorella,» ordinò infine il segretario generale con enfasi esagerata «fate entrare il fantolino!»

Tutti attesero uno squillo di tromba e la voce del banditore che annunciava la solenne entrata in scena di un nobile o di un re.

Invece la porta si aprì e un istante dopo apparve Eligio.

Portava i capelli biondi a caschetto o, come si usava allora, a *scodella*, poiché la forma era ricalcata su quella delle piccole zuppiere. Gli occhi erano piccoli e vivaci, di colore azzurro. Entrò sorridendo e cercando con lo sguardo il genitore ritrovato.

Non appena scorse l'uomo senza braccio che lo osservava in piedi di fronte alla scrivania ebbe un attimo di esitazione. Gli sembrò un po' vecchio per essere suo padre, ma poi ripensò alle guerre che suor Deodata gli aveva detto che aveva combattute, alla ferita, alle bombe, all'onorificenza appuntata sul petto e a tutto il resto, e allora si precipitò verso di lui con quella sua andatura sifolina che lo faceva pendere un po' da un lato, come ultimamente faceva il campanile di San Marco.

«Padre!» esclamò Eligio abbracciandolo. Poi si scostò. «Posso chiamarvi padre, vero?» chiese arrossendo di vergogna.

«Ehm... sì, certo» borbottò imbarazzato l'uomo restando rigido come un palo, con l'unico braccio abbandonato lungo il fianco. «Presumo che tu debba chiamarmi esattamente così» aggiunse cercando con lo sguardo l'approvazione del segretario generale.

Eligio sorrise.

«Grazie padre» disse abbracciandolo.

Il volto di suor Deodata era una maschera di perplessità. Qualcosa non le tornava. Era un po' come ascoltare una storia conosciuta ma con un finale diverso e non riuscire a ricordare con esattezza quello originale.

«Hai preparato le tue cose, giovanotto?» chiese a Eligio il segretario generale.

«Sissignore!» rispose Eligio. «Sono pronte da ieri sera!» Aveva occhi splendenti che sorridevano alle grandi speranze che gli stavano dinanzi.

«Allora.» riepilogò Ignazio Trevisan «le firme ci sono, il padre c'è, il ragazzino è pronto. Che aspettiamo? Ah! Già! Manca ancora qualcosa!...»

Le antenne di Maso si rizzarono sospettose.

Il segretario generale aprì uno dei cassetti della scrivania e ne cavò un pacchetto avvoltolato in carta marrone. Lo poggiò sulla scrivania come un trofeo e rimase ad osservarlo.

«Ecco» annunciò «l'oggetto che ha permesso questa lieta ricongiunzione familiare».

Maso guardava il pacchetto incuriosito. E anche lievemente preoccupato: non gli erano mai piaciuti i fuori programma.

Il segretario Trevisan aprì il pacco e sollevò il contenuto: una medaglietta tagliata a metà, da un lato la Madonna di Loreto, dall'altro il Leone di San Marco. Quindi tirò fuori dal taschino del panciotto un'altra mezza medaglietta, identica a quella che aveva appena tolto dall'involucro. Unì le due metà in un gesto teatrale e disse:

«Ora il segnale è di nuovo un tutt'uno. Così come questa bella famiglia!»

Il segretario generale allungò la medaglietta ricongiunta a Maso che l'afferrò infilandosela lesto nella tasca della giacca.

«Buona fortuna! Buona fortuna a tutti e due!» augurò il segretario commosso.

Marco Caco, alias Maso, salutò come sempre battendo i tacchi e facendo un mezzo inchino. Quindi fece scattare le molle del proprio *gibus* e uscì tenendo per mano il piccolo Eligio, che non aveva occhi che per lui.

Un istante prima di varcare la soglia dell'Istituto, però, Eligio riservò un pensiero fugace a Rosapineta, il cui comportamento negli ultimi giorni gli era parso incomprensibile.

Egli l'aveva cercata desideroso di raccontarle quanto la sua vita fosse sul punto di cambiare, ma lei si negava adducendo scuse banali. Forse, pensò contrariato, ce l'aveva con lui. Sì, doveva essere così. Era gelosa della sua fortuna, della sorte benevola che gli aveva fatto ritrovare la sua famiglia, mentre lei seguitava a rimanere una trovatella già in età da marito. In tal caso tanto peggio per lei, si disse. Era troppo intento ad assaporare il sapore dolce della libertà per indagare sulle cause del disinteresse dimostrato da Rosapineta, e così, stringendo forte le dita ruvide dell'uomo che era suo padre, si accinse a lasciare lo Spedale.

Non appena ebbero superato lo stretto portone d'ingresso e il frenetico andirivieni della calle li ebbe inglobati, Maso abbandonò con un gesto secco la mano di Eligio.

«Seguimi» gli disse senza guardarlo. «E vedi di non perderti in mezzo a questa calca!»

Dopodiché si incamminò a passo spedito verso San Marco.

Le occasioni in cui a Eligio era stato concesso di uscire dall'Istituto si contavano sulle dita di una mano. Le sue fugaci sortite, sempre in compagnia di una balia o di una sorella, si erano limitate alle calli limitrofe. Non aveva mai veduto piazza San Marco o la magnificenza di Canal Grande e dei suoi palazzi affrescati. L'idea che egli si era fatto di Venezia era più vicina a quella di un rione anziché della grande città che era. Il suo piccolo universo esisteva solamente all'interno dello Spedale. Ciò che si trovava al di fuori di quelle mura, persone comprese, rappresentava per lui un vero mistero, un nuovo mondo di insospettati vantaggi e facili piaceri o, al contrario, di pericolose insidie. Eligio era un novello Marco Polo in partenza per il fascinoso Oriente.

Quando, terminata calle della Pietà, si immisero in riva degli Schiavoni e di fronte a sé Eligio vide aprirsi il Canale di San Marco, e oltre ad esso troneggiare la cupola e il campanile di San Giorgio nell'isola di San Giorgio Maggiore, restò a bocca spalancata.

«Avanti, spicciati» gli abbaiò contro Maso. «Altrimenti ti lascio qui!»

Capitolo undicesimo

1901. San Marco, Venezia

Era un martedì di dicembre piuttosto mite. Entro qualche minuto i campanili della città avrebbero suonato mezzogiorno e nei campi, nelle calli e nei canali c'era una moltitudine di persone indaffarate: ognuna sembrava avere una meta e uno scopo preciso.

Eligio invece non sapeva dove stava andando, né che cosa avrebbe fatto una volta arrivato a destinazione. Non aveva un'idea del suo futuro né gli importava averla, tanto luminoso gli appariva. Ogni suo pensiero era assorbito da quello strano signore con un braccio solo e il cappello a cilindro che gli camminava mezzo metro avanti il naso: suo padre. Come gli suonava strana ed estranea quella parola.

«Signore,» gli disse arrancando per reggerne il passo «posso chiedervi come avete perduto il vostro braccio?»

«No, non puoi» rispose brusco Maso.

«L'avete perduto in guerra, vero?» insisté Eligio per nulla scoraggiato. «Il segretario generale ha detto che siete un eroe!»

L'uomo si fermò di botto ed Eligio vi finì contro. «Questo ha detto?»

Eligio fece cenno di sì con la sua testolina bionda.

L'uomo parve riflettere, stringendo fin quasi a chiudere completamente i suoi occhietti porcini. Poi disse:

«Il segretario generale è una persona intelligente». Quindi si voltò rimettendosi in marcia.

«È per quello che vi hanno dato la medaglia che avete appuntata sul petto?»

«Già, già. È per quello».

«Perché siete un eroe di guerra?»

«Per l'appunto...»

«E cosa avete fatto di eroico?»

«Non scocciare, moccioso! Pensa a camminare piuttosto!»

«Salute, Maso!» disse un tipaccio dall'aria truce passandogli accanto.

«Salute, Crosta!» rispose Maso lievemente imbarazzato.

«Perché quell'uomo vi ha chiamato Maso?» volle sapere Eligio. «Non avete detto che il vostro nome è Marco?»

«Cammina, e vedi di non fare troppe domande!»

Eligio si volse un'ultima volta in direzione dello Spedale, ma non lo trovò, così come non vide l'imbocco della calle, nascosto ormai da una serie di pallidi palazzi.

Realizzò in pochi istanti un pensiero che negli ultimi giorni all'Istituto non l'aveva mai nemmeno sfiorato: difficilmente in futuro avrebbe rivisto Rosapineta, Speranza, suor Deodata, la Beppona, suor Elpidia, don Giacomo e tutte le persone con le quali era cresciuto e che gli erano state fratelli e sorelle, e madri e padri. Lì, in riva degli Schiavoni, fu inaspettatamente investito da quella consapevolezza. E la vastità di tale pensiero lo fece vacillare.

«Che fai?» berciò l'uomo. «Ti fermi?»

«Eh?»

«Muoviti o ti lascio qui e me ne vado!»

«... Arrivo!»

Ripresero a camminare, ma ci volle un po' perché Eligio si riavesse. L'immensità della città lo sovrastava non meno dell'idea di non poter più rivedere l'Istituto. L'unico elemento positivo al quale intuì di doversi aggrappare era la sua nuova famiglia: Marco Caco, l'uomo con un braccio solo.

«Ma come si fa a perdere un braccio in guerra?» chiese nuovamente con la leggerezza che consente ai bambini di passare da un pensiero a un altro, da un cruccio a un conforto.

«Cosa?»

«Come avete perso il braccio in guerra? Una bomba, un proiettile, come?»

«Ti ho già detto che non devi scocciare, moccioso. Lo capisci l'italiano?»

Eligio lo capiva l'italiano, anche se non sempre comprendeva tutte le parole che la madre superiora o le altre sorelle gli rivolgevano. Però ne sapeva abbastanza da intendere quello che gli diceva l'uomo con un braccio solo.

«Oppure è stata una sciabolata? Scommetto che è stata una sciabolata, vero?» Eligio mimò con il braccio destro il fendente di una spada. «Zac!» disse. «È stata una sciabola, è così?»

L'uomo sbuffò. «Sì, sì, è stata una sciabolata! Contento? E adesso piantala, che dobbiamo prendere il traghetto!»

Eligio non era mai salito a bordo di un'imbarcazione, di nessun tipo. Ne aveva viste tante passare sotto lo Spedale, lungo rio dei Greci o rio della Pietà, ma senza avere l'opportunità di salirci.

«Prenderemo il traghetto?» domandò in preda a un'agitazione incontrollata. «Davvero?»

«Sì, sì. Prenderemo la caponera. Ma ora smettila, va bene?»

«E quello? Quello?» fece Eligio indicando il campanile di San Marco.

«Quello cosa?»

«Cos'è quella torre gigantesca?»

«Il campanile di San Marco. Non lo conosci?»

«Ah, sì! Il campanile di San Marco! È altissimo!»

«Lo chiamano *el paròn de casa* perché è lui il Signore di Venezia. Si dice che esaudisca i desideri dei buoni veneziani...» spiegò Maso distrattamente.

«E quello? Con tutte le finestre?»

«Palazzo Ducale».

«E quell'altro? Quello lì con tutti quei tetti rotondi?»

«Tetti rotondi? Quella è la Basilica!»

«Quanti uccellini!...»

«Uccellini? Si chiamano piccioni e sono buoni da mangiare con la zuppa! Ma dove hai vissuto finora, ragazzo?»

«All'Istituto!» rispose meravigliato Eligio. Non lo sapeva forse suo padre?

Il traghetto arrivò fischiando.

«È bellissimo!» esclamò Eligio rapito.

«Scansati, che la gente deve scendere» lo rimproverò il marinaio.

Maso lo afferrò per la collottola e gli diede uno strattone. «Fai quello che ti dico o ti rispedisco allo Spedale!»

Eligio si mise buono buono dietro l'uomo con un braccio solo e attese di poter salire a bordo.

Percorsero Canal Grande a ritroso fino alla fermata di San Tomà. Una volta scesi dalla caponera svoltarono per calle Civran e, giunti di fronte al numero 2871/A, l'uomo gli ordinò di fermarsi.

«Devi sapere una cosa» disse mettendo il suo viso all'altezza di quello di Eligio. «Tua madre è morta, pace all'anima sua, e quindi ora ti presenterò la tua nuova mamma. È la mia seconda moglie e si chiama Ar... Anna, si chiama Anna. Capito?»

Eligio fece segno di aver capito.

«Devi comportarti bene con lei, anzi, più che bene, benissimo! Non ha molta pazienza e..., be' nemmeno io del resto, ma lei... oh, lei è peggio di me! Soprattutto con i mocciosi impertinenti. Quindi, se non vuoi guai, vedi di filare diritto. Sono stato chiaro?»

Eligio disse che era stato chiarissimo. Nessuno poteva stare alla pari di suor Deodata in quanto a severità: quella donna non lo spaventava.

Entrarono nel palazzo e subito Eligio fu colpito dalla puzza di muffa e di escrementi di topo. Attraverso piccole finestre semichiuse e protette da inferriate, deboli lame di luce illuminavano a stento brandelli d'intonaco e ragnatele penzolanti da muri scrostati.

«È casa vostra questa?» chiese Eligio.

«Fai silenzio!»

Non si diventava certo ricchi a fare gli eroi di guerra, pensò Eligio.

Salirono una rampa pericolante che portava al primo piano. Ad ogni gradino si udiva uno scricchiolio simile al gemito di un animale ferito. Il pianerottolo, immerso in una pozza d'ombra, somigliava all'antro di una grotta misteriosa.

«È qui che abiteremo?» chiese Eligio mal mascherando la propria delusione.

«Ti ho detto di fare silenzio! Anna... la tua matrigna, riposa. Ha le vene varicose e l'artrosi e altro ancora che non mi ricordo...»

La porta si aprì cigolando su una stanza sudicia e spoglia. C'era un vago odore di caffè e tabacco, ma più che altro lo stesso disgustoso fetore avvertito nell'androne.

Maso gli fece cenno di poggiare sul pavimento il sacco con i pochi vestiti. Poi infilò la testa nella fessura di una porta e rimase per un po' così, mezzo dentro e mezzo fuori dalla stanza.

Eligio si guardò intorno. Alla luce di due antiquate lampade ad olio vide un tavolo, un baule, un caminetto, un lavello, un armadio con le ante fuori squadra, alcuni oggetti d'uso quotidiano appesi alle pareti e un'unica poltrona, con lembi di frange e borchie in ottone, il cui tessuto liso doveva aver visto giorni migliori. Da finestre con vetri impataccati da impronte e fango, penzolavano stracci che un tempo erano stati vivaci tendine. Il pavimento, di marmo bianco e nero, era lercio e opaco. Faceva freddo, ma nonostante questo il camino era spento.

Forse per la tensione o semplicemente perché era l'ora, Eligio sentì il bisogno di fare la pipì.

«Signore?» chiamò Eligio. «Padre?»

«Sssttt!...»

«Mi scappa...»

«Ho detto sssttt!»

«Ma se voi dite sssttt a me scappa ancora di più!»

«Vuoi capirlo che devi stare zit...»

«Fa niente» disse una voce che proveniva da dentro la stanza. «Ormai sono bella che sveglia». Era una voce di donna, roca, gracchiante. Una voce decisamente infastidita, e stanca.

«Ecco,» disse Maso rivolgendosi a Eligio «l'hai svegliata!»

Eligio abbassò lo sguardo a terra.

«Non è colpa sua,» disse la donna «ma tua, vecchio babbeo. Quand'è che ti deciderai a mettere un po' d'olio su quella dannata porta? Sembra una gallina a cui stanno tirando il collo!»

La donna uscì dalla stanza trascinando il suo corpo sfatto. Indossava una vestaglia a fiori consunta e stracciata in più punti. Tra le dita reggeva un sigaro e portava i capelli sciolti, grigi e bianchi, spettinati come quelli di una pazza.

«Dunque questo è il ragazzino» disse squadrando Eligio con indifferenza. I suoi denti parevano i tasti di un pianoforte.

«Voi siete la mia mamma?» chiese Eligio.

La donna guardò Maso sgranando gli occhi. «Che diavolo gli hai raccontato?» urlò. «Si può sapere?»

«La verità!» si difese Maso.

«Che io sono sua madre?»

«Che la sua vera madre è morta dopo averlo messo al mondo!» Poi, con aria di rimprovero, si rivolse a Eligio: «Tu non mi stai ad ascoltare, moccioso!»

«Mi dispiace...»

«Non mi stai ad ascoltare» ripeté. «Lei è A... Arianna, la tua matrigna».

«Ma non avevate detto che si chiamava Anna?»

Maso sentì su di sé gli occhi di brace della donna e avvampò. «Anna... Arianna... è lo stesso...!»

«Sei un babbeo!» gli disse Aristea. «Un emerito babbeo!»

«Buongiorno signora matrigna» si presentò Eligio con reverenza. «Io sono Eligio».

Maso, con un gesto di stizza, si strappò la patacca appuntata al bavero della giacca e la fece volare nel lavello.

La donna spostò il sigaro da un angolo all'altro della bocca, si grattò un fianco rivelando un pezzo di ginocchio grosso come quello di un bovino e ricoperto da una fitta trama di vene verdastre, ed emise un pensieroso:

«Uhm...»

Poi, notando la posizione di Eligio a gambe serrate e incrociate l'una sull'altra, aggiunse:

«Se devi andare al bagno esci dalla porta e vai in fondo al corridoio».

«Grazie. Grazie, signora matrigna» rispose Eligio sorridendo per la contentezza. Prese la porta e correndo sparì nel corridoio.

Quando pochi minuti dopo fu di ritorno, sentì i due confabulare al di là della porta.

«Io non so cosa diavolo ci faccio ancora con un idiota come te!» inveiva la donna cercando di tenere basso il tono della propria voce.

«Ce lo metterò l'olio sulla porta, stai tranquilla...»

«Non è dell'olio che sto parlando, imbecille, e nemmeno delle tue castronerie a proposito dei nomi che ci siamo dati! Parlo del fatto che mi hai portato a casa uno storpio. Ecco di che accidente sto parlando!»

«Ha un lieve difetto, ma...»

«Un lieve difetto? Un neo è un lieve difetto. La zeppola è un lieve difetto. I fianchi grossi sono un lieve difetto. Come pensi che potrà esserci utile un minorato? Eh? Tu il difetto devi avercelo nel cervello! E nemmeno lieve! D'altra parte uno come te, senza un braccio, non poteva che accompagnarsi a uno zoppo!»

Maso preferì non replicare: Aristea, se presa per il verso sbagliato, poteva trasformarsi in una furia.

«Ma come ho fatto a fidarmi?» ripeteva la donna incredula. «Come diavolo ho fatto? Marco Caco!... Perché non Arlecchino? Perché non Brighella o Pantalone, già che c'eri?»

Eligio rimase per qualche istante immobile dietro la porta socchiusa, a riflettere. Gli dispiaceva che la sua matrigna pensasse di lui che non servisse a nulla e che fosse uno storpio. Non aveva mai considerato se stesso come tale. Lo Spedale poteva essere una palestra di brutture, in certe occasioni. Aveva visto malattie come il vaiolo, la tubercolosi e il rachitismo fare scempio dei corpi di bambini più piccoli di lui; aveva visto le piaghe infette della risipola, le febbri e la lingua gonfia della pellagra. Cos'era in fondo una gamba un po' sbilenca? C'era chi aveva le orecchie a sventola o il naso lungo o la testa grossa o il labbro leporino. Rosapineta lo aveva sempre chiamato *zoppetto*, un modo innocente di burlarsi di lui. Sapeva che non lo diceva con cattiveria; ugualmente lui la chiamava *tarda*. Si trattava solamente di un gioco.

Forse era davvero solo uno storpio, come sosteneva quella donna. Forse non avrebbe mai combinato nulla di buono.

Ma aver trovato una vera famiglia e una vera casa era la cosa che più di tutte importava. Il tempo, talvolta, era capace di far ricredere le persone su molte questioni. Lui, in fondo, non aveva che da comportarsi bene, come aveva sempre fatto allo Spedale. Il resto si sarebbe aggiustato.

Così raddrizzò la schiena, emise un paio di colpetti di tosse che annunciassero il suo ingresso ed entrò sorridente e fiducioso nella sua nuova vita.

Capitolo dodicesimo

1901. Spedale della Pietà, Venezia

Dalla partenza di Eligio, Rosapineta iniziò a trascorrere ogni momento libero arroccata nel sottotetto, dove sapeva che nessuno sarebbe venuto a cercarla. E in quei giorni, protetta dalla propria solitudine, Rosapineta piangeva incessantemente.

Una sera, preoccupata per il suo comportamento, Speranza la raggiunse.

«Come conosci questo posto?» le chiese meravigliata Rosapineta. «È un posto segreto».

«Dimentichi che vivo allo Spedale da più tempo di te...»

Rosapineta era accucciata contro il tetto spiovente con le ginocchia al petto, simile a un animale ferito e senza via di scampo. La luce della luna, entrando dall'abbaino circolare, la investiva rendendo il suo viso esangue. Due occhiaie scure le incastonavano gli occhi lucidi di pianto.

«Non credo che ti faccia bene stare da sola» le disse Speranza inginocchiandosi accanto a lei.

«L'ho lasciato andare, Speranza, senza nemmeno una parola...»

«Lo so».

«Non volevo. Ti giuro che non volevo, ma mi sono sentita... non lo so come».

«Tradita?»

Rosapineta alzò gli occhi sull'amica. «Sì, tradita. E arrabbiata e invidiosa e un mucchio di altre cose. Cose brutte...»

«Non ha importanza, ora».

«E invece importa! Mi sono comportata come mai avrei voluto... Ma non mi giudicare male, io so che la colpa non è sua. Come so che non è colpa di suor Deodata se quell'uomo è venuto a riprendersi Eligio... E non è nemmeno colpa tua, che sei la mia unica vera amica...»

Le due ragazze si abbracciarono senza aggiungere altro. Poi Speranza l'accompagnò di sotto, nella camera che dividevano. Era notte ormai e i corridoi dell'Istituto, bui e silenziosi, restituivano i loro passetti attutiti.

«Hai bisogno di dormire» le disse facendola sedere sul letto. «E di non pensare per un po'. Eligio capirà, non ti dar pena».

«Cosa starà facendo? Sarà felice? Quell'uomo gli vorrà davvero bene?»

«Sono sicura che sta bene. Ora sdraiati...»

«Aspetta! Ti faccio vedere una cosa!...»

«Cosa?»

Rosapineta aprì il cassetto del comodino e da sotto una pila di carte trasse un foglietto ingiallito e ripiegato in quattro.

«Che cos'è?» ripeté Speranza.

«Tutto quello che mi resta di lui. Leggi».

Si trattava del messaggio che aveva accompagnato Eligio alla ruota quella famosa notte di novembre del 1891.

Per fatali condizioni mi vedo costretta ad affidare il mio innocente fanciullo alla cura di questo Spedale per trovatelli. Il suo nome è Eligio S.

In nome di Dio, della Santissima Vergine e di tutti i Santi, permetta il Cielo che io possa riaverlo un giorno tra le mie braccia.

Una madre affranta

«Come puoi averlo tu?» chiese Speranza.

«Lo rubai dall'archivio del segretario generale. Dieci anni fa».

«Perché?»

«Non lo so» ammise Rosapineta. «Credendo che quel giorno fossero venuti a riprendere Eligio, volevo che mi rimanesse qualcosa di lui...»

Speranza rilesse il biglietto, poi lo rese a Rosapineta. «Ora ce l'hai» sussurrò.

«Invece no. Non mi resta niente. Nemmeno un abbraccio, nemmeno i suoi occhi azzurri che mi dicono ciao!...»

Rosapineta era seduta con le mani in grembo, abbandonate a palme in su e incurvate come due pallide conchiglie. Speranza le prese tra le sue e sentì che erano fredde.

«Ti restano i ricordi» le disse.

Rosapineta la guardò impaurita. Era debole e vulnerabile come mai Speranza l'aveva veduta da che la conosceva.

«Ascoltami» continuò Speranza. «Eligio non è nostro. Non lo è mai stato e mai potrà esserlo. Eligio non è di nessuno. Ha diritto alla propria vita. Ha il diritto di crescere e di augurarsi una famiglia che non sia composta soltanto da finte sorelle e finti genitori. Una famiglia autentica, capisci?»

Speranza aveva ragione e Rosapineta, pur accettando a fatica le sue argomentazioni, ne era consapevole. Per quanto tutte loro si ostinassero a considerare l'Istituto una casa e le suore, le balie e tutti gli altri come familiari, la realtà era ben diversa, e convincersi che le cose stessero a quel modo era una semplice illusione. La vita, quella vera, si svolgeva al di fuori delle mura dello Spedale, tra le calli e i canali, nelle case dove vivevano madri e padri, fratelli e sorelle e nonni. Era una realtà manifesta ma al contempo sconcertante.

«Pensi che dovremmo andarcene da qui?» domandò inaspettatamente Rosapineta asciugandosi il volto umido di lacrime.

«Andarcene?»

«Non pensi che anche noi abbiamo diritto a vivere una vita diversa? A sperare in qualcosa che non sia solo panni da lavare e bambini a cui badare?»

«E dove? Non abbiamo famiglie che ci aspettano, noi».

«Lo so… ma da quando Eligio se n'è andato, mi sembra che rimanere qui sia come… mi sembra di sprecare il mio tempo».

«Sprecare il tuo tempo? Cosa intendi?»

«A volte mi pare di essere inutile…»

Speranza si fermò a riflettere. A differenza di Rosapineta, lei non aveva mai pensato che oltre quei cancelli, al di fuori di una famiglia che la adottasse o di un uomo che la chiedesse in moglie, esistesse la possibilità di una vita diversa. Negli anni si era convinta che il suo futuro fosse lì, allo Spedale, come giubilata o come suora, se avesse preso i voti, e l'idea di affrontare una vita differente, in città oppure altrove, non l'aveva mai nemmeno sfiorata. Ora che Gesù la chiamava a sé avrebbe dovuto sentirsi felice e appagata, avrebbe dovuto ringraziare la Provvidenza per averle mostrato la strada. Invece le parole di Rosapineta la turbavano in un modo che non sapeva spiegarsi. Le sembrava che a un sentiero limpido e battuto si fosse sostituita d'un tratto una foresta scura e impervia.

«Inutile? E non pensi ai fantolini dei quali ci occupiamo?» le disse.

«Oh, ci sono suore e balie e preti in quantità. Due di meno che differenza farebbe?» Rosapineta sembrava aver improvvisamente riacquistato la sua combattiva baldanza.

Speranza si alzò e camminò su e giù per la stanza come fosse alla ricerca di risposte.

«Ma che cosa potremmo mai fare fuori di qui?» chiese arrestandosi di botto.

«Qualsiasi cosa! Trovare un uomo, una casa, un lavoro...»

«Senza aiuti? Senza famiglia? Tu non sai quello che dici...»

«Speranza, hai trentatré anni e io ventidue. Ti sembra che non possiamo provare a cavarcela da sole?»

Speranza la guardò atterrita. Poi cominciò a scuotere la testa.

«Tu stai farneticando» disse. «È il dolore per la perdita di Eligio, ne sono certa! Non ti ho mai sentita parlare così...»

«Forse perché non ho mai capito che cosa volevo realmente fare della mia vita...»

«Ah, davvero? E cosa vorresti farne? Sentiamo! Buttarla in qualche strada o tra le braccia di... di un uomo di malaffare?» Si era forzata a dire quelle parole e il suo viso, per tutta risposta, avvampò. «Vuoi che un giorno il frutto di un tuo peccato finisca sulla ruota, com'è capitato a noi?»

«Io non mi sono mai sentita il frutto di un peccato,» replicò piccata Rosapineta «ma il frutto di un amore sfortunato, semmai».

I volti delle due donne, che fino a quel momento si erano fronteggiati, si scostarono prendendo direzioni opposte. Rosapineta tornò a sedere sul bordo del letto, mentre Speranza si accostò alla porta.

«Sono vicina a una decisione» disse. Il tono della sua voce era inaspettatamente risoluto, come se riguardo quell'argomento ella non accettasse consigli o critiche.

«Quale decisione?»

«Una decisione importante, che attendo da tempo».

«La *chiamata*?»

Speranza annuì.

Rosapineta batté con una mano lo spazio vuoto sul letto accanto a sé, sorridendole benevola.

«Siamo amiche. Dimmi tutto, vuoi?»

Speranza riferì di quanto le era accaduto in chiesa durante il funerale di suor Angiolina.

«È come se morendo, suor Angiolina avesse investito me dei suoi voti, capisci? Come se avesse trasferito a me la sua *chiamata*...»

«Aveva una P marchiata sotto il tallone sinistro» disse Rosapineta. Ricordando quanto aveva veduto quel giorno, sentì un brivido freddo indugiarle sgradevolmente sulla pelle.

«Lo so» rispose Speranza. «La P di Pietà. Era una prassi antica...»

«Lo sapevi?»

«Suor Angiolina me l'aveva confidato...»

«È una cosa terribile. Marchiare con il fuoco un bambino...»

«Quel marchio, come lo chiami, aveva una sua ragione d'essere...»

«La ragione di restare legati all'Istituto per sempre, anche nell'animo» replicò Rosapineta.

«Cosa vuoi dire?»

«L'Istituto lega a sé i suoi figli più di quanto appaia, più di quanto sia dato modo di intendere. Anche senza marchiarli fisicamente!»

Speranza la guardò incredula.

«Perché parli così? Giuro che non ti riconosco più...»

Rosapineta cavò dalla tasca del grembiule il piombino che fino a qualche giorno prima portava al collo, ma che ora rifiutava di indossare. Gli rivolse uno sguardo di spregio prima di gettarlo sul pavimento, in un angolo della stanza.

«Non voglio più catene, Speranza. Noi non abbiamo marchi sotto i piedi, non siamo segnate finché vivremo. Noi siamo libere di scegliere». Il suo sguardo si fissò a terra, pensoso.

«Di scegliere? Di scegliere cosa?»

«Di scegliere per noi stesse».

Speranza si levò in piedi, la schiena ritta e il mento proteso.

«In tal caso io ho scelto».

Rosapineta alzò la testa che le parve esageratamente pesante. «Liberamente?» chiese.

«Sì».

«Sarai dunque una suora?»

«Sarò la sposa di Gesù, se Gesù me lo chiede».

«Per tutto il resto della vita?»

«È quello che desidero» rispose Speranza.

«Che desideri davvero, dentro di te intendo?»

Speranza fece segno di sì ma non lo disse a parole. E Rosapineta, che la conosceva come i buchi del proprio naso, capì che stava mentendo.

Capitolo tredicesimo

1901. Calle Civran, Venezia

«Perché ci hai messo tutto questo tempo?» lo rimproverò Aristea quando Eligio si ripresentò sulla soglia dopo essere stato al bagno.

«Ho fatto la pipì» disse Eligio.

«Non ho tempo da perdere io! È meglio che te lo cacci bene in quella testolina bionda. Siediti!»

Di fronte a lei c'era una sedia impagliata e accanto alla sedia un tavolino e sul tavolino uno strano aggeggio che Eligio ricordava di aver veduto in più di un'occasione all'Istituto.

«Mi devo sedere?»

«Sei tardo d'orecchi, per caso?»

«Perché mi devo sedere?»

«Quanto la fai lunga! Piglialo!» ordinò a Maso. «E mettilo seduto!»

Maso obbedì.

«Non voglio mettermi seduto!» strillava Eligio. «Lasciatemi!» Ma Maso aveva in quell'unico arto la forza di entrambe le braccia di un uomo.

«Che hai qui?» chiese la donna notando al collo di Eligio il piombino sul quale erano incisi l'anno dell'abbandono e il numero assegnato all'atto dell'accoglimento.

«È una cosa dell'Istituto. L'ho sempre portata...»

«Ora non ti serve più!» disse strappandoglielo di dosso con un colpo secco.

«Il mio piombino!» gridò Eligio. «Ridatemelo!»

Come a sfidarlo, la donna lo gettò nel camino. Dopodiché afferrò l'aggeggio che si trovava sul tavolino e canticchiando il *Barbiere di Siviglia* si mise a tagliare i biondi capelli di Eligio.

«Perché?» piagnucolava Eligio. «Perché mi tagliate i capelli?»

«Se vuoi che tuo figlio cresca,» sentenziò Aristea «lavagli i piedi e rapagli la testa! Conosco bene i posti pulciosi come quel tuo orfanotrofio! Sono pieni di pidocchi e piattole e Dio sa quali altre immonde schifezze!»

«Io non ho i pidocchi!» protestò Eligio tirando su col naso.

«Non si sa mai!» replicò la donna facendo ticchettare l'arnese per tagliare i capelli.

Quando ebbe terminato il suo lavoro, il biondo caschetto di Eligio era svanito. Al suo posto, una testina di capelli ritti come gli aculei di un porcospino e, a terra, un cumulo inerte di ciocche gialle.

«Ecco fatto» disse Aristea. «Stai benissimo!»

Eligio storse il collo per poterla guardare in viso. «Dite davvero?»

«Sei un bambino nuovo!»

«Sì, ma che diranno gli altri?»

«Gli altri?»

«Gli altri bambini!»

«Quali?»

«Quelli che incontrerò a scuola! Sapete, prima ero molto arrabbiato perché mi volevate tagliare i capelli e per via del mio piombino. Ora però non m'importa più, perché quello che davvero mi importa è che finalmente andrò a scuola! In una vera scuola, intendo. Certo allo Spedale c'erano le suore che ci facevano lezione e poi, per chi voleva ed era dotato, c'era pure il coro del maestro Corsini, però non è come frequentare una scuola vera, con tutti i maestri e le aule e l'auditorium con gli spettacoli e...»

Aristea fissava Maso con il consueto sguardo di guerra, e gli avrebbe probabilmente dato dell'emerito babbeo e forse anche qualcosa di più se questi non l'avesse anticipata interrompendo Eligio.

«Frena la lingua, ragazzo! Chi ha mai parlato di scuola?»

«Non andrò a scuola?»

Maso lo guardò per qualche istante con intensità. Cercava di capire se il ragazzo si burlava di loro o se per caso diceva sul serio. Dal suo sguardo candido e sorpreso capì che Eligio era veramente convinto di quanto andava dicendo.

«Ah, ah, ah!» rise Maso. «Questa è bella!»

«Pensavi davvero di andare a scuola?» chiese la donna.

Eligio annuì.

«E come ti è venuta un'idea tanto balorda?»

«Lo credevo...»

«Be', credevi male, ragazzino».

«Altroché se credevi male!» le fece eco Maso.

«Ora raccogli i tuoi capelli da terra e dai una mano a Mas... a... a Marco Caco in cucina. Io ho bisogno di stendermi. Questi piedi deformati mi fanno ammattire...» Barcollò fino alla soglia della camera. Poi, prima di entrare, si fermò a riflettere.

«A scuola!» disse ridacchiando e scrollando la testa. «*Robe da mati!*»

Quando la porta si fu richiusa, Maso si avvicinò a Eligio e gli mollò una manata sulla testa.

«Ma per chi mi hai preso?» ringhiò. «Tuo padre sarà anche un eroe di guerra, ma gli eroi di guerra non sono mica ricchi! La scuola costa e soprattutto non rende nulla. Ho altri progetti per te».

Eligio, imbronciato per il ceffone ricevuto, d'un tratto s'illuminò. «Sul serio? E quali?»

«Lo saprai al momento opportuno. Adesso datti da fare, prima che Ar... Anna perda la pazienza per davvero».

Misero a bollire delle zucchine e due rape e tagliarono a fette del pane secco. Poi Maso tirò fuori da un cartoccio unto un pezzo di formaggio con la crosta ricoperta di muffa.

«Ti piace il formaggio stagionato?» chiese.

«Molto» mentì Eligio.

Il suo desiderio di compiacere l'uomo con un braccio solo era tale che pur di non dispiacerlo avrebbe mentito su qualsiasi cosa. Così disse che il formaggio gli piaceva, anche con la muffa sopra, e a cena ne mangiò un pezzo grosso come l'ala di un piccione.

«Ehi!» lo riprese Aristea colpendolo con la forchetta su una mano. «Te lo vuoi finire tutto tu?»

«E lascialo mangiare» intervenne Maso. «Avrà bisogno di energie i prossimi giorni».

Eligio guardò l'uomo con occhi colmi di gratitudine. Ecco com'era tra padre e figlio, si disse: un padre prendeva le difese del proprio sangue, anche per questioni di poco conto. Si sentì il cuore gonfio di orgoglio e di ingenua riconoscenza. Avrebbe fatto quel che suo padre gli avrebbe chiesto di fare. Così era tra padre e figlio. Questa era la sua nuova, sensazionale scoperta.

La sera prese possesso della stanzetta che gli era stata assegnata. Era di forma quadrata, con il soffitto che all'improvviso scendeva verso il pavimento seguendo l'inclinazione del tetto. Aveva una finestra, anch'essa quadrata, dai vetri spessi e ondulati attraverso i quali si vedeva il campo sottostante e, alla fine del campo, un edificio di mattoni con una statua al centro della facciata. Il mobilio era scarno e malridotto: un cassettone a tiretti impegnava la parete di sinistra, mentre a destra si trovava il letto, poco più di una panca in legno rivestita da un vecchio materasso di paglia sopra il quale era raggomitolata, come un barbone ghermito dal freddo, una logora coperta marrone. Dalle pareti penzolavano filacci di frusta tappezzeria e il pavimento, di legno scuro, scricchiolava minacciando di creparsi ad ogni passo. Un reggicatino arrugginito sormontato da un bacile scheggiato troneggiava al centro della stanza come un antico trofeo.

Eligio represse un moto di angoscia e si sedette sul bordo del letto che gli sembrò da subito scomodissimo. Poi sospirò, si sfilò le scarpe e si stese cercando di non pensare a nulla.

Capitolo quattordicesimo

1901. Canale di Fusina, Venezia

«Come avete perso il braccio?»

«Mi pareva di avertelo già raccontato».

«Non lo rammento più».

«Fu una bomba. Una bomba potentissima. Pensa che formò un cratere profondo quanto due uomini!»

«Accidenti!»

«Ecco il barchino. Fa' attenzione».

Un'imbarcazione adibita a trasporto passeggeri, simile a una gondola ma più lunga e più larga, stava attraccando al molo di San Basilio, posto all'estremità occidentale delle Zattere. C'erano diverse persone in attesa: alcuni adulti, ma perlopiù bambini e bambine, apparentemente della stessa età di Eligio. Nessuno parlava. Erano le sette del mattino. La nebbia che saliva dalla superficie dell'acqua avvolgeva la base dei lampioni e le gambe delle persone come un'edera fumosa e maligna. Le cime delle briccole spuntavano appena da quel mare di nebbia e, non fosse stato per il continuo sciabordio che s'intuiva provenire dal canale, la laguna poteva essersi trasformata nottetempo in un asciutto fossato.

«Dove stiamo andando, padre?»

«*Barchèta par la fabrica del todesco!*» gridò il marinaio che si trovava a poppa.

«È la nostra» disse l'uomo con un braccio solo.

Una buona metà delle persone che attendevano sul molo salì a bordo, compresi Eligio e Maso.

«Che cos'è la *fabrica del todesco*?» volle sapere Eligio quando il barchino voltò la prua verso il bacino.

«È la fabbrica di scope» spiegò Maso.

«E perché ci andiamo?»

«Per guadagnarti il pane, s'intende!»

«Per guadagnarmi il pane? Che significa?»

«Mai sentito parlare di lavoro?»

«Certo!»

«Lavorerai alla fabbrica di scope Krull, lì in fondo» disse Maso indicando qualcosa che gradatamente emergeva dalla fitta bruma come un ectoplasma. Era Sacca Fisola, un lembo di terra collegato all'isola della Giudecca da un ponte.

Il giorno precedente Maso era stato alla fabbrica a prendere accordi. Era riuscito a spuntare cinquanta lire al mese per nove ore di lavoro giornaliere, sabato compreso. Era stato abbastanza facile, tutto considerato. Il caporeparto, un tizio alto e massiccio che indossava un sudicio camicione dandosi le arie di un generale di brigata, non aveva fatto troppe domande, né aveva richiesto particolari documenti. Si era accontentato di mettere sotto il naso di Maso un modulo di registrazione raccomandandosi che il ragazzo avesse voglia di lavorare, perché *gli scansafatiche*, aveva detto, *li facciamo correre a pedate sul sedere*!

«Ogni mattina ti condurrò a prendere il barchino a San Basilio e scenderai alla Giudecca» continuò Maso. «Poi lo stesso barchino ti riporterà a Venezia, alla sera. Io ti aspetterò al molo».

Eligio non sapeva che i bambini potessero lavorare come gli adulti. Nessuno all'Istituto gli aveva mai raccontato nulla in proposito. Pensò che suor Deodata, suor Elpidia, Rosapineta, Speranza e tutti gli altri non sapevano niente della vita che si svolgeva al di fuori delle mura dello Spedale e che a lui, al contrario, era toccata una gran fortuna di poter finalmente vedere il mondo con i propri occhi.

Eligio si guardò intorno. Notò molti bambini che rannicchiandosi e rabbrividendo per il freddo si stavano recando come lui alla fabbrica di scope del *todesco*. Si disse perciò che doveva essere un fatto abbastanza comune, presso molte famiglie. Comune almeno quanto andare a scuola.

Osservò divertito il proprio alito che si condensava nell'aria in bianco fumo e attese con trepidazione che avesse inizio la sua nuova avventura.

Capitolo quindicesimo

1901. Fabbrica di scope Krull, Canale di Fusina, Venezia

Le giornate di Maria scorrevano tutte uguali, simili le une alle altre, come le gondole di turisti in Canal Grande.

Ogni mattina, alle sei e mezza precise, si faceva trovare sulla sponda nord del rio di Ca' Foscari. Orio, il marinaio che l'aveva traghettata dalla Giudecca il giorno in cui era uscita dal carcere, passava di là con la sua peata e le dava un passaggio fino a Sacca Fisola. Alle sette Maria indossava il suo grembiule nero, sedeva sullo scomodo sgabello in giunco, puntava i piedi contro il rialzo di legno e arrotolava i listelli di saggina in fascine. A mezzogiorno una sirena avvisava gli operai che potevano lasciare la loro postazione e riposare per circa mezz'ora. Maria aveva sempre del pane con sé e del formaggio che Berta le faceva trovare pronto all'alba. A volte al posto del formaggio c'erano delle sardine fritte dal giorno precedente o delle polpettine di carne, oppure delle uova sode, dono di qualche magnanimo ristoratore. Berta era un genio quando si trattava di trovare da mangiare. A un nuovo fischiar di sirena gli operai della fabbrica si rimettevano al lavoro.

La giornata di Maria alla fabbrica di scope Krull durava dodici ore e terminava alle sette di sera. All'uscita, gli operai si mescolavano tra di loro convergendo verso il braccio di mare che separava l'isola dalla città. Qualcuno si scambiava un saluto, qualcuno si aspettava per tornare a casa insieme.

Maria si serviva spesso del barchino della fabbrica, una *barchèta a massòche* che attraversava il canale un paio di volte per riportare in città gli operai. Se non trovava posto nel barchino, si arrangiava come poteva. Solitamente cercava qualcuno a cui chiedere un passaggio, ma se proprio andava male c'era sempre la caponera, che però costava cinque centesimi.

Qualche volta, quando le avanzava un po' di denaro, sulla strada verso le Corderie si fermava da Luigino, il droghiere, per acquistare del prosciutto o della carne secca che poi spartiva con il resto dei vagabondi e con Pitusso, che le si era affezionato più di tutti. Il resto di quel che guadagnava lo metteva da parte per il futuro. Un futuro non troppo lontano, confidava, in cui avrebbe avuto la possibilità di tornare allo Spedale e riavere Eligio con sé. Insieme sarebbero andati a vivere in una stanza in affitto, modesta ma dignitosa, e mentre lei avrebbe seguitato ad arrotolar mannelli alla fabbrica di scope, Eligio avrebbe frequentato una scuola come si deve e avrebbe imparato un vero mestiere.

Ogni giorno, alla fabbrica di scope, Maria vedeva i bambini lavorare fianco a fianco degli adulti e ne era disgustata. Si chiedeva quali genitori potessero accettare un tale vergognoso sacrificio. Secondo la sua opinione, i bambini avrebbero dovuto badare soltanto alla scuola e al gioco. Questo era quanto si augurava per Eligio, dovunque egli si trovasse. Conosceva bene le difficoltà patite da molte famiglie veneziane, il cui reddito dipendeva dal solo capofamiglia. E altrettanto bene sapeva che, sebbene alcuni genitori si dolessero di quella scelta, di fatto non ne avevano altre, se non quella di affamare alle loro creature.

Gli occhi di Maria indugiavano sempre a lungo sui bambini che incontrava. In particolare, quando riusciva a trovare posto sul barchino della fabbrica, di sera, la sua attenzione veniva catturata da un ragazzino che se ne stava quasi sempre per proprio conto. Non era l'unico bambino a bordo dell'imbarcazione, ma era sicuramente quello che di più la incuriosiva. Portava sempre un berretto a calottina blu, come quello di certi marinai, e aveva gli occhi azzurro cielo che parevano immersi con grande intensità in chissà quali pensieri. Non c'era un motivo particolare perché Maria ne fosse rimasta colpita. Forse era per via del fatto che, seduto sempre nello stesso angolo a poppa, scrutava per tutta la traversata in direzione di riva degli Schiavoni, come se cercasse qualcuno o qualcosa, anche quando la nebbia non permetteva di vedere oltre la punta del barchino. O forse semplicemente perché poteva avere suppergiù la stessa età di suo figlio.

Soltanto una volta lui l'aveva guardata, quando, una sera che il canale era particolarmente mosso e il barchino ondeggiava come un fuscello, Maria l'aveva aiutato a salire a bordo prendendolo per mano. Ma lui non le aveva detto nulla, nemmeno grazie.

Un uomo lo attendeva ogni sera al molo di San Basilio e senza scambiare troppi convenevoli se lo portava via, verso Ognissanti. E il ragazzino lo seguiva silenzioso, zoppicando leggermente.

Capitolo sedicesimo

1902. Fabbrica di scope Krull, Canale di Fusina, Venezia

Giunse la primavera, più precoce di altri anni, e con essa nuove speranze. Con il denaro guadagnato alla fabbrica di scope, Maria comprò un abito nuovo, soffice, azzurro come i suoi occhi, e una mantellina color nocciola. Acquistò degli stivaletti marroni che le arrivavano a metà polpaccio e alcuni regali per i suoi amici delle Corderie: due nuovi puntali per le stampelle di Berta, un paio di scaldamani di lana per i lunghi inverni di Ottavia, un cappello alla Bolivar per Magoga, un paio di bretelle per Straccaganasse. Un pensiero per ognuno di essi. Inoltre fu in grado di pagare due mesi d'affitto anticipato per una stanza ammobiliata in calle di Mezzo, non lontano dal ponte in legno dell'Accademia.

«Ci staremo benissimo!» aveva detto a Berta che l'accompagnava, cominciando a sistemare la proprie cose.

«Staremo? Credevo venissi a viverci da sola!» Berta sembrava sorpresa.

«Tu ti occuperai della casa e io andrò a lavorare. Farai la spesa e da mangiare, e se avrai voglia e ti resterà del tempo potrai riordinare. Io invece penserò a portare a casa il salario». Maria aveva riso. «Come un marito!»

«Calma, bambina» aveva replicato Berta poggiandosi sulle sue stampelle. «Chi dice che io abbia intenzione di venire a vivere qui con te?»

«Come?»

«Non lascio gli amici delle Corderie...»

«Oh...»

«Non fraintendere. Mi piacerebbe stare in una casa vera e fare da mangiare, riordinare... insomma quelle cose che dici tu. Ma dovrei abbandonarli e... lo hai visto, sono un po' come la loro mamma, la loro sorella maggiore...»

Maria sapeva che non era solo quello il motivo del rifiuto di Berta. Berta amava la vita libera che conduceva, amava non avere confini e limiti e pareti intorno a sé, amava quei balordi giù alle Corderie, amava inventarsi la vita giorno dopo giorno, almeno finché le sue ossa provate glielo consentivano.

Co l'arte e co l'ingano se vive meso ano, co l'ingano e co l'arte se vive st'altra parte! era solita dire.

Berta amava quelle cose tanto quanto detestava le consuetudini, gli orari, le convenzioni. No, Maria non poteva immaginarla dietro i fornelli a rimestare sughi con un grembiule allacciato sulla schiena, così come non avrebbe saputo immaginarla a fare la spesa, a spolverare mobili e rifare letti. E poi c'era Eligio, del quale Berta era all'oscuro. Se davvero un giorno Maria si fosse ricongiunta a suo figlio, come avrebbero potuto vivere tutti e tre in quella misera stanzetta?

«Presto ti troverai un uomo,» aveva proseguito Berta «perché non voglio nemmeno pensare che non ne troverai uno, e lui baderà a te così non dovrai lavorare, e magari farai la gran signora e scommetto che ti dimenticherai perfino di aver mai conosciuto questa vecchia trippona zoppa!»

Maria aveva riso. «Non sei per niente una vecchia! Un po' di trippa però devo ammettere che ce l'hai!»

«Ah, è così che la pensi?» Berta aveva finto di essersi offesa.

«Non ti dimenticherò mai» le aveva detto Maria tornando seria e guardandola nell'unico occhio. «E verrò a trovarti, quando potrò. E verrò a trovare Magoga e Ottavia e tutti gli altri!»

«L'albergo dei senzatetto non chiude mai!»

Berta diceva bene: per i barboni delle Corderie lei era una specie di mamma. La sua era una missione che, al di là delle difficoltà fisiche, la faceva sentire utile e viva.

«Hai ragione» aveva convenuto Maria. «Loro hanno bisogno di te». E tu di loro, aveva pensato.

E così come Berta era la mamma dei senzatetto, Maria lo era, per davvero, di una creatura innocente, e forse anche a causa di questo le loro strade si sarebbero prima o poi inevitabilmente divise.

Sempre più spesso Maria si scopriva a interrogarsi sulla sorte di Eligio, imponendosi di scacciare gli orribili pensieri che talvolta le si insinuavano inaspettati nella mente. E più Maria, giorno dopo giorno, era costretta a vedere i bambini impiegati alla fabbrica di scope, più le veniva da pensare a quale destino la Provvidenza avesse riservato al suo Eligio. La rendeva inquieta il non sapere nulla di lui, almeno quanto la inquietava il fatto che quei bambini fossero obbligati contro la loro volontà a lavorare.

Un pomeriggio, mentre arrotolava mannelli al suo posto di lavoro, Maria vide passare al di là dei finestroni un uomo alto, piuttosto giovane, elegantemente vestito.

«*El paròn*» le aveva detto la sua vicina di scranno.

«Il padrone?» aveva chiesto Maria. «Il signor Krull? Il *todesco*?»

«Il figlio del *vecio* Krull» le aveva risposto la donna. «È lui che dirige la *fabrica*!»

Maria non ci aveva pensato due volte. Si era alzata di scatto, lasciando cadere a terra il fascio di saggina che aveva sulle cosce, e si era diretta verso uno dei portoni che davano all'esterno.

«Tu! Dove stai andando?» l'aveva ripresa immediatamente il caporeparto.

«Devo parlare con quel signore».

«Neanche per sogno! Torna subito al tuo posto!»

Maria l'aveva guardato con aria di sfida. «Non faccio niente di male. Voglio solo parlargli».

«Ti ho detto di rimetterti seduta o vengo a prenderti io!»

Maria non ci stava a farsi trattare come una bambina un po' discola.

«Sentite. Mi ci vorrà solo un minuto. Che cosa può accadere in un minuto? Poi torno a lavorare e stasera, per recuperare e farvi contento, mi fermerò un minuto in più!»

Alcune delle donne erano scoppiate a ridere e anche Maria non era riuscita a trattenere un sorriso.

Il caporeparto, messo alla berlina da quell'atteggiamento sfrontato, perse la ragione. Si alzò dal posto di controllo che occupava e a grandi falcate raggiunse Maria. Le afferrò il polso torcendoglielo verso il basso.

«Tu fai esattamente quello che ti dico io!» le urlò in faccia. «Hai capito?»

«Mi fate male!...»

«Che sta succedendo qui?» L'uomo alto ed elegante stava sulla soglia con aria contrariata.

«Oh!... Direttore!» rispose il caporeparto imbarazzato. «Non è niente. Questa stupida deve solo capire chi comanda qui...»

«E chi comanda qui?» volle sapere il giovane.

«Io... cioè, voi, signor Krull. Ma intendevo dire che...»

«Lasciate immediatamente il braccio di quella donna» ordinò Klaus Jurgen Krull perentorio.

«Ma lei voleva... ha abbandonato senza permesso il posto di lavoro!»

«Il permesso glielo concedo io, ora. Tornate alle vostre occupazioni, caporeparto».

L'uomo con il camicione rimase per qualche istante dove si trovava, le dita serrate intorno al polso di Maria, fissandola minaccioso. Quindi la lasciò e senza proferire parola tornò al proprio posto.

«Mi spiace che vi abbia fatto male» si premurò il giovane Krull.

«Quel tizio dovrebbe darsi una calmata» borbottò Maria massaggiandosi il polso dolorante. Notò che la stretta del caporeparto vi aveva lasciato un alone rossastro tutt'intorno, a mo' di braccialetto.

«Come dite?»

«Siete il direttore? Il figlio del padrone?»

«Sissignora» rispose educatamente Klaus Jurgen chinando impercettibilmente il capo in avanti.

Maria lo osservò meglio. Aveva un viso delicato ma dai lineamenti decisi, piccoli baffi ben curati e due occhi chiari e luminosi che la guardavano intensamente e che sembravano saper leggere l'animo delle persone. Indossava una camicia di lino finissimo, una cravatta bianca fissata da uno spillone e una giacca a tre quarti lasciata sportivamente aperta. I calzoni, marroni anch'essi come la giacca, erano moderni, a taglio tubolare, e le scarpe, a punta quadrata, di cuoio bruciato. Al mignolo della mano sinistra portava un anello sormontato da una pietra preziosa.

«Posso parlarvi per un minuto?» chiese Maria.

«È naturale».

Gli altri operai, pur senza smettere di lavorare, sbirciavano di sottecchi e allungavano le orecchie per non perdere una parola.

«Forse è meglio se usciamo» suggerì l'uomo avvedendosene.

«Perché? Avete qualcosa da nascondere, forse?»

Klaus Jurgen sorrise. Non era tipo da alterarsi facilmente, tantomeno era abituato a scivolare nelle provocazioni. Aveva vissuto un po' ovunque in Europa, curando spesso gli interessi del padre, e aveva imparato a porsi nei confronti dei suoi interlocutori con grande adattabilità.

«Allora prego» disse. «Ditemi quel che avete da dire».

«Be', ecco... Io volevo chiedervi... voi avete dei figli?»

«No, signora. Non ho figli» rispose Klaus Jurgen con il suo *aplomb* germanico. «In ogni caso, ritengo che le mie vicende personali non dovrebbero riguardarvi».

«E invece mi riguardano».

Klaus Jurgen la guardò stupito. «Come dite, prego?»

«Mettereste vostro figlio a fabbricare scope?»

«A fabbricare scope?»

Qualcuno tra gli operai borbottò qualcosa. Quella donna giocava col fuoco.

«Silenzio!» gridò il caporeparto. «Pensate a lavorare, voi!» Ma si notava che anche lui stava seguendo con malcelato interesse la conversazione che si andava svolgendo.

«Vi piacerebbe vedere vostro figlio fare mannelli dalla mattina alla sera?» ribadì Maria. Si sentiva le guance ardere dall'emozione, ma nonostante questo non aveva alcuna intenzione di fare dietrofront.

«Capisco quello che intendete, signora. Ma ci sono famiglie in cui purtroppo manca il pane e tutti devono darsi da fare. Noi in fondo diamo solo qualche opportunità in più a chi ha intraprendenza e volontà di fare...»

«Non venite a raccontarmi frottole, *todesco*!» sbottò Maria. «Volete farvi passare per buoni samaritani, forse? Voi e vostro padre sfruttate i bambini!»

Non solo quella donna, notò Klaus Jurgen, pur sotto il viso sciupato e gli abiti modesti, era una bella donna, ma aveva anche del coraggio. Dargli dello sfruttatore davanti agli altri dipendenti dello stabilimento senza temere di perdere il posto non era cosa da tutti. E del *todesco*, per di più! Per un istante reputò che potesse trattarsi di una pazza: non le importava dell'impiego, non le importava di essere licenziata e non pensava alle conseguenze. Ma poi si disse che non aveva l'aria della demente e che forse all'origine del suo bizzarro sfogo ci fosse il sentimento di una madre.

No, lui non avrebbe mai messo il proprio figlio in quella fabbrica a fare scope di saggina, si rispose. Ma non poteva certo confessarlo lì di fronte a tutti.

«Posso sapere il vostro nome, signora?» chiese garbatamente.

«Maria. Maria Sal... Saletto» mentì. Non voleva che il nome di suo padre venisse in alcun modo collegato alla sua triste storia. «Perché?»

«Per sapere con chi ho il piacere di parlare».

«Ah, ecco...»

«Siete una persona notevole, signora Saletto, e non mancherò di riportare a mio padre le vostre lecite osservazioni. Comprendo meglio di quanto pensiate come tutto ciò possa apparirvi sgradevole e in qualche modo ingiusto. Ma sappiate, non come giustificazione sia chiaro ma come semplice dato di fatto, che non siamo i soli imprenditori ad assumere manodopera infantile nelle nostre strutture. Si chiamano leggi di mercato e, per quanto inique o apparentemente immorali, esse vanno rispettate per poter essere concorrenziali. Si dà il caso che spesso tali regole non si sposino con quelle dell'etica e del buon senso, anzi dovrei dire quasi mai, e su questo sono perfettamente d'accordo con voi. Tuttavia quel che pensiamo voi ed io vale ben poco di fronte ai grandi interessi economici internazionali».

«Sì, ma...»

«La delicata posizione che occupo in seno a questa società mi impone d'essere cauto, ma non sordo alla vostra richiesta. Prometto dunque che farò del mio meglio per appoggiare la vostra mozione. Ora, con mio grande dispiacere, vi devo lasciare. Noto che la mia presenza distoglie gli operai dal loro lavoro e noi non vogliamo che il caporeparto si innervosisca e che afferri e accidentalmente spezzi il polso di qualche altro sfortunato. Vero?» disse strizzandole l'occhio.

Il lavoro nel locale si era completamente fermato. Tutti gli operai avevano smesso di interessarsi alla loro occupazione e persino l'aria e il tempo sembravano sospesi.

Il caporeparto fu scosso da un fremito, quasi si fosse appena svegliato da uno strano sogno, un sogno ad occhi aperti. Si bagnò le labbra con la lingua ma non disse nulla.

«Dunque vi saluto, gentile signora» proseguì invece il direttore. «Spero che il lavoro non sia troppo pesante. Arrivederci, a presto».

L'uomo uscì dal grande portone che dava nel cortile interno nel silenzio più assoluto.

Maria era sbalordita. Si sentiva come ipnotizzata. Il tono della voce, le parole usate, i gesti con i quali le aveva accompagnate, tutto di quell'uomo l'aveva colpita. Per quanto gli abiti denotassero la grande ricchezza della sua famiglia, egli, pensò Maria, non ostentava nei modi alcuna arroganza. Non era un fatto usuale tra le persone del suo rango, soprattutto quando si rivolgevano a rappresentanti di ceto inferiore. Maria lo sapeva per aver veduto innumerevoli volte suo padre comportarsi in maniera completamente opposta.

Stava per dire qualcosa quando il caporeparto, recuperate le sue odiose facoltà, le abbaiò contro:

«Ti spiacerebbe tornare al tuo posto, adesso?»

Capitolo diciassettesimo

1902. Calle Civran, Venezia

Eligio sentiva di avere le idee più chiare. Gli era chiaro, ad esempio, che la vita fuori dall'Istituto non era affatto come se l'era immaginata. Che la famiglia non era premurosa e affettuosa come aveva sperato. Che non era piacevole lavorare tutti i giorni per ore e ore faticando a fabbricare scope in silenzio. Che non aveva più amici. Che gli mancavano enormemente Rosapineta e Speranza e tutte le persone che allo Spedale gli erano state vicine durante gli anni della sua infanzia. Che gli mancava l'Istituto, come casa e nido dove si sentiva protetto, al sicuro.

Erano trascorsi più di quattro mesi dal giorno in cui l'uomo con un braccio solo era venuto a prenderlo allo Spedale e tutte le aspettative e i sogni che Eligio aveva nutrito si erano andati pian piano dissolvendo con il passare del tempo. Ora Eligio non sognava più, né aveva aspettative. Anche il suo sorriso si era consumato, così come l'allegria e la fiducia. A volte, nel tragitto da casa al barchino e viceversa, intravedeva la punta del campanile di San Marco. Suo padre gli aveva detto che il campanile aveva il potere di esaudire i desideri dei buoni veneziani. Eligio non avrebbe saputo dire di sé se era o no un buon veneziano. In ogni caso non avrebbe avuto nulla da chiedere, perché non c'era nulla in realtà che desiderasse davvero.

Anche la fiammella più tenace si spegne sotto il soffiare continuo del vento.

Aveva domandato ancora e ancora all'uomo che diceva di essere suo padre come avesse perso il braccio e lui gli aveva dato ogni volta una risposta diversa.

Non riesco proprio a ricordare come vi è capitato quel brutto incidente al braccio, diceva Eligio di quando in quando.

Te l'ho detto cento volte, sbuffava Maso spazientito. *In guerra.*

Ah, già, un colpo di moschetto, vero?

Sì, sì, rispondeva sbrigativamente l'uomo con un braccio solo. *Un colpo di moschetto, ma non domandarmelo più. D'accordo?*

Certo il braccio da qualche parte doveva averlo pur perduto, ma non in guerra. Di questo Eligio sentiva di averne certezza. Con tutta probabilità Marco Caco non era affatto un eroe e forse in guerra non c'era mai stato.

Da quel che gli risultava, l'uomo e la donna non facevano nulla durante il giorno, a parte dormire e bighellonare per Venezia. Ed erano dei bugiardi inguaribili.

Eligio li coglieva spesso in contraddizione l'uno con l'altra, anche per quanto riguardava i loro stessi nomi. Spesso, la sera, dalla fessura della porta della camera, li spiava. Li vedeva confabulare e trafficare, timorosi che lui li scoprisse, dividersi cibo che non era nemmeno arrivato in tavola. Allo stesso modo aveva scoperto che si spartivano il denaro che lui guadagnava alla fabbrica di scope. Mangiava sempre gli stessi cibi: pane, zuppa di cipolle e patate, rape, sarde e qualche pezzo di formaggio. La carne era una rarità.

Quando terminava il lavoro, la donna aveva sempre qualche incarico da affidargli: pelare la verdura, accendere il fuoco, riempire di olio le lampade, spazzare il pavimento, oltre a prendere l'acqua dal pozzo, compito che ormai era divenuto di sua esclusiva pertinenza.

Il pozzo si trovava nel campiello adiacente alla calle. Durante l'inverno appena trascorso, il freddo era stato così intenso che più di una volta l'acqua del pozzo si era gelata ed Eligio era stato costretto a usare l'arpione in ferro che Maso teneva appeso alla parete per spezzare la lastra di ghiaccio e poter prelevare l'acqua.

A volte, quand'era particolarmente sofferente, la donna lo obbligava a massaggiarle i piedi e le gambe con olio di lino, cosa che Eligio trovava insopportabile, poiché maneggiare quelle bianche colonne attraversate da sinuosi sentieri verdastri gli provocava la nausea. Eppure non osava rifiutarsi, perché era la donna, non l'uomo, che gli faceva realmente paura. A volte lei lo afferrava senza motivo per i corti capelli o per il collo e lo guardava in un modo che lo raggelava.

Stai attento con me, gli sussurrava. *Stai molto attento.*

E sebbene Eligio non capisse a cosa dovesse stare attento, cercava ugualmente di comportarsi come meglio poteva. Quella donna aveva una luce negli occhi che qualcuno, allo Spedale, avrebbe senz'altro definito la luce del Diavolo.

Gli indumenti di Eligio erano gli stessi che portava all'Istituto, così come le scarpe.

Non possedeva giochi e l'unico suo svago consisteva nel guardare dalla finestra della camera il campo sottostante. In fondo al campo, oltre il pozzo, c'era quella strana casa di mattoni con il tetto a punta e la statua sulla facciata.

Rappresentava una madonna con i palmi delle mani rivolti verso il cielo, come le ali di una colomba morente, e standо così, giusto al centro della parete, dava quasi l'impressione di restare sollevata a mezz'aria.

Ogni sera, prima di coricarsi, Eligio le si rivolgeva per qualche minuto.

«Madonnina proteggimi» le diceva. «Fai che tutti allo Spedale stiano bene e che non sentano la mia mancanza quanto io sento la loro. Fai anche che la donna cattiva non mi faccia del male. Amen».

Ara bàra cotìro cotàra,
bin bón cotìro sabión,
fighi séchi lèva la bòta compare balòta.

Gli sembrava quasi di sentire la voce di Rosapineta che canticchiava la sua sciocca filastrocca. E il dolore aumentava.

Rimaneva ore, durante la notte, con il capo poggiato al davanzale, a volte piangendo a volte sonnecchiando. Quando si coricava, confuso da quell'incerto succedersi delle ore, frequentemente gli accadeva di svegliarsi pensando che fosse giorno, mentre la luna era ancora alta nel cielo, e al contrario, al mattino, era talmente stanco e assonnato che levarsi dal letto gli risultava faticoso quanto il lavoro alla fabbrica di scope. Spesso, lavandosi la faccia, mescolava le proprie lacrime all'acqua del catino, fingendo di non farci caso, come se quelle lacrime non fossero le sue.

Il suono della sua stessa voce gli diventò estraneo e i sogni notturni si trasformarono sempre di più in incubi spaventosi, dai quali si risvegliava fradicio di sudore e in preda a un terrore incontrollabile.

Durante tutto quel tempo trascorso in solitudine, Eligio ebbe modo di pensare spesso: pensare gli piaceva e lo faceva sentire meno solo.

Rifletteva più che altro su se stesso e sul lavoro alla fabbrica, sugli amici dello Spedale, sul suo triste e incerto destino e sull'uomo con un braccio solo. E quando gli capitava di pensare a quest'ultimo, si sentiva ribollire il sangue di una rabbia che non avrebbe mai creduto di poter provare. Gli era presa l'inspiegabile convinzione che le menzogne di quell'uomo non si fermassero alla storia del braccio e delle decorazioni di guerra, ma che si spingessero ben oltre. Per quanto gli era dato di sapere, era possibile che Marco Caco non fosse nemmeno il suo vero padre e qualcosa di indefinibile dentro il suo cuore lo spingeva a ritenere che così fosse.

Ma in fondo, gli importava ben poco: se quello era un padre, lui non lo voleva, uno così. Ne aveva fatto a meno per quasi undici anni, avrebbe potuto benissimo continuare senza.

Capitolo diciottesimo

1902. Fabbrica di scope Krull, Canale di Fusina, Venezia

Il caporeparto guardava Maria con riprovazione, dall'alto in basso. La piega della sua bocca dimostrava disprezzo, ma anche un briciolo di invidia. Erano passati alcuni giorni dal colloquio che la donna aveva avuto con il figlio del proprietario della fabbrica e, contrariamente a quanto il caporeparto si aspettava, Maria non era stata licenziata.

«Io ti avrei messa in mezzo alla strada!» le disse. «Hai davvero una bella faccia di *tolla* a dire certe cose a chi ti paga lo stipendio!»

Maria seguitò a rollare i fasci di saggina senza nemmeno alzare la testa.

«Non hai davvero ritegno» proseguì l'uomo incombendo su di lei con la sua ombra minacciosa.

Qualcuno, tra gli operai, annuì. A quei tempi non era concepibile mettersi a discutere con il direttore di una fabbrica, figurarsi con il figlio del proprietario. Ma ciò che aveva spinto Maria ad affrontare Klaus Jurgen era quel che avrebbe invece consigliato a qualsiasi altro operaio di restarsene zitto al suo posto: l'estrazione sociale.

Maria proveniva da una famiglia benestante, i cui membri erano stati abituati a misurarsi e a discutere con chiunque, fossero anche rappresentanti di cariche istituzionali. Le appariva quanto mai logico e naturale chiedere spiegazioni, cercare di capire e, se possibile, suggerire miglioramenti. Ora, però, che la sua situazione sociale era radicalmente mutata, sarebbe stato più saggio per lei prenderne atto e adattarvisi.

Pentita di averlo aggredito a quel modo, Maria si ripromise di avvicinare alla prima occasione il giovane direttore per presentargli le sue scuse sincere. Aveva detto bene quel mastino in camice nero: era stata fortunata a conservare il posto alla fabbrica. Un altro forse l'avrebbe licenziata lì, su due piedi, di fronte a tutti, e Dio solo sapeva quanto bisogno avesse Maria di un lavoro fisso.

Quella stessa sera, al termine dell'orario, anziché dirigersi al molo della Beata Giuliana e imbarcarsi per Venezia, Maria percorse tutto il perimetro dello stabilimento fino alla porta affacciata sul Canale dei Lavraneri che recava la targhetta: DIREZIONE.

«Che vuoi tu qui?» le chiese sgarbatamente un impiegato che stava uscendo.

«Sto cercando il signor Krull» rispose Maria con voce sommessa.

«Il direttore? E perché un'operaia dovrebbe mai voler vedere il direttore?» L'uomo sembrava sorpreso.

«Devo assolutamente parlargli».

«A proposito di cosa?»

Maria puntò gli occhi verso l'uomo. Avrebbe desiderato rispondere che s'impicciasse di quel che lo riguardava, ma trattenne la lingua e disse soltanto:

«Sono stata sgarbata con lui e vorrei tenere il mio posto».

Sul volto dell'impiegato scivolò un sorriso viscido e malizioso. Maria lasciò che pensasse ciò che voleva.

«Vedo se è ancora in ufficio» disse l'uomo. «Tu aspetta qui». Dopodiché sparì all'interno dell'edificio.

Riapparve qualche minuto più tardi.

«Sei fortunata» disse. «Non solo il direttore Krull è ancora in ufficio, ma ha anche acconsentito a che ti faccia accomodare».

Maria ringraziò.

«Devi avere qualche santo in Paradiso!» esclamò l'uomo. «O forse qualche dote nascosta». Le fece un cenno in direzione della scala. «Sali al secondo piano e prendi la terza porta a destra. C'è scritto *Direttore*. Sempre che tu sappia leggere...»

Maria si morse la lingua e sforzandosi di sorridere lo salutò.

L'ufficio di Klaus Jurgen Krull era del tutto diverso da come Maria si aspettava. Era una stanza piuttosto angusta, arredata semplicemente, con rigore, e molto funzionale. La scrivania era piccola, in legno di abete chiaro, e ingombra di carte. Klaus Jurgen era in maniche di camicia, la cravatta slacciata, un ciuffo ribelle gli cadeva giusto sugli occhi.

«Signora,» la salutò alzandosi in piedi quando Maria entrò nella stanza «che piacere rivedervi!» Si sistemò il ciuffo con un rapido gesto della mano.

Maria si fermò sulla soglia, sorpresa. Forse, pensò, la stava scambiando per qualcun'altra, forse per un'amica del bridge o per una compagna di gite in barca a vela. Ma poi si disse che non era possibile, se non altro per via degli stracci che indossava.

«Vi prego» disse il giovane porgendole una sedia. «Mettetevi comoda. Il mio segretario dice che desiderate parlarmi».

«Esattamente, signor direttore» rispose Maria rimanendo in piedi vicino alla porta.

«Sedete, forza!»

«Non vorrei sembrarvi invadente...»

«Invadente? Per nulla! È piuttosto infrequente, per non dire raro, che un dipendente chieda di parlare al direttore. Per quanto debba sottolineare che voi, come donna, avete ampiamente dimostrato di essere dotata di un'intraprendenza e una risolutezza fuori dal comune!»

«Proprio di questo vorrei parlarvi...»

«Prima sedete. Vi prego».

Maria accettò con reticenza, prendendo posto in cima alla sedia posta di fronte alla scrivania.

«Grazie» mormorò a disagio.

Seguì un lungo intervallo di silenzio.

«Be', dunque parlate» la esortò il direttore.

Maria si guardò intorno. Alle spalle della scrivania era collocato un enorme schedario i cui cassetti semiaperti vomitavano fogli e cartelle in quantità. Dovunque vi erano diagrammi, appunti e documenti scritti fittamente.

«Lavorate sempre così a lungo voi?» chiese incuriosita.

«E voi?»

«Io ho appena terminato...»

«Io non ancora. Non mi è mai sembrato giusto lavorare meno dei propri operai. E poi, anche se non volessi, qui c'è sempre tanto da fare...»

«Lo vedo. Però, se mi è concesso dirlo, dovreste tenere più in ordine il vostro ufficio. Un simile caos non si addice al proprietario di una fabbrica».

«Infatti il proprietario è mio padre, non io».

«Queste sono sottigliezze».

«Credete?»

Maria ripensò ai rapporti con suo padre, Settimo Salieri, facoltoso commerciante, e si disse che alle volte i legami di parentela erano tutt'altro che sottigliezze e che quel che era del padre non sempre andava ai figli. Così non rispose.

«È di questo che dovevate parlarmi?» chiese Klaus Jurgen. «Del disordine del mio ufficio?»

«No... In realtà io... ho ripensato a quello che vi ho detto qualche giorno fa...»

«Anch'io ho avuto modo di riflettere...»

«Sì, ma io volevo dirvi che vi sarò sembrata senza dubbio sfacciata, arrogante e presuntuosa. E voi sicuramente avrete pensato di me che mi permettevo di dare consigli e giudicare senza sapere nulla, né di fabbriche, né di produzione, né di operai, né di tutto quello che ci va appresso. E così, mi sono detta, il povero signor direttore si sarà sentito aggredito, per una colpa che probabilmente non è nemmeno sua e che forse non è nemmeno una vera colpa e io... sì, insomma... io, sapete, ho bisogno di questo lavoro e non è stato facile. Non voglio tediarvi con le mie tristi questioni personali ma è che io... voglio dire... non è che ora, se non mi scuso, perdo il posto?»

Klaus Jurgen ebbe un istante di esitazione, quindi scoppiò in una sonora risata. Maria lo guardò sbalordita.

«Perdonate!» disse quando si fu ricomposto. «Non intendevo ridere di voi. È che... è che siete come un fiume in piena!»

«Un fiume in piena?»

«Siete partita dritta come un treno e io... ho fatto fatica a starvi dietro!»

Maria si lasciò scappare uno sbuffo d'impazienza. «Intendevo dire che desidero scusarmi per quello che vi ho detto l'altro giorno alla fabbrica!»

«E che avete mai fatto di così grave da dovervi scusare con me?»

«Ve l'ho appena detto! Non si è mai sentito di un'operaia che consiglia il direttore su come gestire la propria fabbrica! Mai!»

«Questo lo dite voi, mia cara signora... Qual è il vostro nome? Mi spiace non rammentarlo...»

«Sal... Saletto».

«Maria, mi pare...»

«Sì, Maria. È il mio nome».

«Dunque, signora Maria. Permettete che vi chiami Maria, vero?»

Maria acconsentì.

«A mio modo di vedere non vi è nulla di male nel riferire a un superiore una lamentela o un'osservazione che peraltro, com'è accaduto nel vostro caso, si rivela arguta e pertinente».

Maria dubitò che quell'uomo stesse davvero parlando con lei. O che, in alternativa, fosse del tutto sano di mente.

«In quanto ai modi, non sono certo io l'esempio migliore. Dunque non avete di che scusarvi, Maria».

«Voi mi confondete» disse arrossendo.

«Non è affatto mia intenzione confondervi. Vi dirò che ho già provveduto a informare mio padre della questione...»

«Quale questione?»

«Dei bambini operai! Non parlavate di questo?»

«Certo, ma...»

«Mio padre è un osso duro, ma penso di riuscire a convincerlo a ridurre le ore di lavoro dei minorenni».

«Sarebbe una bellissima cosa» disse Maria. «Ma non si potrebbe abolire direttamente la loro presenza in fabbrica?»

Klaus Jurgen sorrise. «Siete davvero una donna indomabile, Maria. E vi ammiro per questo».

«Voi ammirate me?»

«Sicuro! Siete una donna da ammirare. Avete le idee chiare e chiari obiettivi da realizzare».

«Che ne sapete voi dei miei obiettivi?»

«So che avete in progetto un figlio, perché solo una madre, o una futura madre, avrebbe a cuore in tal modo la causa dei bambini. E so che è per questo che vi serve il lavoro».

Maria abbassò lo sguardo sentendo gli occhi farsi liquidi.

«Ho toccato un tasto delicato» disse Klaus Jurgen facendosi avanti. «Mi dispiace...»

«Non avete colpe voi... Anzi, siete una persona gentile e sensibile...»

«Ora sarò io ad arrossire!»

«È meglio che vada».

«Lasciate che vi accompagni».

«Grazie. Andrò da sola».

«Ho un barchino...»

«Preferisco arrangiarmi, grazie».

«Come desiderate».

«Dunque, scuse accettate?»

«Accettate!»

«Arrivederci, allora».

«Arrivederci Maria».

Klaus Jurgen si rimise al lavoro, ma ci volle molto tempo perché la sua attenzione tornasse a concentrarsi sui documenti che stava esaminando prima della visita di Maria.

Quella donna, pensava, era uno squarcio di luce nelle tenebre della notte, una rondine delicata in uno stormo di piccioni. Aveva un viso dolce e forte allo stesso tempo e, sebbene le difficoltà della vita vi avessero lasciato tracce riconoscibili, ancora bellissimo, caratterizzato da due occhi azzurri come l'acqua di una risorgiva e da una pelle candida come latte. I suoi modi e il suo linguaggio non appartenevano alla realtà del mondo operaio e ciò incuriosiva oltremodo Klaus Jurgen. Che ci faceva, si domandava, una donna come quella in una fabbrica di scope ad arrotolare mannelli? Qual era il suo passato? Cosa celava quello sguardo immalinconito?

Capitolo diciannovesimo

1902. Spedale della Pietà, Venezia

La seconda settimana di luglio, in tutta la città di Venezia non si parlava d'altro: una fessura, come una lunga e brutta cicatrice, zigzagava sul lato nord del campanile di San Marco lungo l'asse dei finestrini.

Una mattina Ambrogio Corsini, il maestro del coro, giunse all'Istituto trafelato.

«Stanno allacciando l'angolo del campanile!» diceva a tutti quelli che incontrava. «Con le funi d'acciaio!»

«Chi? Chi le allaccia?»

«Quelli dell'Ufficio Monumenti! Dicono che rischia di venire giù!»

«Impossibile!» rispose il segretario generale Trevisan apprestandosi a uscire. «Il campanile di San Marco se ne sta lì da quattro secoli e seguiterà a starci! Si vede che voi, con tutto il rispetto, non ne capite un'acca di edilizia, caro il mio maestro. Andate, andate. Su, svelto, le ragazze vi stanno aspettando!»

Domenica 13, però, la fessura raggiunse la cella campanaria e il prefetto decise di proibire l'accesso al campanile e l'utilizzo delle campane. Anche il segretario generale, a quel punto, dovette ricredersi. L'intera città stava col fiato sospeso in attesa di notizie, come una famiglia riunita al capezzale di un malato.

Lunedì la giornata si mostrò torrida fin dall'alba. Non appena il sole si fu levato, riscaldò l'aria fresca della notte e in capo a poche ore l'afa si fece soffocante.

Rosapineta si svegliò come sempre appena dopo l'alba e, fatta colazione nel refettorio, si recò insieme alle altre ragazze in chiesa per le orazioni mattutine. Al termine chiacchierò brevemente con Speranza del gran caldo e del fatto che la notte si riposava male. Poi, lasciata l'amica alle prove da solista, raggiunse il locale lavanderia.

Occuparsi della biancheria del baliatico era una delle attività che Rosapineta preferiva. Il profumo delle lenzuola linde e dei camicini, l'umidore degli asciugatoi, la fragranza del sapone da bucato le rammentavano l'infanzia, quando, all'insaputa delle suore e delle balie, si accostava alle stanze del baliatico appagandosi del loro odore.

Ma più il tempo passava e più la mancanza di Eligio si faceva sentire, più Rosapineta avvertiva una spaccatura che giorno dopo giorno le lacerava il petto inaridendola. A volte aveva come l'impressione di non riuscire a respirare e che sarebbe morta di lì a poco, per mancanza d'aria nei suoi secchi polmoni. In quei frangenti la prendeva la folle idea di infilare la porta e di andarsene per sempre, lasciando che la vita le restituisse l'aria, facendo infine di lei quel che voleva. Ma poi rinsaviva poiché sapeva, a dispetto delle sue convinzioni progressiste, di non essere avventata a tal punto. Altre volte, invece, sognava di trovare un marito e costruire una famiglia propria e riservare a dei figli suoi tutto l'amore che l'assenza di Eligio sembrava ora averle improvvisamente sottratto.

Din don campanon
quatro muneghe sul porton,
una che fia
una che raspa

una che fa capei de pasta,
una che prega san Matìo
che ghe manda un bon mario,
bianco rosso e incoiorìo
come un petaeo fiorìo.

E in mezzo a questo dolore e a questi sogni vi erano le attività quotidiane che Rosapineta trascinava sempre più stancamente, preda ormai di un'apatica indifferenza. Non si sentiva legata alla Pietà, non aveva tatuaggi né sotto i piedi, come suor Angiolina e suor Elpidia, né sul cuore, come la sua amica Speranza. Mai come in quel momento lo Spedale, anziché il rifugio sicuro che era stato per tutta la vita, sembrava a Rosapineta una prigione, un luogo ostile dal quale allontanarsi.

La lavanderia disponeva di due stufe adibite ad asciugatoi. Le pareti adiacenti erano perennemente abbrustolite e Rosapineta, di tanto in tanto, si divertiva a incidervi delle frasi con la punta della spilla che portava sulla pettorina del grembiale. Quella mattina, tolta la biancheria dagli asciugatoi e riposta sui tavolacci utilizzati per stirare, Rosapineta aprì la spilla e, badando a che nessuno la scorgesse, s'inginocchiò a ridosso di una parete e scrisse:

CAMPANIL CHE AVVERI
DEI GIUSTI I DESIDERI,
FA' CHE UN GIORNO ANCH'IO
ABBIA UN BIMBO TUTTO MIO.

All'improvviso fu interrotta da un rumore assordante. Pensò che si trattasse del rombo cupo di un temporale in arrivo, anche se le parve strano perché quella mattina il cielo era bianco d'umido, ma sgombro di nubi e senza un alito di vento. Incuriosita, Rosapineta si alzò e andò alla finestra per capire cos'era stato.

«Il campanile!» gridavano alcune persone nella calle. «Il campanile è crollato!»

Si sentivano passi affrettati e un andirivieni frenetico.

Rosapineta ebbe qualche istante di esitazione, indecisa sul da farsi. Quindi, si tolse il grembiale e, conscia di infrangere il regolamento, uscì in strada precipitandosi in direzione di piazza San Marco.

Capitolo ventesimo

1902, 14 luglio. San Marco, Venezia

Un'enorme nuvola di polvere e detriti galleggiava sopra piazza San Marco arrivando fin oltre i limiti delle Procuratie. Sul selciato della piazza nemmeno un colombo: si erano alzati tutti in volo in un frullare assordante d'ali pochi istanti prima che il campanile se ne venisse giù.

I pochi passanti presenti a quella primaticcia ora del mattino erano attoniti, incapaci di reagire a quanto si era appena verificato davanti ai loro occhi, ma soprattutto increduli che potesse essere accaduto davvero. Qualcuno aveva il capo ricoperto di polvere, qualcun altro era bianco in viso dalla paura. Da ogni angolo della piazza accorreva gente strillando e agitandosi.

«È caduto il campanile!» si sentiva urlare.

«Si è seduto! Si è accasciato!»

«*No ghe xe più! No ghe xe più el campanìl!*»

Le guardie e i militari arrivarono con i loro fischietti e chi non sapeva che cosa fare fischiava. Si udivano fischi acuti, che si univano alle urla delle persone.

E quando finalmente il gran polverone iniziò a depositarsi e dalla caligine comparve quel che restava del campanile, la gente ammutolì e anche i fischietti si placarono.

Il cumulo di macerie sembrava un'aguzza collinetta la cui sommità raggiungeva la loggia del primo piano di Palazzo

Ducale. Per qualche istante fu come se la piazza si trovasse al cospetto di un insigne dignitario accidentalmente defunto. Per qualche istante l'unico suono fu quello delle caponere nel canale che, ignare di tutto, continuavano il loro ritmico viavai. Per qualche istante negli animi delle persone presenti regnarono lo sgomento e l'impotenza.

I 98,6 metri del campanile non avevano retto alle crepe del tempo e dopo oltre quattrocento anni si erano arresi alla forza di gravità, assegnandosi arbitrariamente una meritata pensione.

Uno dei simboli di Venezia se ne andava, usciva di scena con un finale degno del miglior melodramma. Un'uscita di scena discreta, senza fanfare, senza recare eccessivo disturbo: né morti, né feriti, né danni irreparabili agli edifici adiacenti, solo tanta polvere. Un bel modo di andarsene, pensava più di qualcuno.

Erano le nove e quarantasette di lunedì 14 luglio. Maso, l'uomo dal braccio solo, ed Eligio, il ragazzino zoppo, si trovavano come tanti altri al cospetto della salma del campanile di San Marco, il vecchio *padrone di casa*, inaspettatamente deceduto.

«Mi fanno male i piedi!» aveva detto la sera precedente Eligio al termine della cena.

«Anche a me!» gli aveva risposto acida Aristea. «Ma non faccio tutte le scene che fai tu!»

«Ma ho le vesciche!»

«Quanto la fai lunga!»

Maso si era chinato a guardare i piedi del ragazzo.

«Queste scarpe sono strette» aveva osservato. «Se non riesce a stare in piedi come farà a lavorare?»

Durante quegli ultimi mesi i piedi di Eligio erano cresciuti e ora, nelle vecchie scarpe, stavano torti e restrinti come le radici di una pianta in un vaso troppo piccolo. Le unghie gli dolevano e i talloni erano ricoperti di bolle e di umide piaghe.

«Domani andremo al mercato dell'usato di Santa Maria Formosa. Vedrò di trovarti degli scarpini di seconda mano» aveva dichiarato Maso.

«Non vorrai che manchi al lavoro?» aveva esclamato Aristea contrariata. «Significa un giorno di paga in meno!»

«Se queste vesciche non si sistemano sarà costretto a saltarne più d'uno...»

«Tutte sciocchezze! È solo uno scansafatiche!»

«Ti dico che non può lavorare in queste condizioni».

«Sei un debole. E un povero babbeo. Ti fai infinocchiare dai capricci di un moccioso!»

Maso non aveva replicato, ma il mattino seguente, infischiandosene dei taglienti commenti e delle occhiatacce di Aristea, aveva condotto Eligio al mercatino dell'usato di Santa Maria Formosa dove, per tre lire, aveva acquistato dei morbidi stivaletti di pelle nera.

«Come ti vanno?» aveva domandato a Eligio mentre si avviavano verso San Marco.

«A meraviglia! Sono morbidi come panetti di burro!»

«Ora però te li devi meritare».

«Cosa intendete?»

«Hai inteso cos'ha detto ieri sera la tua matrigna? Devi ripagare la giornata persa alla fabbrica e il costo degli stivaletti».

«E come potrò fare?»

«Oh, sono sicuro che troveremo la maniera...» aveva risposto Maso sorridendo in quel modo sudicio, mellifluo e carico di disgustose promesse che Eligio trovava sempre più inquietante. Poi gli aveva accarezzato la testa e il ragazzino si era discostato, infastidito.

In quel preciso momento il campanile era crollato.

«Che diavolo succede?» aveva esclamato Maso. Dopo pochi istanti si era precipitato tutto agitato in direzione delle macerie.

Eligio era rimasto da solo, sotto la Torre dell'Orologio, stordito da quel che stava accadendo. La gente correva e gridava in preda al panico.

In un istante di lucida consapevolezza, Eligio realizzò che se da un lato gli erano mancati i desideri da affidare alle cure del vecchio campanile affinché esso li potesse realizzare, dall'altro il campanile stesso gli offriva in quel preciso momento la possibilità di desiderare alfine qualcosa per se stesso.

Così desiderò quel che realmente gli mancava: essere libero, lasciare quell'uomo che non sentiva come padre e il lavoro alla fabbrica di scope che non si addiceva a un ragazzino della sua età.

Ebbe un istante di esitante stupore, non più per il campanile in ginocchio, ma per l'occasione che gli si presentava, si guardò intorno e finalmente si mise a correre, come sempre con la sua caratteristica andatura asimmetrica.

Stava già per sparire inghiottito dagli archi delle Procuratie quando sentì l'uomo dal braccio solo che gridava alle sue spalle:

«Dove scappi, maledetto? Torna indietro!»

Eligio voltò la testa e le sue gambe rallentarono indecise se proseguire o meno.

«Se ti piglio ti do io una bella lezione!» sbraitava Maso agitando per aria il pugno.

Eligio mise da parte qualsiasi indecisione e riprese a correre.

E mentre correva pensava a Rosapineta. Non si sarebbe mai fermata, lei. Rosapineta avrebbe corso a perdifiato lontano da quell'uomo e da quella sudicia casa, via da quel lavoro faticoso e da quella vita vuota e inutile.

E mentre pensava a Rosapineta, le lacrime cominciarono a riempirgli gli occhi e a scorrergli giù lungo le guance, inarrestabili e liberatorie.

Capitolo ventunesimo

1902, 14 luglio. San Marco, Venezia

Rosapineta si avvide di avere accanto a sé la madre superiora, che con un occhio scrutava le macerie del campanile e con l'altro guardava lei, rea di trovarsi in un luogo in cui non avrebbe dovuto.

«Che disastro...» mormorò scuotendo la testa.

Rosapineta annuì. Piazza San Marco senza il suo campanile, stava pensando, era come un re senza corona o Venezia senza l'acqua alta. E in quanto al suo desiderio, un campanile crollato non l'avrebbe di certo potuto esaudire.

«Guarda» disse suor Deodata indicando qualcosa tra le macerie. «La pietra del bando ha impedito il crollo della colonna d'angolo del campanile salvando la Basilica. È un segno di Dio. Dio ha voluto preservare la Basilica».

Rosapineta annuì, rallentata nelle reazioni a causa dello shock. Non poté tuttavia evitare di chiedersi che cosa volesse dire Dio mettendo a sedere il campanile, se non forse che quanto lei aveva scritto sul muro accanto all'asciugatoio era una frivolezza che non rientrava nei Suoi piani.

«È senz'altro un segno divino!» proseguì suor Deodata. «Perché, vedi, non ci sono stati feriti. E questo è senza dubbio un miracolo!»

Nella piazza, dopo il gran fragore e le voci, le corse, i richiami, regnava un silenzio innaturale, un silenzio come d'attesa. Un fotografo, posizionato il cavalletto, si avvicinò alle due donne.

«Vi potete togliere dall'inquadratura?» chiese gentilmente.

«Fermo!» gridò all'improvviso una voce.

Il fotografo si bloccò convinto che qualcuno ce l'avesse con lui. E mentre suor Deodata si avvicinava alla pietra del bando per verificare l'entità del miracolo divino, Rosapineta si volse verso il centro della piazza a guardare chi fosse l'autore dello strillo che aveva avuto il potere di ridestarla.

Un uomo agitava minaccioso nell'aria il suo unico pugno. Una manica della giacca, vuota del braccio, era ripiegata su se stessa.

«L'uomo con un braccio solo!» esclamò Rosapineta cominciando a guardarsi intorno. Cercava Eligio.

«Fermo!» ripeté l'uomo in direzione delle Procuratie. «Torna indietro o sarò costretto a darti una bella lezione! Ingrato!»

Capitolo ventiduesimo

1902, 14 luglio. San Marco, Venezia

Sentiva i passi dell'uomo con un braccio solo dietro di sé. Lo stava inseguendo, furibondo.

Eligio correva come la sua gamba deforme gli permetteva di fare, ma comunque troppo lentamente rispetto al suo inseguitore. E fortuna che i nuovi scarpini erano larghi e che grazie a ciò le vesciche non gli dolevano troppo, altrimenti non avrebbe avuto alcuna possibilità. Infilava una calle dietro l'altra, ignaro di dove queste l'avrebbero condotto, sperando soltanto di non ritrovarsi all'improvviso in un vicolo cieco. A quel punto la sua unica possibilità sarebbe stata quella di gettarsi in un canale e, considerando che non sapeva nuotare, non gli sembrava la migliore delle idee possibili.

«Più fatica mi farai fare,» gridava l'uomo «più pesante sarà la tua punizione!»

«Aiutatemi!» implorava Eligio incontrando i passanti. «Un uomo mi insegue! Aiuto!»

Ma la maggior parte delle persone si scansava sorridendo o, al più, infastidita. C'era un sacco di ragazzini disubbidienti in giro e troppo permissivismo, pensavano alcuni.

«È mio figlio!» rispondeva Maso incrociando le persone. «Ora lo riporto a casa e gli insegno l'educazione!» E così facendo sperava che qualcuno gli desse una mano e bloccasse il ragazzino.

Era ormai molto vicino, al punto che allungando il braccio sarebbe forse riuscito a toccargli la schiena. Eligio si trascinava inciampando di continuo, sbattendo addosso alle persone e ai banchetti che si trovavano all'esterno delle botteghe, rischiando di finire lungo disteso da un momento all'altro, e già si vedeva alla mercé dell'ira furibonda della donna di Maso.

Invece, a un certo punto, fu proprio Maso a inciampare. Sentì qualcosa colpirgli gli stinchi e senza avere il tempo di capire cosa fosse o da dove piovesse, si ritrovò catapultato a peso morto contro una pila di casse di verdura all'angolo di una calle.

«Che diavolo...?»

Un ragazzino scuro di carnagione e di capelli saltò fuori dal nulla con un pomodoro in mano.

«Vergognati!» gli disse. Dopodiché lo colpì con il pomodoro in piena faccia.

«Corri! Corri!» gridò poi a Eligio, che nel frattempo si era fermato nell'udire il frastuono alle sue spalle. «Squagliamoci!»

Il ragazzino raggiunse Eligio e tirandolo per la camicia lo costrinse a infilarsi in una calle perpendicolare a quella nella quale si trovavano.

«Chi sei?» chiese Eligio con un occhio alla strada e uno al nuovo arrivato.

«Non ha importanza!» rispose il ragazzino. «Stammi dietro!»

Ben presto però si avvide del difetto di Eligio. «Che hai fatto alla gamba?» volle sapere.

«Sono nato così».

«È un guaio, se vogliamo toglierci quel tipo di dosso. Entra qui!» Spinse Eligio all'interno di un portone che si apriva in un cortile.

«Perché ce l'ha con te?» domandò il ragazzino fermandosi a riprendere fiato. Portava pantaloni di panno al polpaccio e bretelle di cuoio, la camicia frettolosamente infilata nelle braghe e scarpe grosse da adulto. Il suo era il tipico abbigliamento dei ragazzi senza casa e senza famiglia.

«È mio padre».

«Tuo padre?»

«Sì, ma io non voglio più stare con lui».

Il ragazzino controllò la strada al di là del portone. «Quello non può essere tuo padre» disse.

«Ah, no?»

«Quello è Maso. Lo conosco bene e non ha mai avuto figli!»

«Il suo vero nome è Marco. Marco Caco».

Il ragazzino scoppiò a ridere. «E tu c'hai creduto?»

«Perché?»

«Marco Caco è un nome di fantasia! È come una barzelletta! Non esiste nessuno che si chiami così!»

«Ti sbagli, perché si dà il caso che sia il nome di quell'uomo» rispose Eligio risentito. Aveva dei grossi dubbi sulle storie raccontate da suo padre, così come aveva dei grossi dubbi circa il fatto che fosse realmente suo padre, ma non aveva nessuna intenzione di passare per un babbeo fatto e finito.

Il ragazzino rise. «Tu sei suonato! Suonato come un'ocarina! Quello è Maso. Un ladro e un truffatore conosciuto in tutta Venezia! Non ha mai avuto figli, fidati!»

«Ma lui aveva il segnale...»

«Quale segnale?»

Eligio raccontò brevemente chi era e da dove veniva e di come l'uomo dal braccio solo si era presentato un giorno all'Istituto.

Il ragazzino si stava sbellicando dalle risa. «Sei davvero un ingenuo! Non ha mai fatto la guerra, quello. Ha solo rubato, truffato e ingannato il prossimo! Come te lo devo dire?»

Eligio era confuso. Se quell'uomo non era suo padre, allora lui non aveva nessuna famiglia, né una casa. Ma se quell'uomo non era suo padre, era anche libero di tornare da Rosapineta, libero di non lavorare più alla fabbrica di scope, libero di avere ancora un futuro. E questo pensiero ebbe il potere di farlo sentire meglio.

Schiacciati contro il muretto del cortile, i due ragazzini trattennero il respiro mentre Maso passava ansimante per la calle. Lo udirono imprecare sottovoce, procedere oltre il portone, ritornare sui propri passi e infine andarsene svoltando verso la Scuola Grande di San Teodoro. Il ragazzino sporco e arruffato mise la punta del naso al di là del muretto.

«Via libera» sussurrò.

Piegarono a destra, nella direzione opposta rispetto a quella presa da Maso.

«Io sono Lestamano» si presentò.

«Lestamano?»

«Sicuro! Perché ho la mano più veloce di Venezia!»

«Veloce a fare cosa?»

Lestamano rise battendosi una coscia. «Sei davvero buffo! Sono lesto a rubare! Che altro?»

Eligio lo guardò sgranando gli occhi. «Sei un ladro?»

«Ci puoi scommettere!» rispose Lestamano borioso. «E bravo, anche! E tu? Ce l'hai un nome tu?»

«Eligio».

Lestamano fece una smorfia. «Che nome triste!»

«È il mio nome...»

«Ti serve un nome d'arte!» disse grattandosi la testa.

«Ce l'ho già un nome!» protestò Eligio.

«Ti chiamerò Dondolo, perché quando cammini dondoli un po' di qua e un po' di là!»

«Non mi va di essere chiamato Dondolo» disse Eligio mettendo il broncio. E subito gli tornò in mente quando solo pochi mesi prima, ma in un tempo che a lui pareva ormai lontanissimo, Rosapineta lo chiamava *zoppetto*. Zoppetto o Dondolo in fondo, che differenza faceva?

«Eccovi qui!» urlò una voce conosciuta.

Maso era spuntato all'improvviso da una svolta brandendo il bastone che Lestamano aveva usato per farlo cadere poco prima.

«*Boia pignata!*» esclamò Lestamano. «Di qua!»

Presero per un campo e di lì per la calle che vi si apriva ma, sbucati su Canal Grande, ebbero un'amara sorpresa. Si trovavano poco distanti dal ponte di Rialto e l'unica via di fuga era la stessa calle stretta dalla quale erano venuti. Maso la occupava per intero, avanzando minaccioso.

«Siamo spacciati» piagnucolò Eligio.

Lestamano si guardò intorno quindi sorrise. «Non ancora» rispose. «Sei capace di saltare con quella gamba che ti ritrovi?»

«Saltare cosa?» domandò Eligio preoccupato.

«Quando ti dico di saltare, tu fai come me. Chiaro?»

«Stavolta non mi scappate» stava dicendo Maso. «Prima do una bella ripassata a quel ladruncolo e poi riporto a casa la gallinella dalle uova d'oro...»

«Salta Dondolo!!!» gridò Lestamano. E Dondolo saltò.

Capitolo ventitreesimo

1902, 14 luglio. San Marco, Venezia

«L'ho visto!» disse Rosapineta alla madre superiora che nel frattempo l'aveva raggiunta.

«Visto? Visto chi?»

«Quell'uomo!»

«Di che uomo stai parlando, si può sapere?»

«Quello che è venuto a prendere Eligio. L'uomo senza un braccio!»

«E allora?»

«Stava in mezzo alla piazza a gridare! Diceva *se ti prendo di darò una bella lezione*!»

«Ed è una cosa proibita dalla legge?»

«No, ma... Sono sicura che ce l'aveva con Eligio!»

«Avrà le sue ragioni. Non ci riguarda».

«Ma...»

Suor Deodata poggiò una mano sulle spalle di Rosapineta in un gesto che mal si addiceva alla sua indole dura e altera. «Eligio non ci riguarda più» disse. «La sua vita ora è solo sua. Qualunque cosa succeda».

Rosapineta non era d'accordo e fosse stata solo un po' più giovane si sarebbe prodotta in uno dei suoi rabbiosi *grrr*. Invece prese un gran respiro e annuì.

«Su, torniamo allo Spedale» disse suor Deodata. «Ora qui avranno da lavorare».

Rosapineta guardò un'ultima volta in direzione delle Procuratie, quindi s'incamminò a testa bassa verso l'Istituto.

Gli stati d'animo delle due donne, mentre rientravano allo Spedale, non avrebbero potuto essere più dissimili e lontani.

Rosapineta era turbata. I suoi propositi di crearsi un giorno una vita al di fuori dell'Istituto scricchiolavano come le vecchie briccole sotto la furia di una mareggiata. Era davvero il segno di Dio il crollo del campanile? Che Dio si fosse preso un tale disturbo solo per redarguire una ragazza che tutti consideravano mezza matta era a dir poco strabiliante. E se si fosse trattato della *chiamata*, della vocazione che proprio in quei giorni aveva finalmente raggiunto Speranza? E se tutto, si chiedeva, se tutto aveva dunque un significato, cosa rappresentava la presenza di Eligio e dell'uomo con un braccio solo in piazza San Marco? Il suo istinto le suggeriva che Dio avesse faccende ben più importanti di cui occuparsi, e che Eligio, invece, si trovasse nei guai.

Suor Deodata, superato il trauma per il crollo del campanile, era tornata con la mente alla restituzione di Eligio. Fin da principio quella storia non l'aveva convinta. Nessun documento prodotto, nessun testimone. La faccenda dell'amnesia, poi, le era parsa da subito poco convincente. E infine l'uomo senza un braccio, con quel nome bizzarro, troppo vecchio per essere il padre di un bambino così piccolo. Nonostante tutto ciò, ella non si era opposta alla restituzione, lasciando la responsabilità della decisione finale nelle mani del segretario generale.

Ora che erano trascorsi parecchi mesi e che di Eligio non aveva avuto nessuna notizia, suor Deodata cominciava a temere di aver commesso un errore. Ne avrebbe parlato a Ignazio Trevisan e avrebbe preteso che il signor Caco venisse a rendere notizie sulle condizioni del piccolo Eligio. Quando aveva detto a Rosapineta che la vita di Eligio ormai era soltanto sua e che non riguardava più lo Spedale, la madre superiora sapeva di mentire.

La vita di un trovatello rimaneva per sempre legata allo Spedale, indipendentemente da tutto.

Capitolo ventiquattresimo

1902, 14 luglio. Canal Grande, Venezia

Eligio chiuse gli occhi e saltò, ma anziché ritrovarsi ad annaspare nel canale, finì sul ponte di un barchino che trasportava sacchi di farina.

«Cosa fai qui sul mio barchino?» stava chiedendo a Lestamano l'uomo che manovrava il remo.

«Scendiamo subito, Susina, non ti preoccupare!»

Eligio guardò verso la riva, dove l'uomo con un braccio solo li osservava mandando occhiate cariche di odio. Le sue labbra si muovevano imprecando e maledendo, mentre il bastone che reggeva sbatteva ritmicamente contro le briccole dell'approdo. Fu in quel preciso momento che Eligio ebbe la certezza che quello non era suo padre ma uno spregevole impostore.

«Fuori!» gridava Susina rosso in volto. «Fuori dal mio barchino, *òstia*!»

«Ce ne andiamo, stai calmo». Lestamano si appoggiò alla sponda del barchino e guardò in su e in giù lungo il canale. C'erano moltissime imbarcazioni che lo percorrevano, in un senso e nell'altro. Gondole, *barchète* adibite a trasporto merci, piccole chiatte, peate, caorline, topi e, naturalmente, caponere.

«Stai pronto!» disse Lestamano rivolto a Eligio.

«Pronto a fare cosa?»

«A saltare di nuovo!»

Nel frattempo Maso stava salendo a bordo di una gondola carica di turisti inglesi.

«*Ouh!*» fecero i turisti. «*What happens?*»

«*Ti xe mato?*» disse invece il gondoliere.

«Salta!» gridò Lestamano spiccando il balzo. Ed Eligio ancora una volta lo seguì.

Sorvolarono le scure e agitate acque del Canal Grande atterrando sopra una barca attrezzata per trasporti funebri, che procedeva in senso opposto rispetto a quella di Susina. Eligio cadde sopra una delle due bare che si trovavano sul ponte mentre Lestamano, poco più in là, se la rideva divertito.

«Da dove siete piovuti?» domandò sbigottito il marinaio.

Anche Maso cambiò imbarcazione. Prese al volo una caorlina carica di tavoli e di sedie.

«*Ouh!*» fecero i turisti inglesi quando Maso lasciò la loro gondola. «*Wonderful!*»

Eligio, rialzandosi dalla cassa, balbettò un confuso: «Mi dispiace». Poi s'incastrò con le braccia nella corona di fiori.

«Quel dannato non molla!» disse Lestamano con un sorriso beffardo sulle labbra. «Ma gliela faccio vedere io chi la vince!»

«Non è che dobbiamo saltare ancora, vero?» Eligio stava disperatamente tentando di liberarsi dalla corona di fiori sulla quale era riportata la frase: RIPOSA IN PACE. LA TUA ADORATA MOGLIE.

«Certo che saltiamo. La vedi quella caponera che ci viene incontro?»

«Attento con quella corona che me la rompi!» strillava il marinaio.

«Non vorrai saltarci su?» chiese Eligio ignorandolo.

«È esattamente quello che faremo! O preferisci farti acciuffare da quello?»

Eligio guardò la caorlina sulla quale si trovava Maso, il quale, stanco degli strepiti del suo proprietario, gli aveva rifilato un cazzotto in piena faccia facendolo finire fuori bordo. Ora era lui a comandare la barca e remava come un forsennato con il suo unico braccio nel tentativo di raggiungerli.

«Va bene» disse Eligio. «Saltiamo!»

La caponera si avvicinò sbuffando vapore e facendo fischiare la sua sirena.

«È troppo lontana» disse Eligio. «Non ce la farò con la mia gamba...»

«Ce la devi fare!»

«Non so se ci riesco...»

«Ci riuscirai! Stai pronto...»

«Cosa volete fare?» chiese il marinaio della peata funebre sulla quale si trovavano. «Vi ammazzerete! Aspettate che attracchi al molo e poi scendete!...»

«Grazie, ma proprio non possiamo!» rispose Lestamano. Quindi mise un piede sul bordo e con l'altro si diede una spinta. Eligio lo vide volare sospeso tra le due imbarcazioni, come se fosse fermo, per poi atterrare sulla prua della caponera senza nemmeno mettere una mano sul pavimento. Sembrava l'acrobata di un circo.

«Salta! Sbrigati!» gridò rivolto a Eligio tra la sorpresa dei passeggeri della caponera.

«Non ce la faccio...»

«Salta o non potrai più farlo!»

Eligio si sentì sollevare per aria da una forza invisibile e venir lanciato verso la caponera, che ormai offriva di sé solo un piccolo spazio a poppa.

Quando, al sicuro sul pontile del vapore, Eligio si voltò, vide il marinaio delle pompe funebri che lo salutava sorridendo.

«Grazie!» gridò Eligio rispondendo al saluto.

Il marinaio scrollò la testa e tornò a guidare la propria imbarcazione.

Sulla scia della caponera, Eligio e Lestamano osservarono la piccola caorlina portata da Maso che rimaneva sempre più indietro, finché, oltre un'ansa di Canal Grande, scomparve.

I due ragazzi scesero a Ca' d'Oro dileguandosi con passo rilassato per i labirinti di Venezia.

PARTE TERZA

La Ricongiunzione

Capitolo primo

1902. Convento dei Gesuiti, Venezia

Il rifugio era un anfratto ricavato tra due pareti del granaio del convento dei Padri Gesuiti, nel versante nord della città, di fronte all'isola di San Michele. Eligio e Lestamano vi giunsero che era ormai ora di pranzo.

«Questo è il posto più sicuro di Venezia!» esclamò Lestamano. La sua faccia era un concentrato di fuliggine, terra e residui vari derivanti dalla scarsissima igiene. «Impossibile da scoprire!»

«Chi dovrebbe scoprirlo?»

«Non lo so… chiunque! Dai retta, sempre meglio starsene nascosti. Te lo dice uno che ha avuto tanti nascondigli quante pulci un cane! All'inizio vivevo sotto i ponti, ma l'umido è un compagno scomodo e poi c'erano certi ratti, grandi come gatti! Così mi sistemai in una casa abbandonata che però un bel giorno se ne venne giù, proprio come il campanile di San Marco».

«Qui è bello» notò Eligio. Gli ricordava un po' la soffitta dello Spedale, dove a volte andava insieme a Rosapineta: un luogo un po' soffocante ma accogliente e sicuro.

«Già» fece Lestamano ostentando un fare consumato. «Prima di trovare questo posto stavo nel sottotetto di una chiesa, ma il prete mi ha beccato e anziché darmi conforto, come recita il Vangelo, ha pensato bene di scacciarmi».

«Rosapineta dice che non basta una tunica per fare di un cristiano un buon cristiano...»

«Dice bene! Chi è questa Rosapineta? Tua madre?»

«Mia madre è morta. Rosapineta è... una specie di sorella».

«Una suora?»

«No. È come una di famiglia...»

Eligio pensava a com'era strana la vita. A come un orfanotrofio e degli amici potessero assomigliare a una famiglia più di un padre e di una vera casa. Cosa significava in fondo avere una famiglia?

«Tu non hai i genitori?» chiese.

Lestamano fece spallucce. «Non lo so. Forse, da qualche parte. In ogni caso non ne ho bisogno. Me la cavo benissimo da solo, io!»

«Ho visto! Sei stato davvero in gamba con quel tipo!»

«Maso? È una vecchia volpe quella».

«Lui e Anna, o Arianna, mi avevano costretto a lavorare in una fabbrica di scope...»

«Chi sarebbe questa Anna?»

«Sua moglie, credo».

Lestamano scrollò la testa. «Te le sei proprio bevute tutte, tu! Si chiama Aristea e non è sua moglie. Si dice che sia un'assassina...»

«Un'assassina?»

«Dicono che abbia fatto fuori a coltellate l'uomo col quale viveva prima di conoscere Maso» sussurrò.

Eligio rabbrividì. Aveva vissuto per dei mesi con un'assassina. Avrebbe potuto essere ucciso nel sonno o torturato o chissà che altro.

«L'ho scampata bella!» esclamò. Poi fece una smorfia: ora che era in salvo il bruciore provocato dalle vesciche tornava a farsi sentire.

«Che hai?»

«Vesciche». Eligio si tolse le scarpe mostrando delle enormi bolle sui talloni e sotto gli alluci.

«So io cosa ti ci vuole!» se ne uscì Lestamano. Quindi s'infilò un mignolo nell'orecchio.

Eligio lo guardò con curiosità.

«Ecco!» disse Lestamano esibendo un blocco di cerume aggrappato in cima all'unghia. «Spalmalo sulle piaghe!»

«Come?»

«Lo sporco delle orecchie guarisce un sacco di cose! Come bruciature, tagli, punture d'insetti... Dico davvero!»

Eligio gli credette. Vinse un moto di repulsione e con l'indice raccolse il materiale giallastro dal dito di Lestamano. Poi, con delicatezza, lo applicò alle vesciche più estese.

«Vedrai che stasera starai meglio» lo rassicurò Lestamano.

Una campana suonò mezzogiorno.

«*Boia pignata!* Sai che ti dico? Ho una fame che non ci vedo!»

Eligio si rimise le scarpe.

Forse era solo suggestione, ma gli sembrava che le vesciche gli dessero meno fastidio.

«Qui vicino c'è una trattoria» spiegò Lestamano. «Ti ci porto».

«Non ho denaro...»

«Nemmeno io!»

«E come pagheremo?»

«E chi ha detto che pagheremo?» rise Lestamano. «Sarà il tuo battesimo!»

«Quale battesimo?»

«Il battesimo del furto!»

Pochi minuti dopo i due ragazzi giunsero in prossimità della Trattoria alla Vedova, in calle delle Cadene. L'aria odorava di pesce fritto e lo stomaco di Eligio mandò un sonoro brontolone.

«Come faremo?» chiese.

«Sarà facile come dire *boia pignata*!» Lestamano avvicinò la bocca all'orecchio di Dondolo e bisbigliò il suo geniale piano.

Capitolo secondo

1902. Spedale della Pietà, Venezia

«Ha ragione suor Deodata: non è affar tuo» disse Speranza liquidando l'argomento.

Rosapineta le aveva raccontato dell'incontro avuto in piazza San Marco con l'uomo dal braccio solo.

«Ma come facciamo a sapere che Eligio sta bene?» ribatté.

«Non ci riguarda. Non siamo tenute a saperlo».

«Non posso credere che tu sia così indifferente!»

Speranza sbuffò. «Non si tratta di indifferenza, ma di buon senso. Eligio vivrà la propria vita insieme al padre. Non è affar nostro continuare a vegliare su di lui».

Rosapineta la pensava diversamente: sarebbe stata la sorella adottiva di Eligio per sempre.

«Raccontami piuttosto del campanile» la esortò Speranza.

«Che vuoi che ti dica. È venuto giù come un dolce tolto troppo presto dal forno! La gente urlava e si affannava intorno alle macerie...»

«Deve essere stato terribile...»

«Perché non vai a vedere con i tuoi occhi?» le chiese Rosapineta.

«Sai benissimo perché. È vietato uscire dall'Istituto. Tu invece, come sempre, ti sei fatta beffe delle regole e hai corso un bel rischio. Se non fosse stato per la bontà della madre superiora...»

«Lascia perdere la madre superiora» rispose Rosapineta mentre un briciolo dell'antica rabbia si riaffacciava nel suo animo. «Sono stanca di doverle chiedere il permesso anche per respirare! Te l'ho detto».

«Me l'hai detto» replicò Speranza paziente. «Ma io ti ripeto che è una follia. Non sopravvivresti due giorni lì fuori».

«E chi lo dice?»

«Te lo sto dicendo io!»

«E tu che ne sai? Hai mai provato ad andartene? Hai mai cercato di sopravvivere contando solo su te stessa? Te ne stai qui a far passare gli anni uno dopo l'altro in attesa che Gesù si ricordi di te e ti illumini spedendoti una saetta dritta sulla cima della testa!»

Speranza si fece il segno della croce. «Dio ti perdoni, Rosapineta!»

«Non ti offendere, amica mia, ma dimostri dieci anni più di quelli che hai. I tuoi modelli sono suor Elpidia e suor Deodata e prima di loro suor Angiolina, che è vissuta tutta la vita qui dentro, schiava di quell'assurdo marchio che portava come una catena sotto il piede. Non hai un futuro, Speranza, né un'idea del tuo futuro. E io... be', io non voglio essere come te...» L'aveva detto e nello stesso istante se n'era già pentita.

Rimasero in silenzio per diversi minuti.

«Scusami» disse infine Rosapineta. «Non volevo...»

Speranza annuì sforzandosi di mascherare la delusione che provava. Dentro di sé avvertiva un fermento crescente, come un vulcano pronto ad esplodere, e per quanto le sembrasse di conoscersi e di sapersi dominare, temeva che quel vulcano prima o poi si sarebbe messo a eruttare lava incandescente, portandola dove forse mai si sarebbe aspettata di arrivare. E la cosa che più la turbava era il fatto di non possedere più la salda convinzione che quel vulcano borbottante dovesse essere messo necessariamente a tacere.

Capitolo terzo

1902. Trattoria alla Vedova, calle delle Cadene, Venezia

«Vogliate perdonare» disse Eligio, facendo il suo timido ingresso alla vecchia trattoria di calle delle Cadene.

«Non facciamo elemosina» rispose in modo scortese l'oste alzando appena gli occhi su di lui. Se ne stava seduto a un tavolo d'angolo a far di conto.

Non vi erano clienti e i pochi tavoli, piccoli e sbilenchi, erano ricoperti da ingiallite tovaglie profusamente macchiate. Un cameriere dall'aria svagata faceva la spola tra questi e una credenza piena di tarli, portando posate e saliere.

«No, signore» si premurò di spiegare Eligio, ottimamente addestrato da Lestamano. «Non chiedo elemosina. Mio padre, che si trova in una bottega qui vicino, mi ha mandato a chiedervi un bicchiere d'acqua. Sareste così gentile da servirmene uno? Fa un gran caldo...»

L'uomo lo guardò per qualche istante, indeciso. Aveva la faccia pulita e i capelli corti: sembrava un ragazzino per bene. Emise un grugnito di approvazione e rivolto al cameriere gridò:

«Sante! Servi un bicchier d'acqua a 'sto *puto*!»

Sante sbuffò. Terminò senza fretta di aggiustare forchette, coltelli e cucchiai, quindi si trascinò stancamente al di là del bancone, afferrò una fiaschetta e riempì un bicchiere. Lo allungò a Eligio senza dire una parola.

«Non appena mio padre sarà qui, vi ringrazierà» disse Eligio. Dopodiché si gettò sull'acqua con avidità. Ma il primo sorso non aveva ancora fatto a tempo a bagnargli l'ugola che già Eligio, gettato il bicchiere in terra, prese a rantolare orribilmente serrandosi la gola con la mano.

«Aaarrrhh…»

«Che ti prende? Sei malato, per caso?» chiese l'oste.

«Brucia! Brucia!»

«Brucia? Come brucia?»

«Brucia, vi dico! Che cosa avete messo nel bicchiere? Aaarrrhh…»

«Sante!»

«Che c'è ancora?»

«Cos'hai messo nel bicchiere?» L'oste iniziava a preoccuparsi. Non era una buona pubblicità farsi morire un bambino nel locale.

Il cameriere lo guardò allibito. «Acqua!» rispose. «Che altro?»

«Aiuto!» Eligio barcollava da un angolo all'altro della trattoria come un attore consumato. «Mi avete avvelenato! Aaarrrhh…» Ora teneva entrambe le mani strette alla gola e gli occhi sbarrati e fissi.

«Presto! Presto!» ordinò l'oste. «Acqua fresca! Dai! Dai! *Ostia!* Acqua!»

Sante abbandonò la sua calma serafica e si caracollò in cucina. L'oste nel frattempo si era chinato accanto al ragazzo, steso a terra agonizzante.

«Cosa mi avete fatto bere?» lo accusava Eligio con un fil di voce. «Volevate uccidermi!»

«Macché! È stato quel *becco de un Sante* a combinar il danno! *Che ghe vegna el cagòto fulminante a quel mona!*»

«Mio padre ve la farà pagare! Aaarrrhh… aaarrrhh…»

«Ma no, ma no! Vedrai che adesso passa. Passa tutto! Dai con quell'acqua!»

Il cameriere arrivò seguito dal cuoco portando un secchio.

«*Giuro che ghe gera acqua nea fiascheta!*» assicurava Sante. «Possa morir in 'sto momento!»

«Dai qua!» strepitò l'oste. Afferrato il secchio versò un po' d'acqua sulla faccia di Eligio. Poi gliene fece bere qualche goccia.

«Va meglio?»

Eligio fece segno di no con la testa e per essere più credibile si esibì in alcuni rantoli raccapriccianti. I tre uomini facevano capannello intorno a lui, spaventati.

«Oh Signor Santo! Oh Signor! O Vergine Santissima!» piagnucolava l'oste prevedendo rogne a non finire per la trattoria. «Cosa faccio 'desso?»

«*Mi no c'entro!*» dichiarava Sante proclamando la propria innocenza.

«*E intanto el puto more!*» diceva il cuoco con le mani nei capelli per la disperazione.

Nel frattempo Lestamano, sgattaiolato carponi in cucina, stava facendo man bassa di quel che trovava. Raccolse un sacco e lo riempì di mele e patate. Poi, sopra un vassoio, mise delle olive nere, alcune sarde con le cipolle e una manciata di zaleti, i biscotti secchi di Venezia. Prima di andarsene s'infilò sotto il braccio un filone di pane e, lesto com'era entrato, di nome e di fatto, se ne uscì dalla porta principale senza esser veduto.

«Chiamiamo il dottore!» propose il cuoco.

«Aspetta» gli rispose l'oste che sperava ancora di cavarsela senza troppa pubblicità.

«*More!*» incalzava il cuoco. «*El puto more!*»

«Ci vuole il dottore...»

All'improvviso Eligio smise di contorcersi e di fare tutti quei versi animaleschi. «Mi sembra di stare un po' meglio» disse tirandosi a sedere, giacché con la coda dell'occhio si era accorto che Lestamano aveva portato a termine la missione.

«Fa' vedere!» ordinò l'oste. «Apri la bocca!»

Eligio aprì la bocca mostrando la lingua rossa e i denti che avevano qualche carie. Ma niente bruciature o piaghe.

«Sembri a posto» constatò l'oste visibilmente sollevato. «Bevi ancora un po' d'acqua, su!»

Eligio si bagnò le labbra. «Potevo morire!» disse con un tono di rimprovero.

«Mi dispiace...» balbettò l'oste. «Proprio non so spiegarmi come...»

«Comunque mi sembra di stare bene» tagliò corto Eligio. «È meglio che raggiunga mio padre, adesso. Sarà sicuramente in pena per me...»

«Non dirai niente, vero?» si accertò l'oste. «In fondo non è successo nulla...»

Eligio non rispose, avviandosi mestamente verso l'uscita.

«Aspetta!» lo fermò l'oste sulla soglia. «Ecco, per tuo padre...» disse porgendogli una bottiglia di vino rosso. «Alla salute!»

Eligio guardò l'oste con aria afflitta, agguantò la bottiglia, quindi gli diede le spalle con un ultimo sapiente colpetto di tosse.

«Dondolo, i miei complimenti!» disse Lestamano quando poco dopo si ritrovarono in una calle vicina. «Sei un attore nato!»

Eligio sorrise. «Sono stato bravo?»

«*Boia pignata!* Gli hai messo una paura addosso! A un certo punto credevo pure io che avessi davvero bevuto qualcosa di velenoso!»

«È stato divertente!» ammise Eligio.

«Dai, andiamo al rifugio ora, prima che sospettino qualcosa!»

Quella sera, dopo aver cenato con olive, sarde e cipolle e aver annaffiato il tutto con un goccetto di vino, Dondolo e

Lestamano brindarono alla loro amicizia e al neonato sodalizio criminale.

«Insieme faremo grandi cose!» proclamò Lestamano.

«Saremo amici?»

«Di più! Saremo soci!» disse il ragazzo stringendo la mano di Eligio.

«Sai, avevo paura che ci scoprissero...»

«Lestamano sa il fatto suo. Con me sei in una botte di ferro!»

I suoi occhi ebbri di vino e di eccitazione mandavano bagliori infuocati che riflettevano la luce della candela. Eligio vi scorse i segni dell'invincibilità e della grandezza e ne restò affascinato.

Lestamano sapeva un sacco di cose sulla vita che lui neanche immaginava.

Capitolo quarto

1902. Bacino di San Marco, Venezia

Klaus Jurgen non riusciva più a lavorare. Quella donna, Maria, gli era entrata in testa come un motivetto orecchiabile, come una manciata di foglie portata da un refolo autunnale che infila d'improvviso una finestra.

La vedeva tutti i giorni, all'entrata dello stabilimento e all'uscita. A volte si spingeva tra gli operai durante la pausa pranzo per poterla osservare, anche solo da lontano. Nell'ultimo periodo, però, il suo desiderio l'aveva condotto a osare di più. Si offriva frequente di riaccompagnarla a Venezia con il suo barchino privato, scortandola talvolta fin sotto casa, sulla soglia di quella stanzetta ammobiliata vicino al ponte dell'Accademia che Maria aveva affittato con sacrificio.

Maria, dal canto suo, non era indifferente alla corte del giovane industriale venuto dal Nord. Lo trovava gentile, educato e innovativo nelle sue idee liberali. Inoltre era un bell'uomo, privo di pregiudizi e, soprattutto, scapolo.

Due erano le considerazioni che le suggerivano di celare i propri sentimenti: il divario sociale e la verità sulla sua condizione di madre. E per quanto Klaus Jurgen potesse dimostrarsi di mentalità aperta e progressista, si trattava di condizioni che di fatto avrebbero probabilmente ostacolato il loro rapporto.

Sebbene Maria si mostrasse il più delle volte, suo malgrado, fredda e distaccata seppur gentile, Klaus Jurgen sembrava non demordere. Il suo ampio e sincero sorriso spiazzava gli arroccamenti di Maria, portandola spesso a dire *sì* quando in realtà avrebbe voluto rispondere *no*.

L'occasione per dichiararsi giunse per Klaus Jurgen il terzo sabato di quel mese di luglio, in occasione della festa del Redentore. Egli organizzò, come da tradizione, un'escursione serale nel bacino per assistere ai fuochi d'artificio, culmine delle celebrazioni. Il giovane rampollo della famiglia Krull era riuscito a strappare a Maria l'ennesima concessione ed ella, pur cedendo all'insistita richiesta, aveva finito col pentirsene immediatamente dopo.

«Non posso. Non sta bene che si vada in barca voi e io, da soli!» aveva replicato cercando di tornare sui propri passi.

«Non saremo soli. Ho invitato alcuni conoscenti. E poi ormai avete detto di sì!»

«Ma io sono volubile, dovreste averlo capito».

«No che non lo siete. Siete solo riluttante».

«Riluttante io? È che soffro il mal di mare. Lo soffro moltissimo...»

«State mentendo. Io stesso vi ho portata di là del canale in condizioni di mare agitato e mai vi ho vista in patimento!»

«Siete un tipo impossibile, signor Krull!»

«Lo so!»

Per quanto stupiti e sorpresi dalla sua presenza, i conoscenti di Klaus Jurgen a bordo dell'imbarcazione si erano astenuti fin da principio dal porre domande imbarazzanti alla giovane donna, intuendo quale fosse l'interesse per lei da parte del loro ospite. Non sfuggì loro l'inadeguatezza degli abiti di Maria, pur convenendo che i suoi modi lasciavano trasparire un'educazione non comune e forse un passato medio borghese. In quanto a Klaus Jurgen, aveva fatto tutto quanto in suo potere affinché ella fosse a proprio agio. E c'era riuscito. Maria si era sentita serena e accettata, e per questo gli era grata.

Quando fu dato il via ai fuochi d'artificio, Maria si trovava a poppa, sola. Il cielo nero e senza luna s'illuminò d'un tratto di vampate multicolori, e frammenti di luce e di fuoco disegnarono archi discendenti come rami di un albero di salice.

«Bello, vero?» Klaus Jurgen comparve accanto a lei, elegantissimo nel suo frac nero sotto il quale spiccava un gilet ricamato. I polsini della camicia portavano cinque bottoni ciascuno e ogni bottone era sormontato da una pietra diversa.

«Bellissimo» mormorò Maria. Le sarebbero bastati tre o quattro di quei bottoni, pensava, per cambiare completamente la propria vita.

«Venezia è la più bella città del mondo» dichiarò il giovane tedesco. «Ve lo dice uno che di luoghi ne ha veduti molti».

«Se lo dite voi ci credo».

«Credeteci. Siete fortunati voi veneziani a vivere qui».

«Anche voi vivete qui e a quanto vedo siete ben più fortunato di me!» rispose Maria facendo correre lo sguardo intorno.

«Ma io non vivrò qui per sempre» rispose Klaus Jurgen osservando i fuochi nel cielo. «Presto tornerò in Germania...»

Maria ebbe un sussulto. «Tanto presto?»

Klaus Jurgen annuì. «A meno che la sorte non mi conceda di avere qui la mia famiglia...»

«State per sposarvi? È forse una di quelle affascinanti signore che chiacchierano sul ponte? Scommetto che la vostra promessa è quella bionda misteriosa, quella che indossa quel costosissimo abito tinta indaco. O forse quell'altra, quella che ride e che trattiene il cappello con una mano per evitare che voli via...»

«Smettetela» disse Klaus Jurgen facendosi serio. «Sapete bene che non ho occhi che per voi».

Maria tacque e abbassò lo sguardo. Il suo viso rifulgeva della luce dei fuochi.

«Da quando quel giorno allo stabilimento mi avete affrontato, io non so pensare ad altro che a voi, al vostro viso, ai vostri occhi azzurri, alle vostre labbra, alla vostra voce che per me è come una musica celestiale». L'uomo prese delicatamente nella sua la mano di Maria e la fece sedere sulla spalletta dell'imbarcazione.

«Da quando vi ho vista non ho più pace. Fatico a lavorare, a stare con gli altri... I miei unici pensieri sono per voi».

«Me ne dispiace...»

«Non dovete dispiacervi, perché io stesso non me ne dispiaccio! Anzi, ne sono felice».

«Io non desidero in alcun modo distogliervi dal vostro lavoro e dalla vostra vita».

«Io invece desidero che voi ne facciate parte...»

Maria alzò gli occhi mostrando tutta la sua sorpresa. «Come dite?»

«Vi sto chiedendo di far parte della mia vita, Maria».

«Significa per caso che...»

«Che chiedo la vostra mano. E la chiederò a vostro padre, se avrete la bontà di concedermelo!»

«La mia mano?» esclamò Maria. «Ma voi non sapete nulla di me!»

«Che c'è da sapere? Siete una donna bella, di sani principi, siete intelligente e buona. Che altro serve per innamorarsi?»

«Voi... voi dovete essere impazzito! E vostro padre... non pensate a che dirà vostro padre?»

«La fabbrica che dirigo è di mio padre. La mia vita invece appartiene solo a me stesso».

«Non si è mai sentito di uno sposalizio tra un'operaia e il padrone della fabbrica!»

«È solo questo che vi angustia? Il fatto che io diriga la fabbrica dove voi lavorate? Il problema è presto risolto: siete licenziata, così sarete libera di sposarmi!»

A Maria scappò un sorriso.

«Non è solo questo» disse poi mentre i suoi occhi si facevano lucidi.

«Allora cos'è? Parlate».

«Ci sono delle cose, dei fatti, nel mio passato che io...»

«Il passato appartiene al passato» la interruppe Klaus Jurgen. «Quello che di voi mi preme è il futuro».

«Il mio è un passato ingombrante. Credetemi».

«Un passato che potrebbe impedirci di stare insieme e di essere felici?»

Maria annuì. «Temo di sì...»

Klaus Jurgen prese un profondo respiro. «C'è un altro uomo?» chiese.

«Un altro uomo? Oh, no! Nessun uomo...»

«Allora cosa?...»

«Promettete che non mi licenzierete se vi dirò la verità!»

«Lo prometto! Anzi, lo giuro!»

«Prima di impiegarmi nella vostra fabbrica io vivevo poco distante, dall'altro lato della Giudecca...»

«Intendete al carcere?»

Maria nascose il viso tra le mani per la vergogna e annuì con il capo in silenzio.

Klaus Jurgen le prese le mani e con un dito le sollevò il mento. «Mi basta guardare nei vostri occhi, limpidi e puri» disse «per convincermi che di qualsiasi crimine vi abbiano accusata voi siete innocente».

Maria pianse. Ma sentì che erano lacrime di gioia, per una volta almeno. Le lacrime che aveva pianto quando era nato

Eligio e che da quel momento in poi erano state sostituite soltanto da dolore e disperazione.

«E non è solo questo...» proseguì Maria.

«Vi ascolto».

«Molti anni fa fui vittima di un amore che credevo sincero. Un amore che svanì velocemente, ma che a dispetto della sua meschinità mi lasciò un dono inestimabile...»

«Un figlio?»

«Si chiama Eligio ma, vedete, non so nemmeno se sia vivo o morto!»

«Morto?» sbiancò Klaus Jurgen.

«Lo affidai a un Istituto di carità poco dopo che venne al mondo» spiegò Maria. «Non potevo garantirgli la vita, capite?»

L'uomo le pose una mano sulla spalla. Avrebbe desiderato abbracciarla e stringerla forte per farle sentire il suo amore e la sua vicinanza, per farle comprendere che non era sola in quel mondo che le aveva riservato tanto dolore e che appariva nei suoi confronti così ostile e crudele. Ma si trattenne. Gli ospiti sul ponte erano incuriositi dallo svolgersi di quel colloquio e le buone norme di comportamento richiedevano il rispetto della forma, anche nei riguardi di Maria.

«Ora è per lui che sto lavorando alla fabbrica, per offrirgli uno scampolo di vita rispettabile. Sempre che il Cielo mi permetta di riaverlo tra le mie braccia...»

«Non avete più avuto sue notizie?»

Maria si asciugò le lacrime. «No» rispose. «Mi è mancato il coraggio di chiederne».

Rimasero in silenzio per un po'. Tra di loro il chiacchiericcio lontano degli ospiti e, ormai sempre più radi, i botti dei fuochi.

Klaus Jurgen guardò bene in fondo al proprio cuore e prese una decisione.

«La mia richiesta non muta di una virgola. Al contrario, se

possibile, è ancora più determinata che in precedenza. Volete concedermi la vostra mano, Maria?»

Maria si sentì precipitare in un pozzo di felicità. Le sembrò per un istante che il suo cuore non avrebbe retto a un'emozione così intensa e che probabilmente sarebbe morta lì, sulla spalletta della nave, precipitando ingloriosamente nelle scure acque della laguna.

«Dite davvero?»

«C'è un proverbio dalle mie parti, sapete? Dice: l'amore si trova tanto sotto la lana che sotto la seta».

«Io... io non so che dire!»

«Dite di sì!»

Maria rise.

«Vi aspetto alla fabbrica lunedì alle sette precise!» annunciò Klaus Jurgen.

«Come?»

«Vi accompagnerò all'Istituto di carità dove siete stata costretta a lasciare la vostra creatura. Credo che abbiate dovuto attendere più del dovuto per riabbracciarla!»

Maria scoppiò nuovamente a piangere e, scattando in piedi, si gettò tra le braccia del giovane incurante degli sguardi dei presenti.

«Sì, sì!» gli disse all'orecchio. «Vi sposo, signor *todesco*!»

Gli ospiti del veliero si guardarono l'un l'altro sorpresi. Qualcuno sorrise, qualcuno applaudì.

«C'è un'ultima cosa» disse Maria scostandosi dal torace dell'uomo. «Desidero che mi facciate una promessa!»

«Sarebbe?»

«Che se diventerò la signora Krull, non farete più lavorare i bambini nella vostra fabbrica di scope!»

Klaus Jurgen non rispose, rimuginando su quella proposta.

«Una volta mi diceste che ero da ammirare per le idee che sostenevo...»

«E lo ribadisco! Siete una donna ammirevole!»

«Allora?»

«Non posso promettere che ci riuscirò, ma mi impegno solennemente a fare tutto quello che è in mio potere per far sì che mio padre accetti la vostra proposta».

Maria storse un po' il labbro e arricciò il naso. Quindi sorridendo disse:

«Per ora lo farò bastare. Poi si vedrà...».

«Siete davvero tremenda! Prima che sia troppo tardi,» disse Klaus Jurgen assumendo scherzosamente un'aria sostenuta «c'è ancora qualcosa che è meglio io sappia?»

Maria gli strizzò l'occhio. «Saletto...»

«Il vostro cognome?»

«Sì, il mio cognome...»

«Il vostro cognome, dunque?»

«Non è per nulla Saletto!»

Capitolo quinto

1902. Convento dei Gesuiti, Venezia

«Ti ha detto com'è successo?»

«Com'è successo cosa?»

«Com'è successo che ha perso il braccio!»

«Marco Caco?»

«Ti ho già detto che si chiama Maso!...»

Eligio e Lestamano se ne stavano distesi su un ammasso di stracci nel loro rifugio, nel convento dei Padri Gesuiti. Ai loro piedi, i resti del succulento pranzo offerto dalla trattoria di calle delle Cadene: olive nere, sarde con le cipolle, pane e mele.

«Dice che l'ha perduto in guerra» raccontò Eligio. Aveva la voce impastata e rallentata, effetto del vino che Lestamano gli aveva fatto bere per accompagnare il cibo.

«Quale guerra?» rise Lestamano. «L'unica guerra combattuta da quel furfante è quella con la Pubblica Sicurezza per sfuggire alla prigione!»

Eligio rise.

«È stato un cane».

«Un che?»

«Un cane! Sai quelle cose pelose che fanno *uoh uoh*!»

«So cos'è un cane! Per chi mi prendi? Ma che c'entra un cane?»

«Il cane, che era un botoletto piccolo così, gli si è attaccato al braccio e non l'ha più mollato!»

«Un cane gli ha staccato il braccio?»

«No. Però gli è rimasto appeso. Maso cercava di scrollarselo di dosso agitando il braccio, ma quello niente. Gli aveva affondato i denti così profondamente che non si staccava più! Dicono che quel furfante corresse per Venezia ululando dal dolore con questo cagnetto che gli penzolava dal braccio!»

Eligio non poté fare a meno di ridere. La scena gli appariva davvero buffa.

«E poi come finì?» volle sapere.

«Finì che il cane, che si chiamava Pitusso, alla fine si stancò di rimanere attaccato come una banderuola al braccio e mollò la presa. Ma a Maso venne una febbre che lo costrinse a ricorrere alle cure di un medico e poiché si sa che *medico pietoso fa la piaga verminosa*, il dottore decise di tagliargli il braccio per evitare guai peggiori».

«E tu come lo sai? C'eri?»

«No. È accaduto parecchi anni fa... Me l'hanno detto!»

«Chi?»

«Tutti lo sanno... La gente di strada...»

«Chi è la gente di strada?» chiese Eligio.

«Quelli come me... e te, ora! Ce ne sono tanti altri. Li conoscerai presto!»

Eligio scosse la testa ripensando a quella storia del cane che ciondolava dal braccio di Maso.

«Eroe di guerra! E dire che me la sono bevuta!»

«Ti ha cotto e servito! Ma ora non accadrà più!»

«No?»

«Ti insegnerò i trucchi del mestiere...»

«Grazie... Quale mestiere?»

«Quello del ladro, *boia pignata*! Che altro?»

Eligio rimase pensieroso per un po'. Non era sicuro di voler diventare un ladro e un impostore come Lestamano. Fin da piccolo gli era stato insegnato a comportarsi bene. Speranza diceva sempre che Dio sapeva e vedeva tutto e puniva le cattive azioni. Però, pensava Eligio, allo Spedale il cibo non era mai mancato, sopra la testa aveva sempre avuto un tetto e la stufa era sempre piena di legna per scaldare le stanze. La situazione ora era decisamente diversa: si trovava per strada, senza cibo e senza denaro e con un lestofante alle calcagna. Cosa poteva fare se non concedersi qualche innocente espediente per sopravvivere e fidarsi di un tipo scaltro come Lestamano?

«Non mi dirai che te la fai sotto?» chiese Lestamano.

«Non me la faccio sotto» replicò Eligio.

«Non è stata una passeggiata, oggi?»

«Sì» ammise Eligio. «Però...» Gli era venuta un'idea.

«Però?»

«Perché non vieni con me?» propose.

«Con te? E dove?»

«All'Istituto. C'è sempre da mangiare, lì, e letti puliti. Non serve rubare...»

«Vuoi davvero tornare lì dentro dopo aver assaporato la libertà?»

«La libertà?»

«Qui fuori nessuno ti dice cosa fare, cosa mangiare, a che ora andare a dormire. Nessuno ti obbliga a fare un bel niente!»

«Sì, ma in fondo non hai famiglia neppure tu...»

«Non ho bisogno di famiglia, io! Te l'ho già detto! E poi non baratterei la mia libertà per nulla al mondo!»

Eligio non replicò. Certo Lestamano non sembrava avere particolari problemi a condurre la sua vita. Mangiava quando aveva fame, dormiva quand'era stanco e se un giorno non gli andava di far altro che starsene sdraiato, be' semplicemente lo faceva.

«E anche se tu tornassi,» riprese Lestamano «che credi che accadrebbe?»

«Che accadrebbe?»

«Ti rispedirebbero da Maso! Ricorda, loro sono convinti che sia tuo padre».

Eligio si disse che Lestamano aveva ragione. A chi avrebbero creduto la madre superiora e il segretario generale? Lo avrebbero restituito a Maso e a quell'assassina della sua donna. Che lo volesse o meno, il suo destino ormai consisteva in piccoli furti, fughe e rifugi come quello dove si trovavano.

«Credi a me. È più sicuro rimanere qui. Ci divertiremo, vedrai! Saremo una coppia perfetta! Come stanno le tue vesciche?»

Eligio non ricordava più nemmeno di averle avute. «Benone!» rispose.

«Ti devi togliere il cerume dalle orecchie. Tutti i giorni. E spalmarcelo sopra, capito?»

Eligio annuì obbediente.

«E se non hai abbastanza cerume te ne darò del mio! È così che si fa tra soci!»

«Giusto!»

Lestamano levò il bicchiere e brindò.

«Allora è deciso! Domani andremo a far pratica al ponte di Rialto!»

«Cosa c'è al ponte di Rialto?» chiese Eligio.

«Saccocce belle gonfie, Dondolo!» rispose Lestamano affondando i denti in un *zaleto*. «Saccocce belle gonfie!»

Capitolo sesto

1902. Ponte di Rialto, Venezia

Ponte di Rialto era davvero una zona di saccocce gonfie, come amava dire Lestamano. C'era una moltitudine di persone che saliva e scendeva i gradini e tra esse molti turisti, distratti dalle bellissime botteghe, soprattutto d'oro e pietre preziose e di orologi, affacciate sull'ampia arcata del ponte. Turisti assorti dalle tasche piene di denaro.

«Il trucco sta tutto nella velocità dei movimenti» stava sussurrando Lestamano a Eligio mentre, affacciati a una spalletta, fingevano di osservare il traffico di Canal Grande che scorreva placido sotto di loro. «E poi ci vuole sensibilità».

«Sensibilità?»

«I tuoi polpastrelli devono diventare di seta, leggeri, fruscianti, ma al tempo stesso devono capire immediatamente, devono vedere. Devono essere come degli occhi, ecco! Devi avere gli occhi nelle dita!»

Eligio non era sicuro di comprendere.

«Ti faccio vedere!» disse Lestamano. Cavò dalla tasca una mela e prese a mordicchiarla passeggiando in mezzo alla folla con fare svagato. A un certo punto finì addosso a un turista straniero.

«Oh, mi *fcufi*, mi *fcufi*!» farfugliò sputacchiando pezzetti di mela. E intanto dava dei colpetti con la mano al vestito dell'uomo, come se lo stesse spazzolando.

«*Was machst du?*» sbraitava l'uomo, che era tedesco. «*Dummer Junge!*»

«Ecco. Tutto a posto!» disse Lestamano sistemando con un ultimo buffetto la spalla della giacca del malcapitato. «Benvenuto a Venezia!»

L'uomo se ne andò scrollando il capo e Lestamano tornò veloce da Eligio.

«Allora?» gli chiese.

«Allora cosa?» rispose Eligio.

«Ti sei accorto di qualcosa?»

«Hai sputato dei pezzi di mela sulla giacca di quell'uomo. Che altro dovevo notare?»

Lestamano rise. «Andiamocene prima che quel *todesco* si accorga dello scherzo che gli ho giocato!»

Quando Lestamano mostrò il portafogli che aveva sottratto al turista, Eligio non riuscì a credere ai propri occhi.

«Come ci sei riuscito?»

«Te l'ho detto. Velocità e sensibilità! Non per niente mi chiamano Lestamano!»

«Non ne sarò mai capace...»

«In effetti io sono irraggiungibile» concordò Lestamano assumendo un'aria boriosa. «Però ti ci potrai avvicinare. Seguendo i miei consigli, naturalmente».

Lestamano portò Eligio nei terreni abbandonati delle vecchie Corderie, al riparo da occhi indiscreti e lì, servendosi di pezzi di scarto e materiali in disuso, costruì un pupazzo di legno e stoffa, lo dotò di una tasca e nella tasca ci mise il portafogli, vuoto, del turista *todesco*. Dopodiché legò a uno spago dei pezzetti di metallo e vetro e avvolse lo spago intorno al pupazzo.

«Ecco il tuo campo di esercizio!» disse infine a Eligio. «Se fai dondolare lo spago, il metallo tintinna e allora tu sei fregato!»

Lestamano si stese all'ombra di un muro pericolante, un filo d'erba infilato tra i denti e il cappello calato sugli occhi. «Datti da fare!» disse a Eligio.

Non appena Lestamano chiuse gli occhi i pezzetti di metallo cominciarono a fare *tlin tlin tlin.* Lestamano sorrise e si sistemò più comodamente che poté sulla soffice erba del campo.

Capitolo settimo

1902. Le Corderie, Venezia

Era già da parecchi minuti che Magoga osservava quel ragazzino girare intorno a un pupazzo, facendo tintinnare dei pezzi di ferro ad esso attaccati. Un secondo ragazzo, che lui conosceva come Lestamano, sonnecchiava poco distante.

Il vecchio traballò indeciso sul da farsi. Infine tornò sui propri passi chiamando a gran voce:

«Berta! Berta Straocio!»

«Che vuoi?»

«Credo che dovresti venire fuori un secondo».

«Per vedere te con la fiasca di traverso? Vecchio *imbriagone*, conosco lo spettacolo, grazie!»

«Dico sul serio!»

«Fa troppo caldo! Torna dentro se non vuoi che ti prenda un colpo!»

Magoga esitò.

«C'è quel furfantello sul campo. Lestamano».

«E che vuole?»

«Che ne so?»

Berta si trascinò fuori dall'edificio.

«Lestamano!» gridò all'indirizzo del ragazzo. «Se sei qui per sgraffignare qualcosa, ti avverto fin d'ora che ho una brutta giornata e che le mie stampelle sono belle calde!»

«Puoi chiamarmi professor Lestamano!» gridò il ragazzo di rimando.

«Professore di cosa, se è lecito chiedere?»

«Di destrezza e abilità!»

Berta rise sguaiatamente. «E quello sarebbe il tuo promettente allievo? Da come fa suonare i campanelli direi che non sei un granché come insegnante!»

Eligio ci rimase piuttosto male. In realtà gli sembrava di essere molto migliorato nell'ultima ora o giù di lì.

«Deve solo esercitarsi un po'» disse Lestamano per nulla risentito.

«Già. Forse fra un paio d'anni avrà imparato come si soffia un borsellino a uno spaventapasseri!»

Anche Magoga si unì alla risata sgangherata di Berta.

«Ridete, ridete pure» fece Lestamano tirando via il cappello dagli occhi. «Ride bene chi ride ultimo!»

Berta scrollò il testone. «Per quanto oggi sia per me una pessima giornata, voglio essere generosa. Entrate, c'è del caffè anche per voi!»

«Allievo!» chiamò a gran voce Lestamano battendo i palmi. «Pausa!»

«Com'è grande qui dentro» notò Eligio quando furono entrambi all'interno del fabbricato. L'aria sapeva di muffa e di rame con un vago fondo di caffè, ma la temperatura era gradevole, poiché le spesse pareti di mattoni facevano rimanere il caldo di fuori.

«Lui è Dondolo» disse Lestamano.

«Dondolo? Che razza di nome sarebbe?»

«È per via della gamba...» spiegò Eligio. «Lestamano dice che quando cammino dondolo un po'...»

Berta lo osservò attentamente. «Non è che proprio dondoli... Direi piuttosto che pendi! Dovresti chiamarti Pendolo!»

Lestamano scoppiò a ridere. «Lei è Berta» continuò. «Chiamata Straocio per via di quella benda. Guardati dalle sue stampelle, sono delle armi temibilissime!»

«E tu ne sai qualcosa, vero Lestamano?» rise la donna.

«Quello che traballa come i suoi denti è Magoga». Magoga fece un cenno della mano e poi gli scappò un colpo di singhiozzo.

«Là c'è Patroclo...»

«Salute!» fece Eligio.

«È inutile che gli parli. Patroclo è sordo come un campanone! Poi c'è Ottavia, sempre alle prese con i dolori alle mani, mentre questo che viene avanti è Renno. Renno è straniero e probabilmente ha perso la memoria...»

«Il problema» intervenne Berta «è che parla una lingua che nessuno capisce. Non si sa da dove venga».

«Lì in fondo ci sono Nàparo e Straccaganasse...»

«E quelle sono Livia e Fiordarancio» concluse Berta. «Fiordarancio la chiamiamo così perché si è sposata sette volte. Ora ha un nuovo fidanzato per le mani, un poveraccio che è appena sbarcato da un mercantile russo!»

«Gli altri sono tutti in giro» disse Ottavia, la vecchia con l'artrosi alle dita. «Ma rientreranno prima del tramonto».

«Loro sono i senzatetto» esclamò Lestamano. «I senzatetto di Venezia».

«Vivete qui?» chiese Eligio.

«Certo! È un posto bellissimo, pieno di spazio e soprattutto molto silenzioso. Altro che quei noiosi e caotici palazzi barocchi del centro!»

«No, non fanno per noi!»

«Manco per sogno!»

Eligio guardò uno per uno gli amici di Berta e di Lestamano e infine scoppiò a ridere.

«Mi prendete in giro!» esclamò.

Anche gli altri risero. Straccaganasse gli batté una manata amichevole sulla spalla e poco ci mancò che lo facesse finire con la faccia sul pavimento.

«Ah, dimenticavo!» disse Lestamano. «Quello lì è Pitusso, il cane di Berta».

Pitusso se ne stava in un angolo, guardingo. Lestamano non gli era simpatico. Ogni tanto la sua padrona gli lanciava contro una delle sue stampelle e questo gli bastava per classificare il ragazzino tra gli indesiderabili. Quell'altro, però, non lo conosceva: gli pareva mansueto.

«Attento ai suoi morsi. Il tuo amico Maso li ha assaggiati a caro prezzo...»

Eligio sgranò gli occhi e spalancò la bocca. «Vuoi dire che...»

«Proprio così. Quello è il cane che fece marcire il braccio di Maso!»

«Conosci quel lestofante?» chiese Berta.

Lestamano spiegò la storia di Eligio, per come Eligio stesso gliel'aveva raccontata.

«Sei stato fortunato a svignartela» disse Ottavia.

«Una gran fortuna!» ribadì Magoga e anche Renno, pur non parlando, sembrava d'accordo nel sostenerlo. Patroclo si limitò ad annuire, ma nessuno seppe a che cosa in realtà si stesse riferendo. «E ora, dove vivi?»

«Vive con me» esclamò Lestamano. «Nel mio segretissimo rifugio!»

«Quello che ti è cascato in testa?» rise Nàparo che nel frattempo si era unito al gruppo per il rito del caffè. «O quello dal quale sei stato cacciato?»

«Né questo né quello. Ora sto in una reggia!»

Eligio lo guardò stupito.

«Quasi una reggia» si corresse Lestamano. «Comunque è un posto sicuro. E lui,» disse indicando Eligio «lui è il mio nuovo socio».

«Volete diventare una celebre coppia?» chiese Ottavia.

«Certo! Una celebre coppia di ladri!»

«O una celebre coppia di detenuti» sentenziò Berta. «Quand'è che metterai la testa a posto, Lestamano?»

«La mia testa va bene così com'è» replicò il ragazzo.

«Come preferisci. La vita è tua, ma bada a non trascinarti dietro un povero innocente».

«Dondolo è capace di decidere per sé. Pensate che ha vissuto tutta la vita in un orfanotrofio...»

«Oh, poverino!» A Ottavia si strinse il cuore. Avrebbe tanto desiderato abbracciare Dondolo, ma con le mani che si ritrovava proprio le era impossibile. «Che triste esperienza...»

«Be', non proprio triste...» si difese Eligio. «Avevo tanti amici...»

Ripensò per un breve istante ai bambini dell'Istituto con i quali aveva stretto amicizia. Uno era morto di enterite e un altro era finito al pellagrosario di Mogliano e di lui non s'era saputo più nulla. Molti erano stati dati in affidamento e uno erano venuti a riprenderlo dopo quasi otto anni i genitori naturali. Non era cosa facile all'Istituto mantenere dei rapporti che durassero nel tempo.

«E poi avevo una quasi sorella» aggiunse.

«Una quasi sorella? E che roba è una quasi sorella?» chiese Nàparo.

«Un'amica. Anzi, più di un'amica... una specie di sorella, appunto! E avevamo anche un sacco di roba da mangiare...»

«Non parlare di mangiare, ti prego! Ho una fame che mi farei fuori un bue intero! Corna comprese!» disse Straccaganasse, un omone grande e grosso con un viso rubicondo largo quanto un'anguria.

«E inoltre c'era il coro del maestro Corsini e un mucchio di spazio per correre e giocare. E il catechismo e le lezioni di italiano e matematica e...»

«Quasi quasi mi fai venir voglia di esser nata orfana» ridacchiò Berta.

Pitusso si avvicinò al gruppetto annusando l'aria con diffidenza. Girò intorno a Lestamano ringhiando, quindi si accoccolò ai piedi di Eligio.

«Questa poi!» esclamò Berta. «Vigliacco di un cane!»

Eligio allungò cautamente una mano per accarezzarlo.

«A tuo rischio e pericolo!» lo avvisò Lestamano.

Invece il piccolo cane nero e marrone che un giorno era rimasto attaccato per ore al braccio di un ladro di strada per difendere la propria padrona, si lasciò docilmente accarezzare e quando ne ebbe abbastanza saltò in braccio a Eligio e gli leccò la faccia scodinzolando.

Capitolo ottavo

1902. Le Corderie, Venezia

«Verrà Maria?»
«Ha detto di sì».
«Sarà una festa triste, quest'anno...»
«Perché?»
«Per via del campanile!»
«Dicono che i fuochi saranno modesti...»
«*Nisùn ga vogia de festegiàr...*»

Berta Straocio, Magoga, Patroclo, Ottavia, Renno, Livia, Fiordarancio, Nàparo, Straccaganasse e gli altri senzatetto delle Corderie parlavano della festa del Redentore che, come ogni anno, si sarebbe tenuta il terzo sabato del mese di luglio e quindi quella stessa sera.

«Scommetto che non si farà neanche vedere» disse Nàparo.

«Chi?»

«Maria! Oramai fa la signora!»

«Non è vero» replicò Berta.

«Quant'è che non passa di qua?» volle sapere Fiordarancio.

«Maria ha il suo lavoro, adesso» le rispose Berta. «È molto occupata...»

«Ho visto tanto dolore nei suoi piccoli occhi azzurri» disse Ottavia.

«E chi non ha dolore nei propri occhi?» sentenziò Nàparo.

«Io ne ho metà di voi perché ho un occhio soltanto!» rise Berta. Desiderava distogliere l'attenzione dei suoi amici da Maria. Non le andava di parlarne. Qualcosa dentro di lei la metteva a disagio.

«Pare che abbia un uomo…» se ne uscì Fiordarancio, alla quale non pareva vero poter parlare di fidanzati e matrimoni.

«Un uomo?»

«Un uomo! Avete presente?»

«E cosa fa?»

«Chi?»

«'Sto omo!»

«La corte a Maria!»

«La corte?»

«A Maria?»

«Perché, Maria non può avere un uomo? *Bea e inteligente come che la xe?*»

«La fame fa far i salti, ma l'amor li fa far più alti!» dichiarò Magoga mostrando i suoi denti penzolanti.

«Pare che sia il direttore della fabbrica nella quale lavora…»

«Un pezzo grosso!»

«Il *todesco*?»

«Il *todesco*!»

«Il figlio?»

«Certo, il figlio! Cosa vuoi che vada col padre?»

«Dicono che è un bel *toco* di giovinotto…»

«E di gran cultura…»

«Si sposeranno?»

«E chi lo sa? Spero che se si sposano portino i confetti!»

«Chissà che matrimonio!...»

«Roba da *siori*!...»

«In Basilica!»

«In Basilica, certo!»

«*Coe* damigelle!»

«*Coe* damigelle, certo!»
«E un gran pranzo!»
«Un pranzo da *siori*!...»
Berta lasciò gli amici alle loro chiacchiere. Lei non ne aveva voglia. Si alzò, come sempre a fatica, e se ne andò nel proprio cantuccio a pensare.

Non capiva come, ma qualcosa era cambiato. Sapeva che Maria, per quanto avesse promesso, quella sera non sarebbe venuta. Le loro strade stavano per dividersi, inevitabilmente e per sempre.

Maria viveva in una stanza ammobiliata, aveva un lavoro e uno spasimante facoltoso. Si stava allontanando da quell'universo di miseria e avanzi di ristoranti, notti umide e pessimi caffè che aveva condiviso con Berta. Non serviva essere particolarmente perspicaci per capire che le due donne non si sarebbero riviste mai più. Avrebbero vissuto nella stessa città, ma in due mondi distanti come da lì alla Cina. E in fondo, pensava Berta, non aveva nemmeno motivo di crucciarsi. Maria non era mai stata come loro, come i senzatetto. Aveva dimostrato fin da principio di avere qualcosa dentro che la rendeva diversa. Il suo passato era un mistero, ma un mistero che racchiudeva in sé tracce di una remota agiatezza. Il destino di Maria era quello. E per quanto Berta potesse dispiacersi e soffrire, non avrebbe potuto far altro che accettarlo, così come aveva accettato il proprio.

Quella sera andarono tutti in riva al bacino di San Marco, a vedere i fuochi d'artificio. Com'era triste il profilo della piazza senza *el paròn de casa*, il vecchio austero campanile, pensò Berta.

In mezzo a tutta quella gente che festeggiava, ai botti, ai fuochi colorati nel cielo, si sentì un po' più triste del solito e, furtivamente, pianse.

Maria, come Berta aveva previsto, non venne.

Capitolo nono

1902. Ufficio del segretario generale dello Spedale della Pietà, Venezia

«Oh, insomma! Che volete che faccia?» sbuffò il segretario generale.

«Vi sto chiedendo di rintracciare quel tale, Marco Caco».

«Perché?»

«Deve fornire delle prove sulla buona salute di Eligio».

«Ma perché?»

«Ve l'ho appena spiegato, signor segretario!»

«Intendo dire, perché d'un tratto vi interessa tanto?»

«Ho valide ragioni».

Erano passate all'incirca due settimane da quel giorno in piazza San Marco, ma suor Deodata non aveva smesso un solo istante di pensare a quanto le aveva detto Rosapineta.

La ragazza non era l'unica a nutrire dei dubbi circa la situazione di Eligio. Non era forse stata per prima la madre superiora a diffidare di quello strambo personaggio vago e improbabile quanto la sua giacca da direttore di circo? Eppure aveva la mezza medaglietta che combaciava alla perfezione con la metà appartenuta a Eligio. Tanto le era bastato per consegnare nelle mani di un perfetto sconosciuto una creatura che le era stata affidata undici anni prima. Aveva lasciato che il segretario generale e il Gran Consiglio decidessero del futuro di Eligio senza opporsi. Ma non era stato il segretario Trevisan a crescerlo, né i membri del Consiglio. La responsabilità era sempre stata sua. Allora come ora. Era stata sciocca e negligente e per questo non riusciva a darsi pace.

«Avete forse delle prove che quel tizio non sia il padre del bambino?»

«No, signore. Non ho alcuna prova. Ma consentitemi di dire che l'istinto alle volte può più di cento prove concrete...»

«Lasciate perdere queste assurdità! Venite ora a esprimere i vostri dubbi? Siete in ritardo di sette mesi! Non li avevate i dubbi, sette mesi or sono?»

«Li avevo anche allora».

«Allora avete fatto male a tacere!» replicò il segretario generale mettendosi a misurare nervosamente la stanza ad ampie falcate. «Quel che domandate adesso, madre, non è coerente con le nostre direttive».

«Le mie direttive, segretario generale, sono quelle di occuparmi dei bambini che vengono affidati alle cure di questo Istituto...»

«E lasciatemi dire che lo fate egregiamente...»

«Ma non ritengo terminato il mio compito nel momento in cui un esposto viene dato in affido o restituito».

Il segretario generale smise di andare su e giù e si fermò, piantando i suoi occhi su quelli della madre superiora, impresa a dir poco difficoltosa.

«Che intendete, di grazia?» chiese storcendo un po' il capo.

«Intendo dire, signor segretario, che mi sento responsabile del futuro dei bambini che cresco».

«È una questione di punti di vista...»

«È una questione di coscienza, se permettete. E di responsabilità».

«Io vi rispetto, suor Deodata, e vi ho sempre appoggiata. Ma non venitemi a dare lezioni di morale. Non ve lo consento!»

«Sappiate in ogni caso che non starò a guardare che ve ne lavate le mani».

«Come osate accusarmi di lavarmene le mani?» sbottò inviperito il segretario Trevisan.

«È quello che state facendo, signore. Senza offesa».

«Ma… ma… Oh, be'!... Che vorreste fare, dunque?»

«Il mio dovere. Assumermi le responsabilità che mi spettano».

«Andreste a bussare alla porta di quell'onest'uomo per costringerlo a mostrarvi come vive il suo bambino?»

«Esattamente!»

«Non siamo poliziotti! Non abbiamo alcun diritto di intrometterci nelle faccende private dei cittadini di Venezia!»

«Ne abbiamo diritto, eccome! Eligio è un nostro figlio!»

«Voi delirate!»

«E voi siete un cinico menefreghista!»

«Oh, be'!...»

«Oh be', lo dico io!»

«Oh, be'!...»

«Scusate il disturbo…» Suor Ondina, un po' più vecchia e più accartocciata su se stessa dal passare degli anni, fece capolino dalla porta.

«Che c'è?» abbaiò il segretario generale. «Suor Deodata e io stiamo avendo uno scambio di… ehm, opinioni. Tornate più tardi!»

«Perdonate se insisto, signor segretario. Una donna chiede di essere ammessa a colloquio».

«Quale donna?»

«Non ne ho idea, signore».

Il segretario Trevisan si ricompose. Si aggiustò il colletto e la cravatta, si lisciò i favoriti e si sistemò il *pince-nez* sul naso.

«Fatela accomodare» ordinò infine. «E voi restate» aggiunse all'indirizzo della madre superiora. «Non abbiamo ancora finito».

Suor Ondina sparì per fare ritorno pochi secondi dopo preceduta da una donna alta e dai lineamenti regolari. Indossava con grande eleganza un abito moderno con maniche a palloncino, un tailleur color verde inglese dal quale affioravano i pizzi di una linda camicetta di mussola. I capelli, biondo chiaro, erano morbidamente raccolti sulla nuca in un ampio chignon.

«Mi chiamo Maria Salieri» annunciò la donna risoluta. «E vengo a chiedere notizie di mio figlio, Eligio Salieri, deposto per necessità sulla ruota di questo Istituto undici anni fa».

Capitolo decimo

1902. Ufficio del segretario generale dello Spedale della Pietà, Venezia

«Sono Ignazio Trevisan, signora, segretario generale del pio Istituto della Pietà» rispose il segretario generale non appena si fu ripreso dalla sorpresa. «E questa è suor Deodata, la madre superiora che si occupa dei nostri ospiti».

Suor Deodata chinò il capo in un saluto composto.

«Dite dunque di essere la madre di Eligio» riprese Ignazio Trevisan prendendo posto alla scrivania.

«Non lo dico» precisò Maria. «Lo sono».

«Come preferite. Avete con voi il segnale?»

«Dunque è vivo?»

Il segretario generale guardò la madre superiora che gli restituì il suo famoso sguardo divergente.

«È vivo» disse il segretario generale.

«Sia lodato il Signore!» esclamò Maria. Sentiva il cuore martellarle il petto come se fosse sul punto di uscire squarciandole il torace e fuggirsene via.

«Sempre sia lodato» rispose suor Deodata.

«Già. Allora, questo segnale? Posso vederlo?»

«No, purtroppo. L'ho perduto molto tempo fa...»

«Ah! Questo è un guaio, signora Salieri».

«Un guaio? Non credo, signor segretario. Ho molte prove a conferma di quel che sostengo».

«E quali sarebbero queste prove?»

«Ho lasciato mio figlio Eligio sulla ruota dello Spedale nel novembre del 1891, in una notte di nebbia. Indossava un grembiulino e degli stivalini di lana...»

La madre superiora, frattanto, aveva aperto il grande armadio adibito ad archivio e, rinvenuta la scheda di accoglimento di Eligio, la consultava verificando quanto la donna andava dicendo. Finse di non vedere la scritta a grandi lettere che decretava *RESTITUITO*.

«Portava con sé il segnale, mezza medaglietta con l'effige della Beata Vergine e del Leone di San Marco» seguitò Maria «e aveva un... un difetto alla gamba destra».

Dovette sforzarsi per non cedere alle lacrime. Ripercorrere, come aveva fatto mille e mille volte durante gli anni, le vicende relative a quella notte la faceva soffrire sempre in ugual misura, come la prima volta, come se il tempo da quel novembre di undici anni prima si fosse fermato.

Suor Deodata passò la cartella al segretario generale il quale diede un'occhiata sbrigativa, quindi piantò i suoi piccoli occhi caprini in faccia alla nuova arrivata.

«Quante cose sapete» disse con finta ammirazione. «Si dà il caso, purtroppo, che non abbiate con voi il segnale».

«Vi ho detto poco fa che l'ho perduto».

«E dovremmo credervi? La vostra parola non basta».

«Come potrei essere a conoscenza di tutti questi particolari?»

«Alcuni fatti si possono desumere o riportare da altre voci... Potreste aver spiato!»

«Spiato? Ma che cosa state dicendo?»

«Signor segretario,» intervenne suor Deodata «mi permetto di...»

«Aspettate!» esclamò Maria all'improvviso. «Il messaggio! Lo scrissi la sera che lo... che lo abbandonai... Solo io posso conoscerne il testo!»

«Non vi è traccia di alcun messaggio qui dentro» disse il segretario generale, spulciando nella cartellina e richiudendola infine con un movimento a scatto che presupponeva definitivamente chiuso l'argomento.

«Chiamiamo Speranza» propose suor Deodata felice di aver finalmente un appiglio cui aggrapparsi. La cocciutaggine del segretario generale non solo la innervosiva, ma la imbarazzava agli occhi della donna. «Fu lei a redigere la scheda e fu lei ad accogliere Eligio quella sera. Sentiamo che ha da dire».

Capitolo undicesimo

1902. Ufficio del segretario generale dello Spedale della Pietà, Venezia

«Desideravate vedermi?» chiese Speranza facendo il suo ingresso nell'ufficio. Si guardò intorno arrossendo di vergognoso stupore.

«Sì, Speranza» rispose suor Deodata. «Si tratta di un caso delicato: Eligio. Leggi quanto tu stessa hai scritto sulla cartella che lo riguarda».

Speranza lesse. Sentiva su di sé gli occhi della madre superiora, del segretario generale e di quella misteriosa donna dai capelli biondi, i cui occhi azzurri le ricordavano prepotentemente quelli di Eligio. Quand'ebbe terminato raddrizzò la schiena.

«È tutto esatto?» volle sapere suor Deodata.

«Per quanto io ricordi, sì, madre».

«E cosa ricordi a proposito di un messaggio?»

«Un messaggio?»

«Il bambino non era accompagnato da un messaggio?»

«Non mi pare...»

«Rifletti Speranza».

«Non riesco a ricordare...»

«Vi prego» prese la parola Maria. «È importante...»

Speranza esitava, mordicchiandosi il labbro inferiore.

«Mi vedo costretta ad affidare il mio fanciullo alla cura di questo Spedale per trovatelli» recitò Maria. «Chiedo a Dio e alla Vergine di farmelo un giorno riabbracciare. Firmato una madre affranta...»

Speranza taceva, tenendo gli occhi al pavimento.

«Sforzatevi» la implorò Maria. «È il mio bambino».

«Mi pare di ricordare che... sì, c'era un messaggio» ammise Speranza con un filo di voce.

«Ah! E come spieghi che non sia nella cartella con gli altri documenti?» domandò suor Deodata.

«Forse è stato reso con il segnale».

«Non c'era nessun messaggio nella cartella quando Eligio... quando abbiamo controllato».

Maria era ancora all'oscuro del fatto che qualcuno, molti mesi prima, era venuto a reclamare la restituzione di Eligio. Il segretario generale aveva taciuto volutamente il fatto fino a quel momento e suor Deodata non aveva nessuna intenzione di contravvenire al suo volere.

«Speranza,» disse la madre superiora «se mi nascondi qualcosa, bada che non sarò tenera con te».

«Sapete com'è...»

«Com'è chi?»

«Non lo fa per cattiveria... È che il suo carattere la porta a compiere delle azioni...»

«Rosapineta?» La madre superiora sprizzava faville dagli occhi.

«Sempre lei!» sbottò il segretario generale.

«L'aveva lei, per quello io allora non lo registrai. L'aveva sottratto dall'archivio pochi giorni dopo l'arrivo di Eligio e per tutto questo tempo l'ha tenuto nascosto. Io... io ne sono venuta a conoscenza solo da poco...»

«Ondina!» gridò la suora. «Fate venire immediatamente Rosapineta!»

Capitolo dodicesimo

1902. Ufficio del segretario generale dello Spedale della Pietà, Venezia

La madre superiora diede una rapida scorsa al messaggio consegnatole a malincuore da Rosapineta.

«È più che evidente che questa donna è la madre di Eligio» disse rivolgendosi al segretario generale che la osservava da dietro i suoi antiquati *pince-nez*. «Credo sia giunto il momento di spiegare alla signora Salieri come stanno le cose».

«Quali cose?» chiese Maria allarmata.

«Suor Deodata ama drammatizzare» dichiarò con sufficienza il segretario generale. «In effetti non si tratta che di un piccolo malinteso...»

«Rosapineta, Speranza,» ordinò la madre superiora «potete andare».

«Volete spiegare?» insisté Maria.

Si udì il frusciare delle vesti delle due ragazze che lasciavano in tutta fretta la stanza. Poi, finalmente, nel silenzio imbarazzato che incombeva sui presenti, Ignazio Trevisan prese la parola.

«Sedetevi, signora Salieri» disse in tono grave.

Maria prese posto. Le sue mani torturavano nervosamente l'orlo della borsetta che teneva in grembo. «Allora?»

Il segretario sbirciò la madre superiora. Quindi prese un gran respiro accingendosi a fare quanto, suo malgrado, la propria posizione gli imponeva.

«È venuto un uomo, alcuni mesi fa» fu il suo inizio stentato.

«Un uomo? Quale uomo?»

«Portava il segnale».

«Il mio segnale?»

«La metà che combaciava con quella di Eligio» precisò suor Deodata.

«Dunque? Cosa intendete?»

«Non avevamo motivo di ritenere che... sì, insomma, perché avremmo dovuto dubitare?»

Maria era incredula. Scattò in piedi e poggiò le mani sulla scrivania, protendendosi minacciosamente con il busto. «Glielo avete consegnato? È questo che state cercando di dire? Avete dato il mio bambino a un estraneo?»

«Calmatevi, signora. Questo... quest'uomo si è presentato come il padre! Che dovevamo fare, secondo voi?»

«Un tizio qualunque vi mette sotto il naso mezza medaglietta e questo è sufficiente a che voi gli consegniate un bambino affidato alle vostre cure?»

Maria non poteva credere alle proprie orecchie. Si era preparata al fatto che Eligio fosse stato dato in affidamento, che fosse, Dio non volesse, addirittura morto. Ma mai che qualcuno lo avesse portato via con l'inganno.

«Come... come avete potuto?»

«Ci ha detto che la madre del piccolo era morta mentre lui era in guerra...»

«Non aveva documenti?»

«A che pro avremmo dovuto richiederli? Il bambino non ne ha, né sappiamo chi sono i suoi genitori! E poi, ve l'ho appena detto, era stato a lungo in guerra...»

Maria respirò a fondo cercando di trattenere la collera che le montava dentro.

«Potete descrivermelo?» chiese.

Un dubbio orribile l'aveva assalita. Stava ripensando al vero padre di Eligio, a quell'Alfonso che non appena avuta la notizia della gravidanza aveva preso il volo come le rondini a ottobre. Maria temeva che fosse tornato e per qualche oscuro motivo rivolesse il figlio che non aveva mai riconosciuto.

«Sessant'anni... scarsi» disse la madre superiora. «Gli manca il braccio destro...»

Maria si sentì sollevata. Non si trattava di Alfonso. Non tanto per il braccio, ma per l'età. E poi come avrebbe potuto Alfonso sapere dove si trovava Eligio?

«Come ha detto di chiamarsi?»

«Marco Caco» rispose il segretario generale.

«Marco Caco? E se si fossero presentati Arlecchino e Colombina, gli avreste ugualmente consegnato mio figlio?»

«Vedete di non eccedere» la riprese il segretario generale. «Non siamo qui per farci insultare!»

«Ci dispiace» mormorò suor Deodata.

«Non quanto dispiace a me. Potete starne certi» ribatté Maria. «Avete un suo recapito?»

La madre superiora diede una rapida scorsa al verbale di restituzione. «Calle Galiana» lesse. «Civico 1842...»

«Grazie tante!» sibilò Maria. Dopodiché, senza aggiungere altro, lasciò l'ufficio.

«Che modi!» si lamentò il segretario. «Se non fosse una donna io...»

«E state zitto una buona volta!» sbottò la madre superiora.

«Suor Deodata! Mi meraviglio di voi!»

«E io di voi! Anzi no, non dovrei farlo... Me lo sentivo che qualcosa non andava. Me lo sentivo! Me lo sentivo!»

«Ve lo sentivate, ve lo sentivate! E perché diavolo non me l'avete detto quando eravamo ancora in tempo? Si può sapere?»

«Preferisco fingere di non aver udito le vostre bestemmie» disse suor Deodata sistemandosi la cuffia. «E ora, se volete scusare, ho cose urgenti di cui occuparmi».

Il segretario generale alzò le spalle e andò all'archivio. Lo aprì e vi sbatté con rabbia la cartellina all'interno. «Al diavolo!» imprecò. «Al diavolo e ancora al diavolo!»

Capitolo tredicesimo

1902. Ponte di Rialto, Venezia

«Lo vedi quello con i baffi e l'aria svanita?»

«Quello con la giacca verde?»

«Proprio lui. Scommetto che è inglese! Gli inglesi hanno tutti quell'aria svanita!»

«Davvero?»

«Fidati di un vero esperto!»

«Mi fido. Vado io?»

Lestamano restò per qualche secondo a riflettere. «Non so...»

«Mi sento pronto! Davvero!»

«Forse dovresti esercitarti ancora un po', Dondolo...»

«Dai, amico. Fammi provare. Sono giorni e giorni che ti studio. Vedrai che non ti deluderò!»

I due ragazzi erano come al solito appoggiati alla spalletta del ponte, fingendo di interessarsi alle imbarcazioni che transitavano nel canale sottostante. In realtà tenevano d'occhio i passanti in attesa del tordo giusto da ingabbiare. Eligio si allenava tutti i giorni da quasi due settimane e ormai scalpitava per essere messo alla prova. Gli sembrava che le sue mani fossero diventate veloci e sensibili, proprio come voleva Lestamano, e che i suoi polpastrelli *vedessero* le cose come due autentici occhi.

«E va bene. Ma mi raccomando, fai attenzione».

«Farò attenzione!»

«Hai la mela?»

Eligio si batté una mano sulla tasca dei calzoni.

«Allora vai! E ricorda che *bessi fa bessi, peoci fa peoci*!»

«Soldi portano soldi, pidocchi portano pidocchi!» ripeté sorridendo Eligio. Guardò Lestamano vedendo riflesso in lui ciò che ora sentiva di essere diventato: un libero, audace, temerario ragazzo di strada.

Durante quelle due settimane lui e Lestamano erano diventati veri amici. Avevano condiviso ogni cosa, soprattutto rischi e pericoli, e se l'erano sempre cavata. Il cibo non mancava e il rifugio offriva loro protezione e riparo ogniqualvolta ne avevano bisogno. Non esistevano orari, né ordini da rispettare. Non c'erano suore o maestri o superiori a dirti quello che dovevi fare in ogni momento della giornata. Ecco la libertà di cui parlava Lestamano. Una volta che l'avevi assaporata, diceva, non potevi più sopportare la disciplina dello Spedale o di qualsiasi altro luogo.

La famiglia, come Eligio aveva avuto modo di imparare all'Istituto, era quella che ti creavi. E la sua famiglia ora era Lestamano.

Fece un gran respiro e prese a risalire la schiena del ponte. Quando l'uomo con la giacca verde fu a circa cinque metri, Eligio tirò fuori dalla tasca la mela e si mise a masticare. Si guardava intorno, come fosse anch'egli un turista indeciso in quale negozio soffermarsi. L'uomo con la giacca verde osservava le vetrine compiacendosi di quanto vedeva e quando incontrava una signora accennava a togliersi il cappello esibendo un gran sorriso.

È davvero un tordo, pensava Eligio avvicinandoglisi. *Sarà un giochetto.*

L'uomo veniva giusto nella sua direzione, la testa rivolta ora a destra ora a sinistra, come un bambino affascinato dalle luci e dai baracconi di un luna park. Eligio andò a sbattergli contro con passo deciso.

«Oh!» esclamò mostrandosi dispiaciuto. «Mi *fcufi*, mi *fcufi*!»

I pezzetti di mela finirono a ventaglio sulla giacca dell'uomo mentre Eligio, come stabilito, si affrettò a spazzolarla con entrambe le mani.

«Mi *fcufi*, mi *fcufi*!» ripeteva, e anche se ormai aveva la bocca vuota e brandelli di mela volanti non ce n'erano più, lui continuava a parlare a quel modo, tutto preso com'era dalla delicata missione.

Le sue dita localizzarono il borsellino dell'uomo in una delle tasche e, leste come mai lui stesso avrebbe pensato, s'infilarono all'interno per cogliere il frutto maturo.

Ma l'uomo con la giacca verde fu più lesto di lui. Gli afferrò il polso con una presa che pareva il morsetto di un falegname e con un sorriso beffardo disse:

«Beccato!»

Eligio rimase di sasso. Lo guardò incapace di parlare.

«Agente di Pubblica Sicurezza Durigon Felice!» si presentò l'uomo. «E tu sei in arresto, piccolo delinquente!»

«Ma... ma...» fu tutto ciò che riuscì a balbettare Eligio.

«Era da un po' che vi tenevamo d'occhio, voi ladruncoli di strada!»

Lestamano vide quanto stava accadendo e il suo primo istinto fu quello di svignarsela quatto come un ratto. Fece per voltarsi, ma subito si fermò. Non poteva abbandonare Dondolo, erano soci oltre che amici. Non sarebbe stato leale. Studiò velocemente la situazione. Il poliziotto sembrava solo. Forse con un po' di fortuna sarebbe riuscito a liberare Dondolo.

Lestamano si mise a correre sfilando tra la folla.

«Lasciatemi per favore!...» piagnucolava Eligio. «Non voglio andare in prigione!...»

«E invece ci andrai, furfante! Eccome! È finita la pacchia!»

L'agente di Pubblica Sicurezza Durigon Felice non vide nemmeno che Lestamano stava arrivando dritto contro di lui come un treno in corsa. Sentì soltanto un colpo, violento, alla schiena e fu costretto a mollare il polso di Eligio.

«Via! Via!» gridò Lestamano rialzandosi da terra.

Eligio non se lo fece ripetere due volte. Si precipitò giù dal ponte con la sua andatura sbilenca facendosi largo tra la gente a spintoni.

«Corri! Corri! Non ti fermare!» Sentiva Lestamano che gridava dietro di lui e il fischietto dell'agente che sbuffava come una caponera impazzita.

Infilò riva del Ferro e poi calle Bembo e infine calle dell'Ovo. Il fischietto del poliziotto non si udiva più. Si voltò per controllare se Lestamano lo stesse seguendo, ma non vide nessuno. Si acquattò sotto un portico e sbirciò da dove era venuto, ma non vide il suo amico. La gente che passava sembrava indaffarata nelle proprie cose e nei propri pensieri, come se nulla fosse accaduto. Non c'erano strilli o passi affrettati o commenti del tipo *Stanno inseguendo qualcuno!*, oppure *C'è la Pubblica Sicurezza!*, o ancora *Al ladro! Al ladro!* Tutto sembrava tranquillo.

Eligio ripercorse con circospezione calle dell'Ovo fino al suo sbocco in calle Bembo. Ma anche lì non notò nulla di strano. Allora abbandonò ogni prudenza e tornò in riva del Ferro. Giunto che fu, sporgendosi dall'angolo della calle, vide finalmente Lestamano che si dibatteva tra due forzuti poliziotti in divisa. Un terzo, quello in borghese con i baffi e la giacca verde, scrutava i dintorni sospettoso. Eligio si ritrasse immediatamente.

Che fare? Non avrebbe potuto in alcun modo aiutare Lestamano. Non contro tre uomini adulti. Non con quella gamba. Avrebbe ottenuto soltanto di venir acciuffato pure lui e sarebbe finito a marcire in prigione. Si sentì sperduto, solo e spaventato.

Lui non era come Lestamano, a dispetto di quel che credeva o voleva credere. Non ce l'avrebbe mai fatta in prigione. Non era un duro, un temerario, un eroe.

E poi, a differenza dell'amico, Eligio aveva delle alternative. C'era ancora qualcuno che gli voleva bene. Lui aveva Rosapineta e l'Istituto. Pensò che avrebbe potuto nascondersi lì in modo che se fossero venuti a cercarlo quelli della polizia o l'uomo con un braccio solo, non l'avrebbero trovato. Nonostante quanto accaduto durante quelle ultime due settimane, la sua casa, scoprì, era ancora lo Spedale.

Capitolo quattordicesimo

1902. Locale lavanderia, Spedale della Pietà, Venezia

La lavanderia era immersa nel vapore, così denso da sembrare nebbia, e Rosapineta gocciolava sudore come una tubatura malandata sbuffando presso gli asciugatoi. D'un tratto le sembrò di scorgere un'ombra scivolare alle proprie spalle. Si voltò di scatto e una figura emerse dal vapore come il personaggio di un sogno.

«Oddio, Eligio!» gridò spaventata. «Sei morto?»

Eligio avanzò sorridendo. Si tastò il corpo e rispose:

«No, non credo!»

I due ragazzi scoppiarono a ridere.

«Che ci fai qui?» chiese Rosapineta.

«Sono tornato!» Lo disse con naturalezza, come se si fosse allontanato solo per qualche ora. E Rosapineta, che non era abituata a commuoversi, dovette faticare non poco per reprimere una vera e propria cascata di lacrime che minacciava di riversarsi dai suoi occhi.

«Prima di tutto promettimi una cosa» le disse Eligio facendosi serio.

«Cosa?»

«Che non dirai nulla alla madre superiora».

«A che proposito?»

«Del fatto che sono qui! Se tornasse quel tizio senza un braccio, fai in modo che non mi consegnino a lui!»

«Non è tuo padre?»

«Mio padre? Quello è un lestofante, un brigante, un ladro, un farabutto, un manigoldo, una canaglia, uno *smanfaro*!...»

«Va bene, va bene! Ho capito».

«Mi nasconderai, vero?»

«Sì, sì, ti nasconderò».

Rosapineta gli accarezzò i capelli con un gesto carico di dolcezza, così lontano dai suoi modi abituali.

«Che è successo ai tuoi bei capelli?» volle sapere.

«Tagliati... diceva che avevo i pidocchi...»

«I pidocchi? Ma...»

«Mi aveva messo a lavorare in una fabbrica...»

«Una fabbrica?»

«Di scope!»

«Una fabbrica di scope! Tu? Un bambino?» Rosapineta era sbalordita. Sbalordita e felice al tempo stesso, poiché aveva nuovamente con sé Eligio e per non essersi sbagliata quando il proprio istinto le suggeriva che quell'uomo non aveva in realtà nulla a che vedere con il suo protetto.

«Se venisse a cercarmi tu non dirai niente, giusto?» insisté Eligio.

«Ti ho già detto di sì».

«E se venisse la polizia non dirai nulla neanche a loro!»

«La polizia? Che c'entra la polizia? Ti sei messo nei guai?»

«Tu prometti, senza fare domande!»

«Prometto. Che antipatico che sei!»

Eligio sembrò rilassarsi. Emise un sospiro profondo e gli parve, finalmente, di essere riemerso da una coltre soffocante di vecchie e polverose coperte.

Rosapineta gli teneva le mani, quasi a impedirgli di andarsene ancora una volta lontano da lei.

«È incredibile che tu sia qui!» disse. «Pensa che proprio due giorni fa...»

«Due giorni fa cosa?»

Rosapineta si pentì di aver parlato. Non era sicura che fosse una buona mossa raccontare a Eligio della visita di Maria.

«Niente» rispose in modo evasivo. «Due giorni fa pensavo a te...»

«Ah! Anch'io ti ho pensata. Ti ho pensata tanto...»

«Davvero? E cosa pensavi? Che sono una strega ritardata?»

«Come hai fatto a indovinarlo?» rispose Eligio scoppiando a ridere.

«Brutto rospo zoppetto!»

Si azzuffarono per qualche secondo e caddero avvinghiati sopra un mucchio di lenzuola da lavare.

«Pensavo al giorno che me ne sono andato...» disse Eligio quando le risa si furono spente.

«Anch'io. Mi dispiace non averti salutato».

«Anche a me...»

«Io ero arrabbiata, pensa che stupida, perché te ne andavi e mi lasciavi qui...»

«Io invece ero felice perché finalmente qualcuno veniva a portarmi via... Credevo che finalmente... che... che, sì insomma, a qualcuno importasse di me...»

Due lacrime si fecero strada giù per le sue guance sudice e smunte lasciando solchi più chiari.

«C'è la tua sorellina» disse Rosapineta stringendolo a sé. «A lei importa di te».

«Ogni sera pregavo una madonnina» singhiozzava Eligio «che stava sulla facciata di una casa... la vedevo dalla mia finestra... Le chiedevo di farvi stare bene e di non mancarvi troppo... E poi le chiedevo di darmi una famiglia, una vera famiglia...»

Rosapineta lo strinse più forte. Sentiva sul proprio petto le vene pulsare convulse nelle tempie di Eligio e il suo piccolo corpo scosso dai singulti.

«Dimentica quel mascalzone» gli sussurrò con dolcezza. «Sei al sicuro, ora. Sei al sicuro… *Ara bàra cotìro cotàra, bin bón cotìro sabión, fighi séchi lèva la bòta compare balòta…*»

«Rosapineta? Chi c'è qui dentro?» Qualcuno bussava alla porta.

Rosapineta spinse Eligio in un cesto di panni sporchi. «Nessuno, suor Elpidia!» rispose. «Cioè io! Rosapineta!»

«Con chi stavi parlando?» Il volto rugoso dell'anziana suora si affacciò nel locale lavanderia.

«Stavo parlottando tra me e me, sorella!»

Suor Elpidia fece una smorfia. «Sei sempre stata un po' matta, tu» disse tornando sui propri passi.

«Avete ragione, sorella! Sono matta, matta da legare!»

Dal cesto dei panni si levò un risolino soffocato e quando Eligio mise fuori la sua bionda testolina rasata si vide arrivare in piena faccia un paio di mutandoni.

Capitolo quindicesimo

1902. Le Corderie, Venezia

Maria aveva scoperto con contenuto disappunto che in calle Galiana non esisteva alcun civico 1842. In realtà l'aveva sospettato fin dall'inizio, da quando le era stato detto che il nome dell'uomo che aveva ottenuto la restituzione di suo figlio corrispondeva a quello di un personaggio veneziano di fantasia. *Ai tempi di Marco Caco*, si usava dire per intendere un fatto capitato tempo addietro. Così, quando alla fine di calle Galiana aveva constatato che l'ultima casa portava il numero 57, non si era per nulla stupita. Si era sentita solamente arrabbiata, e non tanto con il segretario generale o con la madre superiora o con la sorte che ancora una volta sembrava divertirsi con lei, ma con se stessa, per non aver potuto far nulla prima che quel farabutto si portasse via Eligio.

Decise di chiedere aiuto alla sua amica Berta. Si fece dunque accompagnare da Klaus Jurgen all'Arsenale, ma quando fu all'imbocco delle Corderie, lo pregò di attenderla all'entrata.

«Non sarà pericoloso?» volle sapere l'uomo.

«Pericoloso?» Maria sorrise. «Io ci vivevo lì dentro, Klaus. Non dimenticarlo».

Klaus annuì, comprensivo. Poi si ficcò le mani nelle tasche e rimase ad aspettare, scrutando con occhi attenti l'imponente e inquietante mole dell'edificio.

Il riverbero del sole nel cortile delle Corderie era così abbagliante che, attraversato il grande portone in legno, Maria venne sopraffatta dal buio. Il tanfo di muffa e di rifiuti la investì con prepotenza, così come la sensazione di trovarsi in un posto che non le apparteneva. Non più.

Occupava quella camera ammobiliata vicino al ponte dell'Accademia soltanto da un paio di mesi e tanto era bastato perché la sua mente avesse perduto il ricordo del lezzo e della miseria nella quale era vissuta per lungo tempo. Circa una volta ogni dieci giorni Maria faceva visita a Berta e ai senzatetto amici suoi. Portava del cibo e talvolta del denaro, che Berta faticava ad accettare. Tuttavia il suo nasino benestante si era assuefatto in fretta alla fragranza delle lenzuola pulite e del cibo fresco e ogni volta che lasciava le Corderie ringraziava la Provvidenza di averle concesso qualcosa di meglio.

Mosse due passi incerti nella penombra e subito udì il ringhio inconfondibile di Pitusso.

«Pitusso!» chiamò. «Sono io! Maria!»

Il cane smise di botto il suo ringhiare e corse festoso incontro alla donna.

«Ciao bello! Piccolo bravo cane! Dov'è la tua padrona?»

«Sono qui» rispose Berta spuntando da dietro una colonna. «Sei sola?» Berta scrutò l'oscurità alle spalle di Maria.

«Con chi dovrei essere?»

«Con il tuo fidanzato!»

«Fidanzato? Chi ti ha detto che...?»

«Le voci, da queste parti, corrono come il vento!» rise Berta.

«Me ne accorgo...»

«Dove l'hai lasciato?»

«Il signor Krull... Klaus, mi aspetta qui fuori...»

«Ti vergogni di noi?»

«Vergognarmi? Io?» disse Maria mostrandosi sorpresa. «Che dici?...»

«Allora perché sei entrata da sola?»

Maria confessò a se stessa che Berta aveva ragione. Ci si abitua più facilmente all'alto che al basso, si diceva. E Maria sentiva di non essere tanto diversa dagli altri. Le era stato difficile abituarsi a vivere come una mendicante, mentre aveva impiegato un attimo a sentirsi nuovamente una signora.

«Lo vado a chiamare...» disse con aria colpevole.

«Oh, lascia perdere» replicò Berta facendo compiere un arco a una delle sue stampelle. «Sta bene dove sta. Piuttosto, i ragazzi l'avevano detto che non saresti venuta».

«Dove?»

«Alla festa del Redentore».

Maria arrossì. Le era completamente uscito di mente, lusingata ed elettrizzata dalla prospettiva di trascorrere un'intera serata con Klaus Jurgen a bordo del suo battello.

«Mi dispiace...»

«Fa niente. Noi che non abbiamo nulla siamo come i cani» disse accarezzando Pitusso. «Ci doniamo completamente. Gli altri, invece, sono sempre alla ricerca di una contropartita».

«Sei ingiusta, Berta».

«Io ingiusta? È la vita ad essere ingiusta, mia cara. Non l'hai ancora capito?»

«Credo di essermene fatta un'idea...»

Berta non disse quel che pensava realmente e cioè che Maria venisse a far visita a lei e ai senzatetto per alleggerirsi la coscienza. Si persuadeva di alleviare le loro pene portando di tanto in tanto piccoli doni, ma non si rendeva conto che così facendo li umiliava. Quella che aveva di fronte, pensava Berta, non era più la Maria che lei aveva conosciuto molti mesi prima, quella Maria sperduta e sola al mondo che aveva un disperato bisogno d'aiuto. O forse le cose erano ancora diverse: la Maria che lei credeva di aver conosciuto non era mai esistita e la donna di allora era semplicemente figlia di un'avversa situazione contingente. In capo a qualche settimana nessuno avrebbe più rivisto quell'essere aggraziato e dai capelli d'oro, là alle Corderie. Berta era pronta a scommetterci l'altro occhio.

«Allora, come ti va?» chiese distrattamente. La sua domanda prescindeva da qualsiasi risposta.

«Devo confidarti una cosa...» Maria si guardò intorno. «È una faccenda molto delicata...»

«Qui sei tra amici» le disse Berta.

Maria cincischiò nervosa con l'orlo della propria giacca.

«Avanti, parla» la esortò la donna: tanto mistero la incuriosiva.

«Berta... io ho... ho un figlio».

Berta sogghignò. «Il *todesco* non perde tempo, eh?»

«Non hai capito. Non aspetto un bambino. Intendo dire che ne ho già uno, di undici anni!»

«Undici? E dove lo tenevi nascosto, sotto i mutandoni?»

«L'avevo affidato a un orfanotrofio perché non potevo tenerlo, non...» *qui alle Corderie*, avrebbe voluto aggiungere, ma fortunatamente si trattenne. «Non potevo» ripeté. «Ho commesso uno sbaglio, ma ora intendo rimediare e riprendermi il mio bambino».

«In tal caso, buona fortuna...»

«Non è questo il problema».

«Ah, no? E quale?»

«Qualcuno si è presentato all'orfanotrofio, mesi fa, ottenendone la restituzione...»

«Com'è possibile?»

«È una storia complicata. Un uomo si è spacciato per suo padre».

«Magari lo è».

«No, non si tratta di suo padre. È solo un impostore e io temo che possa fargli del male...»

«Mi dispiace».

«Ti chiedo di aiutarmi, Berta».

Berta la fissò con quel suo occhio solitario. *Gli altri sono sempre alla ricerca di una contropartita*, le aveva detto appena pochi minuti prima. Le venne da sorridere.

«Aiutarti? E come?»

«Tu e gli altri delle Corderie conoscete bene la città. Cercate di scoprire chi l'ha preso e dove lo tiene nascosto. L'uomo ha un braccio solo e una sessantina d'anni...»

«Nessun nome?»

Maria scrollò il capo.

«Un braccio solo, dici?... Chiederò ai ragazzi di tenere gli occhi e gli orecchi aperti».

Maria strinse tra le sue le mani della donna. «Grazie, amica mia. Grazie davvero!»

Berta restituì la stretta. «Non ti preoccupare...» rispose non trovando di meglio da dire. Si sentiva fredda e distaccata. Perché, si chiedeva, avrebbe dovuto aiutarla?

Maria estrasse dalla borsetta alcune banconote e le mise tra le dita di Berta. «Accetta questo denaro, ti prego».

Berta lo respinse. «Dimmi di tuo figlio».

«Si chiama Eligio e ha una malformazione alla gamba...»

«Hai detto che ha undici anni?»

«Li compirà a ottobre...»

«Ho conosciuto un ragazzino con un difetto simile. Si fa chiamare Dondolo o qualcosa del genere. L'età è quella...»

«Potrebbe essere lui?»

«Non ne ho idea. Gira in compagnia di quel ladruncolo, Lestamano. Te lo rammenti?»

Maria lo ricordava. Le aveva sempre dato l'impressione di un cucciolo abbandonato. «Sì, lo rammento» disse. «Pensi che potremmo parlargli?»

«Presto o tardi si farà vedere. Fai un salto tra qualche giorno. Se Lestamano torna, dirò che gli vuoi parlare».

«Berta, sei una vera amica».

Una vera amica avrebbe detto subito quel che sapeva, pensò Berta. Conosceva l'uomo dal braccio solo, Maso, e sapeva che con tutta probabilità quel bambino che si era allenato a rubare dalle tasche del pupazzo nel cortile delle Corderie, che era vissuto in un istituto per orfani e che ora era diventato il socio dei loschi affari di Lestamano, era il figlio di Maria. Ma aveva preferito tacere. In ogni caso, si disse, il ragazzino non si trovava più tra le grinfie di Maso e quindi non correva particolari rischi.

Prima o poi ne avrebbe parlato a Maria. Prima o poi le avrebbe detto la verità.

Non subito, però. Le sembrava una giusta *contropartita* lasciare che si crogiolasse nel brodo della colpa e del rimorso. Ancora per un po'.

Capitolo sedicesimo

1902. Spedale della Pietà, Venezia

La sala adibita a refettorio era stretta e lunga, con tre ordini di tavolati e di panche. Sulla parete opposta rispetto all'entrata vi era il tavolo delle religiose, alle loro spalle si trovava un'enorme croce lignea dalla quale pendevano antiche ragnatele costantemente agitate dagli spifferi provenienti dalle crepe degli infissi. La luce era fioca poiché le finestre, strette e alte, guardavano verso il chiostro chiuso da torreggianti mura, così che il sole faticava ad arrivarvi perfino nella stagione estiva e si doveva ricorrere, anche durante il giorno, all'utilizzo di lampade ad olio.

Suor Deodata si alzò in piedi per recitare la preghiera di ringraziamento seguita dalle altre consorelle in un frastuono di legni spostati e vesti fruscianti e il silenzio calò all'istante sull'aria immobile della sala. Tutti i bambini chinarono il capo sopra le mani giunte e la voce tagliente della madre superiora attaccò la breve orazione. Il suo tono non era lamentevole come quello, ad esempio, di suor Elpidia o di suor Ondina o come lo era stato, prima della sua dipartita, quello di sorella Angiolina. Sembrava piuttosto che la madre superiora si servisse delle preghiere come di un monito, di un avvertimento nei confronti di chi avesse avuto l'audacia di compiere atti malevoli. I suoi occhi, anziché serrarsi nello sforzo della concentrazione, vagavano sui presenti, come a voler controllare che nessuno osasse distrarsi e che tutti comprendessero appieno quali terribili castighi sarebbero toccati agli sciagurati peccatori.

Rosapineta alzò lo sguardo verso la madre superiora incrociandone gli occhi. Si sentiva in colpa per la faccenda del messaggio nascosto, ma, com'era nel suo carattere, non aveva alcuna intenzione di capitolare dinanzi a quello sguardo. Lo resse finché la madre superiora non terminò la preghiera e non si fu riseduta.

Alla fine del pranzo, Rosapineta le si avvicinò lungo il corridoio.

«Suor Deodata, posso parlarvi?»

«Se è quel messaggio ad angustiarti, Rosapineta, non ti devi preoccupare. Non ho intenzione di assumere provvedimenti nei tuoi confronti».

Rosapineta si sentì sollevata, ma fece del proprio meglio per non dimostrarlo.

«Grazie, madre» rispose. «Ma non era del messaggio che desideravo parlarvi».

«Ah no? E di cosa, allora?»

«Di quella donna».

«Quale donna?»

«La madre di Eligio».

Suor Deodata non disse nulla. Sentir proferire quelle parole ebbe l'effetto di amplificarne il significato e d'un tratto il rimorso che giorno dopo giorno logorava il suo animo le risultò insopportabile. Attese che un paio di sorelle svoltassero l'angolo del corridoio, quindi piegò leggermente il volto verso la parete, come a nascondersi.

«Madre,» le disse Rosapineta cercando di vederle il viso «che ho detto?»

Gli occhi, grandi e divergenti, che avevano fatto tremare generazioni di fantolini, si fecero umidi e gonfi di lacrime.

Rosapineta ne rimase sconcertata, ma in qualche modo felice: quelle lacrime riportavano la madre superiora tra i comuni mortali.

Suor Deodata la guardò con dolcezza, una dolcezza che quello sguardo sembrava non aver mai conosciuto. «Non lo so, bambina mia» rispose con voce rotta. «È che divento vecchia… e invecchiando comincio ad aver paura…»

«Paura voi? E di cosa dovreste aver paura?»

«Temo di aver commesso un errore tremendo e che possa essere accaduto qualcosa a Eligio. Quell'uomo, vedi…»

«L'uomo senza un braccio?»

«Sì, lui. Quell'uomo è un impostore. Gli ho dato Eligio e lui… Oh, il Signore non voglia che gli sia capitato qualcosa di brutto, altrimenti io…»

«Voi?»

«Rosapineta!» esclamò scacciando con un gesto della mano lo sconforto e quella inutile commiserazione di se stessa. «Dobbiamo fare qualcosa! Subito!»

«Proprio di questo ero venuta a parlarvi…»

«Come dici?»

«Non dovete preoccuparvi per Eligio…»

«Non devo?»

«Eligio è qui!»

«All'Istituto?»

«Sì, madre!»

«Com'è possibile?»

Rosapineta raccontò dell'incontro avuto nei locali della lavanderia.

«Dov'è ora?»

«L'ho nascosto nel sottotetto».

«Nel sottotetto?»

«Da tre giorni».

«E perché?»

«Ho dovuto prometterlo. Temeva che l'uomo con il braccio solo tornasse a reclamarlo».

Suor Deodata sorrise. «Che venga!» disse. «Avrà quel che si merita! Ora portami da lui!» Era nuovamente padrona della propria proverbiale e incrollabile fermezza.

«Vi prego, madre. Non obbligatemi».

«Che dici?»

«Non me lo perdonerebbe mai».

«Sei impazzita?»

«Sono stata onesta con voi, vi ho detto tutto. Ma non tradite la fiducia che Eligio ripone in me. Ve ne prego...»

Suor Deodata rimuginò sulla faccenda. Quindi acconsentì.

«E sia» disse. «Fingerò di non sapere nulla...»

«Vi ringrazio, madre!»

«Ma sia chiaro che se dovesse accadergli qualcosa la responsabilità sarà tua».

«Non ve ne pentirete!»

«Ora non mi resta che trovare quella donna e farle incontrare suo figlio. A Dio piacendo, questa storiaccia sta per concludersi positivamente». Gli occhi di suor Deodata, ora asciutti, fissavano lo spazio alle spalle di Rosapineta. «Vuoi sapere una cosa?» disse lasciandosi andare a una smorfia simile a un sorriso. «Mi hai tolto un gran peso dal cuore, piccola incosciente!»

Non appena rimase sola, Rosapineta corse su per le scale che conducevano al sottotetto. Aveva voglia di stare con Eligio, di recuperare il tempo perduto.

«Eligio?» chiamò arrampicandosi agilmente sulle travi. «Eligio? Sono io, Rosi!»

Rosapineta infilò la testa dentro quel rifugio che a lungo e per molti dei trovatelli era stato un luogo segreto, quello spazio vuoto ricavato sotto le tegole, che ardeva d'estate e gelava in inverno, con un abbaino tondo come un'occhiaia vuota attraverso il quale fantasticare guardando il cielo sopra Venezia.

«Eligio?»

Vide il giaciglio sul quale Eligio aveva dormito e il guanciale. Vide il piatto con i resti della cena della sera precedente e vide la caraffa dell'acqua, ma non vide Eligio.

Capitolo diciassettesimo

1902. Ca' Foscari, Venezia

«Desiderate?»

«Cerco una donna di nome Maria Salieri» rispose suor Deodata alla serva che si presentò sulla porta.

Si trovava a Ca' Foscari, dinanzi a palazzo Salieri, dimora di Settimo Salieri, commerciante di stoffe e padre di Maria. Vi era giunta grazie all'aiuto del parroco di San Giovanni Battista in Bragora, don Giacomo, che a Venezia si diceva conoscesse per nome persino i colombi.

Suor Deodata aveva chiesto a Speranza di accompagnarla.

«Preparati» le aveva detto incrociandola nel corridoio dello Spedale.

«Prepararmi, madre? Per cosa?»

«Andiamo in missione».

Speranza l'aveva guardata senza capire.

«Eligio è tornato all'ovile».

«Ovile?»

«Ma acqua in bocca, Speranza. Deve restare un segreto. Rosapineta teme che l'uomo con un braccio solo venga a riprenderselo… È nel sottotetto».

«L'uomo con un braccio solo?»

«No, sciocca! Eligio!»

«Capisco… e noi dove si dovrebbe andare, se non sono indiscreta?»

«A cercare la sua vera madre, Maria Salieri. Avanti, seguimi!»

La serva le squadrò entrambe, indecisa se rispondere oppure richiudere il portone.

«Mi dispiace, ma non c'è nessuna Maria Salieri in questa rispettabile casa» disse infine.

«Ne siete certa? Si tratta di una questione estremamente importante».

«Vi ho detto che non c'è».

«Fatemi parlare con qualcuno della famiglia».

«Non insistete, vi prego...»

«Che succede?» domandò una roca voce maschile. «Chi è?»

La serva si ritirò chinando il capo in segno di rispetto e al suo posto si affacciò sulla soglia un uomo d'età avanzata che si appoggiava claudicante a un bastone dal manico in avorio. Il suo volto, emaciato, indossava una maschera d'arroganza.

«Chi siete?» chiese in malo modo. «Che volete?»

«Sono suor Deodata, madre superiora del pio Istituto della Pietà, e questa è una novizia, si chiama Speranza. Siamo qui per avere notizie di una donna».

«Una donna?»

«Il suo nome è Maria».

Un'ombra oscura sembrò sorvolare per un istante il volto teso dell'uomo.

«Abbiamo per lei notizie della massima importanza» proseguì suor Deodata.

«C'è stata una donna con quel nome» disse l'uomo. Le sue labbra fremevano, così come la mano poggiata al bastone. «Era mia figlia. Ma ora è morta».

«Morta, dite?»

«Morta, avete inteso».

«Perdonate, signore, ma noi l'abbiamo vista non più tardi di una settimana fa. È venuta nel nostro Istituto...»

«Credete che io sia un bugiardo, sorella?»

«No, non lo credo...»

«Vi dico che avevo una figlia di nome Maria. Ma quella ragazza è morta. È morta ormai da molti anni».

«Ma permettete che...»

«Vi prego di lasciarci in pace» la interruppe l'uomo. «E di non riaprire ferite ormai rimarginate». Detto ciò richiuse il pesante portone del suo palazzo.

«Cosa ne pensate?» chiese Speranza.

«Penso che Maria sia tutt'altro che morta. A parte che per suo padre».

«Che faremo adesso?»

«Torniamo allo Spedale» rispose suor Deodata voltandosi di scatto. «Penserò a qualcosa».

Piazza San Marco sembrava un cantiere. Squadre di operai e volontari andavano e venivano come formiche, alle prese con macerie e calcinacci. Le due donne sostarono qualche minuto ad osservare le operazioni di recupero.

«È incredibile pensare che il campanile non ci sia più» disse Speranza.

«È vero. La piazza non pare più la stessa, ora».

«Aspettate!» le richiamò una voce alle loro spalle. «Vi prego! Aspettate!»

Suor Deodata e Speranza si voltarono. Un'anziana donna con un grande cappello piumato procedeva nella loro direzione agitando un fazzolettino.

«Dite a noi?»

La donna le raggiunse e, tamponandosi delicatamente lo spazio tra il naso e il labbro superiore, disse:

«Vi ho viste andar via dal palazzo e vi ho seguite, ma non mi riusciva di raggiungervi!» Ansimava per il caldo e lo sforzo della corsa. «Sapete, sono malata... malata di cuore e non dovrei affaticarmi...»

«Prendete fiato, signora».

Indossava un abito in seta impreziosito da ricami e bottoni di madreperla sul collo e sulle maniche. L'ampia gonna, dal bordo della quale spuntavano due ordini di merletti, era rialzata e resa sporgente nel posteriore dal *sellino*, un cuscinetto di crine attaccato in fondo alla schiena. La foggia dell'abbiglio e i modi della donna ne rivelavano l'origine altolocata.

«Grazie. Mi basterebbe un po' d'ombra...»

«Venite». Suor Deodata prese sottobraccio l'anziana signora e la condusse al riparo dai raggi del sole sotto le volte di un porticato poco distante.

«Dite, dunque. Perché ci avete seguito?»

«Mi chiamo Ada De' Castri... in Salieri».

«Siete la madre di Maria?» chiese suor Deodata.

La donna annuì. «Ho inteso che chiedevate di lei... Perché la cercate?»

«Non è morta, vero?»

Donna Salieri fece segno di no con la testa. «Ma per mio marito è come se lo fosse. L'ha cacciata di casa e ha cancellato il suo nome dalla famiglia...»

«Per quale motivo tanto odio da parte di un padre?»

«Maria portava in grembo il frutto del peccato! Dio la perdoni!»

«Il Signore l'ha già perdonata» disse la madre superiora. «Di questo ne sono certa. È suo padre che ora dovrebbe farlo».

«Ma per me,» proseguì la donna trattenendo a stento le lacrime «per me è sempre la piccola Maria. Una madre è madre per sempre...»

«Amen».

«Voi... voi l'avete veduta?» domandò poggiando una mano tremante sul braccio di suor Deodata.

«È venuta al nostro Istituto, lo Spedale della Pietà, a reclamare il suo bambino».

«Dunque è vivo!»

«Sì, è vivo. Il suo nome è Eligio».

«Eligio Salieri...» La donna pronunciò quel nome come rapita.

«È vostro nipote» intervenne Speranza. «Ed è un bambino bellissimo».

«Purtroppo è accaduta una disgrazia» disse la madre superiora.

«Alla mia figliola?»

«In realtà si tratta di un equivoco...»

«Un equivoco? Spiegatevi, badessa!»

«Potremmo definirlo un equivoco burocratico. Eligio è stato erroneamente affidato a un uomo che non è il padre, e Maria è venuta a saperlo. Ora il piccolo è al sicuro, nuovamente allo Spedale, ma non sappiamo come rintracciare vostra figlia per disporre la restituzione».

«Io... io credo di sapere dov'è!»

Speranza e suor Deodata si guardarono stupite. Poi, come se fossero una l'immagine specchiata dell'altra, si voltarono verso la donna.

«Voi lo sapete?»

«Alcuni mesi fa il minore dei miei figli, Marco, affacciandosi a una delle finestre del palazzo vide una donna che guardava verso la casa. Supponendo che si trattasse di una mendicante o di una ladra, la scacciò, ma poco dopo fu assalito dal dubbio di aver riconosciuto in quella donna dagli abiti laceri e dimessi la sorella scomparsa. Così corse in strada e la seguì, senza che lei se ne avvedesse. La sera stessa venne a riferirmi che si trattava realmente di Maria. Si era sistemata in un vecchio edificio in disuso in compagnia di alcuni barboni. Ne parlai immediatamente a mio marito, ma lui non volle sentir ragioni. Disse che finché lui era in vita Maria sarebbe rimasta solo un ricordo. Vietò a me e ai suoi figli di avvicinarla o di aiutarla in alcun modo...»

«Ma è terribile!»

«Io però non mi diedi per vinta e pensai che se non potevo prendermi cura di lei, avrei comunque potuto seguire le vicende della sua vita e, in caso di assoluta necessità, avrei affrontato le ire di Settimo pur di salvare la mia bambina. Così incaricai Marco di tenermi aggiornata sui fatti che la riguardavano. Seppi che aveva trovato impiego in una fabbrica di scope, all'isola della Giudecca, e che, con i primi guadagni, aveva affittato una stanza vicino all'Accademia...»

«Dunque è là che potremo trovarla!» disse suor Deodata.

La donna annuì. «Vi farò avere l'indirizzo domattina, come prima cosa».

Capitolo diciottesimo

1902. Campo San Samuele, Venezia

«Allora, ti piace?»

Maria era letteralmente senza parole.

«Oh, Klaus… Non so davvero che dire...»

«Una volta sposati ci verremo a stare insieme».

«Sarà bellissimo!»

«Fino a quel momento ci vivrai tu. La stanza che hai in affitto non fa per te».

«Tu dimentichi dove ho vissuto per lunghi periodi della mia vita…»

«Quell'epoca è finita, Maria. Non sarai più costretta ad adattarti alla miseria, al freddo, alla sporcizia. Te lo giuro!»

Maria lo abbracciò forte.

«Grazie, Klaus. Sei così buono».

«Domattina porteremo qui le tue cose. Penserò io a liquidare eventuali pretese da parte della tua padrona di casa».

Si trovavano nell'ampio e luminoso appartamento con vista su Canal Grande che Klaus Jurgen aveva acquistato appositamente per le nozze, all'ultimo piano di un antico palazzo in campo San Samuele. Maria non riusciva a restare ferma per la felicità. Volteggiava di stanza in stanza come un'ape sui fiori, deliziata della bellezza del mobilio, della raffinatezza degli arredi e delle stoffe, dell'eleganza di ciascun soprammobile.

Pian piano però la sua danza perse vitalità e il suo volto da radioso che era, si adombrò, crucciato.

«Che succede, mia cara?» chiese Klaus Jurgen.

«Pensavo a Eligio... Potrà mai vedere tanta bellezza? Potrà mai essere questa anche casa sua?»

Klaus Jurgen la tenne stretta a sé. «Lo sarà. Abbi fede. Hai saputo qualcosa da quella donna, quella Berta?»

«Andrò da lei nel pomeriggio. Spero che possa aiutarci. Non so... mi è sembrata diversa l'ultima volta che l'ho vista...»

«Diversa in che senso?»

Maria scosse la testa. «Forse è solo una mia impressione... Se non la conoscessi, direi quasi che si tratta di invidia».

Quel pomeriggio, alle Corderie, Berta aspettava la visita di Maria. Sarebbe venuta, stavolta. Sarebbe venuta perché c'era di mezzo la sorte di quel suo figlio illegittimo e non una stupida festa cittadina.

Il tam tam del passaparola aveva portato i suoi frutti. La storia raccontata da Lestamano era vera: il piccolo con la gamba deforme veniva dall'Istituto della Pietà dove Maso, vecchia conoscenza dei bassifondi di Venezia, lo aveva prelevato soltanto per metterlo a lavorare in una fabbrica alla Giudecca. Eligio però era riuscito a fuggire. Berta conosceva bene quel furfante di Maso, se non altro perché era stato Pitusso a provocargli la ferita che aveva portato all'amputazione dell'intero braccio. Era accaduto una dozzina di anni prima, durante un tentativo di furto ai danni del carretto che a quel tempo Berta gestiva al mercato di Santa Maria Formosa. E se Maso aveva avuto la peggio, a lei non era andata tanto meglio. Quell'occhio cieco gridava ancora vendetta.

Le voci più recenti dicevano che la polizia avesse compiuto un arresto a Rialto qualche giorno prima e che vi fossero implicati dei ragazzini, forse Lestamano.

Berta avrebbe dovuto raccontare tutto questo a Maria, ma qualcosa dentro di sé le suggeriva di tacere. Non le sembrava giusto che la fortuna arridesse così sfrontatamente a quella donna. Maria aveva trovato l'amore, il denaro e anche il figlio perduto, mentre a Berta restavano come sempre le briciole: quel vecchio cane pulcioso, un corpo sgraziato minato dalla malattia e qualche lira proveniente dalle elemosine. Non c'era uno straccio di giustizia al mondo. E nel frattempo l'acredine nei confronti della sua vecchia amica si faceva sempre più radicata nel suo animo.

Così, quando Maria venne, Berta disse che non si sentiva bene.

«Hai bisogno di un dottore? Te ne manderò uno».

«Non ti disturbare, grazie. Sono solo un po' stanca. È tutto questo caldo...»

«Dicono che pioverà...»

«Non so cosa sia peggio, se il caldo che m'indebolisce il cuore o l'umido che mi taglia in due i lombi...»

«Hai saputo nulla di Eligio?» chiese Maria dopo un imbarazzato silenzio.

Berta fece segno di no.

«Neppure dell'uomo con un braccio solo?»

«Nessuna novità» rispose Berta laconicamente.

Ottavia, poco distante, ascoltava il loro dialogo, le mani nodose e doloranti strette al petto.

«Berta,» disse ancora una volta Maria «se sai qualcosa ti prego di dirmelo».

«Non so niente, Maria. Te l'ho già detto».

«Si tratta di mio figlio...»

«Non ne so nulla».

«Ho atteso undici anni per rivederlo».

«Mi dispiace. Mi dispiace veramente, per te e per il tuo bambino, ma non posso aiutarti».

Berta chiuse gli occhi fingendo di appisolarsi. Maria rimase a guardarla in silenzio per qualche minuto. Infine se ne andò mesta, con la convinzione avvilente che la sua amica le avesse mentito.

Mentre attraversava ponte dell'Arco su rio San Martino, a poche decine di metri dall'Arsenale, sentì una voce chiamare il suo nome.

«Maria! Maria! Aspetta!»

Capitolo diciannovesimo

1902. Ponte dell'Arco, Venezia

Maria si voltò. Ottavia correva verso di lei tenendosi le mani in grembo, come a proteggerle.

«Ottavia. Che ci fate qui?»

«Non me ne voglia Straocio, ma io non posso fingere di non sapere!»

«A cosa vi riferite?»

Ottavia si guardò intorno quasi si sentisse spiata. «Berta non vuole dirti quello che sa... Avrà i suoi motivi, non sono qui per giudicare, però se c'è di mezzo un bambino... non voglio entrarci, io».

Maria la afferrò per le spalle. «Ditemi quel che sapete, Ottavia. Ve ne prego!»

Così Ottavia raccontò quel che si diceva in giro, dell'uomo con un braccio solo e dell'arresto di Lestamano.

«E pensate che sia mio figlio ad essere stato arrestato?»

«Credo che dovresti andare alla polizia».

«È quello che farò! Grazie Ottavia... Dio vi benedica!» Le sorrise, porgendole alcune banconote. «Ecco, prendete!» Quindi la baciò sulla guancia.

«Grazie... grazie, Maria!»

Maria corse verso la Centrale di Pubblica Sicurezza che si trovava alle Procuratie, dietro piazza San Marco. All'ingresso, l'agente Daniele Zarattin la squadrò con attenzione. Non si vedevano di frequente donne di classe mettere piede in una stazione di polizia. Sicché l'uomo si diede una lisciata ai baffi e sorridendo chiese cosa desiderasse.

«Cerco una persona» rispose Maria. «Un ragazzo. Potrebbe essere stato arrestato qualche giorno fa, sul ponte di Rialto...»

Il poliziotto la osservò attentamente. Gli abiti erano signorili e freschi di sartoria, il viso curato e i capelli puliti e ordinati, raccolti sulla nuca in una crocchia. Le mani, invece, tradivano il lavoro cui erano state sottoposte. Abiti eleganti, si disse l'agente Zarattin che reputava se stesso una vecchia volpe del commissariato, non andavano d'accordo con mani tanto sciupate. Né con ragazzini da riformatorio. Quella donna che si spacciava per una falsa benestante non lo convinceva. Le scoccò un'occhiata scostante e senza risponderle tornò alle carte in cui era immerso prima che lei facesse la sua comparsa.

«Mi avete sentita?» chiese Maria.

«State insinuando che sia sordo, per caso?»

«No, vi ho semplicemente fatto una domanda...»

«Dovete attendere che abbia finito».

Dopo più di un quarto d'ora l'agente Zarattin alzò lo sguardo e guardò Maria. Sembrava che la vedesse per la prima volta.

«Voi siete quella del bambino arrestato?» le chiese con aria annoiata.

«Avete finito adesso?»

«Non vi conviene fare l'insolente con me!» replicò il poliziotto.

Maria s'impose di rimanere calma e paziente. In passato aveva pagato a caro prezzo certe intemperanze. «Mi dispiace, non era mia intenzione» rispose compita.

Zarattin sembrò soddisfatto. «Prendete un foglio, lì sopra, e compilate una richiesta scritta» grugnì. «Sempre cha sappiate scrivere».

«So scrivere» disse Maria.

«Quando avrete terminato, firmate».

Maria fece come le era stato detto. Prese un foglio bianco da una pila e scrisse che cercava un ragazzino di circa undici anni, con una malformazione alla gamba destra, rispondente al nome di Eligio. Aggiunse che poteva essere stato arrestato per un furto al ponte di Rialto la settimana precedente, in compagnia di un coetaneo noto come Lestamano. Firmò il foglio e lo consegnò al poliziotto.

«Lasciatelo qui sopra» disse l'agente Zarattin senza guardarla. «E fatevi rivedere tra qualche giorno».

«Tra qualche giorno? Ma è una cosa importante!»

«Non osate alzare la voce con me!» strillò il poliziotto battendo un pugno sul bancone.

«Perdonatemi. Faccio solo presente che potrebbe trattarsi di mio figlio, signor agente».

«Non è affar mio! Figlio o non figlio, dovete tornare! Questa è la prassi!»

«Ma...»

«Fate silenzio! Siete al cospetto di un pubblico ufficiale, non scordatelo! E poi non mi ingannate con le vostre arie da gran signora!» disse storcendo le labbra in una smorfia di disgusto. «Com'è che avete a che fare con un delinquente, eh? Siete una poco di buono anche voi?»

«Come vi permettete?»

«Avete i calli sulle mani e le unghie rovinate! Dove l'avete rubato quel vestito?»

Maria era allibita. E non solo. Si sentiva umiliata, oltraggiata e soprattutto indifesa. Si guardò intorno ma non trovò aiuto. Solo facce divertite o indifferenti.

«Questo è decisamente troppo! Desidero parlare immediatamente con un vostro superiore!»

«Filate prima che vi faccia sbattere dentro!» ridacchiò l'uomo.

Maria prese il foglio che aveva compilato e dopo averne fatta una palla la scagliò contro il poliziotto. Era un gesto inutile e insensato, di pura rabbia.

«Cosa...? Come...? Oltraggio a pubblico ufficiale!» starnazzò l'agente Zarattin sbigottito da una simile sfrontatezza. «Oltraggio a pubblico ufficiale! Arrestatela!»

«Voi non siete degno di chiamarvi pubblico ufficiale!»

«Arrestatela!» continuava a gridare l'agente Zarattin in preda a una sorta di invasamento. «Arrestatela! Arrestatela!»

Maria non aveva fortuna con le cose della giustizia, questo ormai era più che evidente.

«Non mi farò mettere in galera un'altra volta!» urlò mentre la trascinavano via. «A costo di evadere scavando la terra con le unghieeeeeeeee!»

Quando nella stazione di polizia tornò la calma, l'agente Zarattin si lisciò i baffi e con l'aria di uno che la sapeva piuttosto lunga, disse ai colleghi presenti:

«L'avevo capito da subito, io, che quella era una poco di buono. E che portava rogne».

Capitolo ventesimo

1902. Riva degli Schiavoni, Venezia

Speranza e suor Deodata stavano rientrando dalla loro visita a palazzo Salieri ed erano quasi giunte all'imbocco di calle della Pietà, quando la loro attenzione fu attirata da una giovane donna che distribuiva manifestini tra la folla declamando slogan con voce stentorea.

«Clara Fornasari, rappresentante del sindacato lavoratrici tessili di Varese, e Anna Maria Mozzoni, fondatrice della Lega degli Interessi Femminili, parleranno alle donne di Venezia domenica alle sette in campo San Tomà, sotto la vecchia Scuola dei Calegheri. Non mancate!»

Alcuni passanti, però, sembravano non gradire quel genere di avvenimenti e non mancavano di farlo notare, lanciando commenti per la maggior parte rozzi e volgari.

«Donne!» seguitava la ragazza ignorandoli. «Sostenete il sindacato delle lavoratrici!»

«Le femmine dovrebbero occuparsi dei mestieri di casa!» disse una voce.

«Corri a casa che ti si brucia la pignatta sul fuoco!» la schernì qualcun altro.

«Non hai proprio niente da rammendare? Ti trovo io qualcosa, se vuoi!»

La ragazza continuò imperterrita. «Chiediamo una legge che tuteli i nostri diritti!»

«Quali diritti?» disse un tizio dallo sguardo vacuo, come se si fosse appena svegliato o levato da un tavolo coperto di calici di rosso all'osteria.

«I vostri stessi! Uomini e donne sono uguali!»

L'uomo le colpì il braccio con un movimento scomposto facendo volare per aria i volantini.

«Ma che fate?...»

«Mi disgusta sentire certe cose!» disse sputando a terra un grumo di catarro. «Vattene a casa!»

Speranza aveva visto abbastanza. «Come vi permettete?» intervenne frapponendosi tra i due. Il suo volto mandava vampate di rabbia e pudore.

«Eccone un'altra! Cos'è, un'epidemia questa?» L'uomo sogghignava a quelli che aveva intorno, cercando consensi.

«Sporco scimmione retrogrado!» gridò la ragazza dei volantini e fece per scagliarglisi contro. Fortunatamente per lei Speranza la trattenne cingendole la vita.

«Che fai, sei pazza?» le sussurrò all'orecchio.

Tra gli astanti, qualcuno sorrideva divertito, qualcun altro solo per imbarazzo, ma nessuno sembrava voler prendere le difese delle due ragazze. L'uomo frattanto, alimentato dalla propria tracotanza, rivolto ai passanti sentenziava:

«La testa delle femmine è buona solo per battere i pali!»

«Razza di zotico animale!» gli urlava la ragazza. «Mentre voi ve ne stavate al calduccio in una caverna, la rivoluzione francese stabiliva che uomini e donne devono essere trattati allo stesso modo!»

«Allora vattene in Francia! Sgualdrina!»

Suor Deodata se n'era rimasta fino a quel momento in disparte, la cuffia calcata sulla testa e le mani infilate nelle maniche. Non era costume che una religiosa nella sua posizione prendesse parte a una disputa da strada. Almeno fino a che le cose non fossero degenerate.

«Per le donne come voialtre ci vuole il bastone!» ringhiò l'uomo.

«E scommetto che un galantuomo come voi sarebbe pronto a prendere a bastonate anche me» intervenne la superiora. «Ho ragione?»

L'uomo restò per qualche attimo interdetto.

«Spiegatemi cos'è che vi dà tanto fastidio? La faccia della ragazza o i caratteri di stampa dei volantini?»

La gente radunata intorno ridacchiò divertita.

«Voi che c'entrate?»

«Forse vi irrita il fatto che qualche donna abbia una testa e sia capace di farla funzionare?»

«Statene fuori, sorella. Non ce l'ho con voi...»

«Oppure siete preoccupato perché se le donne si mettono a pensare voi sarete costretto a trovare qualcos'altro per battere i vostri pali?»

Anche Speranza e la ragazza del sindacato sorrisero.

«Clara Fornasari» lesse a voce alta suor Deodata raccogliendo da terra alcuni volantini «e Anna Maria Mozzoni, della Lega degli Interessi Femminili, parleranno alle donne di Venezia domenica alla vecchia Scuola dei Calegheri, a San Tomà! Non mancate!»

La piccola folla di curiosi applaudì accettando il manifestino che la suora porgeva loro. L'uomo invece grugnì. Quindi, vista la mal parata, se ne andò, non prima di aver sottolineato il proprio disappunto con un paio di pesanti imprecazioni.

«Di cosa si tratta?» chiese Speranza dopo aver letto il testo di uno di quei foglietti.

«Chiediamo di essere riconosciute come donne e come lavoratrici» rispose la ragazza infervorandosi. «Lavoriamo più degli uomini, ma il nostro salario è la metà. Ci danno molti dei lavori scartati dagli uomini. Non è giusto».

«Ma cos'è un sindacato?» volle sapere Speranza.

«Il sindacato è un'associazione che difende gli interessi di chi lavora. Quello delle lavoratrici tessili, del quale fa parte Clara Fornasari, è attivo a Varese già da tredici anni e ovunque ne stanno sorgendo di nuovi. Le donne cominciano a prendere finalmente coscienza della loro realtà!»

«Basta che le donne non si scordino di essere madri e mogli» sibilò suor Deodata che, in accordo con la posizione della Chiesa, vedeva nell'eccessiva emancipazione della donna il rischio di smarrire non solo l'ordine della famiglia, ma dello stesso tessuto sociale. «A voler ricoprire troppi ruoli, si finisce per svolgerli male tutti quanti».

«La signora Mozzoni» riprese la ragazza «dice che l'emancipazione femminile è la suprema, la più vasta e radicale delle questioni sociali, capace di unire le donne di tutti i ceti per la causa della loro libertà e del loro riscatto!»

Speranza era affascinata. Non era certa di aver compreso, tuttavia si sentiva colpita.

«Dobbiamo andare» la richiamò suor Deodata.

Speranza restituì il volantino alla ragazza.

«Tienilo» disse questa. «Magari ti va di venire».

«Sono solo sciocchezze» commentò acida suor Deodata quando lei e Speranza furono rientrate all'Istituto. «Deliri di donne insoddisfatte delle loro famiglie. Quando esci alla ricerca di qualcosa significa che non l'hai trovata in casa tua!»

«Ma prima, lì fuori, vi siete messa a distribuire i volantini...»

«Non certo per il loro contenuto! Desideravo unicamente render la pariglia a quel maleducato. Non mi interessano inutili riunioni tra donne che si credono di poter cambiare il mondo» disse. «Ma non tollero che un gradasso, per giunta ubriaco, si permetta di maltrattare una povera ragazza».

Speranza quella sera si ritirò nella propria stanza ripensando alle parole di suor Deodata. Non sentiva di condividerle. Le sembrava che prendere posizione per migliorare la propria condizione, donna, uomo o ragazzo, non fosse né una cosa sciocca né una cosa inutile. E a ben vedere si trattava di faccende ben più concrete che pregare, cantare in un coro e lavare panni sporchi.

Durante la notte sognò di trovarsi fuori dall'Istituto, per strada, sotto una pioggia di manifestini recanti tutti la faccia di suor Deodata che la fissava furente. Speranza ne afferrò uno per osservarlo meglio e con enorme stupore vide che la bocca della madre superiora, una bocca fino a quell'istante solo disegnata, all'improvviso si metteva a parlare. *Quando esci alla ricerca di qualcosa significa che non l'hai trovata in casa tua!* le diceva la suor Deodata del manifestino. Speranza lo lasciò cadere a terra sgomenta. Ma presto udì unirsi a quella voce, le voci di tutti gli altri fogli, di tutte le altre suor Deodata, che ripetevano come una grottesca cantilena sempre la stessa frase: *Quando esci alla ricerca di qualcosa significa che non l'hai trovata in casa tua! Che non l'hai trovata in casa tua! In casa tua!* Nel sogno, trasformato ormai in un incubo, Speranza stava per essere letteralmente sepolta da una quantità indicibile di manifestini parlanti pesanti come tegole, se non fosse giunta ad offrirle un inaspettato appiglio una mano misteriosa. Speranza vi si era aggrappata con forza e disperazione e subito la mano l'aveva trascinata via dalla massa soffocante di fogli, verso la libertà. Una volta rimessa in piedi, Speranza aveva scoperto, senza eccessiva sorpresa, che la mano apparteneva alla ragazza che annunciava il comizio femminista. Speranza l'aveva ringraziata di averla salvata, ma la ragazza, guardandola con aria di sfida, le aveva risposto: *Ora tocca a te fare qualcosa. È un bel pezzo che aspetto. Ora tocca a te.* A quel punto si era svegliata.

Era già mattino e qualcuno la scrollava vigorosamente per le spalle.

Capitolo ventunesimo

1902. Spedale della Pietà, Venezia

«Suor Deodata! Un messaggio per voi». Suor Elpidia fece accomodare nell'anticamera dell'amministrazione un ometto basso di statura dai modi ossequiosi.

«Sono un servitore di casa Salieri» si presentò questi quando suor Deodata apparve dalla scalinata. «E porto un messaggio della mia padrona. Ecco, tenete».

La madre superiora prese il foglio che l'uomo le porgeva.

Gentile Sorella,

ringraziandoVi ancora per esserVi interessata sì amorevolmente alle vicende della mia figliola Maria, Vi comunico l'indirizzo del suo ultimo recapito.

Calle di Mezzo, al civico numero 1265, interno 3.

Prego il Cielo affinché ella possa riunirsi al frutto del suo ventre e mi adopererò perché il marito mio riacquisti l'assennatezza perduta e possa alfine perdonare nostra figlia e accoglierla nuovamente in casa.

Con devozione

Ada De' Castri Salieri

«Sorella Elpidia!» chiamò la madre superiora dopo aver letto il messaggio. «Devo uscire. Pensa tu a ricompensare degnamente questo brav'uomo!»

I primi raggi di sole filtravano dalle imposte socchiuse, facendo brillare particelle di pulviscolo sospeso da tempo immemorabile nei vetusti locali dell'amministrazione.

«Venite in cucina» disse suor Elpidia. «Vi piacciono le mele?»

«Mele? Non avreste un goccetto di vino, sorella?...»

Al piano inferiore Rosapineta, con l'angoscia nel cuore, scuoteva le spalle di un'assonnata Speranza.

«Che succede?»

«Oh, Speranza...»

Rosapineta aveva gli occhi arrossati e due mezzelune scure sopra gli zigomi.

«Si può sapere che...» Speranza vide che il letto accanto al suo era intatto. «Dove hai dormito?» le chiese.

«Non ho dormito affatto!... Si tratta di Eligio!...»

«So tutto» la anticipò. «La madre superiora mi ha confidato che è nascosto nel sottotetto...»

«Non è così!»

«Che vuoi dire?»

«Che era nel sottotetto e che ora non c'è più!»

«Ma la madre superiora ha detto che...»

«La madre superiora non sa che è scomparso!»

«Glielo hai riferito?»

«Non ancora...»

«Perché?»

«Perché era sotto la mia responsabilità...»

Speranza sbuffò. «E dove pensi che sia?»

«Non ne ho idea. Spero non nei guai. Era terrorizzato da quell'uomo...»

«Quello con un braccio solo?»

«E quale se no?»

All'improvviso una consapevolezza orribile colpì Rosapineta: che l'uomo con un braccio solo avesse rapito Eligio.

«Che hai?» le chiese Speranza vedendola sbiancare.

«E se fosse stato rapito?»

«E da chi? Dall'uomo senza un braccio?»

«Certo, certo! Da lui!»

«Non essere precipitosa, Rosapineta. La fretta, come ben sai, è cattiva...»

«... consigliera. Parli come suor Deodata!»

«Sono sicura che c'è una spiegazione...»

«È naturale che c'è una spiegazione, Speranza. Quello che temo è che sia una brutta spiegazione, una spiegazione terribile!»

«Calmati. Non potrebbe essersi semplicemente allontanato?»

«È stato l'uomo con un braccio solo, me lo sento! Non chiedermi come faccio a saperlo, ma è così! Tu non sai di cosa è capace quello! Eligio mi ha raccontato che lo faceva lavorare in un'orrenda fabbrica di scope e che sua moglie è una spietata assassina e che l'avevano rinchiuso in uno sgabuzzino pieno di muffa e di scarafaggi e...»

Speranza afferrò il volto dell'amica e lo accostò al suo: «Rosapineta, ascoltami! Devi stare tranquilla, capisci? Tutto si sistemerà».

«Io non ce la faccio a restare qui ad aspettare che torni. E se andassi a cercarlo?»

«E dove? Potrebbe essere ovunque! Gireresti la città a vuoto! Lascia solo che la madre superiora...»

«Suor Deodata! Giusto!» Rosapineta si liberò dalla stretta di Speranza. «Vado immediatamente a parlarle! Deve mettersi alla ricerca di Eligio! Subito! Non c'è tempo da perdere!...»

«Rosapineta!»

Ma la ragazza, in preda a una convulsa frenesia era già in fondo al corridoio diretta verso la stanza della madre superiora.

«Madre! Suor Deodata! Aprite!»

Bussò più e più volte contro la porta ma non ottenne alcuna risposta. Così, sempre correndo, si precipitò sulle scale, salendo i gradini tre alla volta verso gli uffici dell'amministrazione.

«Suor Deodata!» chiamò a voce alta quando fu nell'anticamera. «Madre superiora! Siete qui?»

«Che c'è? Cos'è questo baccano?» chiese suor Ondina uscendo dall'ufficio del segretario generale.

«Cerco suor Deodata!» disse Rosapineta. «Ho assoluto bisogno di parlarle!»

«Be', ti toccherà aspettare, allora. La madre superiora è uscita di buon'ora».

«Uscita? Per andare dove?»

«Non l'ha detto».

«E quando tornerà?»

«Non ha detto nemmeno questo».

«E io come faccio?»

«Non lo so, ma ringrazia il Cielo che il segretario generale non è ancora arrivato, altrimenti lo sentivi! Gridare a questo modo! Vergogna. Non son modi da giubilata, questi!...»

Capitolo ventiduesimo

1902. Calle di Mezzo, Venezia

Suor Deodata lasciò l'Istituto con l'indirizzo della madre di Eligio teso davanti a sé, come un cane da caccia che si lancia all'inseguimento della preda fiutandone le tracce.

Era decisa a trovare Maria Salieri e a portarla allo Spedale. Lì l'avrebbe fatta incontrare con Eligio e tutto finalmente sarebbe andato a posto, compresa la sua coscienza. A dispetto di quella del segretario generale. Raggiunse calle di Mezzo e sul portone del civico numero 1265 quasi si scontrò con un uomo alto, di bell'aspetto, dai capelli biondi e dai baffetti curati.

«Perdonate» disse l'uomo cedendo il passo alla madre superiora. Aveva l'accento straniero.

«Perdonate voi» rispose suor Deodata guardando con un occhio l'uomo e con l'altro il portone.

Salì le scale per prima, sentendo i passi del giovane dietro di sé. Percorse lo stretto corridoio e infine si fermò dinanzi alla porta corrispondente all'interno 3, come indicato nel messaggio. L'uomo era sempre dietro di lei. Suor Deodata fu sul punto di voltarsi e chiedere perché mai quel giovanotto così ben vestito si interessasse tanto a un'anziana suora, quando una testa sbucò dalla porta adiacente.

«Cosa volete?» Era una donna bassa, dall'apparente età di sessant'anni, con i capelli arruffati e grigiastri e un'esagerata quantità di belletto sulle labbra.

«Prego?» chiese l'uomo.

«Cosa volete?» ripeté la donna. «Ah!» aggiunse subito dopo. «Ma io voi vi conosco. Siete il fidanzato della Maria, il *todesco*!»

«Voi?» disse suor Deodata compiendo una rotazione verso il giovane. «Siete il fidanzato di Maria Salieri?»

Klaus Jurgen apparve sorpreso. «Conoscete Maria?»

«Sicuro che la conosco!» rispose suor Deodata.

«E com'è che la cercate?»

«Ho urgente necessità di parlarle».

«A proposito di cosa?»

«È una faccenda personale. E voi? Che ci fate qui voi a quest'ora del mattino?»

«Anch'io ho bisogno di parlare con lei...»

«E con me?» intervenne la donna con il rossetto. «Nessuno si degna di parlare con me? Sono io la *paròna de casa*! È con me che dovete parlare della Maria!»

Suor Deodata e Klaus Jurgen si zittirono.

«Oh, là!» fece la padrona di casa soddisfatta. «E comunque con la Maria non ci parla nessuno!»

«Ah no?»

«Non c'è. Ieri sera non è rientrata».

«Come sarebbe che non è rientrata?»

«Va be' che siete *todesco*, ma lo capite l'italiano? Non è ri-en-tra-ta!»

«Non è possibile!»

«E invece è possibile! A me non mi scappa niente!»

«Perché dite che non è possibile?» volle sapere suor Deodata.

«Perché non avrebbe dove andare» rispose Klaus Jurgen. «A parte il nuovo appartamento... ma lì non c'è, ne vengo ora!»

«Un nuovo appartamento?» fece la donna. «E qui? Non ci vuole più stare qui?»

«Dove potrebbe essere?» chiese suor Deodata.

«Non ne ho idea… Spero solo che non le sia accaduto qualcosa… non me lo perdonerei mai!»

«Insomma,» sbraitò la padrona di casa «cos'è 'sta storia del nuovo appartamento, eh?»

«Calma giovanotto, calma. E voi» disse la madre superiora rivolta alla donna «che avete da impicciarvi dei fatti degli altri?»

«Cosa?»

«Mi avete capito bene! Non avete pentole sul fuoco o *braghe* da stirare? Su, andate a fare un po' di mestieri, alla faccia dell'emancipazione!»

«Ringraziate il Cielo che siete una donna di chiesa, altrimenti io…»

«Altrimenti cosa? Piuttosto, se dovesse tornare Maria ditele che ci sono importanti comunicazioni per lei allo Spedale della Pietà. Avete capito? Vi guadagnerete un posto nel Regno dei Cieli».

La donna replicò qualcosa di irripetibile, quindi rientrò in casa sbattendo la porta.

«Avete menzionato lo Spedale della Pietà» disse Klaus Jurgen mentre scendevano le scale.

«Sono suor Deodata» si presentò la madre superiora.

«Klaus Jurgen Krull».

«E cosa fate nella vita, Klaus Jurgen Krull?»

«Attualmente dirigo la fabbrica di scope di mio padre. Dunque, avete a che fare con lo Spedale della Pietà?»

«Diciamo che anch'io dirigo una specie di fabbrica. Una fabbrica di persone. Per conto di qualcuno che sta molto in alto».

«Quindi è per questo motivo che conoscete Maria?»

«Vi ho già detto che si tratta di una questione riservata».

«Eligio?»

Suor Deodata lo guardò non nascondendo la propria sorpresa.

«Dunque ne siete al corrente».

«Maria è stata molto onesta con me».

«Vedo. Dite un po', quando avete visto per l'ultima volta la vostra promessa?»

«Ieri pomeriggio. Doveva recarsi alle Corderie...»

«Alle Corderie?»

«Qualcuno... una certa Berta, le doveva dare notizie».

«A proposito di cosa?»

«Di Eligio e di un uomo con un braccio solo...»

«È proprio di questo che ero venuta a parlarle» esclamò suor Deodata. «Eligio è da noi, all'Istituto! Al sicuro!»

«Davvero?»

«È fuggito dall'uomo che l'aveva preso con l'inganno e ora è nascosto nel sottotetto!»

Klaus Jurgen batté il pugno contro il palmo della mano, determinato. «Allora dobbiamo assolutamente trovare Maria!»

«Alle Corderie! È da lì che inizieremo a cercarla!»

«Che aspettiamo?»

Alle Corderie incontrarono Berta, la quale perse l'ennesima occasione per raccontare quello che sapeva. Disse semplicemente che Maria era stata a trovarla il giorno precedente, nel pomeriggio, e che poi se n'era andata senza dirle dove. Quando suor Deodata le chiese se aveva rivelato a Maria notizie riguardanti suo figlio, Berta rispose che non aveva potuto dire nulla a Maria per il semplice fatto che non sapeva nulla in proposito.

Mentre suor Deodata parlava con Berta, Klaus Jurgen si guardava intorno inorridito. C'erano vecchiume e spazzatura ed escrementi e topi che gironzolavano indisturbati dappertutto. Com'era possibile che Maria avesse davvero vissuto in un posto come quello?

«Sentite» disse suor Deodata quando lei e Klaus Jurgen furono nuovamente all'aria aperta. «Non so spiegare perché Maria non sia rientrata nella sua stanza ieri sera. Però so cosa faremo noi ora».

«Cosa?»

«La cosa più logica».

«E sarebbe?»

«Tornare allo Spedale e attendere che Maria si faccia viva».

«Perché dovrebbe?»

«Ho lasciato istruzioni precise sia all'affittuaria che a quella Berta: qualora capitasse loro di incontrarla, devono dirle che ci raggiunga lì, che abbiamo notizie importantissime che la riguardano».

«Comincio a non capirci più niente...» confessò Klaus Jurgen.

«Lasciate fare a me, giovanotto. E affrettate il passo!»

Non ci misero molto a raggiungere lo Spedale. Quando suor Deodata fu nel suo ufficio, fece accomodare Klaus Jurgen, gli servì dell'acqua da bere, dopodiché chiamò Elpidia.

«Fai venire Rosapineta» ordinò.

Ma anziché Rosapineta, dopo un tempo lunghissimo si presentò Speranza.

«E tu che vuoi?» chiese la madre superiora.

«Suor Elpidia mi ha detto che cercate Rosapineta».

«Per l'appunto. Perché non è qui?»

Speranza esitò.

«Non cominciare Speranza!» tuonò suor Deodata. «Se hai qualcosa sulla lingua è meglio che lo tiri fuori immediatamente!»

«È che...»

«Speranza t'avverto: non farmi perdere altro tempo!»

«Rosapineta non si trova» sputò Speranza.

«Come sarebbe a dire?»

«Credo che se ne sia andata...»

«Andata dove?»

«A cercare Eligio, suppongo».

«Intendi dire fuori dall'Istituto?»

Speranza annuì.

«Scemenze! Eligio è nel sottotetto. Vallo a chiamare».

Speranza non si mosse. Il suo viso, in fiamme, era una sintesi di tutti gli imbarazzi conosciuti.

«Cos'altro devi dirmi?»

«Non si trova nemmeno Eligio...»

Klaus Jurgen balzò in piedi. «Come?»

«È da ieri che Rosapineta non ne ha notizie» confessò Speranza. «Così oggi mi ha detto che voleva andare a cercarlo, che temeva che quell'uomo, quello senza un braccio, potesse averlo preso un'altra volta...»

«E con questo fanno tre» mormorò la madre superiora sconsolata.

«Tre?» chiese Klaus Jurgen confuso.

«Rosapineta, Eligio e Maria. Tutti e tre scomparsi...»

«Ne ho abbastanza!» esclamò Klaus Jurgen. «Vado alla polizia!»

«Alla polizia?» domandò suor Deodata.

«Alla polizia!» ribadì Klaus Jurgen muovendo verso la porta.

La madre superiora esitò. «E polizia sia» convenne infine. «Elpidia! Esco di nuovo!»

Capitolo ventitreesimo

1902. Convento dei Gesuiti, Venezia

Eligio, seppur a malincuore, aveva deciso di lasciare lo Spedale. E con esso Rosapineta.

Aveva resistito soltanto un paio di giorni in quel soffocante sottotetto. Due giorni durante i quali non aveva fatto che pensare al suo amico Lestamano. Si sentiva in colpa per averlo abbandonato senza aver tentato nulla per salvarlo. Lestamano, al contrario, non solo non aveva esitato un solo istante nel correre in suo aiuto, ma era stato addirittura acciuffato al posto suo. E questo Eligio non riusciva a perdonarselo.

Rivedere Rosapineta dopo tutti quei mesi era stato bellissimo. Tuttavia, nello starle accanto, Eligio aveva provato una sensazione nuova e in qualche modo imbarazzante, la sensazione di non avere più la stessa comunanza di un tempo, la stessa implicita intesa. Sentiva affetto per Rosapineta, un affetto sincero, e anche gratitudine, ma il rapporto con Lestamano, che aveva la sua stessa età, gli era parso più naturale, più immediato fin da subito. E più giusto.

Quel che non coglieva più, in Rosapineta, era la spontaneità e l'innocenza del loro precedente stare insieme e, a sorpresa, questa consapevolezza lo amareggiava meno di quel che avrebbe creduto.

Raggiunse il convento dei Gesuiti che era quasi il tramonto.

Entrare nel rifugio e vedere gli oggetti di uso quotidiano sparpagliati ovunque gli fece credere per un istante che il suo amico fosse tornato.

«Lestamano!» chiamò.

Ma Lestamano non rispose.

Si mise a sedere sul giaciglio di paglia che utilizzavano come letto con la testa tra le mani. Tutta la solitudine che gli derivava dalla sua condizione gli piombò addosso in un solo momento. Eligio pianse a lungo, singhiozzò e si disperò, finché sfinito cadde addormentato.

Si svegliò che il sole era già alto. Aveva fame. Cercò tra le provviste e scovò del pane e della frutta secca. Ne mangiò avidamente, quindi uscì all'aria aperta.

Il sole e la pancia piena fecero sì che le cose, rispetto alla sera precedente, gli sembrassero diverse. Lestamano prima o poi sarebbe stato rilasciato, o magari sarebbe fuggito, e avrebbe fatto ritorno al nascondiglio. Si trattava solo di aspettare e in breve la coppia di lestofanti più bella e audace del mondo sarebbe tornata in azione! Così la pensava Eligio quella mattina. Era solo una questione di tempo.

Con rinnovato ottimismo attraversò rio Santa Caterina e si tuffò nell'intrico di calli della città.

Camminava dandosi un tono, con il mento alto e le braccia mollemente ondeggianti lungo il corpo. Questo suo strambo modo di camminare serviva a dargli sicurezza, l'aveva visto fare a Lestamano, e poco importava se a causa di ciò il suo dondolio risultava ancor più marcato.

Passando accanto a un fruttivendolo rubò una mela che mangiò con gusto, sbirciando senza reale interesse le vetrine dei negozi. Si sentiva libero e, nonostante quanto accaduto a Rialto al povero Lestamano, invincibile. Sapeva come rubacchiare il cibo necessario a sopravvivere, aveva un rifugio nel quale nascondersi e nessuno che gli dicesse cosa fare e quando e come farlo. La vita sembrava sorridergli. Se solo Lestamano fosse stato lì con lui…

Verso mezzogiorno si fermò di fronte a una macelleria. Le salsicce che penzolavano in vetrina gli misero immediatamente fame. Dalle trattorie lungo le calli provenivano aromi di pesce alla griglia, di stufati di carne con cipolle e patate e di soffritti. Che fame aveva! Decise di concedersi un pasto serio, seduto come si conveniva al tavolo di un ristorante. L'unica cosa che gli mancava era il denaro e a quei tempi se un ragazzino prendeva posto a un tavolo, non mangiava se prima non mostrava di avere i *bessi* per pagare.

Così cominciò a guardarsi intorno cercando di individuare tra i passanti il soggetto giusto. Il pollo da spennare, avrebbe detto Lestamano.

Come sempre c'erano molti turisti, con la solita aria distratta, troppo presi dai monumenti e dalle stramberie di Venezia per fare caso a chi gli camminava accanto sfiorandoli.

E dopo tanto cercare, Eligio credette di aver individuato il pollo che faceva al caso suo. Era un omino piccolo e grasso, in apparenza solo, che si guardava intorno di continuo consultando una mappa della città. L'episodio accaduto al ponte di Rialto aveva reso Eligio più guardingo. Non si sarebbe fatto gabbare due volte di seguito. Così seguì l'omino piccolo e grasso per un bel pezzo prima di decidersi a entrare in azione. Nel frattempo il suo stomaco mandava segnali inequivocabili: la fame era arrivata a livelli di guardia. Doveva spicciarsi.

Da come pendeva la giacca dell'uomo, Eligio capì dove portava il portafogli: era un altro dei trucchi insegnatogli da Lestamano. Gli si mise alle calcagna, accordando il passo a quello di lui e non appena l'omino si fermò per dare l'ennesima occhiata alla guida, Eligio gli finì volontariamente addosso.

«*Ouff!...*» fece l'omino colpito a un fianco da un gomito di Eligio.

La mappa cadde a terra e sia l'uomo che Eligio si chinarono per raccoglierla.

Quando si rialzarono la tasca delle *braghe* di Eligio aveva qualcosa in più e quella della giacca dell'ignaro turista qualcosa in meno.

«*Merci*» bofonchiò l'ometto. «*Grasie tanta!*»

Eligio fece un cenno con la mano e sparì inghiottito dalla folla.

Svoltato l'angolo di un campo prese a correre come un leprotto azzoppato. Voleva allontanarsi il più possibile e poi, con tutta calma, deliziarsi gli occhi e il palato con il bottino raccolto. Non era male in fondo la vita di strada, pensò imboccando una viuzza striminzita, di quelle che permettono alle persone di passare una per volta. Ma non appena infilata la calle, Eligio andò a sbattere contro un uomo che ne usciva, il quale, per evitare che il ragazzo cadesse, prontamente lo afferrò per un braccio.

«Mi scusi, signore» disse Eligio alzando lo sguardo sullo sconosciuto. «È che vado piuttosto di fretta...»

«Ma non mi dire...» rispose una voce a lui fin troppo nota.

Nonostante il caldo umido di quelle giornate estive, Eligio si sentì improvvisamente gelato, come se qualcuno, da un balcone, gli avesse gettato sulla testa una tinozza di acqua e ghiaccio. Le parole gli si spensero in gola.

«Abbiamo fatto progressi, vedo» ghignò Maso.

Capitolo ventiquattresimo

1902. Calle Civran, Venezia

Si ritrovava nuovamente in quella odiosa stanzetta con la tappezzeria lacera e ammuffita, con il materasso di paglia e fieno e con quel ridicolo treppiede che reggeva il catino scheggiato. Dalla finestra vedeva il solito campo con il pozzo giusto nel centro, la solita casa di mattoni con il tetto a punta e la statua della madonnina sulla facciata. Tutto come prima. Tutto come se quelle due settimane di libertà non fossero mai esistite.

Eligio stentava a credere a quanto gli era capitato. Gli sembrava un assurdo scherzo del destino, una beffa in piena regola. O un incubo, dal quale prima o poi si sarebbe svegliato. Il suo cuore, greve di pena e di incertezza, si chiedeva se al mondo esistesse qualcuno più sfortunato di lui.

Sentiva l'uomo con un braccio solo che parlottava nell'altra stanza con quella Anna o Arianna, o come accidente si chiamava.

«Hai sbagliato a riportarlo qui» lo rimproverava lei.

«Perché?»

«Sei cieco, per caso?»

«Consideralo un investimento!»

«Investimento per cosa? Per la galera? Se quello ha parlato con qualcuno siamo più fritti di una teglia di calamari!»

«Macché parlato! Quello pensava solo a rubare!»

«Un ladro? Non credo che gli insegnassero a rubare quand'era all'Istituto...»

«Ti dico che ha imparato! Dovevi vederlo che volpone!»

«Come è scappato la prima volta quello ti riscappa, credimi».

«Se soltanto ci prova, stavolta l'ammazzo!»

Eligio, che sedeva spalle al muro cingendo con le braccia le ginocchia raccolte, sprofondò la testa tra le gambe, impaurito.

«Sì, l'ammazzi! Ma fammi il piacere!»

«Vedrai» insisté Maso.

«E cosa vuoi fargli fare?»

«Il ladro, è chiaro! Si dà già un gran da fare!»

«Vuoi metterlo a rubare per noi?»

«Sta' a vedere» disse l'uomo. «Ragazzo!» gridò rivolto alla porta della stanzetta. «Vieni qui! Subito!»

Eligio obbedì. «Eccomi» disse entrando nel salottino.

«Dai alla tua matrigna una dimostrazione di quel che sai fare».

«Non è la mia matrigna!» ringhiò Eligio. «E tu non sei mio padre!»

«Non ha alcuna importanza quel che siamo. Quello che davvero importa, caro ragazzo, è che d'ora in avanti tu farai esattamente ciò che ti diremo di fare. Altrimenti...» Maso avanzò minaccioso poggiando la mano su una protuberanza della giacca.

Eligio ingoiò amaro, ma preferì non replicare.

«Avanti!» lo invitò Maso. «Sfilami il portafogli! Fa' vedere che sai fare!»

L'aria opprimente di umidità era impestata dalla puzza di sigaro che la donna masticava incessantemente.

Maso grondava sudore. Il collo della camicia e l'orlo del *gibus* mostravano aloni giallastri di trasandatezza. Si posizionò al centro della stanza fingendo di guardarsi intorno come un qualsiasi turista. «Su!» ordinò. «Che aspetti?»

Eligio gli arrivò alle spalle urtandolo. «Mi scusi, signore» disse risistemandogli la giacca. «Sono proprio sbadato».

«Già, sei davvero un ragazzino sbadato!» rispose Maso stando al gioco.

Eligio indietreggiò di un paio di passi, quindi esibì, stretto nella mano, un coltellino a serramanico.

Maso compì un balzo all'indietro per la sorpresa. «Ridammelo!» gridò tastandosi la giacca. «Ridammelo immediatamente!»

Aristea rideva di gusto, mostrando sui denti marciti pezzetti di sigaro. «Che babbeo!»

«Dovevi soffiarmi il taccuino, stupido storpio!»

«Ho preso anche quello!» esclamò Eligio mostrando nell'altra mano il portafogli di Maso.

«Oh! Questa poi!» Maso si fece restituire la propria roba, poi prese ad osservare Eligio come un collezionista avrebbe fatto con un quadro d'autore. «Diavolo, ce l'hai davvero nel sangue!»

La donna si alzò a fatica dalla poltrona e, ciondolando sulle grosse gambe, si avvicinò a Eligio. Non rideva più.

«Non avrai spifferato in giro qualcosa di noi, vero?» disse afferrandolo per le orecchie.

«Ahi! Mi fate male!»

«Rispondi o ti rendo storpio anche dall'altra gamba!»

«No, lo giuro!»

«Lo spero per te, ragazzino. Lo spero davvero. Perché se scopro che mi hai mentito, non ci metto molto a disfarmi di te. Intesi?»

Eligio annuì impaurito. Ripensava a quanto gli aveva raccontato Lestamano a proposito di quella donna. Si diceva che fosse un'assassina e che avesse ammazzato un uomo a coltellate. Era quello che l'aveva sempre spaventato in lei, lo sguardo del diavolo: lo sguardo di un'assassina.

«Domani lo condurrò al Mercato Coperto» disse Maso. «Lì avrà modo di mettere in mostra tutta la sua abilità!»

Aristea grugnì e lo lasciò andare con una spinta.

Più tardi, rinchiuso a doppia mandata nella sua stanza, Eligio guardava fuori dalla solita finestrella riflettendo sulle ingiustizie della vita. Non c'era davvero pace per lui. Sarebbe più riuscito a scappare? Forse sì, ma se l'avessero ripreso ancora una volta le cose si sarebbero messe piuttosto male. Quella donna, a differenza dell'uomo con un braccio solo, dava l'impressione di fare sul serio e di dar seguito alle minacce che proferiva. Il futuro di Eligio era tutto in quella misera camera e, ahi lui, nelle grinfie di Maso che se ne sarebbe servito per far quattrini. Un futuro davvero triste e privo di speranza. Sempre che la donna non l'uccidesse prima.

Eligio guardò giù, nel campo. C'era una strana agitazione nell'aria.

Sotto la casa di mattoni era stato approntato un tavolato e c'erano gruppetti di persone raccolte qua e là. Una giovane donna con la testa coperta da un velo nero si aggirava inquieta all'angolo della calle. Sembrava essere in attesa di qualcosa o di qualcuno, ma al contempo si guardava intorno circospetta, come se temesse di essere scoperta.

Eligio accostò il viso al vetro, incuriosito. Passarono solo pochi secondi e, come se una voce invisibile l'avesse chiamata per nome, la donna sollevò gli occhi verso di lui.

Eligio rimase di stucco. *Non è possibile*, pensò. Già era difficile immaginare quella persona in giro per le calli della città, figuriamoci sotto la casa di un furfante come Maso!

Anche la donna restò sorpresa nel vederlo. E allo stesso modo si chiese cosa mai ci facesse Eligio dietro quella finestra. Pur confusa, lo salutò timidamente con la mano.

Eligio iniziò a fare ampi cenni con le braccia e a sgranare gli occhi per attirare la sua attenzione.

La donna parve riflettere. Quindi, guardandolo, mise un dito sulle labbra come a voler significare di non dire nulla e si allontanò.

Capitolo venticinquesimo

1902. Sestiere San Polo, Venezia

Un campo con un pozzo nel mezzo e una casa di mattoni con il tetto a punta e la statua di una madonnina sulla facciata.

Così Eligio le aveva descritto quanto riusciva a vedere dalla finestra della propria camera, nella casa dell'uomo con un braccio solo.

Rosapineta non sapeva spiegarsi come, ma tra tutte le possibili ragioni che avevano portato Eligio ad allontanarsi dall'Istituto, quella del rapimento le sembrava la più plausibile. Forse era per via di quell'invisibile filo che la legava a lui o più semplicemente perché in situazioni di pericolo si è portati a considerare più vere le congetture peggiori. Comunque stessero le cose, Rosapineta aveva abbandonato gli indugi e decisa a rintracciare ad ogni costo Eligio, si era avventurata nel dedalo di viuzze della città, a lei fino ad allora del tutto sconosciute.

E poiché era sufficientemente intelligente da sapere che non avrebbe potuto mettersi a gironzolare a caso per le calli di Venezia confidando nell'eventualità di un incontro fortuito con Eligio o con l'uomo dal braccio solo, né le pareva praticabile la strada del porre domande alla gente che incontrava, risolse di cercare, come prima cosa, l'abitazione nella quale Eligio aveva detto di aver vissuto durante il periodo trascorso fuori dallo Spedale. Non possedendo un indirizzo preciso, la sola possibilità che le restava era quella di rintracciare il famoso edificio di mattoni con la madonnina sulla facciata.

Era sicura che non fosse una chiesa, perché lo stesso Eligio le aveva confermato che non aveva croci, né campanili. Trattandosi comunque di una scultura sacra, di una madonnina, decise di chiedere informazioni a chi avesse dimestichezza con le faccende religiose. Così, in ogni chiesa nella quale si imbatteva, chiedeva di poter conferire con il parroco e ad ogni parroco che si mostrava disponibile chiedeva della casa di mattoni con la madonnina sulla facciata. Ma nessun sacerdote poté esserle d'aiuto.

Vicino San Marco incontrò un agente di Pubblica Sicurezza. Anche a lui Rosapineta domandò della casa di mattoni.

«Ce ne sono tante» rispose il poliziotto.

«Ma questa ha una madonnina sulla facciata!»

«Anche di madonnine ce ne sono tante!»

«C'è un campo che ha un pozzo in mezzo!»

«Quasi ogni campo ha un pozzo al centro».

«Ma allora, come faccio?» chiese Rosapineta.

«Non ne ho idea» rispose il poliziotto. E la lasciò ai suoi problemi, in mezzo a una calle strapiena di gente accaldata e sbuffante, di portoni e botteghe, e di odori che mischiavano tra loro cibo e lezzo di canali intasati. Ma soprattutto Rosapineta restò sola con la disorientante sensazione di essere un pesciolino che annaspa controcorrente.

Girovagò per un po' senza meta, sperando che le venisse un'idea o che, miracolosamente, le capitasse di incocciare nella casa con la madonnina sulla facciata. E, naturalmente, ben presto si perse.

Attraversando un ponte, notò una donna molto grassa e con una benda nera su un occhio, che cercava di rimettersi in piedi. Aveva delle stampelle accanto a sé e Rosapineta pensò che dovesse essere scivolata. Un piccolo cane nero e marrone abbaiava per attirare l'attenzione dei passanti, che tuttavia non degnavano di uno sguardo né lui né la donna. I suoi abiti consunti e l'aria trasandata indicavano chiaramente la sua condizione di mendicante. Ma Rosapineta, che era cresciuta in un istituto di carità secondo le note regole della Misericordia, non esitò un istante ad avvicinarsi e a prestare aiuto alla sfortunata donna.

«Siete caduta? Lasciate che vi aiuti».

«Mingherlina come sei, ho idea che non sarà un'impresa facile» commentò la donna.

Rosapineta la fece aggrappare alla spalletta del ponte, poi si posizionò dietro il suo grosso corpo spingendo come avrebbe fatto con un carretto.

«Grazie» disse Berta Straocio quando finalmente poté riappoggiarsi alle proprie stampelle. «Se non era per te, la prossima acqua alta mi avrebbe fatta annegare!»

«Come avete fatto a cadere?»

«È tutto il peso che mi porto dietro. È una specie di malattia. Ho le ossa deboli».

«Mi dispiace...»

«E di che? Non è colpa tua! Vorrei offrirti una ricompensa per avermi tirata su, ma non possiedo nulla a parte queste stampelle... E questo stupido cagnetto!» disse mentre Pitusso le scodinzolava intorno festante.

Rosapineta sorrise. «È un cane molto simpatico...»

«Non farti ingannare dalle apparenze, ragazza. Pitusso sa essere cattivissimo quando serve!»

«Comunque non mi dovete nulla...»

«Posso sapere il tuo nome?»

«Rosapineta».

«È un nome curioso».

«Non ditelo a me. Non ho mai capito che cosa significhi».

«Forse sei una rosa solitaria che cresce in una pineta!» disse Berta divertita. «Non l'hai domandato ai tuoi genitori?»

«Non li ho mai conosciuti...»

«Oh, mi dispiace... Io invece mi chiamo Berta, ma per tutti sono Straocio».

«Posso immaginarne il motivo» sorrise Rosapineta. «Cosa vi è successo?»

«Nulla... Un incidente, tanto tempo fa...»

«Mi dispiace...»

«Continuiamo a dispiacerci l'una per l'altra! Non va bene, sai?»

«D'accordo. Non mi dispiacerò più per voi. Prometto!»

«E io non mi dispiacerò più per te!»

Le due donne risero.

«Ancora grazie, Rosapineta».

La ragazza fece un cenno con la mano come a dire che non importava e fece per andarsene. Poi però sembrò tornare sui propri passi. «A ripensarci...» disse «forse c'è qualcosa che potreste fare per me».

«Purché non si tratti di denaro, non hai che da chiedere!»

«Sto cercando un edificio di mattoni con una madonnina sulla facciata».

«Uhm...» Berta rifletté grattandosi il mento. «Non saprei... Perché ti interessa tanto?»

«È una lunga storia. Si tratta di mio fratello...»

«Tuo fratello?»

«Be', quasi fratello. Fratello d'Istituto».

«Quale Istituto?» volle sapere Berta.

«L'Istituto degli Esposti, a Santa Maria della Pietà».

Berta avvertì una specie di formicolio, come una sensazione di pericolo.

«Una volta ho conosciuto un tizio che veniva da lì» disse ostentando indifferenza.

«Davvero? Come si chiamava?»

«Pendolo… o Dondolo, qualcosa del genere».

«E che razza di nome sarebbe? Non conosco nessun Pendolo o Dondolo che abbia vissuto allo Spedale!»

«Lo chiamavano così perché aveva una gamba deforme…»

Rosapineta sentì il cuore fermarsi di botto, come se qualcuno l'avesse colpita con un gran pugno proprio sul petto.

«Come… come avete detto?» bofonchiò.

Berta, dal canto suo, avvertiva quella strana sensazione farsi sempre più intensa: era qualcosa da cui sentiva di doversi allontanare, ma che allo stesso tempo la attirava, inevitabilmente.

«Aveva una gamba tutta storta. Per quello lo chiamavano Pendolo…» disse.

«Non Pendolo, ma Eligio! È lui il bambino che cerco!»

Berta capì. Non era pericolo quello che credeva di provare, ma il sentore della verità che finalmente veniva a galla. Era come una calamita dalla quale Berta aveva cercato di tenersi alla larga troppo a lungo e che alla fine l'aveva intrappolata nel suo campo d'azione.

«Lo conoscete! Lo conoscete!» gridava Rosapineta.

«Come dici?...»

«Ma certo! È lui, è il mio Eligio!»

«Non so…»

«Riflettete! Quanti piccoli con una gamba deforme possono venire dallo Spedale della Pietà?»

«Come posso saperlo io?»

«C'è un uomo che lo tiene prigioniero, nella casa dalla quale si vede l'edificio di mattoni con la madonnina! Credetemi, non può essere una semplice coincidenza! Lo sento…»

No, si disse Berta, non poteva trattarsi di una coincidenza: le coincidenze non esistono.

Dopo aver incontrato quella suora e il fidanzato di Maria alle Corderie, aveva riflettuto a lungo. Maria era sparita. Dio non volesse, forse le era capitato qualcosa mentre era alla disperata ricerca di suo figlio, e lei, Berta, anziché offrirle il suo aiuto come sarebbe stato logico fare, aveva continuato a mostrarsi ostile.

Prima o poi, si era ripromessa, le avrebbe rivelato la verità. Prima o poi. E d'un tratto, sulla sua strada, era apparsa quella ragazza, come l'opportunità inviatale dalla Provvidenza di porre definitivamente rimedio al proprio errore. Se davvero quel bambino era, come sembrava, il figlio di Maria, il torto che Berta le aveva recato tacendo quel che sapeva aveva ora la possibilità di essere riparato. Dunque era giunto il momento di mettere da parte le proprie questioni irrisolte e di darsi da fare. Il momento di prestare soccorso a un'amica in difficoltà. Se fosse riuscita a trovare Eligio, l'avrebbe riportato alla sua vera madre come un dono con il quale farsi perdonare. Sempre che nel frattempo Maria fosse ricomparsa.

Le coincidenze non esistevano, ma la Provvidenza Divina e la coscienza degli uomini fortunatamente sì.

«Io l'ho veduto» disse. «Il bambino di cui parli...»

«Quando? Quando l'avete veduto?»

«Due settimane fa, all'incirca».

«Questa è storia vecchia! Stava con me nel sottotetto dello Spedale. Almeno fino a ieri... poi è scomparso...»

Berta rifletté: se Rosapineta l'aveva veduto il giorno precedente allora significava che non era stato arrestato con Lestamano come si diceva.

«Sono convinta che quel lestofante se lo sia ripreso» aggiunse Rosapineta.

Berta conosceva bene i tipi come Maso: non rinunciavano tanto facilmente, soprattutto quand'erano convinti di essere stati gabbati. Forse la ragazza aveva ragione. Forse Eligio era scappato dalle grinfie di Maso e ora lui l'aveva riagguantato.

«Va bene» proruppe Berta decisa. «Ti aiuterò! Ho un sacco di amici che conoscono ogni angolo della città! Con il loro aiuto scoveremo questa casa e se tuo fratello è tenuto prigioniero da quel... da quel... be', ce lo riprenderemo!»

«Dite davvero?»

«Lo dico e lo ridico!»

Rosapineta abbracciò la donna ma non vi riuscì, tanto era grassa.

«Perché fate questo?» chiese Rosapineta.

«Questo cosa?»

«Perché mi aiutate?»

«Ho le mie buone ragioni».

E Rosapineta non volle sapere altro.

Capitolo ventiseiesimo

1902. Le Corderie, Venezia

Pitusso correva infilandosi tra le gambe della gente, scartando a destra e a sinistra per evitare pedate o ruote di carretti, saltellando sui gradini dei ponti, la bocca spalancata e la lingua penzoloni che fuoriusciva da un lato. Rosapineta faticava a stargli dietro e ogni tanto lo richiamava perché rallentasse, ma il piccolo cane sembrava avere una fretta del diavolo.

«Va' alle Corderie» gli aveva detto Berta in un orecchio, come se lui potesse davvero capire. Era seduta sui gradini della chiesa di Santa Maria Formosa, vicino al ponte sul quale aveva incontrato Rosapineta. «Porta questa ragazza dai nostri amici. Io ti aspetto qui». E lui, immediatamente, si era lanciato in quella folle corsa come se conoscesse il ruolo fondamentale di cui era stato investito.

Quando arrivò di fronte all'ingresso delle Corderie, Rosapineta era sfinita. Il sudore, abbondante, le colava dalla fronte e dal collo e nel fianco sinistro le sembrava di avere piantato un coltello. Il cagnolino era scomparso all'interno del buio edificio.

«Dove siamo?» chiese Rosapineta sapendo che nessuno avrebbe potuto risponderle. «C'è qualcuno?» chiamò.

Da dentro Pitusso abbaiava, quasi invitandola a entrare, e nello spazio vuoto il suo abbaio risuonò simile a quello di un cane gigantesco e terribile.

«C'è qualcuno?» ripeté Rosapineta. Non era sicura che fosse una buona idea avventurarsi in quell'anfratto scuro e imperscrutabile.

«Chi c'è?» chiese una voce roca.

Rosapineta deglutì e la sua gola emise uno schiocco secco. Se le streghe fossero esistite davvero, pensava, avrebbero di certo avuto una voce simile a quella.

«Vengo... vengo da parte di Berta... di Straocio!» balbettò, sicura di scorgere da un momento all'altro una vecchia arpia incombere su di lei.

Si fece invece avanti un vecchio, secco come uno straccio dimenticato al sole. Era Magoga.

«Cosa è che vuoi?» disse.

«Berta mi ha mandato a chiedere aiuto» rispose Rosapineta decisamente sollevata. «Sono qui con Pitusso, il suo cane...»

«Aiuto per cosa?» domandò una donna sbucando anch'essa dall'oscurità. Teneva le mani in grembo, come delicate porcellane che, a lasciarle andare, avrebbero potuto rompersi.

Rosapineta, ripresasi dalla paura iniziale, pensò che se gli amici di Berta erano tutti dei vecchi malandati come quei due, l'uomo con un braccio solo avrebbe fatto quel che più gli pareva del povero Eligio.

«Devo assolutamente trovare un luogo. Si tratta di una questione di vita o di morte...»

«Quale luogo?» domandò un omone grande e grosso che masticava lupini.

«Una casa di mattoni, in un campo, con una madonnina sulla facciata».

Apparvero Renno e Patroclo e Livia e Fiordarancio e Nàparo e Straccaganasse e altri ancora, e tutti si fecero intorno a Rosapineta tempestandola di domande, finché non ebbero chiaro il quadro della situazione e la prova che davvero quella ragazza era stata inviata loro da Berta.

«Non siamo tanti» disse l'uomo grande e grosso. «Però conosciamo bene la città. Vedremo di fare il possibile. Tu intanto torna da Berta e dille che ci ritroveremo tutti alla chiesa tra un paio d'ore!»

«E come farò a ritrovarla? Io non so nulla della città...»

«Pitusso ti guiderà! Vero, piccolo?»

Pitusso abbaiò, quindi, senza aspettare la ragazza, si lanciò all'esterno smanioso di raggiungere nuovamente la sua padrona.

Capitolo ventisettesimo

1902. Procuratie Vecchie, Venezia

L'agente Daniele Zarattin aveva da poco ripreso il suo posto, dietro il grande bancone in prossimità dell'entrata, quando suor Deodata e Klaus Jurgen fecero il loro fragoroso ingresso alla stazione di polizia.

«Devo denunciare una sparizione!» esordì d'un fiato Klaus Jurgen.

«Cerchiamo una donna!» gli fece eco la madre superiora. «Ma anche un bambino... e una ragazza!»

«Calma! Calma! Qui non siamo al mercato!» li zittì l'agente Zarattin. «Uno alla volta! E prima la sorella!» aggiunse riservando un'occhiataccia a Klaus Jurgen.

«Cerchiamo parecchie persone, a dire il vero» cominciò suor Deodata.

«Che hanno fatto?»

«Niente, spero!»

«Allora perché le cercate qui?»

«Perché sono scomparse!»

«Prendete uno di quei fogli e compilateli. Poi firmate e tornate tra qualche giorno...»

«Non può fare un'eccezione?» lo implorò la madre superiora. Poi aggiunse: «Pregherò per voi stasera, alla messa del vespro».

«Quand'è così... Chi vi siete persi?»

«Una donna, bionda, di circa trent'anni. Una ragazza, piccola, capelli castani corti, un caratteraccio. E poi un bambino sugli undici, con una gamba deforme...»

«Aspettate un istante!» la interruppe il poliziotto. «Ieri è venuto qualcuno a chiedere del bambino... Adesso controllo». L'agente Zarattin recuperò un foglio da una pila di documenti e dopo averlo scorso disse:

«Eccola qua. Me la ricordo bene quella mezza matta!»

«Di chi parlate?»

«Una donna, giovane, bionda, sembrava benestante e invece era una poco di buono!»

«Chi?»

«Non so... Ha firmato la richiesta... Qui c'è il nome... Maria... Maria qualcosa, probabilmente sapeva a malapena scrivere!» ridacchiò l'uomo in divisa.

«Maria?» Klaus Jurgen prese fuoco. «Come osate parlare così di una signora?» ruggì.

«Calmatevi giovanotto, o vi faccio sbattere dietro le sbarre per oltraggio a pubblico ufficiale!» urlò l'agente Zarattin.

«Abbiate pazienza» intervenne la madre superiora. «Quest'uomo, vedete, la sta cercando. È il suo fidanzato».

L'agente squadrò Klaus Jurgen. «Quella donna non può essere la sua fidanzata» disse.

«E perché?»

«Perché si tratta di una pezzente e probabilmente di una ladra! L'ho fatta mettere in cella...»

«Voi... voi... cosa?» Klaus Jurgen si scagliò contro il poliziotto.

«Fermo!» Suor Deodata gli afferrò i polsi. «Che ci ricavate a finire in una cella anche voi?» sussurrò. «Lasciate fare a me».

«Fate bene a calmare i bollori dello spilungone» commentò l'agente Zarattin. «Un altro passo e finiva diretto dietro le sbarre! Con me non si scherza!»

«Facciamo un po' d'ordine» disse la madre superiora. «Avete detto che questa donna è venuta a chiedere di un ragazzo, giusto?»

«Giusto. Pensava che fosse stato arrestato».

«E voi avete arrestato lei?» chiese suor Deodata.

«Sbagliato».

«Come?»

«È stata trattenuta, non arrestata» spiegò con calma l'agente Zarattin.

«E perché l'avete *trattenuta*, se è possibile saperlo?» chiese Klaus Jurgen contenendo a stento la propria ira.

«Per oltraggio a pubblico ufficiale. Cioè per oltraggio al sottoscritto!»

«Va bene» disse suor Deodata. «Ragioniamo. Perché questa signora aveva motivo di credere che il ragazzo che cercava fosse stato arrestato?»

«E io come faccio a saperlo?»

«Non ne avete idea?»

«Non solo non ne ho idea, ma non m'interessa neppure averla!»

La tracotanza del poliziotto sembrava non conoscere limiti. Suor Deodata decise di mettere sul tavolo le carte in suo possesso.

«Questa donna, è ancora... *trattenuta*?»

L'agente mostrò i denti in un sorriso mellifluo.

«Ci potete scommettere. Non è mica una bazzecola l'oltraggio!»

«Avete un'ordinanza firmata dal giudice?»

«L'ordinanza? Quale ordinanza?»

«Non potete trattenere per più di qualche ora un sospetto se non avete un documento firmato da un giudice!» intervenne Klaus Jurgen che aveva seguito il ragionamento della madre superiora.

Zarattin Daniele cominciò a evidenziare un certo nervosismo. Prese ad arricciarsi i baffi che non avevano alcun bisogno di essere arricciati.

«Ho motivo di ritenere» asserì in tono solenne suor Deodata quasi stesse leggendo una dichiarazione di guerra «che *trattenendo* questa donna voi stiate abusando della vostra autorità e calpestando non meno di una mezza dozzina di leggi. Il signor Krull, qui presente...»

«Krull? Della fabbrica di scope Krull?»

Klaus Jurgen annuì impercettibilmente.

«È un onore conoscervi, signor Krull!» esclamò l'agente Zarattin ossequioso. Gli tese la mano, ma Klaus Jurgen la rifiutò sdegnato.

«Dunque, dicevo, per quanto ho motivo di ritenere» riprese suor Deodata «il signor Krull non avrebbe alcuna difficoltà a informare i vostri superiori della spregevole azione della quale vi siete macchiato ai danni di una nobile signora che risponde al nome di Maria Salieri...»

«Salieri?» la interruppe il poliziotto. «Della famiglia di Settimo Salieri? Il commerciante di stoffe?»

Suor Deodata annuì. Aveva alzato ad arte il tono della voce pronunciando il cognome di Maria. E poiché l'agente Zarattin era arrogante e borioso e anche un po' sciocco, ma non sciocco sino a quel punto, alla fine disse:

«Credo ci sia stato uno spiacevole errore».

«Lo credo anch'io» replicò Klaus Jurgen. «Liberate quella donna!»

Pochi minuti dopo suor Deodata si trovava di fronte alla cella nella quale Maria sedeva con la testa tra le mani.

«Maria» chiamò. «Come state?»

«Voi qui?»

«Vi facciamo uscire».

«Non ho fatto nulla di male».

«Lo sappiamo. Che aspettate?» disse poi rivolta all'agente Zarattin che la accompagnava. «Aprite questa cella, immediatamente!»

«Certo, certo...» L'agente Zarattin fece un segno al secondino. Questi mise mano alle chiavi e la serratura scattò con un *clac* liberatorio.

«Sono mortificato» balbettò Zarattin. «Non potevo sapere... non potevo nemmeno lontanamente immaginare che... Insomma, c'è stato uno spiacevole *qui pro quo*...»

«Fatela finita» tagliò corto la madre superiora. «E preparate le carte affinché possa venire via con noi».

«Avete detto *con noi*» disse Maria mentre procedevano lungo il corridoio. «Voi e chi altri?»

Nel suo cuore si era accesa una fiammella che passo dopo passo andava prendendo vigore: la speranza che lì, alla stazione di polizia, l'attendesse suo figlio.

Nel vedere Klaus Jurgen anziché Eligio, sul suo volto passò un'ombra di delusione. Ma fu questione di un istante, giacché venne subito spazzata via da un sorriso amorevole. L'uomo, dal canto suo, le corse incontro come un ragazzino, abbracciandola e baciandola con trasporto.

L'agente Zarattin, visibilmente a disagio, preferì concentrarsi sulle formalità del rilascio.

«Abbiamo saputo che sei venuta a cercare notizie di Eligio» disse Klaus Jurgen.

Maria annuì.

«So che la polizia ha effettuato l'arresto di uno o due ragazzini qualche giorno addietro. Uno di essi, un certo Lestamano, è stato visto in più di un'occasione in compagnia di Eligio...»

«E qui alla stazione di polizia non ne sanno nulla?»

«Non ho fatto in tempo ad appurarlo» protestò Maria «per merito di un agente troppo zelante!»

«Allora, agente zelante!» chiamò Klaus Jurgen. «Siamo sempre in attesa di sapere qualcosa a proposito del ragazzo».

«Quale ragazzo?»

«Ma come avete fatto a diventare poliziotto?» esplose suor Deodata. «Il figlio di quella povera donna! Quello con la gamba... Eligio!»

«Ah, già... Il ragazzino. Dunque... ehm... vediamo... Dovreste provare al Minorile!»

«Al Minorile?»

«Il Carcere Minorile, giù alla Giudecca. Se un ragazzo viene arrestato è lì che finisce».

Maria alzò gli occhi verso il poliziotto. Sentir nominare il carcere della Giudecca la fece ripiombare in un cupo passato che tentava disperatamente di dimenticare e l'angoscia per le pene patite apparve chiaramente nei suoi vividi occhi azzurri. Klaus Jurgen le strinse le spalle con affetto e comprensione.

«E per quell'altra denuncia?» volle sapere il poliziotto. «Non cercavate anche una ragazza?»

«Sì» rispose suor Deodata. «Ma chissà perché ho come l'impressione che quella furia irresponsabile sappia cavarsela benissimo da sé!»

Capitolo ventottesimo

1902. Istituto di Correzione Minorile, isola della Giudecca

Un'ora dopo essere usciti dalla stazione di polizia, Maria, suor Deodata e Klaus Jurgen si trovavano a bordo del barchino privato di quest'ultimo con la prua orientata verso la Giudecca.

Giunti all'Istituto di Correzione Minorile si fecero annunciare al direttore.

Il direttore del riformatorio era ancora lo stesso uomo dal polso di ferro che aveva riservato il proprio *caloroso benvenuto* a Rosapineta, qualcosa come undici anni prima. Da allora si era fatto un po' più vecchio e la sua schiena non era più ritta e impettita come un tempo. I suoi discutibili metodi, però, non erano affatto cambiati nel corso degli anni.

«Suor Deodata!» esclamò quando la religiosa fece il suo ingresso nell'ufficio. «A cosa devo l'onore?» I suoi modi erano esageratamente ossequiosi.

Suor Deodata non era in vena di scambi di compitezze. Non le era mai piaciuto il direttore e meno che meno i suoi sistemi, pur essendovi ricorsa in passato. In ogni caso non si sentiva costretta a fingere ciò che non provava.

«Questi sono la signora Salieri e il signor Krull» disse con freddezza.

Così come era accaduto per l'agente Zarattin, allo stesso modo i due noti cognomi non suonarono indifferenti alle orecchie talora fin troppo sorde del direttore, il quale si dispose a immediata deferenza.

«Come posso aiutarvi?» volle sapere.

«Siamo alla ricerca di un ragazzo detenuto presso il vostro Istituto» spiegò suor Deodata che, a ragione della passata frequentazione con il direttore, si era designata a portavoce del gruppo.

«Che ha fatto?»

«Furto, crediamo. Vorremmo parlargli».

«Qual è il suo nome?»

«Non lo sappiamo con certezza. Sappiamo però che dovrebbe essere stato arrestato tre o quattro giorni or sono, al ponte di Rialto...»

Il direttore convocò nell'ufficio un impiegato al quale chiese di consultare il Registro degli Ingressi. Dopo qualche minuto l'impiegato fu di ritorno con l'informazione richiesta.

«Si fa chiamare Lestamano» lesse il direttore. La sua bocca si deformò in un ghigno sgradevole. «È una vecchia conoscenza» aggiunse. «Ma ogni volta sembra che non abbia imparato nulla...»

«Conosco i vostri metodi» disse suor Deodata. «Spero solo che quel ragazzino non sia troppo malconcio per poterci rispondere».

«I miei metodi si basano sulla repressione e sulla prevenzione, sorella. E se così non fosse, non otterrei alcuna disciplina...»

«Risparmiatemi i vostri sermoni, direttore. Non sono un ragazzino da raddrizzare, io. Esigo di parlare con questo ragazzo, immediatamente».

Al direttore erano ben noti gli appoggi di cui godeva suor Deodata presso la Provincia. Per di più era consapevole dell'importanza dei suoi ospiti. Così evitò di tradire il proprio risentimento seguitando a sorridere compiacente.

«Come desiderate, sorella» disse con sussiego. «Ogni vostro desiderio è un ordine».

Lestamano fu condotto in ufficio in catene.

«Che bisogno ha di quelle?» si meravigliò Klaus Jurgen.

«Con tutto il rispetto, signore, credo che ognuno dovrebbe fare il mestiere che gli compete» rispose il direttore. «So bene come va trattata certa feccia, io».

«Sei Lestamano?» chiese Maria rivolgendosi con dolcezza al ragazzo. Stentava a riconoscerlo ora che poteva vederne il volto ripulito dalla sporcizia e dalla fuliggine. Notò però che la sua postura era innaturale, come se il suo corpo pendesse da un lato. Dovevano essere le conseguenze dei famigerati sistemi lamentati da suor Deodata.

Lestamano la guardò con accigliata diffidenza. Poi scrutò i volti di quanti la accompagnavano e non riconoscendone alcuno si corrucciò, restando in silenzio.

Maria si inginocchiò al suo fianco. «So che sei tu» disse. «Forse non ti ricordi di me, ma io stavo alle Corderie, con Berta e Magoga e Ottavia e tutti gli altri...»

Lestamano la osservò meglio e forse parve riconoscerla perché i suoi occhi mutarono espressione.

«Mi chiamo Maria. Dormivo sul pagliericcio vicino a Pitusso, il cane. Te ne rammenti?»

Il direttore era disgustato. Una Salieri stesa a dormire accanto ai barboni e ai randagi delle Corderie? Ma che stava mai succedendo?

«Basta!» sancì. «Il ragazzo non vi riconosce. Inutile insistere. E da quello che ho sentito, dubito che siate realmente una Salieri...»

Klaus Jurgen si fece avanti minaccioso. «Come vi permettete? Voi...»

«Maria» mormorò Lestamano. «Sì, mi ricordo di voi...»

Maria gli accarezzò la testa sorridendo. «Lestamano...»

Ma subito il ragazzino si ritrasse con una smorfia di dolore.

«Che hai qui dietro?» Maria si guardò le dita: erano macchiate di sangue. «Sei ferito!» esclamò e i suoi occhi corsero immediatamente al direttore.

«Deve essere caduto» rispose questi distrattamente.

«E le gambe?» intervenne suor Deodata notando delle striature bluastre sul retro delle ginocchia e sui polpacci del ragazzino. «È caduto anche sulle gambe?»

«Vi ho già spiegato che i miei metodi...»

«Siete un farabutto!» ringhiò Klaus Jurgen.

«Ho rispetto per il nome che portate, signore, ma vi consiglio di fare attenzione a quel che dite...»

Suor Deodata sollevò delicatamente l'orlo della maglia di Lestamano e ne osservò la schiena.

«La pagherete» disse Klaus Jurgen. «Farò tutto quanto in mio potere affinché veniate sostituito e sottoposto a inchiesta!»

«Suvvia, non è accaduto nulla di grave» cercò di minimizzare. «Con certi soggetti serve la mano pesante. È sempre stato così...»

«Per troppi anni ho finto di non vedere!» proruppe la madre superiora. «Ma ora non mi girerò dall'altra parte! Dio abbia pietà di me per tutti i bambini che ho avuto la sventura di inviare a questo girone infernale!»

«Lestamano,» proseguì Maria «ti portiamo via di qui. Immediatamente».

Gli occhi del ragazzo si rianimarono. «Davvero?»

«Non resterai un minuto di più qui dentro. Toglietegli le catene!» ordinò alla guardia che lo aveva accompagnato. Questi guardò il direttore, titubante se obbedire o meno. Ma prima che prendesse qualsiasi decisione, Klaus Jurgen intervenne. Afferrò il secondino per il bavero e lo sollevò di una spanna da terra. Poi gli strappò le chiavi dalla cintura e senza dire una parola lo spinse lontano, contro il muro. La guardia non reagì, sgomenta.

Mentre Maria liberava i polsi di Lestamano dalle catene, Klaus Jurgen prometteva solennemente al direttore che entro quella stessa sera avrebbe esposto denuncia di inadeguatezza e di abuso di potere al giudice Pozzobon, autorità competente per gli Istituti Carcerari della Provincia, nonché suo personale amico e compagno di *whist*.

Il direttore crollò sulla sedia della sua scrivania ammutolito.

«Lo sai chi sono?» chiese Maria a Lestamano.

«Sì» esclamò Lestamano divertito da quanto si era svolto sotto i suoi occhi. «Siete Maria!»

Maria sorrise. «Eri con un altro bambino quando sei stato arrestato?»

«Dondolo! Perché lo volete sapere?» Il suo sguardo era tornato guardingo.

«Così ha detto di chiamarsi? Dondolo?»

«Dondolo è il soprannome che gli ho dato io, per via di quella gamba un po' storta...»

«Vergine Maria, ti ringrazio!» esclamò Maria a mani giunte. «Lestamano, sai dove si trova ora?»

«Volete fare arrestare anche lui?»

Maria rise. «No, per amor di Dio! Lui è... è mio figlio».

«Vostro figlio? Mi ha detto che sua madre era morta».

Il sorriso sul volto di Maria si spense d'improvviso. «Davvero?»

«Questo era quanto tutti noi avevamo appreso da quel farabutto, l'uomo con un braccio solo» intervenne suor Deodata.

«Be'» fece Lestamano «se veramente siete sua madre vi aiuterò a ritrovarlo. Probabile che se ne stia nascosto nel mio rifugio segreto!»

«Mi ci condurrai?»

Lestamano annuì.

«Allora andiamo!» disse Maria. «Non c'è un minuto da perdere!»

«Non potete portarvelo via così» affermò il direttore con sufficienza.

«Voi tacete!» intimò Klaus Jurgen.

«E perché?» chiese suor Deodata.

«Perché serve l'autorizzazione scritta di un giudice del tribunale e, anche ammesso che il giudice conceda un indulto, passeranno come minimo cinque giorni prima di far uscire di qui quel piccolo delinquente...» E si capiva che se le cose fossero andate a quel modo, avrebbe pensato lui a far sì che quegli ultimi cinque giorni di riformatorio restassero impressi per sempre nella memoria e nelle carni di Lestamano.

«Non è un problema» proruppe Klaus Jurgen.

«Ah, no?» fece il direttore alzandosi dalla propria scrivania.

«Ecco l'autorizzazione necessaria». Detto questo, sferrò un diretto micidiale che andò a scontrarsi con la mascella del direttore, producendo un sinistro suono di porcellana infranta.

Suor Deodata non riuscì a trattenere un sorriso di soddisfazione, mentre Maria sbottò in un assai poco convinto «Klaus!» e Lestamano in un colorito «*Boia pignata!*»

Il direttore, al contrario, non emise un solo lamento. Si sedette come un sacco vuoto sulla seggiola, rovesciandosi all'indietro e finendo a terra, svenuto.

Capitolo ventinovesimo

1902. Convento dei Gesuiti, Venezia

Camminavano di buon passo verso il convento dei Gesuiti, rifugio di Lestamano, nella speranza di trovarvi Eligio.

Di fronte ad ogni vetrina e ad ogni entrata di ristorante, Lestamano rallentava e chiudeva gli occhi, fiutando gli aromi che provenivano dall'interno.

«Credo sia il caso di fare una sosta» mormorò suor Deodata all'orecchio di Maria. «Questo ragazzino non fa un pasto decente da... non saprei dire da quando!»

Maria sbirciò Lestamano, il volto scavato e lo sguardo perso intorno a un pollo appeso all'esterno di una trattoria: le ferite del carcere minorile non erano solo quelle che mostrava.

Si sedettero a un tavolo e ordinarono un pasto completo per Lestamano e tre bicchieri di vino rosso per gli adulti. Non appena il cameriere portò l'antipasto, Lestamano vi si buttò sopra come un cane famelico.

«Piano, piano!» gli disse la madre superiora. «Con un po' di creanza!»

Mentre osservava il ragazzo mangiare, Maria non poté impedirsi di pensare a Eligio e un velo di tristezza le scese sugli occhi.

«Che hai, cara?» le chiese premuroso Klaus Jurgen, seduto al suo fianco.

«Nulla...»

«Lo troveremo, abbi fede».

Maria si asciugò furtivamente una lacrima.

«Farò tutto il possibile affinché tu e tuo figlio torniate a stare insieme» aggiunse Klaus Jurgen stringendole le mani. «E se non basterà il possibile, farò l'impossibile!»

Maria sorrise.

Le parole di Klaus Jurgen le davano sicurezza e serenità, era questo in fondo che voleva da lui. Ma allo stesso tempo, anche se lo desiderava intensamente, temeva il momento in cui avrebbe incontrato suo figlio. La sua maggior preoccupazione consisteva nel fatto che Eligio accettasse o meno quella madre sbucata all'improvviso dal passato. Avrebbe prevalso in lui l'amore o il rancore per essere stato abbandonato subito dopo la nascita?

Non voleva nemmeno pensare alla possibilità che Eligio la rifiutasse: avrebbe significato per lei il fallimento completo di una vita.

«Questo ragazzo è un mezzo selvaggio!» esclamò suor Deodata.

Stava tentando da diversi minuti di insegnare a Lestamano l'uso corretto di coltello e forchetta. Sembrava inverosimile che un corpo esile e minuscolo come il suo fosse capace di contenere una tale quantità di cibo. *Ragazzo crescente ha la lupa nel ventre*, si sentiva dire spesso a proposito dell'appetito degli adolescenti.

«È la prima volta che mangio seduto al tavolo di un ristorante!» disse il ragazzo sputacchiando pezzetti di carne.

«E si vede!» sottolineò la madre superiora. «Potessi averlo per qualche settimana allo Spedale, vedreste un ragazzino nuovo di zecca!»

Lestamano lasciò cadere sul piatto l'osso che stava meticolosamente spolpando. «Non ci vengo io in quel posto!» dichiarò con fermezza.

«E dove vorresti vivere, di grazia? In strada per tutto il resto della tua vita?»

«Io lì non ci vengo!» ribadì il ragazzino. Poi, come se nulla fosse, riattaccò con voracità la coscia di tacchino.

«Staremo a vedere» sentenziò la madre superiora.

Mezz'ora più tardi erano nuovamente sulla strada per il convento dei Gesuiti.

«Che ne sarà di lui, una volta che questa storia avrà trovato la sua conclusione?» chiese sottovoce Maria a Klaus Jurgen. Alludeva a Lestamano, naturalmente, che procedeva poco oltre affiancato a suor Deodata.

«Che intendi dire, mia cara?»

«Dove finirà? Nuovamente al riformatorio? All'Istituto di suor Deodata? O per strada, dove è sempre vissuto? Provo tanta pena, povero ragazzo...»

Klaus Jurgen rifletté per qualche istante, quindi propose:

«Non pensi che potrebbe stare con... con noi?»

«Con noi? Con noi due e... ed Eligio?»

«Perché no? Sempre che Eligio sia d'accordo».

«Non osavo chiedertelo! Pensi che potremo ottenerne la custodia?... Dopo il matrimonio, s'intende...»

Klaus Jurgen annuì.

«Non mi stavo vantando, prima, con il direttore. Ho davvero amicizie influenti».

«Oh, Klaus! Sarebbe magnifico! Sarebbe davvero magnifico!»

«Eccoci arrivati!» gridò d'un tratto Lestamano. Davanti a loro si ergeva il portone del convento dei Padri Gesuiti, un gigantesco manufatto di legno e fasce di metallo tempestato di borchie grandi come noci, scurito dall'umidità e dal tempo.

«Questo è il tuo rifugio segreto?» domandò incredula suor Deodata.

«Sssttt! Proprio perché è segreto evitate di starnazzarlo in giro!»

«Starnazzarlo? Come ti permetti, piccolo...»

Ma Lestamano era già scomparso oltre l'angolo del muro di cinta.

«Presto, seguiamolo!» disse Klaus Jurgen.

Presero lo stretto camminatoio che separava il lato est della recinzione dal canale dei Gesuiti, arrivando a una fenditura dalla quale sporgeva il braccio di Lestamano che li invitava a entrare.

«Di qua?» chiese Maria.

«Svelti!» rispose Lestamano. «Fate attenzione che qualcuno dal canale non vi veda!»

«Non ci passeremo mai!» obiettò suor Deodata, offesa per la frase di poco prima, ma soprattutto preoccupata, non essendo un figurino, di rimanere incastrata in quello stretto pertugio.

«Allora voi rimarrete di fuori!» concluse Lestamano da oltre il muro.

«Quel ragazzino ha bisogno di imparare le buone maniere!» sbuffò la donna.

Maria rise e sparì al di là della recinzione seguita da Klaus Jurgen.

Giunsero al vecchio granaio in disuso e di lì si introdussero nella cavità ricavata tra le sue pareti, di fatto il covo segreto di Lestamano.

«Non c'è» disse il ragazzo non nascondendo la propria delusione.

Klaus Jurgen si guardò un po' intorno. «Vivi qui?» chiese.

«Questo è il posto più sicuro di Venezia!» gli rispose Lestamano. «Prima stavo in una casa abbandonata, ma poi è crollato il tetto, così sono finito nel solaio di una chiesa a Cannaregio...»

«Una chiesa?» Suor Deodata arrivò in quel momento. La sua tonaca nera recava i segni rossastri dei mattoni contro i quali era stata costretta a strisciare.

«Il prete se ne accorse e per scacciarmi mi corse dietro con un candelabro! *Boia pignata!*»

«Alla faccia della Misericordia cristiana!» esclamò Klaus Jurgen.

Poi, avvedendosi della presenza della madre superiora, arrossì lievemente e aggiunse:

«Scusatemi, sorella».

Suor Deodata preferì astenersi da ogni commento. «Allora,» disse invece «dov'è Eligio?»

«Non è qui» rispose Maria.

«Però c'era» riferì Lestamano mettendosi a setacciare come un segugio gli stracci disseminati sul pavimento e sul giaciglio. «Le cose non sono come le ho lasciate prima del mio arresto...»

«Riesci a capirti in tutto questo disordine?»

«Questo è un disordine molto ordinato» replicò il ragazzino.

«Comunque qui dentro Eligio non c'è» tagliò corto suor Deodata.

«Potremmo aspettarlo» propose Lestamano.

«E chi ci dice che tornerà?»

«E chi ci dice che non tornerà?» ribatté Maria.

Risolsero di dividersi: Lestamano e Klaus Jurgen rimasero al rifugio, suor Deodata decise di far ritorno allo Spedale nel caso a Eligio fosse venuto in mente di tornare lì, mentre Maria s'incamminò verso le Corderie.

Lestamano, infatti, aveva raccontato dell'incontro con i barboni quel giorno che Eligio si allenava con il pupazzo. Non solo Maria voleva essere sicura che Eligio non si nascondesse proprio lì, ma era altresì determinata ad affrontare Berta, che, ormai ne era certa, le aveva volutamente taciuto quanto sapeva intorno a quella faccenda.

Prima di dividersi, Maria e suor Deodata percorsero un piccolo tratto di strada insieme.

«Non abbiamo avuto modo di parlare» disse Maria.

«Parlare di cosa?»

«Di Eligio...»

«È un bravo bambino».

«Ne sono certa, ma non intendevo questo...»

«Dunque si tratta della ricongiunzione. Capisco il vostro risentimento, ma...»

«Non si tratta nemmeno di questo. Credo, tutto considerato, che abbiate agito in buona fede. Le circostanze erano, come dire, sfavorevoli, ma non per causa vostra».

«Ebbene, cosa vi turba?»

Maria arrestò i suoi passi e ruotò il volto fino a incontrare gli occhi strabici di suor Deodata. La madre superiora osservò l'angoscia dipinta su quei tratti e capì. Le prese le mani e, sorridendo, disse:

«Non angustiatevi, Maria. Non avete più colpe di quante ne abbia una qualsiasi madre. Avete fatto ciò che in quel momento in cuor vostro vi sembrava più giusto».

«Abbandonare il frutto del proprio ventre?»

«Non sempre la scelta obbligata è la scelta più comoda. So che la vita vi ha duramente messo alla prova, ma so anche che non avete desistito dal viverla, per il bene di vostro figlio...»

«Come potete sapere?...»

«Non chiedetemi altro. C'è chi ha molto a cuore il vostro futuro. Qualcuno che non vi ha dimenticata. Eligio è un bambino intelligente e sensibile. Non abbiate timore: sarà fiero di avere una madre tanto determinata a riaverlo con sé».

«Voi credete?»

«Ne sono convinta. Conosco bene vostro figlio. È ora che cominciate a conoscerlo anche voi».

«Voglia il Cielo, sorella!»

«Il Cielo lo vuole, Maria. E voi pure dovete volerlo. Senza timore».

Capitolo trentesimo

1902. Le Corderie, Venezia

Alle Corderie Maria non aveva trovato nessuno, tantomeno Berta. L'enorme edificio umido e buio sembrava più abbandonato del solito. Solo i paglierìcci e qualche straccio vecchio rimanevano a testimoniare la presenza dei senzatetto, dei quali però non vi era alcuna traccia. Era un fatto davvero curioso. Consuetudine, infatti, voleva che almeno uno dei ragazzi, come li chiamava Berta, rimanesse sempre a guardia dei pochi oggetti posseduti. L'impressione, ora, era quella di trovarsi in un forte subito dopo la frettolosa ritirata dell'esercito che lo occupava.

Dopo aver atteso invano per oltre un'ora, Maria decise di andarsene. Per prima cosa pensò che sarebbe stato senz'altro più logico tornare al convento dei Gesuiti. Forse Eligio era già lì, con Klaus Jurgen e Lestamano. In tal caso, però, perché non l'avevano raggiunta alle Corderie? Lo stesso valeva per la madre superiora, che attendeva allo Spedale. Dunque era evidente che non vi fossero novità e ciò peggiorava di gran lunga il suo stato d'animo. Come avrebbe potuto ritrovarlo? In una città grande e piena di pericoli come quella? Un povero cucciolo abbandonato e impaurito...

Si mise in strada senza una meta, in preda a uno stato di frustrazione e di sconforto al quale sentiva di non poter porre rimedio.

Si ritrovò, quasi senza accorgersene, dinanzi a Santa Maria dei Miracoli, come quella mattina di undici anni prima, quando, subito dopo aver chiesto la grazia alla Vergine, era stata ingiustamente arrestata e il suo desiderio di riavere con sé Eligio era svaporato come un sogno al risveglio.

Una donna con il capo coperto uscì dalla chiesa. La porta si richiuse, batté sullo stipite e si riaprì parzialmente; si richiuse e ribatté ancora una volta riaprendosi. Maria rimase sulla soglia, l'animo combattuto, pensando a come quell'andar su e giù sembrasse quasi un invito a entrare. Così, prima che la porta si richiudesse del tutto, pose fine agli indugi e, copertasi il capo, entrò segnandosi con la croce.

Si inginocchiò di fronte all'altare e pregò la Vergine che portava il suo stesso nome, rinnovando l'offerta di un tempo se le fosse stata fatta la grazia di ritrovare sano e salvo suo figlio Eligio. La sua fede la portava a considerare che le grazie, se ricevute, non avevano un tempo limite entro il quale compiersi. La fede consisteva proprio in questo, nel saper attendere con fiducia.

Ma questa volta i tempi dovevano esser maturi poiché, non appena fu uscita dalla chiesa, quasi si scontrò con Fiordarancio.

«Maria?» chiese la mendicante sorpresa.

«Fiordarancio! Vengo ora dalle Corderie! Com'è che non vi ho trovato nessuno?»

«È la Provvidenza che ti manda! Siamo tutti in giro a cercare il tuo bambino!»

«Il mio bambino? Eligio?»

«Sì! È venuta una ragazza mandata da Berta a dirci di cercare una casa di mattoni con una madonnina sulla facciata!»

«Una casa di mattoni... Ma perché?»

«Dice che Maso, quel gran delinquente di un ladro e truffatore, lo tiene prigioniero lì!»

«L'uomo con un braccio solo?»

«Sì, sì, Maso! Ho battuto a tappeto mezzo sestiere di Cannaregio, ma niente da fare... L'altra metà se l'è fatta Livia, ma... niente neanche lei!»

«Niente?»

«Non c'è traccia di questa casa di mattoni con una madonna sulla facciata!»

«E gli altri?»

«Non lo so. Speriamo abbiano avuto più fortuna... Io sto andando alla chiesa di Santa Maria Formosa...»

«Perché? Cosa c'è alla chiesa della Formosa?» Maria era frastornata.

«Ci troviamo tutti lì. C'è anche Berta... e quella ragazza!»

«Vengo anch'io!... No, prima devo andare a prendere delle persone!»

«Allora a dopo, Maria! Dico a Straocio che stai arrivando?»

«Sì, grazie Fiordarancio! Grazie!»

«Ah, Maria!»

«Sì?»

«Vedrai che lo troviamo il tuo fantolino!»

Maria annuì e si sforzò di sorridere. Poi voltò le spalle e corse via.

Capitolo trentunesimo

1902. Convento dei Gesuiti, Venezia

«*Boia pignata*, che cazzotto che gli hai mollato a quello!»
Klaus Jurgen sorrise.
«Sei straniero?» chiese Lestamano.
«Sono tedesco».
«E perché stai qui?»
«Mio padre ha una fabbrica, qui a Venezia».
«Una fabbrica di cosa?»
«Di scope».
«E sei il padre di Dondolo, tu?»
«No» rispose. «Non sono suo padre».
«Però sei il marito di sua madre».
«Non ancora. Spero però di esserlo molto presto».
Lestamano faticava a capire. «Ma allora dov'è il padre di Eligio?»
«Nessuno lo sa. Forse è morto, forse vive in un paese lontano...»
«E non gli interessa sapere come sta suo figlio?»
«I tuoi genitori? Dove sono?»
«Non lo so... sono cresciuto con un nonno che poi è morto. Così io me ne sono andato. Non ho bisogno di una famiglia, io».
«Si ha sempre bisogno di una famiglia, credimi. Anche quando si è sicuri di poterne fare a meno».

«Io no».

«Sei molto amico di Eligio?»

«Eligio?»

«Dondolo. È così che lo chiami tu».

«È un tipo in gamba. Non come me, s'intende, ma se la cava abbastanza».

«Ti piacerebbe che fosse tuo fratello?»

«Non può essere mio fratello! Non abbiamo mica gli stessi genitori!» Quel tedesco, pensò Lestamano, doveva avere le idee confuse su come funzionava una famiglia.

«Intendevo dire se ti piacerebbe vivere insieme a lui, sotto lo stesso tetto, come se foste davvero due fratelli».

«Abbiamo già vissuto sotto lo stesso tetto: qui dentro! Questo significa che siamo un po' fratelli?»

«Un po'!» rise Klaus Jurgen. «Presto la madre di Eligio e io ci sposeremo» continuò.

«Me l'hai già detto».

«Ed Eligio verrà a vivere con noi, in una casa spaziosa affacciata su Canal Grande».

«Beati voi!»

«Pensi che potrebbe piacerti venire a stare lì?»

«A vivere con voi?»

«Perché no? Sempre meglio di questo buco sudicio!»

«Questo non è affatto un buco sudicio! Che ti piglia?»

«D'accordo, hai ragione. Questo è il tuo rifugio, il posto più sicuro di Venezia!»

«Per l'appunto!»

«In ogni caso potresti prendere in considerazione l'idea di provare. Che ne dici?»

«E tu, diventeresti mio padre, tu?»

«Non proprio. Sarei piuttosto un affidatario, così come la madre di Eligio...»

«Quindi non dovrei chiamarvi mamma e papà?»

Klaus Jurgen scoppiò in una risata. «No!» disse. «Non preoccuparti! A meno che tu non lo desideri, s'intende...»

In quel momento udirono la voce di Maria che li chiamava.

«Siete ancora lì? Klaus! Lestamano!»

«Quella vuole fare che i Padri ci scoprano!» si lamentò Lestamano.

«*Quella* è la signora Maria» precisò Klaus risentito.

«Non m'importa. Se i Padri se ne accorgono sono io che poi ci vado di mezzo! Ssssttt! Volete fare silenzio?»

«Non si è visto nessuno?» chiese Maria infilando la testa nel pertugio.

Klaus Jurgen scosse il capo. «Purtroppo no».

«Dite un po'» fece Lestamano «volete proprio che ci scoprano?»

Maria lo guardò con aria interrogativa.

«C'ho messo un sacco a scovare questo posto e non intendo ricominciare da un'altra parte. Mi sono spiegato?»

«Se solo riuscirai ad essere un po' più educato,» gli rispose Klaus Jurgen «non avrai più bisogno di trovare altri posti come questo. Te lo prometto».

Lestamano grugnì.

«Ho incontrato una delle donne delle Corderie» spiegò Maria. «Fiordarancio. Mi ha detto che si stanno radunando tutti alla chiesa di Santa Maria Formosa...»

«Tutti chi?»

«I senzatetto!» esclamò Lestamano.

Maria annuì.

«Eligio è tenuto prigioniero dall'uomo con un braccio solo...»

«Maso?»

«È così che si chiama. Dobbiamo scoprire dove vive! Tu ne sai nulla?»

«No» rispose deciso il ragazzo. «Quello è troppo furbo! È quasi come me!»

Maria parve delusa. «In tal caso non ci resta altro da fare che raggiungere gli altri!» concluse.

«E come troveremo Eligio?» chiese Klaus Jurgen.

«Dobbiamo cercare un edificio con una madonnina sulla facciata...»

«Non sarà facile» osservò l'uomo.

«E chi ha detto che lo sarà? Forza, raggiungiamo gli altri!»

«Allora,» gridò Lestamano già con un piede oltre la soglia «vi muovete? *Boia pignata!*»

Capitolo trentaduesimo

1902. Spedale della Pietà, Venezia

Speranza continuava senza posa a rigirare tra le dita il volantino che la ragazza del comizio le aveva lasciato. Avrebbe desiderato parlarne a suor Deodata, ma suor Deodata se n'era andata in fretta e furia alla polizia insieme allo straniero che diceva d'essere il fidanzato di Maria Salieri. Rosapineta era da qualche parte a caccia di Eligio e di misteriosi uomini con un braccio solo e così lei non aveva nessuno con cui confidarsi.

La curiosità la spingeva a uscire dallo Spedale per assistere al comizio, ma la sua profonda fedeltà ai precetti e al regolamento dell'Istituto la consigliavano di desistere da un simile proposito. Sicché passeggiava nervosamente su e giù per la stanza in preda all'inquietudine. Un istante decideva di restare, si sdraiava sul letto, chiudeva gli occhi e faceva dei gran sospiri; l'istante successivo stabiliva invece di andare, balzava giù dal letto, si sistemava i capelli e la gonna e poggiava la mano sulla maniglia della porta.

Alla fine prevalse in lei l'impulso di soddisfare quel che avvertiva sempre più come un bisogno. Uscì dalla propria stanza con fare circospetto, attraversò tutto il corridoio e scese la grande scala a torciglione sforzandosi di apparire naturale.

«Buonasera, sorella» disse con il solito tono incrociando suor Elpidia che risaliva. Il viso infuocato tradiva il suo nervosismo, ma la scarsa luce del tardo pomeriggio fece sì che quel particolare risultasse appena percettibile.

«Buonasera, Speranza. Cerchi ancora suor Deodata?»

«No, grazie, sorella».

«Perché in tal caso mi duole dirti che non è ancora tornata».

«Non fa niente, grazie».

«Quando la vedrò la avvertirò che la stavi cercando».

«Non ha più importanza, sorella. Grazie ugualmente...»

«E di Rosapineta? Si sa nulla?»

«Ancora nulla».

«È sempre stata una testa calda, quella!»

«Avete ragione. Buonanotte, sorella».

«Buonanotte, cara».

Nell'androne fortunatamente non c'era nessuno. Erano all'incirca le sei del pomeriggio, troppo presto perché iniziasse il turno alla ruota. Speranza attese acquattata contro la parete come un ladro, pronta a cogliere qualsiasi rumore sospetto. Ma non ci furono rumori sospetti. Solo il ritmico pianto dei bambini che proveniva dal baliatico e qualche passo che rimbombava nei corridoi al piano superiore. Si coprì il capo con il velo e lesta infilò la porta.

Non le fu difficile raggiungere campo San Tomà: non ebbe che da chiedere a un paio di passanti che subito la indirizzarono.

«Andate al comizio?» volle sapere uno di questi. Ma il tono di scherno dell'uomo suggerì a Speranza trattarsi più di una provocazione che di una innocente domanda e saggiamente se ne andò senza rispondere.

Arrivò a campo San Tomà che si erano già radunate diverse decine di persone. C'erano molte donne, ma anche uomini, che attendevano a gruppetti disseminati per gli angoli del campo. Il sole si accingeva a percorrere l'ultimo quarto di cielo prima di sparire oltre l'orizzonte dei campanili della città, ma l'aria era ancora arroventata e satura d'umidità e Speranza si sentiva accaldata per la lunga camminata. Inoltre temeva che qualcuno la riconoscesse, cosa assai poco probabile, poiché le sue uniche conoscenze erano limitate agli ospiti e alle lavoranti dell'Istituto. In ogni caso, sia per sfuggire a occhi indiscreti sia nel tentativo di trovare sollievo alla calura, si sistemò in un angolo del campo, in attesa.

E fu lì che, lasciando vagare lo sguardo, si accorse di quel ragazzino che la osservava da una finestra della casa di fronte.

Oh, mio Dio! esclamò tra sé e sé. *Non può essere! Eligio?*

Speranza sollevò istintivamente una mano in segno di saluto, ma subito dopo la riabbassò mettendosi a ragionare. Che ci faceva Eligio in quella casa? Rosapineta le aveva detto che non era rientrato. Che fosse lì di sua spontanea volontà? Perché allora si sbracciava e faceva segni incomprensibili? Perché semplicemente non apriva la finestra e le parlava? Perché, addirittura, non scendeva in strada a salutarla? Per un istante si sentì gelare. E se avesse avuto ragione Rosapineta? Se Eligio fosse stato davvero rapito dall'uomo con un braccio solo?

Doveva assolutamente fare qualcosa, ma cosa? Fece segno a Eligio di non dire nulla, di aspettare, e si mosse in direzione della casa.

Non sapeva esattamente cosa avrebbe fatto mentre si avvicinava al portone. Forse avrebbe suonato con una scusa, oppure, se il portone fosse stato aperto, si sarebbe intrufolata all'interno e poi… e poi…

Un uomo le passò accanto urtandola.

«E sta' attenta, stupida!» le abbaiò contro senza nemmeno degnarla di uno sguardo.

Speranza si bloccò come paralizzata: era l'uomo senza un braccio!

Maso si guardò furtivamente intorno, costringendo Speranza a voltarsi per scomparire ai suoi occhi. Quindi spalancò il portone e in un baleno fu inghiottito dal buio.

Speranza si fermò nuovamente a riflettere. Che mai poteva fare da sola se non mettere in pericolo ancor più la vita di Eligio?

Quell'uomo era un delinquente navigato, un uomo rude, avvezzo alle malefatte, e lei una donna priva di esperienza, abituata solo a lavare panni, a badare agli infanti e a cantare le lodi del Signore. Non aveva una sola possibilità di farcela senza aiuto.

Non ebbe bisogno di ulteriori considerazioni: riprese la via che l'aveva condotta sin lì in direzione dello Spedale, facendosi largo tra la folla in attesa del comizio. Avrebbe aspettato il ritorno di suor Deodata e di Rosapineta e avrebbe raccontato loro ogni cosa. Insieme avrebbero deciso il da farsi.

Si lanciò su per calle Dei Corti, verso campo San Polo, e oltre San Silvestro, su e poi giù per il ponte di Rialto, tra i bottegai impegnati a serrare le loro attività e i turisti straniti, e dopo San Bartolomeo giù per calle degli Stagneri, e Santa Maria della Fava e ancora San Lio e avanti per calle delle Bande fino al campo di Santa Maria Formosa, dove udì qualcuno chiamarla per nome.

«Speranza! Speranza, fermati!»

Speranza non aveva nessuna intenzione di fermarsi, timorosa com'era che qualcuno potesse riferire a suor Deodata di averla veduta fuori dallo Spedale senza autorizzazione, ma fu comunque costretta a interrompere la sua corsa a perdifiato. Un essere gigantesco la tratteneva saldamente per un braccio.

«Lasciatemi! Che volete da me?» implorò Speranza. «Io non vi conosco!»

«Speranza» disse la voce di pochi istanti prima, una voce che non apparteneva di certo a quel troglodita che impediva al suo povero sangue di circolare.

«Rosapineta?»

Rosapineta sbucò da dietro il gigante. «Grazie, Straccaganasse» disse. «Puoi lasciarla andare».

L'omone annuì e mollò la presa.

«Rosapineta! Che ci fai qui? E in compagnia di... di questo...»

«Lui è Straccaganasse» disse Rosapineta. «E questi» aggiunse indicando una folta schiera di gente che le si stava facendo intorno «sono i suoi amici. Lei è Berta, una specie di capo qui...»

«Ma...» Speranza si guardava intorno sbigottita. «Ma sono... sono barboni!»

«Senzatetto» precisò Berta. «Noi preferiamo chiamarci così. Barbone sa di sporco, non trovate?»

Il volto di Speranza s'infiammò all'istante di tutte le tonalità del rosso. «Non volevo offendervi» mormorò.

«Non preoccuparti! Siamo abituati a ben altro!» rise Berta.

«Speranza, cosa fai fuori dallo Spedale?» chiese Rosapineta.

«Potrei farti la stessa domanda. Non avresti dovuto sparire a quel modo. Non appena suor Deodata verrà a saperlo...»

«E da chi dovrebbe saperlo?»

Speranza abbassò lo sguardo. Rosapineta aveva ragione: lei stessa si trovava per strada all'insaputa della madre superiora.

«Comunque ha poca importanza, ora» disse Rosapineta. «Vedi quella donna? La riconosci?»

Maria si fece avanti.

«Sì» disse Speranza. «Mi ricordo di voi. Siete venuta all'Istituto...»

«E lui è il signor Krull, il suo fidanzato... Quello piccolino è Lestamano, un amico di Eligio...»

«Eligio!» esclamò Speranza. «Io l'ho veduto!» Frastornata dall'incontro con Rosapineta, si era completamente scordata il motivo della sua forsennata corsa.

«L'hai veduto? Cosa significa che l'hai veduto?»

«Se sapete qualcosa, parlate» ordinò Maria.

«Ero in campo San Tomà» prese a raccontare Speranza «e alzando la testa vedo Eligio che mi fa dei cenni da una finestra. Poi, l'uomo con un braccio solo, proprio lui, mi passa accanto senza riconoscermi ed entra nella casa con aria furtiva...»

«Visto? Che vi avevo detto?» gridò Rosapineta. «Lo sapevo che c'entrava quel farabutto!»

«Siete certa che fosse proprio Eligio?» si accertò Maria.

«Sì, sì! Era lui! Come potrei non riconoscerlo?»

«E stava bene?»

«Non saprei... credo di sì... Ma voi che ci fate tutti qui?»

«Eravamo a un punto morto» spiegò Rosapineta. «I senzatetto ci stavano aiutando a ritrovare Eligio, ma la ricerca non aveva dato nessun risultato, fino a che...»

«Fino a che non sei arrivata tu!» esclamò Berta.

«Una benedizione!» disse Ottavia. «È il Cielo che ti manda!»

«A proposito,» volle sapere Rosapineta «che ci facevi in campo San Tomà?»

Speranza avrebbe forse risposto all'amica, ma Klaus Jurgen le impedì di farlo.

«Allora, che aspettiamo?» gridò come un generale ansioso di portare l'attacco finale alla testa delle proprie truppe. «Si va?»

«Ci potete scommettere che si va!» esclamò Lestamano balzando avanti e brandendo un pugno.

«Si va tutti insieme!» gridarono i senzatetto.

Mentre insieme agli altri correva nuovamente verso San Tomà, Speranza pensava che la Divina Provvidenza muoveva davvero i passi degli uomini. La Divina Provvidenza l'aveva condotta fin lì non tanto per assistere a un comizio sull'emancipazione femminile, bensì per scoprire la prigione di Eligio e fare in modo che venisse salvato.

E per la prima volta in tutta la sua vita le sembrò di aver compiuto qualcosa di veramente utile per gli altri.

Capitolo trentatreesimo

1902. Spedale della Pietà, Venezia

Suor Deodata aveva un diavolo per capello, per quanto riferita a una religiosa la cosa potesse apparire a dir poco curiosa. Oltre ad aver girovagato una giornata intera per i ponti e le calli di Venezia senza essere riuscita a trovare Eligio, rientrata all'Istituto aveva scoperto che, oltre a Rosapineta, si era volatilizzata anche Speranza.

Appreso da suor Elpidia che Speranza l'aveva cercata a lungo, si era messa a sua volta alla ricerca della giovane giubilata. Non avendola trovata nei locali dove abitualmente era solita incontrarla, aveva bussato alla porta della stanza che Speranza divideva con Rosapineta.

«Speranza? Sei qui?»

Silenzio.

Incuriosita da tanto mistero, la madre superiora era entrata nella camera sguinzagliando ovunque i suoi occhi indagatori, i quali si erano fin da subito soffermati su quel biglietto ripiegato in quattro e posto in cima al comodino: la propaganda del comizio femminista.

«Oh, Santo Cielo!» aveva esclamato. «Quella sciagurata! Suor Elpidia! Elpidia! Anzi no...»

«Eccomi, madre superiora! Che succede?»

«Nulla... Nulla di che».

«M'era parso di sentirvi gridare...»

«Io, gridare? Hai bisogno di farti controllare l'udito, vecchia mia! Io non grido mai!»

Aveva cambiato idea. Non voleva che Speranza finisse nei guai così su due piedi. Voleva invece che avesse la possibilità di discolparsi. Speranza era sempre stata una ragazza modello, tutto l'opposto della sua grande amica, Rosapineta. Se Speranza aveva lasciato lo Spedale a quel modo doveva avere una buona spiegazione da dare. Così le avrebbe parlato, pensò suor Deodata e, solo dopo averla ascoltata, avrebbe preso i provvedimenti del caso. Quando si trattava di una giubilata, l'inosservanza del regolamento arrivava a prevedere l'allontanamento dall'Istituto. Lo stesso valeva per Rosapineta, scomparsa anch'essa da parecchie ore. Ma per quanto riguardava quest'ultima, suor Deodata non si crucciava più di tanto: l'erba cattiva, si diceva, resta cattiva. E non muore mai.

«Devo uscire» disse a suor Elpidia.

«Ancora? Ma madre, sono già le sette...»

«Da quando in qua mi controlli, Elpidia?»

«Ma madre, tra poco sarà buio!»

«Ho da fare! Tu non puoi capire. Cose urgenti!»

Detto ciò si sistemò la cuffia e se ne andò a passo spedito, lasciando la povera sorella Elpidia frastornata a scrollare la testa.

Capitolo trentaquattresimo

1902. Campo San Tomà, Venezia

Con l'avvicinarsi dell'ora prevista per il comizio, il numero delle persone radunate in campo San Tomà era notevolmente cresciuto. Il modesto palco in legno allestito sotto la vecchia Scuola dei Calegheri se ne stava addossato al muro di mattoni come un teatrino di marionette. Sopra ad esso, vegliato dagli occhi misericordiosi di una madonnina in pietra d'Istria, un facchino terminava di sistemare uno scranno traballante.

Da un lato dello spiazzo si agitava un gruppetto di donne recante dei cartelli.

UNITE PER I NOSTRI DIRITTI!

recitava uno di essi.

SÌ AL SINDACATO DELLE LAVORATRICI!

diceva un altro.

VIVA LA MOZZONI
VIVA LA FORNASARI

sosteneva un terzo. Un quarto, infine, affermava senza mezzi termini:

I BESSI AE DONNE
AI OMENI 'E GONNE

Sul lato opposto, al di là del pozzo, si andava formando la fazione degli oppositori, costituita prevalentemente da uomini, ma non solo. C'erano anche numerose donne che non vedevano di buon occhio le posizioni radicali di quelle nuove correnti femministe.

Quest'ultimo gruppo non aveva cartelli con sé, ma manifestava il proprio dissenso con qualche frase, dapprima proferita in tono sommesso, poi via via sempre più a gran voce.

«A casa!» diceva qualcuno.

«Le donne con le *braghe* son contro natura!»

«Chi cura i *putti* se le *fèmene* lavorano?»

«*Omo de asèo, mogièra col peo!*»

E il gruppo delle donne favorevoli all'emancipazione, di rimando:

«Retrogradi! Cavernicoli!»

«È ora che impariate a cucinare!»

«Uomini in sottana! Uomini in sottana! È finita la pacchia!»

Considerati i disordini che si erano verificati in altre città in occasione di tali riunioni, dalla stazione di Pubblica Sicurezza si era provveduto all'invio di una coppia di agenti con il compito di tenere sotto controllo la situazione. I due uomini passeggiavano rilassati su e giù per il campo, divertiti da quel reciproco sfottò.

Da calle dei Nomboli, poco distante da campo San Tomà, sopraggiungevano di gran carriera Rosapineta, Speranza, Klaus Jurgen, Lestamano e i senzatetto.

Alle loro spalle arrancava Berta, seguita a ruota dal fedele Pitusso, che si divertiva a fare la gimcana tra le sue stampelle.

Accanto a Berta c'era Maria, che di quando in quando si offriva di aiutarla.

«So perché stai facendo questo e sappi che non mi piace» sibilò Berta senza guardarla direttamente negli occhi.

«Facendo cosa?» chiese Maria sorpresa.

«Vuoi farmi sentire in colpa! È per questo che mi gironzoli intorno e mi aiuti a fare i gradini».

«Nient'affatto».

«Non sono scema e sono pure più vecchia di te!»

«E allora?»

«E allora ti dico che non voglio che tu dica ciò che io non sopporto di sentire che tu dica!»

«Puoi ripetere, per favore?»

«Hai capito benissimo. Non voglio sentire frasi tipo *perché l'hai fatto*? Non le devi dire».

«D'accordo, non le dirò».

Per qualche secondo nessuna delle due donne aggiunse altro. Si trovavano in cima a ponte San Tomà, la cui parabola sovrastava il rio omonimo. Da lì una doppia curva portava in un campiello che costeggiava la chiesa, aprendosi poco oltre nel campo di San Tomà.

«Però lo pensi!» disse Berta fermandosi a riprendere fiato.

Maria rise.

«Non puoi impedirmi di pensare, Berta!»

«Be', allora lascia che ti dica una cosa. Avevo le mie ragioni. Forse non erano buone ragioni, ma erano pur sempre le mie ragioni!»

«Non ho nessuna intenzione di biasimarti, amica mia».

«Amica?»

«Semmai sono qui proprio per ringraziarti».

«Ringraziarmi?»

«La pianti di ripetere tutto quello che dico?»

«Per cosa dovresti ringraziarmi?»

«Questa mobilitazione! L'hai organizzata tu tutta questa faccenda della caccia a Eligio. Se non fosse stato per te...»

«Non dire stupidaggini! *La mia mobilitazione*! È stata quella ragazza, Rosapineta... Che nome assurdo!»

«Non nasconderti dietro a un dito, anche perché non ci riusciresti!...»

«Ehi! Solo io posso fare battute sulla mia stazza! Chiaro?»

«Ognuno ha fatto la sua parte. Così la penso io».

Si rimisero in marcia. Gli altri, ormai, non si vedevano più, avendo già raggiunto campo San Tomà.

«Non so perché da principio ti ho taciuto la verità» confessò Berta, osservando Pitusso che camminava qualche passo avanti a loro. «Forse perché mi sembrava ingiusto che tu potessi essere felice...»

Maria non disse nulla.

«Mi odio» esclamò Berta sbattendo a terra una delle stampelle. Pitusso si bloccò di scatto e si mise su due zampe, abbaiando.

«Non devi odiarti» le disse Maria.

«Avrei lasciato Eligio nelle mani di quel... di quel canchero, se non fosse stato per...»

«Cosa dovrei dire allora di me stessa? Quando lo depositai su quella ruota undici anni fa sapevo bene quel che facevo, ma non per questo desistetti dal farlo...»

«Te l'avrei detto, ne sono certa. Volevo solo... fartela pagare! Dio solo sa che cosa avrei dovuto farti pagare! Che stupida!»

Maria si chinò e raccolse la stampella da terra.

«Ascoltami bene, Berta» disse porgendola alla donna. «Ora più che mai ho bisogno di aiuto. Aver trovato la casa dove Eligio viene tenuto prigioniero non è che il primo passo. Non sarà affatto semplice portarlo via a quell'uomo, quel Maso...»

«Ci puoi scommettere il fidanzato, bella mia! Quel tipo è un osso duro».

«Dunque, basta con le recriminazioni e i sensi di colpa! Abbiamo un lavoro da finire. C'è un bambino da salvare e mi serve l'autorità di un vero capo!»

«Io?»

«Tu!»

Berta si morse il labbro inferiore e Maria la vide in quell'istante come la bambina che doveva essere stata un tempo.

«E allora facciamogliela vedere a quel delinquente!» disse sistemandosi la benda sull'occhio come un pirata che si appresta all'arrembaggio.

Maria sorrise e le schioccò un bacio sulla grossa guancia intrecciata di venuzze rosse.

Raggiunsero gli altri nella piazzetta mentre il cielo sopra la terraferma iniziava a lampeggiare.

«Un temporale» disse qualcuno tra la folla.

«E bello grosso, anche!»

«Speriamo che non debbano interrompere il comizio!» si augurò una voce.

«*Sperèmo che anneghino tutte, 'ste feministe!*» auspicò qualcuno del fronte opposto.

«Eccovi dunque. Siete qui» disse Klaus Jurgen andando incontro alle due donne. «Ci siamo sistemati in un campiello adiacente alla casa in modo da non dare troppo nell'occhio... Ma che fa quella?»

Rosapineta era ferma in mezzo al campo. Osservava la vecchia Scuola dei Calegheri, un edificio di mattoni con il tetto a punta e la statua di una madonnina sulla facciata.

«Vieni via di là!» le gridò Klaus Jurgen. «Se ti vede siamo spacciati!»

Lestamano attraversò lo spiazzo e dopo aver abbrancato la mano di Rosapineta la trascinò via con sé.

«Maso poteva vederti!» la riprese Berta. «Voi non sapete quello cos'è capace di fare! È un tipo molto pericoloso. E ancora più di lui lo è quella peste della sua compagna, Aristea...»

«Dicono che abbia ucciso un uomo a coltellate!» esclamò Lestamano.

«Già. La gente dice un sacco di fesserie» commentò Berta. «In ogni caso dobbiamo fare molta attenzione».

«Qual è il piano?» chiese Straccaganasse.

«Perché, abbiamo un piano?» fece Fiordarancio.

«Un piano ci vuole!» esclamò Nàparo. «Per forza!»

Nel frattempo la folla prese a rumoreggiare maggiormente. Si levò qualche grido e molti presero a battere le mani. Anna Maria Mozzoni stava facendo il suo ingresso nel campo. Speranza gettò un'occhiata nella sua direzione, ma non vide nulla. La donna era protetta da una fitta cintura di sostenitrici. La accompagnarono sul palco e lì rimasero, al suo fianco, come delle autentiche guardie del corpo.

«Donne di Venezia!» gridò Anna Maria Mozzoni. E dalla fazione a lei contraria si levò una salva di fischi. Subito la controparte si organizzò seppellendo i fischi sotto bordate di vigorosi applausi e fervidi incitamenti. Si capì fin dal primo momento che sarebbe stata una serata difficile.

«Donne di Venezia» ripeté Anna Maria Mozzoni. «Io vi saluto!»

«Allora, che facciamo?» chiese Rosapineta smaniosa di passare all'azione.

«Io propongo di andare a denunciare questo Maso alla polizia» disse Klaus Jurgen.

L'intero gruppo dei senzatetto, Berta in testa, gli riservò un'occhiataccia.

«*Todesco! A Venessia i panni sporchi li lavèmo in canal!*» se ne uscì il vecchio Magoga. «*Ti gà capìo?*»

«Magoga» intervenne Berta «vuole dire che dalle nostre parti siamo abituati a cavarcela da soli».

«Ma non è così che si fa!»

«Klaus,» Maria lo prese sottobraccio e lo condusse qualche metro lontano «i ragazzi delle Corderie non vanno molto d'accordo con la polizia, capisci? Ognuno di loro ha qualche scheletro nell'armadio».

«Scheletri nel...»

«Non costringermi a dire di più, ti prego».

Klaus Jurgen annuì. «Ho inteso».

«Ora che abbiamo appurato che la polizia ci è utile come un paio di scarpe nuove con l'acqua alta,» dichiarò Berta «non ci resta che darci da fare!»

«Potrei arrampicarmi fino alla finestra» propose Lestamano. «Qual era?» chiese a Speranza.

«Eccola» disse lei indicando quella sporgente dal sottotetto.

«Non se ne parla nemmeno» intervenne Maria. «È troppo pericoloso!»

«Invece la trovo un'ottima idea» disse Berta rimuginandoci sopra.

«Ma Berta!»

«Hai detto tu che io sono il capo, no?»

«Capo o no, è ora che ci diamo da fare» tagliò corto Nàparo. «Tra un po' verrà giù un *doregàn*! Un temporale, per il signor *todesco*».

I lampi sopra la terraferma si erano intensificati e ora si udivano anche i tuoni, simili ai brontolii di un intestino a digiuno.

«Lestamano,» chiese Berta «te la senti?»

Lestamano annuì, come un soldatino zelante pronto per una missione pericolosa.

«Serve un diversivo» consigliò Klaus Jurgen. «Qualcosa che distragga l'attenzione di Maso e di quella... di quella donna».

«*El todesco gà rasòn!*» convenne Magoga. «*Anca noialtri in guera* avevamo i diversivi...»

«D'accordo» concluse Berta. «Quando Lestamano sarà in posizione, uno di noi suonerà alla porta con una scusa».

«Come faremo?» domandò Straccaganasse. «Maso bene o male ci conosce tutti, almeno di vista. Serve qualcuno che lui non ha mai visto...»

«Vado io!» si offrì Rosapineta.

«No» disse Speranza. «Quell'uomo ti ha veduta nell'ufficio del segretario generale, ricordi? La stessa cosa vale per me...»

«Allora vado io» saltò fuori Klaus Jurgen.

«Nemmeno tu» intervenne Maria. «Maso è troppo furbo per credere che uno straniero bussi casualmente alla sua porta. Ci andrò io».

«Tu?» Berta non era sicura che fosse una buona idea. Temeva che Maria si facesse prendere dall'emozione nel rivedere suo figlio e che mandasse in fumo il piano. «Non so...»

«Pensaci, Berta. Sono l'unica che Maso non conosce».

Molti dei senzatetto annuirono convinti. Perfino Pitusso mandò un guaito di approvazione.

«Dirò che faccio parte del comitato organizzatore e chiederò loro di firmare una petizione».

«Non ci cascherà mai!»

«Non ha importanza. Quello che importa è avere qualche minuto a disposizione per permettere a Lestamano di far uscire Eligio».

«E poi?» volle sapere Speranza. «Cosa faranno? Si getteranno giù dal tetto?»

«Ehi, *fiòi*!» gridò Livia, che se ne stava appostata all'angolo del campiello con campo San Tomà. «*Riva i fagoti!*»

I senzatetto si confusero in un baleno con la folla che seguiva il comizio proprio nel momento in cui i due agenti di Pubblica Sicurezza svoltavano da calle Civran.

«Non è salutare per dei vagabondi farsi trovare tutti insieme in un luogo pubblico» spiegò Maria a Klaus Jurgen.

Il temporale in arrivo aveva oscurato il cielo sopra la città e in mezzo alla gente radunata nel campo si vide spuntare la fiamma di qualche torcia.

«Passato pericolo» bisbigliò Berta avvicinandosi a Maria. Fece alcuni cenni nelle quattro direzioni e poco dopo, qui e là, come barchini dalla nebbia della laguna, emersero Magoga, Nàparo, Fiordarancio, Straccaganasse e tutti gli altri. Si radunarono nuovamente in campiello del Piovan, una rientranza del campo abbastanza grande da offrire riparo da occhi indiscreti. Salendo dal lato della casa che dava sul campiello, Lestamano sarebbe arrivato sopra un mezzotetto e da lì alla finestra di Eligio.

«Livia, tu resta di guardia!» ordinò Berta. Le piaceva il ruolo di capo che Maria le aveva assegnato.

«Ho pensato a come fare» disse Nàparo.

«A come fare cosa?»

«Faremo una specie di bozzello».

«Un bozzello?»

«Una carrucola! Ma senza puleggia». Nàparo in passato aveva lavorato saltuariamente in un cantiere.

«Spiegati».

«Ci serve una fune. Lo vedete quel ferro sporgente? Lì sopra l'ultima finestra?»

Sotto lo spiovente del tetto vi era il supporto in ferro per una puleggia, un sistema ancora in uso a Venezia per portare in casa il cesto della spesa o l'acqua del pozzo.

«Lestamano vi farà passare la fune e poi se la legherà alla vita. Noi prenderemo l'altro capo e terremo sollevato il ragazzo all'altezza della finestra. Quando avrà con sé Eligio, li tireremo giù senza pericoli facendo scivolare la fune sulla sporgenza!»

«È un'ottima trovata» approvò Klaus Jurgen.

«Sempre che i *fagoti* non ci interrompano sul più bello» disse Fiordarancio sbirciando al di là del cantone.

«Penseremo anche a quello» dichiarò Berta. «Forza, ci serve una fune!»

Rosapineta apparve con una robusta corda tra le mani. Era zuppa di acqua di mare.

«Bravissima! Dove l'hai presa?»

«Nel canale».

Alle sue spalle, lungo rio della Frescada, una gondola passò priva di gondoliere, in balia della corrente e diretta in Canal Grande.

«Mettiamoci al lavoro! Straccaganasse e Nàparo! Scala umana!»

Nàparo contò fino a tre e con lestezza si arrampicò sulle spalle di Straccaganasse.

«Pronti!» disse Nàparo con la testa all'altezza del secondo piano.

«Lestamano?» chiamò Berta.

Lestamano si avvicinò al muro della palazzina, si sputò sui palmi delle mani e afferrando ben strette quelle di Straccaganasse mise il piede destro sul ginocchio sinistro dell'uomo.

«Pronto!» disse Lestamano.

Maria si accostò all'angolo della casa, tra campo San Tomà e campiello del Piovan.

«Sono pronta anch'io» disse.

Berta si guardò intorno, proprio come un comandante prima di sferrare l'attacco al nemico: Livia sorvegliava il campo, Nàparo e Straccaganasse formavano un blocco unico, Lestamano era pronto alla scalata, Maria attendeva un segnale per bussare alla porta, le orecchie di Pitusso erano ritte e la coda immobile, i senzatetto in allerta.

Dal comizio provenivano frasi concitate, slogan, applausi e fischi: una situazione ideale per non essere notati.
Berta chiuse gli occhi e sospirò. «Via!» disse.
E l'audace piano ebbe inizio.

Capitolo trentacinquesimo

1902. Campo San Tomà, Venezia

Quando Lestamano attaccò la scala umana costituita da Nàparo e Straccaganasse impilati uno sull'altro, le prime gocce di pioggia iniziarono a cadere con sonori schiocchi.

Non ci voleva, pensò Berta. Ma ormai, come aveva detto qualcuno una volta, il dado era tratto. Non si poteva più tornare indietro.

Lestamano in quattro salti arrivò al mezzotetto.

«Lanciatemi la corda!» disse.

Nàparo scese dalle spalle di Straccaganasse, prese la fune e al termine di una serie di piroette la spedì verso il cielo, alla maniera dei cowboy americani. Dopo averla afferrata, Lestamano la fece passare sopra il gancio in ferro che sporgeva dal muro, quindi se ne cinse la vita annodandola più strettamente che gli riuscì. A quel punto attaccò l'ultimo pezzo di parete. Dal campiello i suoi compagni lo osservavano con il fiato sospeso. Sembrava uno scalatore in erba alle prese con una parete di roccia.

Il muro era piuttosto malandato, cosparso di crepe e di bocche d'intonaco mancante, e per Lestamano non fu difficile arrivare alla finestra della stanza di Eligio.

«C'è una grata!» disse sporgendo la testa verso il basso.

Berta impugnò una delle sue stampelle. «Aiutati con questa!» gli rispose. «Usala come una leva!»

La scala umana fu ricostituita e Nàparo allungò la stampella fino alle dita tese di Lestamano.

«Presa!» esultò il ragazzino quando l'ebbe ben salda tra le mani.

Berta fece un cenno a Maria ed essa si diresse verso la porta della casa di Maso, che si apriva in calle Civran, all'angolo del campiello. Maria suonò la campanella e attese.

«Chi è?» chiese infastidita Aristea sporgendosi dalla finestra.

«Sono del comitato» rispose gentilmente Maria. «Posso parlarvi?»

«Quale comitato?»

«Quello del comizio!»

«No!» disse Aristea e richiuse la finestra.

«Chi era?» volle sapere Maso.

«Una di quelle fanatiche del comizio!»

«Ci mancavano anche loro! Fosse per me, andrei a prenderle a bastonate!»

Il campanello trillò una seconda volta.

«Chi è?» ripeté Aristea affacciandosi nuovamente.

«Sono sempre io» rispose sorridendo Maria. «Vi prego, un minuto soltanto...»

«Non abbiamo tempo da perdere!» gracchiò Aristea. Dopodiché richiuse la finestra.

Eligio, steso sul paglericcio, udì il campanello suonare la prima volta. Ascoltò la voce sgraziata di Aristea che parlava con qualcuno in strada, e poi più nulla. Si girò su un fianco e notò, riflessa sulla parete, un'ombra oscurare la finestra. Pensò si trattasse di una nuvola e non ci fece caso. Il campanello trillò una seconda volta e ancora Aristea si intrattenne brevemente con qualcuno. Eligio si mise supino, le mani incrociate dietro la nuca. Si sentiva stanco, svuotato d'ogni energia. Non gli importava tornare alla fabbrica di scope o mettersi a trafugare portafogli al Mercato Coperto. Per quanto lo riguardava le due cose si equivalevano. Pensava che le sue giornate sarebbero scivolate a quel modo, tra furti, umiliazioni e lunghe ore trascorse su quello scomodo letto a fissare il soffitto. Almeno finché non fosse diventato grande abbastanza da...

D'un tratto sentì scricchiolare e cigolare. Un rumore come di legno che cede o muro che si sgretola.

Eligio si tirò su a sedere e incuriosito guardò oltre i vetri.

Maria suonò per la terza volta.

«Adesso vado giù» sbottò Aristea «e la caccio a pedate!»

«Non esagerare!» si raccomandò Maso, che ben conosceva il carattere focoso della sua compagna.

«Cosa diavolo vuoi?» abbaiò Aristea in faccia alla povera Maria non appena spalancò la porta.

«C'è vostro marito?»

«Mio marito è morto. Ammazzato. Perché?»

«Non vorreste partecipare al comizio?»

«Manco per sogno!»

«Posso entrare un minuto soltanto?»

«No!»

«È una questione importante...»

«Te ne vuoi andare?»

«Per favore... Fatemi spiegare con calma».

«Che accidente vuoi spiegare tu?»

«Allora?» gridò Maso dal piano superiore. «Si può sapere che succede?»

«Non avevate detto che vostro marito era morto?» chiese Maria infilandosi tra Aristea e la porta.

«Be', deve essere resuscitato! Fuori da casa mia adesso!»

«Buonasera signore!» fece Maria.

Maso la osservava confuso dall'alto delle scale.

«Stavo spiegando alla vostra gentile consorte che...»

Eligio non poteva credere ai propri occhi. Mentre Maso e Aristea erano impegnati in una discussione con uno sconosciuto sulle scale di casa, lì fuori, appeso a una corda, cercando di far saltare la grata della finestra servendosi di una stampella, c'era il suo amico Lestamano!

Lestamano gli dedicò un sorriso forzato, impegnato com'era in quella delicata operazione. Eligio lo salutò con la mano, come se si fossero lasciati da poche ore soltanto e la grata saltò via, simile al tappo di una bottiglia di champagne. Rotolò lungo il mezzotetto e sarebbe sicuramente precipitata in calle Civran, forse sulla testa di un passante o magari di uno dei poliziotti, se non si fosse miracolosamente agganciata al cornicione, rimanendo sospesa nel vuoto a più di quattro metri d'altezza.

Anna Maria Mozzoni, nel frattempo, incitava le donne di Venezia a far sentire la loro voce in tema di diritti e salari.

«Solo unite ce la possiamo fare!» gridava sopra il vociferare della folla. «C'è chi è pronto ad ascoltarci! Ma noi, chiediamoci, noi, siamo davvero pronte a farci ascoltare?»

E tanto le sostenitrici prendevano coraggio e vigore nel manifestare il proprio appoggio, tanto la parte avversa, pungolata, mostrava a suon di cori di dileggio e di fischi il proprio crescente dissenso.

Maso, che era sceso a vedere che cosa stesse combinando Aristea con quella donna, udì qualcosa che rotolava sul tetto sopra la sua testa.

«Cos'è stato?» chiese ad Aristea.

Ma Aristea era troppo impegnata e non lo sentì.

«Ti ho detto che te ne devi andare!» stava alitando in faccia a Maria. «Se non lo vuoi proprio capire, te lo spiego con le buone!...»

Maria però insisteva, ora più di prima. Si frappose tra lo stipite e la porta impedendo ad Aristea di richiuderla.

«Sbrigatela da sola» disse Maso infilando le scale. «Io torno su a vedere cos'è stato».

«Aspettate!» gridò Maria mentre Aristea la tratteneva per un braccio. «Dovete assolutamente vedere una cosa!»

Maso si fermò sull'ultimo gradino. «Cosa?»

«Questo!» Maria ficcò un dito nell'occhio destro di Aristea la quale si portò entrambe le mani al volto gridando di dolore. Dal piano superiore giunsero altri rumori sordi.

«Lestamano!» gridò Eligio spalancando la finestra. «*Boia pignata!* Non dovresti essere in prigione?»

«E tu? Non ti posso lasciare solo un attimo che ti cacci nei guai! Forza, salta fuori! Se ci scoprono ci ammazzano!»

Eligio si avvicinò al davanzale ma non rapidamente quanto Lestamano avrebbe voluto.

«Avanti! Spicciati!»

Eligio sporse la testa. «Che ci fai con quella corda legata intorno alla pancia?» chiese. Era sorpreso, certo, ma anche divertito. Lestamano pareva un vermetto appeso all'amo di un invisibile e gigantesco pescatore.

«Muoviti» lo incalzò Lestamano «o ti mollo una *crogna* sulla testa!»

In quell'istante Maso irruppe nella stanza.

«Fermo dove sei!» intimò a Eligio scaraventandosi verso di lui con l'unico braccio teso in avanti.

«Salta!» gridò Lestamano.

E come quel giorno in Canal Grande, Eligio chiuse gli occhi, ebbe fiducia nell'amico e saltò.

Maria si era lanciata all'inseguimento di Maso, ma Aristea glielo aveva impedito afferrandole una gamba e facendola cadere. Dopodiché le si era messa a cavalcioni, pazza di rabbia e con l'occhio destro arrossato e madido di lacrime.

«Ora me la paghi!» le ringhiava addosso sbavando come un cane. «Te le caccio io le dita negli occhi! E poi te li cavo! È la mia specialità!»

Maria non riusciva a disarcionarla tanto la donna era pesante, né ce la faceva a ripararsi il viso dalla furia dei suoi colpi. Aristea l'avrebbe sicuramente ferita o sfigurata se alle spalle della donna non fosse comparso all'improvviso Klaus Jurgen, ritto sulla soglia come l'eroe di un romanzo cavalleresco.

L'uomo cinse per la gola il donnone con il preciso intento di soffocarla.

«*Arghh... Caugh... Rashhtcrrr...*» gracchiava Aristea con le vene del collo grosse come funi.

Si alzò barcollando e dopo un paio di passi cadde all'indietro, sopra Klaus Jurgen che batté il capo e giacque svenuto.

Maso si lanciò in direzione della finestra proprio mentre Eligio prendeva il volo. Restò per qualche istante stupito, incapace di comprendere perché il ragazzino si fosse lanciato nel vuoto, ma si riebbe presto giacché si avvide che, anziché precipitare e spaccarsi il collo o la schiena sulle tegole, Eligio volteggiava sospeso in compagnia dell'amico Lestamano a un paio di metri dal mezzotetto, leggiadro come una farfalla a primavera.

Nàparo e Straccaganasse, frattanto, sorpresi dall'improvviso tuffo nel vuoto dei due ragazzi, avevano quasi perso la presa sulla corda rischiando di farli precipitare sul selciato.

«Cosa sarà successo?» si chiese Straccaganasse.

«Dai!» gridò Nàparo. «Tiriamo!»

Maso vide una fune partire dalla vita di Lestamano, passare intorno al gancio passavivande e terminare oltre l'angolo della casa. I due ragazzi si sollevarono di un paio di spanne. Qualcuno, all'altro capo della fune, li stava aiutando.

«Maledetti!» urlò Maso. «Maled...» Ma la *d* gli morì tra i denti poiché qualcosa lo colpì alle spalle costringendolo a rientrare con un'imprecazione.

Libera dall'ingombrante peso di Aristea, Maria si era precipitata su per le scale. Entrata in casa aveva scorto Maso affacciato a una finestra e intento a gridare. Gli si era avventata contro senza pensarci nemmeno un secondo, colpendolo con il bacile, ma lui, che aveva in quell'unico suo braccio una forza superiore a quella di un braccio normale, se n'era disfatto con facilità. Maria era rovinata contro un tavolo sfasciandolo, non per colpa del suo peso, in verità poco rilevante, ma per la pessima qualità del legname di cui era fatto.

Maso allora aveva staccato dalla parete un arpione arrugginito che faceva brutta mostra di sé sopra lo stipite di una porta e anziché lanciarsi con esso contro Maria, come lei temeva, si era voltato infilandosi nella stanza dalla quale era fuggito Eligio. Una volta all'interno aveva chiuso a chiave la porta.

«Cos'hai intenzione di fare a mio figlio?» aveva gridato Maria prendendo a pugni la porta chiusa. «Dimmelo! Cosa gli vuoi fare?»

Aristea arrancava sulle scale con il cuore in tumulto per gli sforzi sostenuti. Le bruciava l'occhio nel quale Maria aveva infilato il proprio dito e covava terribili propositi omicidi. Arrivò in casa e vide Maria che si accaniva contro la porta della stanza di Eligio. Aristea si guardò intorno. Prese dal ripiano un coltellaccio da cucina e quatta quatta si portò alle spalle della rivale.

«Mi sa che quell'*òstrega* ce l'ha proprio con noi!» disse Lestamano.

Maso, proteso oltre il davanzale per metà del proprio corpo, dimenava nell'aria l'arpione nel tentativo di agganciare i due ragazzi.

«Se vi prendo...»

Pioveva a dirotto e i due ragazzi penzolavano nel vuoto come fradici fagotti in via di carico al molo delle Zattere.

«Tirateli giù!» ordinò Rosapineta che dall'angolo di campiello del Piovan con campo San Tomà seguiva l'evolversi della faccenda. Si riparava dalla pioggia con la mano unita e tesa sopra la fronte, come un militare impegnato nel saluto d'ordinanza.

Nel campo, frattanto, le due opposte fazioni erano, come si poteva prevedere, giunte alle mani. La pioggia battente aveva già fatto scappare dal palco sia Anna Maria Mozzoni che la sindacalista Clara Fornasari, con tanto di guardie del corpo al seguito, ma i partecipanti al comizio sembravano non curarsene, impegnati com'erano a ingiuriare gli avversari o a menar botte a chiunque capitasse loro a tiro. I due poliziotti di pattuglia si davano un gran da fare per sedare gli animi, ma ben presto furono sopraffatti dai contendenti e coinvolti loro malgrado nella furibonda zuffa.

«Si è incastrata!» gridò Nàparo.

«Come incastrata?»

«La fune! Si è incastrata sulla sporgenza!»

«Tira!»

«Ti dico che non si muove!»

«Quello li fa a fette!» gridò Rosapineta.

«Che facciamo allora?»

«Fatemi salire!» ordinò la ragazza precipitandosi verso di loro.

Nàparo e Straccaganasse, indecisi sul da farsi, cercarono con lo sguardo Berta.

«Svelti!» gridò Rosapineta. «Non c'è tempo da perdere!»

Berta non si vedeva, così i due uomini acconsentirono e, dopo aver assicurato la corda a un gancio, ricomposero la scala umana.

Rosapineta raggiunse il mezzotetto scoprendo che la pioggia lo aveva reso viscido e infido come una pozza d'acqua a gennaio. Maso tentò immediatamente di arpionarla.

«E tu chi diavolo sei?» le urlò sopra il fragore del temporale.

«Rosapineta!» la chiamò Eligio, sempre appeso alla fune come un addobbo natalizio. «Che ci fai tu qui?»

Ma Rosapineta aveva altro a cui pensare che rispondere a inutili convenevoli. Cercava disperatamente di districare la fune impigliata evitando, nel contempo, i fendenti di Maso.

«Brutto pendaglio da forca monco!» lo insultò Lestamano. «Se solo osi toccarci!...»

«Lascia che ti agguanti» gli rispose Maso «e vedrai chi sarà a penzolare da una forca!»

Aristea già pregustava il piacere che la lama le avrebbe provocato affondando nelle tenere carni di Maria quando, alle sue spalle, la porta di casa venne scardinata con un boato e qualcosa di elefantesco si abbatté sul pavimento. Era Berta. Dietro a lei comparve abbaiando Pitusso.

«È permesso?» chiese Berta. Malgrado fosse distesa a terra il suo sguardo carico d'odio incuteva paura.

«Tu?»

«Ci si rivede, vecchia megera!»

«Berta!» Maria accorse in soccorso dell'amica.

Aristea sputò per terra, al modo di uno scaricatore di porto, e avanzò brandendo il coltello.

«Ha un coltello!» gridò Maria allarmata.

«Ma io ho questa!» disse Berta e con un movimento sapiente colpì con una stampella il ginocchio sinistro di Aristea.

La donna strillò di dolore. «La mia artrosi!»

«Presto Maria!» disse Berta. «Aiutami a rialzarmi!»

Quando Berta fu nuovamente in piedi si lanciò con tutto il peso contro Aristea e avvolte in un unico corpo le due donne abbatterono la porta della stanza nella quale Maso si era rinchiuso.

Maria le superò entrambe con un balzo pronta ad affrontare l'uomo senza un braccio, ma non appena fu all'interno scoprì che questi era sparito.

«Tirate!» gridò Rosapineta. La fune scorreva libera e i senzatetto tirarono. Lestamano ed Eligio schizzarono via come aquiloni in balia di una tempesta. Maso, che con grande soddisfazione era finalmente riuscito ad agganciare i due ragazzi, venne letteralmente strappato dal davanzale e si salvò aggrappandosi a una grondaia. Il suo urlo lacerò l'aria. Un urlo di rabbia e sconfitta. Poi il suo viso si contrasse nello sforzo riempiendosi di solchi e di vene rigonfie e lentamente il suo unico braccio sollevò l'intero corpo.

Rosapineta, in precario equilibrio sui coppi, lo guardò con orrore. Era chiaro che, ora, l'obiettivo della sua furia sarebbe stata lei. Maso infatti, issatosi sul tetto, la fissava con odio palese, dilatando ritmicamente le narici in un respiro affannato e carico di minacce.

«Tu» sibilò.

Non servì altro.

Impossibilitata a scendere, Rosapineta cercò scampo sui tetti. Si arrampicò sullo spiovente che aveva alla sua sinistra e, tremante, prese a salire.

Maso le fu subito appresso.

«Non credere di cavartela!» ruggì alle sue spalle. «Qualcuno pagherà per questo e toccherà a te!»

Rosapineta non perse tempo a rispondere e se anche avesse desiderato farlo stavolta sentiva di non averne il coraggio. Il cielo sopra la sua testa era in ebollizione e il vento le sputava in faccia secchiate d'acqua fredda. La folla, sotto di lei, si picchiava urlando e imprecando. Le sembrò di udire qualcuno chiamarla, ma non ne fu sicura.

Maso la raggiunse, la mano arcuata come un artiglio.

«Eccoti qua...» ghignò. «Fine corsa».

Rosapineta gettò una fugace occhiata verso il nulla che si apriva alle sue spalle. Il tetto terminava a strapiombo sullo spazio vuoto sopra l'acqua picchiettata di pioggia del canale. *Fine corsa.* Pensò che Maso aveva ragione. Pensò anche che quello era un modo piuttosto stupido di morire. Non che ci fosse un modo intelligente per farlo, ma più che altro le dispiaceva non poter realizzare ciò che avrebbe voluto. E mentre era intenta in tali vane considerazioni, ogni cosa intorno a lei apparve d'un tratto deformata e bizzarra, quasi comica. Sentì la testa farsi leggera e le gambe pesanti e si disse che quello era il suo addio al mondo dei vivi. Pochi istanti dopo svenne.

Maria si sporse dalla finestrella della stanza, ma non vide nulla. Non vide Maso, né Lestamano, né alcun bambino di nome Eligio da salvare.

Udì però dei colpi provenire da sopra la sua testa, dal tetto, e con un abile balzo scavalcò il davanzale. Procedette con difficoltà, a causa delle tegole viscide e dei tacchi degli stivaletti che ad ogni passo si incastravano tra i coppi.

Quando si affacciò sul tetto adiacente, rialzato rispetto a quello dove si trovava lei di circa un metro e mezzo, scorse Rosapineta ferma e trepidante sul ciglio del cornicione e quell'uomo disgustoso che la fronteggiava. Scalzati gli stivaletti, si arrampicò con furiosa determinazione.

«Lasciala stare!» urlò lanciandosi su di lui.

Maso si voltò, sorpreso che qualcuno apparisse all'improvviso alle sue spalle e, con quella stessa incredula espressione, precipitò nel rio sottostante senza emettere un grido, travolto dallo slancio della donna.

Maria ondeggiò sul cornicione simile a un'acrobata che esegue malamente il proprio numero sulla fune e, quando ebbe recuperato l'equilibrio, si avvide che Rosapineta, sul punto di svenire, barcollava a sua volta sul ciglio. Si gettò su di lei un'istante prima che questa cadesse, stringendola tra le braccia.

Infine guardò in basso. Maso dibatteva il suo unico braccio nelle acque scure e agitate del canale, sputando in egual misura acqua e bestemmie.

Maria strinse forte Rosapineta e chiuse gli occhi.

Suor Deodata arrivò a campo San Tomà mentre infuriava la *bagarre*. Si guardò intorno, ma ciò che vide non aveva nulla del comizio. Il palco era desolatamente vuoto, la gente, fradicia di pioggia, si scazzottava di santa ragione e le parole che volavano erano quanto di più riprovevole le orecchie di una suora potessero udire.

«Madre superiora!» la chiamò Speranza. «Di qua! Di qua!» Si riparava dalla pioggia tenendo sollevato lo scialle sopra la testa.

«Speranza? Ma che sta succedendo qui? Sembra la fine del mondo!»

«Non è la fine del mondo, madre. Non ancora».

Nàparo e Straccaganasse calarono la fune e finalmente Lestamano ed Eligio toccarono il suolo sani e salvi.

«*Boia pignata!* Cominciavo a prenderci gusto!» esclamò Lestamano non appena si fu liberato della corda stretta intorno alla vita.

Speranza corse ad abbracciare Eligio.

«Fantolino!» gli disse. «Sei al sicuro adesso!»

Eligio ricambiò l'abbraccio. Poi vide suor Deodata. La cuffia inzuppata d'acqua le scendeva sulle orecchie come una specie di straccio usato, e il volto, affaticato dalle vicende susseguitesi da quella mattina, aveva perso l'aria intransigente e contegnosa, spauracchio di tutti gli esposti dell'Istituto.

Eligio scoppiò a ridere.

«Be', che hai?» chiese la madre superiora. «Trovi tutto ciò divertente?»

Berta e Aristea erano una di fronte all'altra. Alla resa dei conti.

Vi era un'antica ruggine tra le due donne, un conto in sospeso giunto forse all'ultimo capitolo. Pitusso se ne stava in disparte, ringhiando, quasi sapesse che la questione riguardava solo loro due.

«Vedo che ti porti ancora appresso quel maledetto cane!» osservò Aristea.

«Da quando ha quasi strappato il braccio al tuo amichetto ne ho fatto il mio eroe!» le rispose Berta sarcastica.

«Avrei dovuti cavarteli tutti e due gli occhi!»

«Sei sempre in tempo per farlo!»

«Eccomi che arrivo!» urlò Aristea vibrando il coltello.

Aristea si lanciò su Berta e il suo coltello si conficcò con un rumore stridulo nel legno della stampella.

«Che hai da spartire con quel bambino?» ringhiò.

«Chi ti dice che abbia qualcosa a che spartire con lui?»

Le due donne si fronteggiavano come due spadaccini a lame incrociate.

«Non sei qui per lui?»

«Niente affatto, mia cara. Sono qui per te!»

Berta allungò una gomitata che colpì Aristea in piena fronte facendola barcollare. Pitusso partì all'attacco assalendola alla gola.

«Maledetto cagnaccio!» gridò la donna e indietreggiando non si avvide della finestra spalancata alle sue spalle. Finì diretta sul mezzotetto e da qui, rotolando come un sacco, lungo le tegole scivolose fino in strada.

Cadde sulla schiena con un tonfo sordo, raccapricciante. Per qualche istante il respiro le si bloccò nei polmoni, quasi che qualcuno glielo stesse trattenendo con le mani. Poi le uscì il fiato, tutto insieme, in un lamento che sembrava non avere più fine.

La gente, in tumulto, le correva a fianco senza nemmeno rallentare, troppo occupata a ripararsi dalla furia dell'acquazzone, o dai colpi degli avversari, o dal lancio di oggetti, o semplicemente per paura di trovarsi invischiata in qualche brutta faccenda. Dalle calli attigue si udivano i fischietti della Pubblica Sicurezza che accorreva in massa e ogni dove era un fuggi fuggi disordinato e generale.

Klaus Jurgen si rimise in piedi a fatica. Gli dolevano la testa e la schiena. Doveva essere svenuto. Uscì barcollando dall'androne e incrociò una fiumana di gente inzuppata e urlante che percorreva la calle senza una direzione precisa. I poliziotti arrivarono subito dopo, distribuendo manganellate a profusione.

«Klaus!» Maria lo chiamava dalla cima delle scale. Portava una ragazzina tra le braccia: Rosapineta. Accanto a lei comparve la mole gigantesca di Berta.

Klaus Jurgen corse da loro. «Maria! Berta! Che è successo? Si è scatenato l'inferno!...»

«No, Klaus» rispose Maria sospirando. «In realtà è tutto finito. Vieni...»

Uscirono nella calle e, rimanendo radenti il muro, svoltarono l'angolo con campiello del Piovan. Lì trovarono riuniti gli altri senzatetto, con Lestamano, Speranza e suor Deodata. Ma soprattutto vi era Eligio.

Per un istante tutto ciò che si trovava intorno al campiello sparì. Le urla, la gente, i poliziotti, la pioggia. Tutto apparteneva a un altro tempo, a un altro luogo.

«Eligio,» disse suor Deodata cingendolo per le spalle «credo che sia giunto il momento di presentarti una persona che desidera conoscerti da tanto, tanto tempo...»

Capitolo trentaseiesimo

1951. Androne dell'Istituto della Pietà, Venezia

È quasi l'alba. La caorlina di Marieto non si è vista e Olindo, durante una pausa del racconto, ha raggiunto l'amico Toni, che possiede una barca tale e quale a quella della Sansone Sgomberi, e che ha promesso di venir lui ad aiutarli per il trasloco, non appena farà giorno.

A una lunga giornata di attesa è seguita un'altrettanto lunga nottata e la storia di Rosapineta è giunta alla sua conclusione. Il suo racconto ha fermato il tempo nell'Istituto ormai vuoto. A Nane e Olindo pare quasi di udire i passi e le grida dei bambini lungo i corridoi e sulle scale. Pare di sentire l'odore del cavolo bollito che sale su dalle cucine, le voci delle suore che riprendono i ragazzi più indisciplinati e il pianto dei lattanti che arriva dal primo piano, dal baliatico, su in cima alla vecchia scala a torciglione.

Per un istante Rosapineta crede di essere tornata a quella sera di luglio del 1902, dopo il comizio, dopo il temporale, dopo tutto quello che è accaduto a calle Civran. Ma dura solo un breve momento. Si guarda le mani, segnate dal lavoro e dagli anni, e capisce che quel tempo non tornerà più.

«Che storia *bea*!» commenta Olindo.

«*'Na bea storia!*» dice Nane.

Rosapineta sospira. Quindi riprende a parlare. Sono le ultime battute della sua avventura.

«Quella stessa notte un fulmine o una torcia governata in maniera maldestra appiccò il fuoco alla palazzina di calle Civran, quella di Maso e Aristea, distruggendola completamente».

«E chi è che è stato?» domanda Nane.

«Non ne ho idea. Ma non tutto andò perduto in quell'incendio. Prima di andarcene da lì, quella sera, Eligio ci condusse nella casa per un'ultima incombenza. Nella camera da letto di Maso, ci indicò la quinta asse del pavimento dalla parete di destra e senza darci spiegazioni la sollevò. Dall'intercapedine estrasse uno scrigno dal quale saltarono fuori gioielli e altri manufatti preziosi. E due mezze medagliette: da un lato era rappresentata la Madonna di Loreto e dall'altro il Leone di San Marco, simbolo di Venezia. Una di quelle due mezze medagliette eccola qui».

Rosapineta mostra il pacchetto di carta marrone nel quale è contenuta la metà del segnale di Eligio. È sempre stato appoggiato accanto a lei, sulla panca, per tutto il giorno.

«*Queste appartengono a noi*, disse Eligio guardando negli occhi sua madre mentre stringeva tra le dita le due metà della medaglietta. *Il resto è per voi*. E porse lo scrigno a Berta, in modo che ne dividesse il contenuto con gli altri senzatetto di Venezia».

«E Berta? E gli altri delle Corderie?» chiede Olindo.

«Continuarono a fare i senzatetto, ma con meno ambasce che in passato! Il loro era uno stile di vita, non propriamente una condizione...»

«E Lestamano?»

«Lui, come promesso da Klaus Jurgen, fu adottato dalla nuova famiglia di Maria e divenne di fatto il fratellastro di Eligio. Dopo il matrimonio, Maria riallacciò i rapporti anche con il padre, Settimo Salieri, che in punto di morte la volle accanto a sé».

«*Dai e dai la barca riva ai pai*» sottolinea Nane, e come sempre la saggezza popolare ci azzecca.

«La fabbrica di scope Krull, come richiesto da Maria, licenziò tutti i bambini che aveva assunto e a proprie spese provvide alla loro educazione. Da allora in poi nessun altro minorenne mise più piede in quella fabbrica!»

Nane applaude, felice come un bambino.

«In quanto a noi, quelle dello Spedale intendo, suor Deodata ebbe le funzioni di superiora per un altro quarto di secolo. Finì il suo mandato nel 1927, alla veneranda età di novantatré anni, e morì pochi mesi dopo, serenamente. Io, come avete visto, che ero così ribelle, che non sopportavo la disciplina e le imposizioni, io che parlavo già allora di andarmene a vivere la vita fuori da questo Istituto, sono rimasta ad occuparmi dei fantolini perduti per tutta la mia vita. Ma è quello che ho voluto, davvero. Non mi sono mai pentita di averlo fatto. Mai, nemmeno una volta. Non ho avuto figli miei, ma è come se tutti quelli passati per lo Spedale lo fossero stati...»

«E la vostra amica Speranza?»

Rosapineta trattiene a stento un sorriso. Il ricordo di Speranza le suscita tenerezza, ma anche amore e compiacimento, più un briciolo di qualcosa che non sarebbe impreciso definire ammirazione.

«Speranza finalmente ricevette la tanto attesa *chiamata*...»

«Quel giorno in chiesa?» domanda Olindo.

«Durante il funerale della vecchia suora?» fa Nane.

«Quel giorno a campo San Tomà!»

I due uomini si guardano e stentano a capire.

«Speranza lasciò l'Istituto l'anno seguente fondando, insieme ad altre femministe, il Consiglio Nazionale delle Donne Italiane e dedicando il resto della propria vita alla lotta per l'emancipazione femminile. Si è spenta un paio di anni fa felice di aver potuto vedere con i propri occhi riconosciuto il diritto di voto alle donne. È curioso che i nostri destini, il mio e quello di Speranza, abbiano seguito strade opposte a quelle che ci eravamo prefisse. E come la mia vita, che doveva essere ribelle, si è incanalata nei binari della quotidianità dell'Istituto, così la sua, che sembrava ordinata ai voti e alla preghiera, si è svolta al di fuori di queste grigie mura, alle prese con i comizi e i dibattiti politici...»

«Il fato non ha redini...» commenta Olindo.

La campanella tintinna riportando i presenti alla realtà. Nane si stiracchia e va ad aprire. Nella calle i lampioni sono ancora accesi, ma dal bacino giunge la luce rosata del primo sole. Il selciato è lucido di umidità e l'aria odora di pane appena sfornato.

«Toni!» grida Nane sorpreso. «Sei *rivato*!»

«Lei è la *siora* Rosapineta» spiega Olindo presentandola a Toni. «*Ocio* con la roba» dice poi alludendo agli articoli contenuti nelle casse «che è *pressiosa*!»

«Dai» fa Toni, un uomo possente con un viso squadrato e pratico. «Cominciamo a caricare, che si fa tardi...»

Mentre i tre uomini fanno la spola tra l'androne e la caorlina ormeggiata in canale, Rosapineta apre il cartoccio di carta marrone e spiega il biglietto che lo accompagna.

Venezia, 3 marzo 1951

Mia cara Rosi,

è con grande dolore che apprendo della chiusura dello Spedale, casa, rifugio e vera famiglia per tutti i fantolini perduti della nostra città. Mi chiedo che ne sarà di coloro i quali avranno la sventura di essere abbandonati, ora che meschini interessi economici ci privano di una tale meritoria istituzione.

La sorte ha concesso a qualcuno di noi di ritrovare i propri cari. Qualcun altro non è stato altrettanto fortunato, ma non per questo è rimasto un bimbo perduto. Il calore donatoci dallo Spedale è stato pari a quello di un'autentica famiglia.

Per quanto mi riguarda, ho avuto più di quel che probabilmente meritavo e credo sia giunto il momento di restituire qualcosa. Ho intenzione di acquistare un casale in terraferma e farne un ricovero per fantolini senza casa.

Cara Rosapineta, vorrei averti al mio fianco come una sorella maggiore, come la sorella che sei stata durante il mio soggiorno allo Spedale. Un tuo sì sarà per me motivo di grande gioia e sprone a intraprendere con coraggio e fiducia questa nuova impresa.

Unita alla lettera troverai metà di una medaglietta che tu conosci bene. Se accetterai il mio invito riuniremo le due metà e la medaglietta tornerà ad essere ancora una volta un tutt'uno.

Il mio indirizzo è riportato all'esterno del pacco.

In attesa di tue notizie, ti abbraccio con affetto.

Eligio S.

Rosapineta ha intenzione di accettare l'invito di Eligio e di cominciare una nuova avventura in un altro Spedale, anche se ormai questo è un termine in disuso. Ha voglia di occuparsi nuovamente di fantolini perduti, di mettere la sua esperienza al loro servizio, di cercare per loro un futuro diverso. E forse migliore. La città è disseminata di orfani e vedove di guerra come i ponti delle barche di pesce dopo una buona giornata: c'è tanto lavoro da fare.

Ha settantun anni, non tantissimi in fondo, e il suo cuore si sente ancora giovane. La lettera di Eligio le ha restituito nuovo entusiasmo e voglia di vivere. Lo ringrazierà di questo, non appena si incontreranno. Non appena lei lo raggiungerà a quell'indirizzo.

Rosapineta si alza dalla panca e muove i primi passi con una smorfia di dolore. È stata ferma a lungo e le sue giunture hanno bisogno di scaldarsi prima di rimettersi in moto. Un po' alla volta si raddrizza e reggendosi al corrimano scende nel locale lavanderia. Si guarda intorno e finalmente si accuccia con cautela accanto a una parete vuota, parzialmente annerita dal fumo di vecchi asciugatoi.

CAMPANIL CHE AVVERI
DEI GIUSTI I DESIDERI,
FA' CHE UN GIORNO ANCH'IO
ABBIA UN BIMBO TUTTO MIO

legge sul muro.

Rosapineta sorride e pensa che quel giorno di luglio, crollando, il campanile ha esaudito il suo desiderio più di quanto lei stessa avesse sperato. Ha avuto non uno ma centinaia di fantolini, e ciascuno di essi lei ha sentito suo né più né meno di una vera madre.

Amore de mare, si dice, *amore de mato.*

Capitolo trentasettesimo

1951. Calle della Pietà, Venezia

L'androne è finalmente vuoto. Se ne sono andati anche i facchini e Rosapineta ha richiuso per l'ultima volta il pesante portone dietro di sé.

Ora regna il silenzio più assoluto, un silenzio triste, assordante di voci e rumori del passato.

Le persone che verranno più tardi, i componenti della Commissione Regionale, non hanno orecchio per udire il suono di quel silenzio. Si limiteranno a constatare il grado di deterioramento delle strutture, la resistenza degli infissi, l'efficienza delle tubature. Niente di più. Non faranno caso alle scritte, alle tracce, agli innumerevoli segni di tutta la vita che è passata di lì negli ultimi sei secoli. Firmeranno qualche carta e in capo a un paio di settimane una squadra di capaci operai si metterà al lavoro. Forse ne faranno un albergo di lusso o un'abitazione per ricchi professionisti, oppure la sede di una prestigiosa società di import-export. Non ha importanza.

Per il momento c'è ancora quel silenzio a far da padrone tra le scale e le stanze, tra gli uffici e le cucine.

Un silenzio rotto improvvisamente da passi strascicati sulla calle. Un uomo si ferma davanti al portone e fa tintinnare la campanella, la stessa che suonò sessant'anni prima per mano di una certa Maria Salieri.

Non ottenendo risposta, l'uomo comincia a picchiare i pugni sulla porta.

«Ehi!» chiama. «C'è *nesuno*? Nane! Lindo! *Son mi*, Marieto!»

Ha la barba folta e nera e un occhio di vetro di Murano.

«*Ostia*, Lindo!» grida Marieto. «Dove è che sei?»

Marieto non lo sa ancora, ma l'appuntamento era per il giorno precedente.

L'uomo sbuffa, impreca, cammina spazientito su e giù per la calle. Poi appioppa una manata colossale al portone e gira le spalle. Sa che lì vicino, appena svoltato l'angolo, c'è la trattoria del Nero. Andrà a farsi un'*ombra* in attesa che qualcuno gli apra. E se ci mettono tanto, magari di *ombre* se ne farà un paio. E se il Nero ha già cotto i nervetti, si farà pure un piatto di quelli.

Non c'è fretta a Venezia, pensa Marieto, per fare le cose. È così da secoli, forse da millenni. C'è il sole, finalmente, e l'aria è frizzante e profumata, viene dalla terraferma.

Perché cambiare proprio oggi?

Appendice

Cenni storici

Lo Spedale della Pietà sorse nel 1346 per opera del frate francescano Pietro d'Assisi, detto Pietruzzo della Pietà. Una lapide murata nel vestibolo recita:

FRA' PIETRO D'ASSISI
FONDAVA L'OSPIZIO DELLA PIETÀ
MCCCXLVI
VENEZIA RICONOSCENTE
MDCCCLXXV

Inizialmente lo Spedale era costituito da diciassette case di accoglienza situate nella parrocchia di San Francesco della Vigna, ma in breve, a causa dell'ingente numero di esposti, fu necessario acquistare con i proventi della carità un vasto stabile nella parrocchia di San Giovanni in Bragora. Seguirono altri acquisti di immobili nel 1388 e nel 1493, e ancora ampliamenti nel 1515, alla fine del Seicento e agli inizi del Settecento.

I ricoverati erano suddivisi in sei classi: i *lattanti* (affidati alle balie), i *figli di pan* (fino a 7 anni), i *figli garzoni* (maschi fino a 13 anni), ai quali veniva insegnato un mestiere che potesse renderli autosufficienti dopo l'uscita dallo Spedale, i *maschi lavoranti* (fino a 18 anni), che dovevano concorrere al proprio mantenimento con i proventi del loro lavoro, le *figlie da lavoro* (dai 7 anni fino al matrimonio) e le *giubilate*, ovvero le ragazze non sposate che rimanevano presso lo Spedale in qualità di lavoranti.

Il numero complessivo dei bambini accolti ogni anno all'Istituto della Pietà era estremamente variabile, a seconda delle epoche: dai 460 del 1466, ai circa 2000 di fine Ottocento, con un tasso di mortalità oscillante tra il 46% e il 74% sul totale degli ingressi e dovuto non solo alle precarie condizioni di salute dei bambini alla nascita o al loro ingresso, ma anche alle scarse condizioni igieniche e sanitarie dello Spedale.

Il termine Libro Scafetta si rifaceva ai tempi in cui al posto della ruota esisteva una *scafa*, ossia una nicchia in marmo a forma di acquaio, ove i bimbi venivano depositati.

Negli anni 1575-1576 Venezia fu colpita da una terribile pestilenza. La Repubblica fece voto d'innalzare una magnifica basilica al Redentore qualora cessasse il flagello. E quando l'anno successivo la pestilenza ebbe termine, iniziarono i lavori della costruzione della Basilica di San Giorgio Maggiore, sull'omonima isola. Dal 1592, anno della consacrazione, il doge e la Signoria visitarono ogni anno la Basilica nel giorno del Santissimo Redentore, il terzo sabato del mese di luglio. Tuttora, in questo giorno si celebra la festa del Redentore e Venezia si unisce alla Giudecca con un ponte di barche, celebrando la vigilia della festività con illuminazioni e spettacolari fuochi d'artificio.

Alle 9.47 di lunedì 14 luglio 1902, il campanile di San Marco si inginocchiò su se stesso con un boato. Tutto il materiale fu trasportato, pochi giorni dopo, con delle chiatte fuori dalla bocca di Punta Sabbioni e lì venne celebrato il rito di seppellimento delle spoglie rimaste, in quello che secondo le intenzioni delle autorità e della cittadinanza tutta fu un vero e proprio funerale di mare. Si disse allora che per i veneziani fu *come aver perso un parente stretto*.

Il 25 aprile 1903, giorno di San Marco, venne collocata la prima pietra della ricostruzione e nove anni più tardi, il 25 aprile 1912, ci fu l'inaugurazione ufficiale. La struttura, copia fedele nel suo aspetto esteriore del campanile originale, rifatta per maggior solidità e sicurezza statica secondo le più rigorose leggi di tecnica costruttiva, venne reintegrata di alcune parti distrutte.

Su due lati del dado, sopra la cella, alternati con le Giustizie, furono posti i due Leoni andanti in pietra d'Istria, che sostituirono quelli scalpellati alla caduta della Repubblica. Sulla sommità, venne ricomposta con i frammenti originali la statua in rame sbalzato dell'arcangelo Gabriele, quasi interamente rifatta secondo l'antico modello del 1822.

La condizione socioeconomica delle donne fra la fine dell'Ottocento e i primi del Novecento era di drammatica disparità. Lo stipendio delle lavoratrici era in genere poco più della metà di quello dei lavoratori di sesso maschile. Poiché anche il lavoro dei bambini era assai diffuso e sottopagato, nel periodo antecedente alla Prima Guerra Mondiale furono emanate alcune leggi per tutelare donne e fanciulli, quali soggetti deboli e sfruttati.

Pur approvando una legge sul lavoro femminile nel 1902, lo Stato dimostrava, limitandone l'attuazione, di ritenere la sede naturale delle donne il focolare domestico. La Chiesa, del resto, non si discostava da tale pensiero, esprimendo nell'enciclica papale *Rerum Novarum* il seguente concetto:

Certi lavori non si confanno alle donne, fatte da natura per i lavori domestici.

Sul fronte dell'istruzione, a dispetto dell'eclatante caso della veneziana Elena Lucrezia Cornaro Piscopia, dottore in filosofia nel 1678 (prima donna laureata al mondo!), le cose non erano molto differenti. Si dovette attendere il 1874 perché alle rappresentanti del sesso femminile venisse concesso di iscriversi ai licei e alle università. Alcune donne riuscirono così ad accedere ad ambiti da cui fino ad allora erano state escluse: Maria Montessori si laureò in Medicina e Chirurgia nel 1896 e Emma Strada in Ingegneria nel 1908. Ernestina Prola fu la prima donna italiana ad ottenere la patente (1907), mentre nel 1912 Teresa Labriola si iscrisse all'Albo degli Avvocati e Argentina Altobelli e Carlotta Chierici vennero elette al Consiglio Superiore del Lavoro.

Il primo paese che sancì il diritto al voto delle donne fu la Svezia, nel 1866. In Italia, la prima vera legge sulla tutela del lavoro femminile e minorile entrò in vigore nel 1907. Il voto alle donne venne riconosciuto soltanto nel 1946.

Nel 1890 mille lire valevano all'incirca tremila euro.

Alcune necessarie precisazioni

Mi sono concesso delle libertà. Di quelle libertà letterarie che vengono definite licenze.

Suor Angiolina e suor Deodata non possono avere la P di Pietà marchiata a fuoco sotto il tallone sinistro, poiché tale pratica era stata abolita già nel 1783. Ad essa era subentrato il tatuaggio, o *tattuamento*: attraverso l'utilizzo di una lancetta acuminata, si perforava la pelle in modo che vi penetrasse del nero fumo a formare una P e una croce cristiana. In ogni caso anche il *tattuamento*, ai tempi in cui si svolge la nostra storia, era caduto in disgrazia e fortunatamente abbandonato.

Sempre per esigenze narrative, la restituzione di Eligio a Maso è stata volutamente semplificata e resa goffa. In realtà gli incartamenti e gli accertamenti cui erano sottoposti gli affidatari o i genitori di un esposto erano condotti con grande scrupolo e coscienza.

Non so se Anna Maria Mozzoni, che fondò nel 1879 la Lega Promotrice degli Interessi Femminili, tenne mai un comizio a Venezia, e se lo fece non fu probabilmente nell'estate del 1902.

Eligio non può vedere dalla finestra della casa di Maso la Madonna della Misericordia posta sulla facciata della vecchia Scuola dei Calegheri in campo San Tomà, poiché la statua venne trasferita in quel luogo dall'altare sul quale era ospitata soltanto nel 1928.

Non sono riuscito a scoprire dov'era ubicata la stazione di Pubblica Sicurezza di Venezia ai tempi in cui si svolge la storia, perciò l'ho arbitrariamente situata alle Procuratie, vicino piazza San Marco.

I veneziani troveranno qualcosa da ridire sulle frasi dialettali e su qualche arbitrio topografico. Rispondo con le parole di un famosissimo scrittore, che a tal proposito un giorno disse: *Se questo è un romanzo, mi sia concesso qualcosa di romanzesco!*

Nota bibliografica

I testi che ho consultato e che mi hanno aiutato nella stesura di questo romanzo sono:

Benedetto chi ti porta maledetto chi ti manda, a cura di Casimira Grandi, Edizioni Fondazione Benetton Studi Ricerche - Canova, 1997;

Cenni storici sull'Istituto Provinciale degli Esposti di Venezia, a cura di Sandro Ferro, estratto dal «Giornale Veneto di Scienze Mediche di Venezia», IX Volume, 1935;

le decine e decine di cartelle, registri e notule che ho avuto l'onore, il piacere e, in qualche caso, l'emozione di poter consultare presso l'Archivio Storico dell'Istituto della Pietà.

Ringraziamenti

Anna Maria Giannuzzi Miraglia, presidente dell'Istituto Provinciale per l'Infanzia Santa Maria della Pietà di Venezia;
dottoressa Clara Urlando, direttrice dell'Istituto Provinciale per l'Infanzia Santa Maria della Pietà di Venezia;
dottor Giuseppe Ellero, curatore dell'Archivio Storico dell'Istituto della Pietà di Venezia;
Maria Chiara, la mia editor;
Vanna Cercenà, scrittrice, paziente lettrice e amica.

Indice